DREAM COLLECTOR

드림
컬렉터

1

드림 컬렉터 1 : 양(RAM)의 시간

ⓒ 이혜원 2014

초판 1쇄 인쇄	2014년 8월 1일
초판 1쇄 발행	2014년 8월 4일

지은이	이혜원

펴낸이	박대일
편집	이문영 · 임유리 · 신지연
마케팅	송재진
디자인	손민지

펴낸곳	새파란상상(파란미디어)
출판등록	2004년 9월 14일 제313-2004-00214호

주소	121-897 서울시 마포구 성지1길 32-36
전화	02-3141-5589(영업부) 070-4616-2011(편집부)
팩스	02-3141-5590
전자우편	paranbook@gmail.com
트위터	@paranmedia
카페	http://cafe.naver.com/paranmedia

ISBN   978-89-6371-163-8 (04810)
           978-89-6371-162-1 (전2권)

DREAM COLLECTOR

드림 컬렉터

1

양(RAM)의 시간

이혜원 장편소설

소중한 승희에게

새파란상상

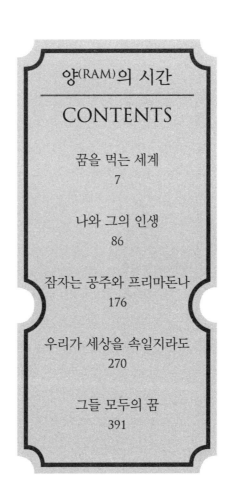

양(RAM)의 시간

CONTENTS

꿈을 먹는 세계
7

나와 그의 인생
86

잠자는 공주와 프리마돈나
176

우리가 세상을 속일지라도
270

그들 모두의 꿈
391

1. 꿈을 먹는 세계

3년간 하루도 그만두고 싶지 않은 날이 없었다.

계속 버텨도 일은 좀처럼 요령이 늘지 않았고, 완벽주의자인 상사는 그녀를 찍어 놓고 괴롭혔다. 아침마다 '오늘 회사에 안 갈 수 있으면 뭐든 할 텐데.' 하면서 눈을 떴다.

그러면서도 계속 버티며 다니는 자신이 기특했던 시절은 지난 지 오래고, 스스로가 의지박약 노예처럼 느껴진 지도 오래였다. 두 달 전부터는 회사에 도착하자마자 화장실로 직행해서 속을 게워야 했다. 상사와 마주치면 인사보다 딸꾹질부터 올라왔다.

'이러다 진짜 이상해지는 거 아냐?'

지희는 겁먹었지만 당장 그만두고 뭘 해야 할지 알 수 없었다. 고심 끝에 그녀는 사표를 던지는 대신 인사과에 장기 휴가를 신청했다. 휴가 간 직속상사 정 과장 대신 나타난 부장님은 이유도 묻지 않고 다녀오라며 승인해 주었다. 5분 만에 3주 장기 휴가를 받고 그녀는 얼이 빠졌다.

원래 장기 휴가라는 게 이렇게 내 달라면 넙죽 내주는 것이었던가? 제정신이냐고, 동료들 야근하는 거 안 보이냐고 해 대는 상사들에게 끈질기게 매달리고 시위해야 간신히 얻을 수 있는 것 아니었나? 휴가 안 주면 사표 쓰겠다고 버티다가 진짜 사표 수리됐다는 직장 괴담들은 얼마나 많았던가.

'어휴. 편하게 살자, 김지희. 사표 낸 것도 아니면서 지레 겁부터 먹고, 진짜.'

지희는 속으로 중얼거리며 자리에서 일어났다. 비수기인데다 중요한 일은 다 처리해 놓고 가니까 그런 거겠지. 그녀는 고개를 흔들며 휴게실로 향했다. 커피를 뽑던 동료가 말을 걸었다.

"지희 씨, 휴가 거하게 썼다며? 좋겠다."

"좋긴 한데, 다녀오면 거지예요."

"그래도 이럴 때 확 질러야지. 어디 가기로 했어? 달? 화성?"

지희는 후후 웃었다.

"마야로 가 보려고요."

동료의 눈이 휘둥그레졌다.

"진짜? 진짜 마야에 간다고?"

"네."

"어머나, 정말 좋겠다!"

박수라도 칠 기세였다. 동료의 반응에 웃으면서, 지희는 그제야 휴가를 받았다는 실감이 났다. 기대와 흥분이 스멀스멀 되살아났다.

'드디어 마야에 가는구나.'

대학 졸업하고 처음 쓰는 장기 휴가였다. 고등학교 때부터 어울린 친구들과 몇 년을 벼르고 별러 가는 여행. 여자 넷이 태양계 최고의 유흥 행성 마야로 놀러 간다니 생각만으로도 짜릿하지 않은가. 20대에 해 볼 수 있는 제일 근사한 일처럼 느껴졌다. 마야. 마음속에 숨겨 둔 달콤한 반짝거림. 야근에 치인 어느 새벽에, 모처럼 들려온 친구의 소식이 화성 여행일 때 아껴 뒀던 사탕을 빠는 것처럼 속으로 되뇌었다. 나는 마야에 갈 거야. 마야. 꿈의 행성. 모든 게 가능한 행성. 매달 월급에서 빠져나가는 여행 곗돈이 아깝지 않았다.

자리로 돌아온 그녀는 자신의 에일(웨어러블 컴퓨터(wearable computer)의 일종. 인체 부착·삽입 형태의 통신 특화 컴퓨터)로 마야 관광 안내 프로그램에 접속했다.

— 안녕하십니까? 마야에 오신 걸 환영합니다. 저는 여러분께 마야를 안내해 드릴 알리샤 카냐티입니다. 화성에서 우주관광학을 전공하고 있어요.

관광 안내 프로그램 속의 미녀는 친절한 미소를 양쪽 보조개에 매달고 인사했다. 밝고, 명랑하고, 좀 섹시하고, 약간 지적으로 보이는 갈색 머리 아가씨였다.

— 마야. 태양계 최고의 유흥 행성답게 가장 유명한 별명도

'꿈의 행성'이죠. 드물지만 마야가 꿈의 행성이라고 불리는 것에 불만을 가지신 분들도 계십니다. 실재하는 행성에 샹그리라나 에덴 같은 이름을 붙이는 것과 뭐가 다르냐는 것이죠. 하지만 꿈의 행성이라는 별명은 멋으로 붙여진 게 아닙니다.

알리샤 카냐티의 날씬한 몸매 뒤로 트로이 소행성군의 들쭉날쭉한 소행성들이 보이고, 화성과 달이 보였다. 그들이 지나가자 마야가 천천히 모습을 보였다. 다른 행성들의 황폐한 모습과 달리 마야는 돔으로 둘러싸여 있었다. 수많은 돔들이 하나같이 불야성을 이루는 마야의 화려함은 압도적이었다. 알리샤 카냐티는 자랑스럽게 말했다.

— 마치 우주의 샹들리에 같죠? 마야는 표면적 100퍼센트 개발이라는 놀라운 신화의 주인공이랍니다. 게다가 마야의 웨이 콴 우주공항은 태양계에서 가장 붐비는 우주공항입니다. 연이용객이 무려 6억 명이나 되죠!

미녀는 갈색 눈을 동그랗게 뜨며 감탄하는 표정을 지어 보였다.

— 여러분은 마야라고 하면 꿈의 행성, 유흥 행성, 시뮬레이션의 천국이라고 생각하실 텐데요, 사실 마야가 이렇게 된 것은 마야만의 특수 환경 덕분이랍니다. 마야에 대해 '모든 상상이 가능한 행성'이라는 이야기 많이 들어 보셨죠? 놀랍게도, 이것은 문자 그대로의 뜻입니다. 이 행성은 인간의 상상에 반응해서 그 사람이 상상하는 일을 실제로 겪게 하죠.

알리샤 카냐티는 흥미진진한 비밀 이야기를 하는 것처럼 목소리를 낮췄다.

— 마야는 반세기 전 MSC의 유인우주선 라다 4호에 의해서 발견되었죠. 당시 천문학자들은 이 행성이 있다는 것도 몰랐답니다. 그리고 이곳에 처음으로 내렸던 라다 4호의 웨이 콴 선장과 그 동료들은 한 명도 빠짐없이 엄청난 환상을 체험했습니다. 어떻게 그런 일이 가능했을까요? 오랜 연구 결과 마야의 비밀이 밝혀졌습니다. 이 행성은 뇌파와 공명하는 물질로 이루어져 있어서 사람의 상상력을 활성화시키는 곳이었던 겁니다! 마야만의 특수한 물질 '란츠만'과 마야의 핵인 코어가 함께 작동하면 사람의 뇌파와 공명해 상상이 실제가 되는 마야만의 기적이 이뤄지는 것이죠! 그래서 이름도 마야, 산스크리트어로 '환영幻影'을 뜻하는 이름이 된 것이고요.

그녀는 '상상도 못 하셨죠?' 하고 웃었다.

— 마야는 이름 그대로 인류 상상력 발전과 환상산업의 첨병 역할을 해 왔습니다. 현재 마야는 판타소스, 아난다, 모피어스, 닉스, 이렇게 네 개의 주요 돔과 다수의 연구 단지, 의료 단지, 놀이동산 등으로 이루어져 있습니다. 판타소스 돔에서는 래빗홀에서 상상대로 모든 것이 이루어지는 기적을, 아난다 돔에서는 시뮬레이션을 통해 전혀 다른 삶을 체험하는 경험을, 모피어스 돔에서는 출시될 영화의 준비 과정을 살짝 훔쳐보는 즐거움을 누리실 수 있답니다.

알리샤 카냐티의 뒤로 돔으로 둘러싸인 마야가 보이더니 그중 한 돔이 클로즈업됐다.

— 판타소스 돔입니다. 사람이 상상하는 것을 그대로 겪게 해 주는, 마야의 특징을 거의 그대로 보존하고 있는 곳이죠. 판타소스는 마야의 란츠만 지수를 원형에 가깝게 보존하고 있어서, 임대 공간인 래빗홀에 방문하시면 누구나 자신만의 상상을 체험하실 수 있습니다. 용을 타고 날고 싶으신가요? 판타소스의 래빗홀에서는 어떤 괴물이라도 상상해서 실제로 탈 수 있습니다. 초능력을 부리고 싶으신가요? 같이 간 일행을 공중 부양시키는 일도 상상만 하면 가능합니다. 트로이의 헬레네를 안고 싶으시다면 당신이 상상하는 가장 완벽한 미녀가 당신을 껴안을 겁니다. 모든 상상이 실제로 일어납니다! 다양하게 특화된 래빗홀에서는 래빗홀에 소속된 상상 도우미의 도움도 받으실 수 있어요. 일급 상상 도우미들은 고객이 주문하는 것은 무엇이든 상상 그 이상으로 만들어 낸다고 하는군요. 조심하세요. 일급 상상 도우미들의 도움을 받아 래빗홀을 이용하면 몇 주간은 자신이 은하계의 숨겨진 제왕이라고 믿을 수도 있다고 합니다. 실제로 몇 년 전 래빗홀을 이용하던 고객 한 분은 자신이 사랑의 신이라고 굳게 믿게 된 나머지 5년 동안 백여 명의 이성을 유혹했다고 하는군요!

그녀의 앞뒤로 수많은 래빗홀의 광고들이 천국을 맛볼 수 있다고 유혹하며 떠올랐다. 손짓 한 번으로 광고들을 사라지게 만든 알리샤 카냐티가 매력적으로 웃어 보였다. 손끝에서 떠오른 마야가 한 바퀴 돌더니 다른 돔이 클로즈업됐다.

— 이번엔 아난다 돔입니다. 시뮬레이션의 천국이라 불리지

요. 시뮬레이션을 왜 마야까지 가서 하느냐, 시뮬레이터와 시뮬레이션 프로그램만 있으면 굳이 마야에서가 아니더라도 할 수 있지 않느냐는 질문이 많은데요, 사실 맞는 말씀입니다. 그냥 시뮬레이션이라면 지구에서도 달에서도 화성에서도 할 수 있죠. 아난다 돔이 시뮬레이션의 천국이 된 것은 오로지 힙노스 때문입니다. 꿈 시뮬레이션 힙노스는 오직 마야의 아난다 돔에서만 가능합니다. 요즘은 누구나 어릴 때부터 수없이 많은 꿈 시뮬레이션을 하게 되지만 힙노스는 특별하죠. 폭발적인 아드레날린과 꿈 자체의 유사·대리 체험에서 오는 성취감과 감정적 반응이 어우러져 '도박중독보다 고치기 힘든 게 힙노스중독'이란 말이 있을 정도입니다. 다른 꿈 시뮬레이션들이 꿈을 꾸는 것과 최대한 비슷한 경험을 하게 해 주는 것에 그친다면, 힙노스는 꿈을 꾼다는 경험의 최대치를 제공하거든요.

알리샤 카냐티가 윙크했다.

— 너무나 생생한 꿈을 꾸고 깨어났을 때, 누구든 한 번은 생각하죠. 사실은 이곳의 내가 허상이 아닐까, 사실은 꿈속의 내가 진짜이고 여기 있는 내가 그쪽의 꿈이나 껍데기가 아닐까 하는 생각을요. 장자와 나비의 이야기나, 어릴 때 꿨던 현실과 분간되지 않던 꿈의 세계들처럼 말이죠. 힙노스는 언제나 그것보다 더 좋은 것을 제공한다고 합니다.

알리샤 카냐티는 살짝 몸을 돌려 자신 뒤의 멋진 환상들과 드림 시뮬레이션 '힙노스', 태양계에서 가장 잘나가는 여배우 중 하나인 셈야제가 연기하는 장면을 돌아봤다. 그리고 '정말 멋지죠?' 하는 표정으로 경쾌하게 돌아섰다.

― 모피어스 돔에서는 태양계 전역에서 상영되는 판타지, 무협, 시대물 등의 특수촬영이 이루어지고 있습니다. 감독들은 상상 스태프들의 도움을 받아 표현하려는 그대로의 장면을 연출할 수 있고, 배우 또한 실제 일어나는 상황이므로 실감나는 액션과 감정 연기를 선보일 수 있다는데요, 지난 세기에 CG 등이 남용되었던 것에 비하면 관객과 감독, 배우, 제작사 모두에게 반가운 일이죠. 모피어스에선 배우들이 블루 스크린 앞에서 허공을 상대로 연기하는 것이 아니라 실제 괴물과 싸운답니다! 때문에 모피어스에서 촬영된 영화의 흥행 지수는 아주 높다고 합니다. 모피어스 돔 측은 현재 촬영 중인 영화 촬영지를 하루두 번 공개하고 있습니다. 또한 닉스 돔에는 여러 상점들과 식당, 호텔과 사무실 등이 즐비합니다. 가끔 어떤 분들은 닉스에서 묵으면 자다가 갑자기 침대가 날아다닌다거나 하는 경험을 하지 않을까 걱정하시는데요, 그 점은 안심하셔도 됩니다. 마야의 모든 닉스 구역은 '소버린'이라는 상상력 통제 시스템으로 안전하게 돌아가고 있으니까요. 하지만 혹시라도 닉스 외의 돔에서 숙박을 해결하려는 분들께는 소브컴(SOVCOM-소버린 위원회(sovereign commission)의 약칭)의 데르크 아데마 팀장의 말씀을 들려 드리겠습니다. '진짜 침대가 날아다니는 경험을 하고 싶으신 분들은 판타소스 돔의 래빗홀을 이용하시면 됩니다.'라고 전해 달라는군요.

알리샤 카냐티는 까르르 웃더니 양팔을 앞으로 쭉 내밀어 손을 흔들었다.

— 이제 여러분과 작별해야 할 시간이네요. 마야에선 드림 컬렉터에게 꿈을 팔지 마시고요, 일반적인 말썽이 생기면 우주 경찰을, 환상 관련 말썽이 생기면 소브컴을 찾으세요. 알리샤 카냐티였습니다. 마야에서 멋진 시간 보내세요!

프로그램이 끝나고 에일이 망막에 그려 냈던 잔상들이 사라졌다. 눈을 깜박이면서 지희는 얼굴을 구겼다.

"……완전히 사기 아냐?"

이대로 마야에 가도 괜찮은 걸까? 지희는 고민에 빠졌다.

'뭐? 진짜 꿈의 행성? 그게 말이 돼?'

특히 그 시뮬레이션 얘기 부분은 프로그래머라면 팔짝 뛸 소리였다. 현실도 구현하기 힘든데 꿈이라니, 마야에는 각성제 먹고 24시간 일하는 초천재 프로그래머들이 드글드글하단 말인가. 지희는 불퉁한 얼굴로 눈앞을 노려봤다. 저 헛소리 같은 말들을 어디까지 믿어야 하나 생각하니 골치가 아파 왔다. 공식 관광 안내 프로그램에서 아예 없는 말을 지어낼 리는 없다고들 하지만……. 아니, 그래도 말이 되는 소릴 해야 공신력이 공신력다워지는 것 아닌가.

"뭐, 광고니까."

그녀는 부러 입으로 소리 내어 말하면서 의자를 책상 앞으로 당겼다. 마야. 태양계 최고의 유흥 도시 여행은 지희에게 오랜 꿈이었지만, 그건 번쩍거리는 스포츠카나 국내에 몇 개 안 들어오는 명품 백에 대한 욕망과 비슷했다. 중요한 건 엠블럼

이고, 로고였다. 마야라는 이름값이었다.

게다가 출발까지는 며칠밖에 안 남아 있었다. 아직 마야에서 가지고 다닐 여행 가방도 안 샀다는 것을 깨달은 지희는 부랴부랴 단골인 가방 쇼핑몰을 열었다. 멋쟁이 컬렉터들을 위한 여름 가방 세일 어쩌고 하는 문구를 읽던 그녀는 다시 관광 안내 프로그램을 떠올렸다.

'마야에선 드림 컬렉터에게 꿈을 팔지 마시고요……'

지희는 고개를 갸웃했다. 꿈을 판다고? 한번 떠오른 생각은 계속 머릿속을 맴돌았다. 무슨 소리지? 그리고 왜 팔지 말라는 거지?

그녀는 혼자 중얼거렸다.

"드림 컬렉터가 뭔데 그럴까?"

* * *

닉스 돔 샬루트 거리의 인파 속에서, 야신은 느릿하게 걸어가는 앞줄 일행을 내려다보며 미간을 찌푸렸다. 끝이 보이지 않을 만큼 높은 돔과 인조 대기층을 뚫고 들어온 하얀 햇살이 관광객들의 풀어진 표정 위에서 반짝였다.

판타소스 돔과 닉스 돔이 맞닿아 있는 곳 중에서도 이 거리는 알아주는 변두리였다. 저질 성인 용품과 싸구려 기념품을 파는 상점들은 밤낮없이 번쩍이는 네온사인과 홀로그램으로 관광객을 유혹했고, 그 사이에는 시선을 끌지 않는 상점들이 잡다하게 들어서 있었다. 의외로 이 거리는 늘 붐볐다. 성인 용품 쇼윈도를 들여다보며 속살거리는 연인들과 노부부를 안심시키려는 듯 기념품 상점 주인이 호객을 시작했다.

"여기가 파는 종류가 이래서 그렇지, 사실 치안은 좋다니까요. 다 관광객뿐이고…… 맘 놓고 천천히 고르세요."

물론 이 거리에 그런 유순한 관광객만 다닌다고 말한다면 야신도 해 줄 말이 있었다.

'헛소리.'

오른쪽으로 여섯 걸음이면 아난다에서 잘나가는 시뮬레이션 소프트웨어들을 지구용으로 불법 복제해 주는 상점. 왼쪽으로 열한 걸음이면 소브컴이 반경 50미터 안에 나타나면 울리는 경보 프로그램을 슬쩍 내놓은 상점. 들락거리는 사람들은 죄다 밀반입자들과 드림 컬렉터들이었다.

'귀신눈깔'로 알려진 드림 컬렉터 야신 카갈리스키는 이 거리에 익숙했다. 야신은 곁눈질하며 몇몇 상점을 지나치다 담배 가게 앞에서 걸음을 늦췄다. 최신 유행의 옷차림에, 머리카락과 수염까지 펄 염색으로 완벽하게 다듬은 가게 주인 스테판이 관광객들을 상대로 미심쩍은 성분의 담배를 광고하느라 여념이 없었다.

"효과 하나는 보증하죠. 상상력을 엄청나게 높여 준다니까요. 한번 피워 보세요. 이거 하나 피우면 상상의 질이 달라지는 걸 느낀다니까 그러시네. 이걸 피우고 판타소스를 체험하느냐 안 피우고 체험하느냐, 그거에 따라 경험이 완전히, 180도 달라져 버린다니까요? 한번 피워 본 손님은 이거 없는 판타소스 돔 안 갑니다. 손님들도 천국과 놀이동산의 차이라고 한다니까요."

"그런데 이거 위험한 거 아니에요?"

"그래도 이게 없으면 신을 못 보지. 이게 '천국으로의 인도 자'거든."

갑자기 끼어든 야신의 말에 주인과 관광객들은 어리벙벙한 얼굴로 그를 쳐다봤다. 눈에 띄는 큰 키에 구릿빛 피부, 짧은 은 발과 회색 눈이 세련되면서도 냉랭한 쾌남아 분위기를 풍겼다.

"고대에는 이걸 '천국으로의 인도자'라고 불렀지. 아마 그때 는, 우리가 별에 와서도 천국을 찾게 될 줄 몰랐겠지."

스테판이 눈치 빠르게 대꾸했다.

"천국이 따로 있습니까? 그것도 우리 머릿속에 있는 거죠. 우린 정말 운이 좋아요. 안 그렇습니까? 마야가 있는 덕분에, 판타소스에 가면 머릿속 천국을 진짜로 경험할 수도 있고 말이 죠……. 옛날 사람들은 이런 건 상상도 못 했을 겁니다."

야신이 옅게 웃었다.

"하긴 그렇지. 이거 얼마요?"

눈치 보고 있던 여자 관광객이 얼른 끼어들었다.

"나도 줘요."

"나도."

"일단 한 갑만 주세요."

관광객들은 담배를 사 들고 바삐 판타소스 돔 쪽으로 사라 져 갔다. 야신은 그 모습을 지켜보다가 합금 담뱃갑에서 담배를 꺼내 불을 붙였다. 스테판이 빙글빙글 웃으며 말을 걸었다.

"진짜 좋은 걸로 하나 줄까?"

"됐어."

"그런데 '천국으로의 인도자'라니, 그런 말은 또 어디서 주워 들었어?"

야신은 어깨를 으쓱했다.

"그냥 별명 같은 거지. 옛날 사람들은 그런 식으로 멋들어지 게 부르는 걸 좋아했으니까."

"흐음, 하여간 너도 참 희한한 데가 있어. 자, 줄 때 하나 집 으라고. 이건 진짜 좋은 거야. 화학품이 아니라 천연 대마를 넣 은 거거든."

야신이 입꼬리를 올렸다.

"들여오느라 애 좀 먹었겠는데?"

"당연한 말씀. 그래도 이런 게 크게 남거든. 요샌 손님들도 고급을 찾아 대서 말이야……. 안 집어?"

"마약 같은 건 체질에 안 맞아서."

스테판은 야신에게 건네려던 담배를 집어넣으며 웃었다.

"천국도 위로도 필요 없다 이거야? 폼 나는데."

"됐어. 어땠어, 요즘은?"

스테판은 주위를 둘러보았다. 가게에 손님은 없었고, 창밖 거리는 여전히 네온사인과 홀로그램으로 번쩍였다. 그는 담배 상자를 꺼내는 척하면서 목소리를 낮췄다.

"별건 없고……, 판타소스에 대어가 떴다더라고. 상상력이 얼마나 센지, 방 안에서 눈사태도 일으킬 수 있다더군."

야신의 눈이 빛났다.

"흠, 어떤?"

"일반 관광객은 아닌 것 같던데. 가끔은 통제가 안 된다는, 뭐 그런 말도 했거든. 상상 도우미라던가?"

"상상 도우미라면 자기 꿈 정도는 벌써 팔아 치우고 있겠지."

"음……."

스테판은 이 얘길 할까 말까 하는 얼굴로 망설였다

"사실 얘기 나온 경로도 좀 수상하긴 하거든."

야신은 말없이 담배를 빨며 눈으로 재촉했다.

"아, 이런 얘긴 공짜로 해 주는 게 아닌데. 캐려고 들면 안 나오는 정보란 말이야. 귀신눈깔 너 아니었으면……, 아니, 야신 너 아니었으면 이런 얘기 안 해. 알지? 그 대어를 본 사람이 말이야, 가끔 담배를 사러 오거든. 꽤 장기 체류였어. 우리 가게 온 지도 한 달 넘거든."

"그래서?"

"그런데 어제 오더니, 다짜고짜 제일 독한 걸로 달라는 거야. 그래서 슬쩍 물어봤지. '판타소스에서 도깨비라도 보셨나 봐요?' 하고. 아니라네. 그보다 훨씬 희한한 걸 봤다는 거야. 지가 특이 체험 전문 기자인데 그런 건 처음 봤다나?"

"흠."

"뭘 봤냐고 물었더니 사람이 생기는 걸 봤다는 거야."

"래빗홀에서 사람 환상 만드는 거야 일상다반사 아닌가."

"맹세코 래빗홀 밖이었다고 우기더라고. 뭐, 그건 좀 뻥인 것 같지만. 아무튼 특이 체험 기자라더니 간도 크지, 쫓아가서 어깨를 잡았더니 사라지더라는 거야. 그러더니 옆 골목에서 똑같이 생긴 본체가 나타나더래. 깜짝 놀라서 당신 뭐냐고 물었더니 아무것도 아니랬다나?"

"그럼 뭐래?"

"상상해야 살 수 있는 사람이래."

야신이 대꾸했다.

"그런 놈들은 깔렸잖아. 판타소스 상상 도우미나 모피어스 상상 스태프나."

"그런 레벨이 아닌 것 같다 이거야. 야신 너 상상 도우미가 명품으로 도배한 거 봤어?"

야신은 고개를 갸우뚱했다.

"본 적 없지."

"그렇지?"

스테판은 씩 웃었다. 세심하게 펄 염색된 짧은 수염이 뺨 근육을 따라 움직이며 반짝거렸다.

"내 생각엔 말이야, 같은 말이라도 그렇게 하는 놈들은 벌써 뇌가 맛이 좀 간 거 아닐까 싶단 말이지. 솔직히 그런 놈들이 너희 호구 아니겠어."

야신은 담배를 끄면서 물었다.

"어디서 봤대?"

"어디더라……, 그 여자들 잘 가는 래빗홀 있잖아. 디에 래빗홀이던가? 거기쯤?"

야신은 고개를 끄덕이며 카운터에서 한 발짝 물러났다. 마침 가게로 관광객들이 들어서고 있었다.

"여기가 그 가게 맞아?"

"맞다니까. 좀 조용히 해."

스테판이 재빠르게 말했다.

"감사합니다, 손님. 좋은 시간 되십시오. 어서 오십시오, 손님. 어떤 걸 찾으십니까?"

야신은 그대로 밖을 향해 걷기 시작했다. 뒤에선 스테판이 관광객들을 상대로 떠들어 대는 소리가 들려왔다.

"판타소스에 가시는 분들이시죠? 이건 어떠십니까? 이게 '천국으로의 인도자'라 불리는 물건이거든요. 사실 천국이 별겁니까? 다 우리 머릿속, 뇌세포 안에 있는 거 아닙니까. 근데 우리는 운 좋게도 그 천국을 판타소스에서 현실로 꺼내 놓을 수 있거든요……."

샬루트 거리. 닉스 돔의 끄트머리, 판타소스 돔과 맞닿아 있는 곳. 야신은 계속 걸었다. 어떤 상점의 쇼윈도에선 판타소스에서 섹시한 상상을 자극해 줄 홀로그램 미녀들이 미소 지으며 야릇하게 몸을 비틀었고, 그 옆 상점에는 '보다 화끈한 상상을 원하신다면'이라고 쓰인 의상과 기구들이 '대여 가능' 딱지를 붙이고 전시되어 있었다. 야신은 무심하게 쇼윈도와 네온사인과 홀로그램들로 범벅이 된 거리를 바라보며 담배를 물었다.

점집 '라다'가 아니었다면 이 거리에 둥지를 틀 일은 없었을 것이다. 닉스 돔 중에서도 판타소스 돔에 가까운 변두리. 이 거리에는 인기 없는 상상 도우미나 늙어 가는 창부들이 제격이었다. 야신 같은 드림 컬렉터라면 대부분 아난다 돔과 가까운 거리에 집을 얻었다.

'아난다 돔도 출세했지.'

야신은 생각했다. 사실 10년 전만 해도 아난다 돔은 오래된 백화점 쇼윈도 같은 동네였다. 높은 강화플라스틱 빌딩들과 현란한 홀로그램들로 애써 번쩍번쩍하게 꾸며 놓았지만 사람 없는 유흥지 특유의 을씨년스러움이 흘러넘쳤다. 관광객들은 다른 곳에서도 다 할 수 있는 시뮬레이션을 뭐하러 마야에서 하냐고 비웃었고, 마야에 투자할 기회만 호시탐탐 노리는 큰손들은 쓸데없는 돔을 밀어 버리고 제2의 판타소스 돔이나 하나 더 올리자고 성화였다.

힙노스가 개발되자 그런 소리는 쏙 들어갔다. 사람의 꿈을 란츠만으로 가공한 드림 시뮬레이션 힙노스는 사용자의 뇌에서 엄청난 아드레날린을 끌어냈고, 그 쾌락은 몇 시간이나 지속되었다. 게다가 사람이 직접 꾼 꿈들은 무의식의 영역에 닿아, 가뜩이나 꿈꿀 때 풀어지는 사용자들의 의식 속에 생생한 감정과 감각을 들이부었다. 프로그래머들과 기획자들이 조립해 낸 시뮬레이션들과는 격이 다른 감정적 체험을 제공했던 것이다. 사랑에 빠진 꿈을 꾸고 나면 깨어나서도 연인의 체향이 코끝을 맴돌며 심장이 두근거렸고, 쫓기는 꿈을 꾸고 나면 시뮬레이터에서 나온 뒤에도 큰 모험에서 홀로 살아난 것처럼 아드레날린이 혈관 속을 뛰었다.

힙노스는 그야말로 핵폭풍이었다. 마야를 찾는 많은 관광객들이 래빗홀보다 시뮬레이션 센터를 먼저 찾게 되었고, 꿈을 파는 사람들과 꿈을 사는 시뮬레이션 센터 사이에 실랑이가 일어났다. 모두가 힙노스에 매혹되고 군침을 흘렸지만, 란츠만으로 후가공을 거쳐야만 힙노스가 완성되는 탓에 시뮬레이션 업체들은 그 과실을 독점하다시피 했다. 문제를 일으키기 싫어하는 시뮬레이션 센터들과 더 많은 응용을 원하는 고객들 사이에 점점 불만이 쌓여 간 것은 당연한 수순이었다.

결국 꿈에 대한 일을 중재하는 이들이 나타났다. 처음엔 단순 중개업자 수준이었던 이들은 점점 불법과 합법을 오가며 무대를 넓혔다. 고객의 꿈에 살짝 신경 조작을 가해 꿈의 품질을 높이는 가공법을 만들고, 시뮬레이션 센터의 낮은 액수보다 좀 더 쳐 주면서 많은 관광객들을 꾀고, 자신의 꿈을 힙노스로 만들려는 요구에 난색을 표하는 시뮬레이션 센터 대신 중간에 나서 일을 맡아 주었다. 프로그래머들과 뇌신경 연구원들이 밥줄을 찾았고 훨씬 많은 양아치들이 들러붙었다. 사람들은 그들을 드림 컬렉터라고 부르기 시작했다.

'다 같은 드림 컬렉터라고 봤다간 큰코다치는데 말이지.'

야신은 자신을 향해 걸어오는 드림 컬렉터를 보며 생각했다.

"여, 귀신눈깔."

놈이 손을 들어 보이며 다가왔다. 야신은 물고 있던 담배에 불을 붙이고는 힐끗 한쪽 눈썹을 올렸다.

"괜찮은 건수 있는데, 어때?"

"됐어."

"아, 빼지 말고. 재주 묵혀서 뭐하게? 쓸 수 있을 때 써서 벌어야지. 완전 거저먹기라니까? 내가 너니까 이런 거 소개해 주지, 딴 놈들 같으면 나한테 이런 건수 달라고 매달려, 그냥."

야신이 심드렁하게 대꾸했다.

"그럼 그놈들 시켜."

"에이, 그래도 그놈들이랑 너랑 같나? 별거 아니야. 그냥 젊은 여잔데, 네가 조금만 만져 주면 고객들이 아주 그냥……."

"이비크 놈들 중엔 쓸 만한 놈이 없나?"

놈이 움찔했다. 야신은 그쪽으로 담뱃재를 탁탁 털었다.

"그때 얘기 끝났잖아."

"걔들은 그렇게 생각 안 해. 알잖아? 널 끌어들이고 싶어서 혈안이 됐다고."

"그건 그쪽 사정이고."

말을 자른 야신이 몸을 돌렸다. 놈이 이비크파의 사주를 받고 움직이는 거야 새삼스러운 일도 아니었다. 야신은 담배를 빨았다. 젊은 여자니 고객들이니 나오는 걸 보니, 이번에는 젊은 여자한테 야한 꿈을 꾸게 만들고 관람하게 하는 드림 매춘이라도 하려는 모양이었다.

"귀신눈깔, 넌 걔네가 호구로 보이는 모양인데. 조심해라, 너. 잘못하다간……."

"어머, 잘못하면 어떻게 되는데?"

높은 목소리가 끼어들었다. 야신을 돌려세우던 놈이 질겁하고 떨어졌다.

"타, 타소."

엄청난 미인이 둘 사이로 끼어들었다. 타소는 야신 앞에 서서 팔짱을 끼고 빼딱하게 드림 컬렉터를 쳐다봤다.

"우리 간판스타한테 볼일 있어?"

"아니, 볼일이라기보다는 뭐, 같은 드림 컬렉터끼리의 친목 도모랄까……."

"진짜야?"

야신이 어깨를 으쓱했다.

"스카우트 제의를 하더라고."

"어머나!"

타소가 도끼눈을 떴다.

"같은 바닥에서 노는데 상도덕이 있어야지. 야신이 우리 '라다'에 소속된 거 알잖아?"

"이봐, 타소."

놈이 느끼하게 목소리를 깔았다.

"내가 진심으로 아까워서 그러는데. 너 같은 미인이 뭐가 아쉬워서 점집을 하고, 또 뒷구멍으로 드림 컬렉터 중개업까지 하는 거야? 귀신눈깔 저거 백년 만년 챙겨 봤자 네 주머니에 남는 건 없다고."

타소가 콧방귀를 뀌었다.

"네 주머니나 신경 쓰고 꺼지시지."

"하여간 여자들이란. 사람이 진심으로 충고해 주면 들을 줄도 알아야지. 반반한 새끼 뒤 봐주다가 네 눈에서만 피눈물 난다고."

"황송해서 눈물 나네. 반반한 여자 앞에서 까불다가 피눈물 쏟는다는 충고는 누가 안 해 줬어?"

드림 컬렉터와 타소는 서로 한참을 노려보았다. 기세에 밀린 놈이 우물쭈물하며 등을 돌렸다.

"하여튼 내 말 허투루 듣지 마. 좀 잘나간다고 건방 떨다가 걔네한테 칼 맞는 수가 있어."

놈이 인파에 파묻혀 사라지자 타소가 야신을 쳐다보지도 않고 말했다.

"한 가진 맞네. 네가 건방지다는 거."

"워낙 잘나다 보니."

'어련하시겠어.' 하는 얼굴로 타소가 야신을 올려다봤다.

"이비크 애들이 또 쑤시나 봐?"

"드림 매춘에 동원하려는 모양이던데."

타소가 팍 인상을 찌그렸다.

"불법도 가지가지 하네. 저번엔 깨어 있는 상태에서 뇌 활동을 저장해 달라고 하지 않았어?"

"원래 호랑이 없는 곳에선 여우가 왕 노릇 하는 법이지."

마야 자체가 상상 행성이었기에, 태양계 수뇌들은 이곳을 엄청나게 신경 써서 관리하지 않으면 무슨 일이든 벌어질 수 있다는 걸 일찌감치 알아챘다. 잠깐 방심했다간 꿈의 행성이

지옥으로 변할 거라는 걸 잘 알고 있는 우주경찰, 마야 행정부, 소브컴은 우주군까지 동원해서 폭력 조직들을 막았다. 유흥 행성에 돈 냄새를 맡고 들어오기 마련인 거대 폭력 조직들, 마약 조직들은 레이저포와 무차별 체포 앞에서 찍소리도 못 내고 물러가야 했다.

때문에 마야 뒷골목은 조직망을 갖춘 갱들 대신 각자 직업군을 삥 뜯는 점조직 양아치들이 주름잡게 되었다. 직업군을 벗어나 조직망을 갖출라치면 우주경찰과 소브컴이 귀신같이 나타나 모두 화성 감옥으로 실어 갔기 때문에 야심 있는 놈들은 감옥에 가거나 마야를 떠났고, 몸집을 좀 불린 양아치들은 오히려 모난 돌 정 맞을까 봐 몸을 사렸다.

하지만 신흥 드림 컬렉터 폭력 조직 이비크파는 좀 달랐다. 놈들은 꿈을 정당하게 사는 법이 없었다. 꿈을 훔치는 건 기본에, 하나 산다고 계약하고 몇 개씩 꿈을 뽑아내는 건 양반이고, 불법적인 꿈을 팔거나 드림 매춘을 주선해 댔다. 새어 나오는 소문으로는 꿈을 빼내려고 인신매매도 왕왕 벌이는 모양이었다. 타소가 혀를 찼다.

"덕분에 이쪽만 장사하기 어려워졌잖아. 요새 다들 죽을상이더라. 놈들이 설치고 다니면서부터 관광객들이 꿈 파는 데 얼마나 더 몸을 사리는데. 경계하는 게 장난 아닌가 봐."

"소브컴이 놈들을 반년 안에 싹쓸이할 거라는 데에 걸지."

"흐응, 진짜 그렇게 될까?"

"될걸."

타소는 자신하는 야신을 흘깃 쳐다봤다. 그와 함께 라다 쪽으로 향하면서 그녀가 말했다.

"그럼 반년 정도는 몸 사려야겠네. 걔네들, 너 포기가 안 되나 봐. 저렇게 끈덕진 건 처음 봤어."

"말은 바로 해야지. 이비크가 너와 데이트하겠다고 달라붙었을 때가 더 끈덕졌잖아."

"그때 얘기는 꺼내지도 마. 갱 따위와 사귀려고 예쁘게 태어난 게 아니라고."

야신은 어이없어하며 담배를 빨았다.

"예쁘게 태어나는 목적이 있나?"

"당연하지. 예쁘면 돈을 벌기 유리하고 돈은 있을수록 안전하다고. 난 말이야, 내 목숨과 내 사람과 내 돈, 이 세 가지는 뺏기고 못 살아."

"……목숨이 없으면 못 살지."

"어쨌든. 그러니까 나한테서 벗어나려는 생각이면 일찌감치 포기해."

뭐 딱히 벗어날 생각도 없는데. 야신은 고개를 끄덕이며 라다에 들어서기 전에 담배를 발로 비벼 껐다. 삐걱대는 낡은 간판 사이로 최첨단 보안 카메라가 얼핏 보였다.

"그래서 돈, 돈 노래를 하면서 또 방범 장치에 쏟아 부었군."

타소가 점집에 홀로 들어서며 대꾸했다.

"너도 자체 방범 좀 해."

"총이라도 가지고 다니라고?"

챠라락.

내실 입구에 쳐진 발을 가르며 타소는 가사로봇에게 커피를 시켰다.

"야샤르 알지? 이번에 대박 터뜨려서 지구로 돌아간 애. 고향에 저택 올렸다더라."

야신이 소파에 앉으며 타소를 쳐다봤다. 그 시선을 무시하고 타소가 말을 이었다.

"너도 알다시피, 밖에서 보기엔 그럴싸해 보이지만 먹고살만큼 돈 만지는 사람 손에 꼽는 게 이 바닥이잖아. 하지만 아주 가끔 야샤르처럼 대박 꿈을 건지는 사람이 나오는 것도 사실이고."

"하고 싶은 얘기가 뭐야?"

"넌 3년 내도록 야샤르가 이번에 대박 친 것보다 더 크게 쳤잖아."

"……"

"슬슬 소문이 돈단 말이야. 솔직히 이제야 소문 도는 거에 감사할 일이지. 누가 영업을 맡았는지 입이 무거워서."

야신은 담배를 물었다.

"남의 일에 쓸데없이 관심들이 많군."

"걔네들 생각엔 쓸데없지 않은 거지. 이비크 애들은 너만 붙들면 그게 다 자기들 돈이라고 생각할걸?"

야신이 혀를 찼다.

"그러고도 남을 놈들이지."

"소브컴 무서운 줄도 모르고 설치는 놈들이잖아. 아까 그놈 말이 맞아. 네가 계속 그쪽에 안 붙으면 진짜 널 적으로 여길 거라고."

"흠."

"뿐이야? 널 찌르면 얌전하게 영업하는 드림 컬렉터들 사기가 꺾일 거라고 생각할걸. 아주 틀린 소린 아니잖아. 네가 대박 치고 싶어 하는 드림 컬렉터들 아이콘인 건 맞으니까."

"아이콘이라. 이비크 놈들보다 소름 돋는군."

야신은 중얼거리며 단숨에 커피를 비웠다.

"그래서 대책이 있으니까 말을 꺼낸 거겠지?"

"물론이야."

타소가 천천히 커피를 마시면서 야신과 눈을 맞췄다. 새파란 눈동자가 부담스러울 정도로 또렷했다.

"일단 주위에 좀 방어막을 쳐 봐. 인맥으로."

"……"

"주위에 관심을 가지고 잘 살펴보란 말이야. 아쉬운 거 없다고 지금처럼 본 척 만 척 하지 말고."

"새삼스레 사회생활 충고인가?"

"어쩌면 목숨이 달렸을 수도 있잖아? 나야 너랑 돈이며 일이며 얽힌 게 많지. 하지만 나 하나론 안 되는 상황도 있을 거라고. 누가 네 편을 들어줄지 고민하고 살펴야 돼. 네가 위험해졌을 때 네 편을 들어줄 사람들을 주위에 만들어 두란 말이야."

야신은 대답 없이 내려놓았던 담배를 다시 물었다. 불을 붙이는 그를 타소는 가만히 지켜보고 있었다. 보통 때라면 쓸데 없는 참견이라 일축했겠지만……

타소의 말이 맞았다. 대립 구도는 이미 굳어 가고 있었다. 이비크 놈들이 칼을 빼 들면 이미 늦은 것이다. 누군가 노리기 시작하면, 습격 같은 건 어차피 막을 수 없는 법. 운 좋게 한두 번 막는다고 해도 한번 뽑은 칼은 그가 쓰러질 때까지 계속 겨눠지리라. 그 전에, 건드리면 귀찮게 된다는 걸 보여 주는 편이 훨씬 나았다. 야신이 중얼거렸다.

"중요한 건 놈들이 내가 혼자가 아니라고 생각하게 하는 거란 말이지."

타소가 미소 지었다.

"머리는 돌아간다니까."

* * *

콴 우주공항에 내려 호텔까지 가는 동안 지희 일행은 두 번이나 싸울 뻔했다. 판타소스 돔부터 갈지 아난다 돔부터 갈지 다퉜고, 호텔에 가서 짐 먼저 풀고 정하기로 한 다음에는 호텔까지 뭘 타고 갈지 실랑이를 해 댔다. 예약한 호텔이 닉스 돔 외곽에 있어 불편하다는 불평까지 터지자 실랑이는 언쟁으로 변했다.

"그러니까 렌터카 같은 거 없다니까? 마야는 자가 교통수단 금지라고 했다고."

효은이 말하자 경진이 마야 시내를 보여 주는 영상을 가리켰다.

"그럼 저기 저렇게 파리인 양 날아다니는 건 뭐야? 저거 에어카 아냐?"

"경찰이나 앰뷸런스겠지. 아님 소브컴이든가."

효은의 말에 수연은 눈웃음을 치며 지희를 돌아봤다.

"야, 소브컴이라고 하니까 우리 진짜 마야에 온 거 같다. 소브컴이 환상경찰 같은 거 맞지? 환상경찰이래. 멋있지 않냐?"

"제복도 입을까?"

"슈트면 좋겠다. 기본인 네이비로."

"무슨 소리야. 슈트의 기본은 블랙이지."

효은이 짜증 섞인 시선으로 그러는 둘을 쳐다봤다.

"좀. 언제 호텔까지 가려고 그래? 찾아봤는데, 여기서 호텔까지 가는 방법은 세 가지야. 트램, 모노레일, 무인택시. 한 번에 가는 트램 노선이 있긴 한데 40분 걸리고, 모노레일은 15분 걸리는데 한 번 갈아타야 돼. 무인택시는 요금이 트램의 다섯 배고."

"무인택시는 좀 돈 아깝다."

"아, 몰라, 몰라. 난 트램 타 본 적도 없다고."

"도로 위에서 운행하는 전차야."

"그럼 버스랑 별다를 것도 없네. 자리 없으면 서서 가야 할 거 아냐. 짐도 많은데 넷이 우르르 그걸 타자고?"

"그러고 보니 트램은 수동으로 조종한다던데."

"수동?"

경진이 인상을 찌푸렸다.

"마야에서 수동이라니 그거 불안하지 않냐?"

"뭐, 거리에서 바로 운행하니까 사람 칠까 봐 그러는 거겠지. 진짜 수동이라 더 위험하면 지금껏 운행을 하고 있겠어?"

"암튼 불안하잖아. 게다가 말이 40분이지, 내려가서 기다리고 어쩌고 하면 한 시간이네."

지희는 조마조마하게 효은과 경진의 신경전을 지켜봤다. 수연이 짝 손뼉을 쳤다.

"그럼 모노레일 타면 되겠네!"

효은과 경진이 어처구니없다는 표정으로 수연에게 눈을 돌렸다.

"아까 얘기할 때 뭐 들었어? 모노레일은 갈아탄다고."

"내 말이. 지금 뭐, 고속터미널역에서 환승하는 줄 아냐? 짐 들고 끌고 모르는 동네 헤매는 게 얼마나 일인데."

"그래도 모노레일은 높은 데서 다니잖아."

수연이 말했다.

"아까 잠깐 안내 영상 봤는데, 모노레일은 마야 전체에 깔려 있대. 마야 어디서든 위를 보면 모노레일이 보인다는 거야."

"그게 뭐?"

지희가 끼어들었다.

"왜, 좋은데?"

"너까지 왜 그러냐?"

"아니, 생각해 봐. 우리 관광 온 거잖아? 전망대 같은 데 가서 보려면 돈 내고 봐야 되는데, 이왕지사 지금 이동하면서 마야 내려다보면 엄청 멋질 거 같지 않아? 돈도 안 들고."

마지막 말에는 효은과 경진의 마음도 동했다.

세 시간 후 일행은 아난다 돔의 유명 시뮬레이션 센터에 누워 있었다. 모노레일에서 보기에 판타소스 돔보다 아난다 돔이 화려해 보였기 때문이다.

지희는 불안한 마음으로 시뮬레이터 속에 누운 채 꼼질거렸다. 처음으로 힙노스(사람의 꿈으로 만든다고 광고하는 드림 시뮬레이션)를 막 시작하려는 참이었다. 가슴이 콩닥콩닥했다. 조금 전 들었던 직원의 말이 자꾸 귓가를 맴돌았다.

'손님, 힙노스는 복제가 안 돼서 똑같은 제품이 없습니다. 친구분 다음번에 하시게 해 드릴까요?'

복제가 안 된다니, 만든 시뮬레이션이라면 그럴 리가 없지 않은가. 진짜 꿈 같은 시뮬레이션이라면 개발하기도 어렵고 개발비도 만만찮았을 텐데. 그녀는 생각했다.

'설마, 진짜 사람 꿈을 재가공한 건가? 광고 아니고 진짜로?'

만약에 그렇다면 지금 힙노스를 그대로 해도 되는 건가 싶었다. 그녀의 어지러운 마음과 상관없이, 서서히 뚜껑이 닫히는 시뮬레이터에선 녹아내리는 민트 아이스크림 같은 목소리의 음성 광고가 흘러나왔다.

— 신개념 드림 시뮬레이션 힙노스. 기계에 의해 프로그램

된 시뮬레이션이 아닌 인간 무의식의 시뮬레이션. 당신이 경험하는 꿈, 당신이 겪는 현실, 당신이 느끼는 판타지, 그 모든 것이 힙노스 안에선 가능합니다. 마음속 깊이 숨은 동굴을 탐험해 보십시오.

조금 더 또렷한 목소리가 말했다.

— 저희 피닉스 시뮬레이션 센터에 회원으로 가입하시면 놀라운 혜택들이 고객님을 기다리고 있습니다. 매달 추첨으로 무료 체험권 두 장을 드리며, 최신 힙노스 동향을 알려 드리는 것은 물론 힙노스 예약 시 우선권을 드립니다. 또한 이용 내역이 고객 정보로 저장되어 매칭 프로그램을 이용하실 때 똑같은 꿈이 또 걸리는 불편을 겪으실 필요가 없답니다.

시뮬레이터 뚜껑이 완전히 닫히면서 음성 광고가 끝났다. 금색 불새가 날아와 '피닉스 시뮬레이션 센터'라고 띄우기를 반복하던 홀로그램도 사라졌다. 그녀는 갈등했다. 안 하겠다고 하려면 지금이 마지막 기회였다.

— 꿈을 직접 고르시겠습니까, 아니면 매칭 프로그램을 이용하시겠습니까?

"음……."

그녀는 예상치 못한 질문에 타이밍을 놓치고 잠시 주저했다.

"뭐가 다른데요?"

— 매칭 프로그램은 고객님의 뇌파에 제일 잘 맞는 힙노스를 제공해 드리는 서비스입니다. 이용률이 80퍼센트에 달한답니다.

"그럼 그걸로 해 주세요."

지희는 눈을 감았다. 괜찮을 거야. 같이 온 친구들도 다 하고 있고, 저 밖에 있는 사람들 또한 다 하려고 온 거잖아. 그녀는 스스로를 다독이며 크게 심호흡을 했다. 의식이 순식간에 꿈으로 빨려 들어갔다.

꿈속이었다. 의식은 작은 방을 꽉 채울 것처럼 부풀더니, 곧 하늘로 둥실 떠올랐다. 붉은 대지를 내려다보며 의식은 스스로에게 물었다.

내가 누구였지?

의식은 주위를 둘러보았다.

여긴 어디지?

가까이에 펼쳐진 분홍색과 오렌지색이 섞인 하늘은 친숙한 빛깔이었다. 여기는 화성이야. 의식은 깨달았다. 서로 반대 방향으로 도는 포보스와 데이모스가 잡힐 듯이 가까이 오다 달아났다. 포보스와 데이모스가 가까이 있을 때에는 싸우지 말라는 말이, 문득 생각났다. 난 여길 알고 있어. 의식은 생각했다. 난 여기 살았어.

생각하자, 멀리 달아나던 포보스와 데이모스가 갑자기 오븐 속 감자처럼 펑 하고 터졌다. 너무 어이없는 광경이라 의식은 오히려 편안한 마음으로 그 광경을 지켜보았다. 일어날 리 없는 일이었다. 의식은 지금 이곳이 진짜 화성이 아니라는 것을 깨달았다.

맞아, 여긴 꿈속이었어.

자각이 오자 의식은 바람 빠지는 풍선처럼 지상으로 내려앉았다. 의식은 자신이 소년의 모습을 하고 있다고 느꼈다. 원래 자신이 어땠는지는 알 수 없었다. 무슨 상관이람. 소년이 된 의식이 생각했다. 어차피 이곳에는 스쳐 지나간 많은 사람들의 순간들이 날것 그대로 떠돌고 있었다. 그것이 다른 이들의 인생이라는 자각도 없이 소년은 그것들 중 가장 오래돼 보이는 것을 골랐다.

지구의 사막에서 차를 모는 남자가 있었다. 소년은 그 순간으로 뛰어들었다.

우주가 쏟아져 내리는 밤이었다. 하늘은 구름 한 점 없이 대기권 밖의 세계를 지구로 끌어들였다. 먼 항성에서 몇만 광년을 날아온 빛과 태양빛을 반사하는 태양계 행성들의 빛이 시간을 극복하고 지구의 하늘에 똑같이 맺히고 있었다.

지구의 땅은 그 하늘을 묵묵히 바라본다. 그렇기에 모래바람에 별들이 가려지는 땅에서도 사람들은 우주를 꿈꾼다. 머큐리 우주공사(통칭 MSC) 앞에선 모래를 날리며 밤바람이 불고 있었다. 습기 없이 차갑기만 한 바람이 우주사령부 건물을 쓰다듬었다.

위이이잉.

MSC 건물 앞에서 차를 몰던 남자가 전기장 와이퍼를 작동시켰다. 부옇게 가려져 있던 밤하늘이 다시 모습을 드러냈다. 뚫린 시야로 들쭉날쭉한 붉은 괴석들과 잘려진 절벽의 단층면들이 보이고, 그것들 사이로 엎드린 금속 괴물 같은 MSC 건물이 보였다. 남자는 송신탑 위로 무너지는 별들을 바라보며 핸들을 잡은 손에 힘을 주었다.

「놀라운 밤입니다. 안 그래요? 한 세기 전까지만 해도 대부분 지구인들은 이런 밤이 얼마나 멋진 기적인지를 모르고 살았죠. 아, 옛날 사람들도 바보는 아니었기 때문에 지구에서 보는 별은 몇십 광년을 날아온 과거의 빛이라는 것과 하늘은 그 빛을 통과시키는 대기일 뿐이라는 사실을 잘 알고 있었죠. 그렇지만 그것뿐이었다 이 말이죠. 그 사람들한텐 지구가 전부였잖아요? 백 년 전에 어느 학교에서 선생님이 학생들한테 질문을 하나 했더랍니다. '세계란 무엇이냐?' 학생 하나가 대답하길 '세계는 지굽니다.' 선생님은 당연히 물었죠. '그럼 우주는?' 그랬더니 그 학생이 대답했답니다. '외계인들의 세계죠.'라고요!」

남자가 라디오 볼륨을 높이며 핸들을 꺾었다. 차는 큰 곡선을 그리며 우회전했다. 바퀴가 모래를 헤치느라 끙끙대는 소리가 계속됐다. 그는 다시 MSC 건물을, 밤하늘을 바라봤다. 전기장 와이퍼가 달아올라 앞 유리엔 다시 모래 먼지가 부옇게 쌓였고, MSC의 송신탑 끄트머리와 밤하늘만 흐리게 보였다. 남자는 눈을 깜박였다. 갑자기 기계음 사이로 뭔가 짖는 소리가 끼어들었다.

캥!

「푸하하하! 걸작이지 않습니까? 지금의 우주공간학 학자들이 들으면 뒤로 넘어갈 얘기죠!」

픽!

차에 치인 무언가가 붕 뜨면서 앞 유리에 부딪쳤다. 남자는 턱 하고 전달된 충격에 몸을 뒤로 젖히면서, 앞 유리에 진 그림자가 떨어지고 그 자리에 진득한 액체가 흐르는 것을 보았다. 그는 신중하게 액셀을 밟았다.

「예이, 예! 다행히도 지금은 2×05년. 5년 전에 화성으로 이민 간 제 친구가 이 애길 들으면 기분 뭣하겠죠. MSC에선 지구 전체 인구의 5분의 2가 우주여행을 경험했다더군요. 뻥! 요즘에 우주여행 한번 안 해 본 사람이 얼마나 된다고!」

차는 다시 한 번 큰 곡선을 그리며 모래벌판 위를 달렸다.

「어쨌거나 정말 놀라운 밤이죠. 우주에서 지구를 본 사람들, 지구 대기 밖에서 맨얼굴의 우주를 대면한 사람들은, 더 이상 지구의 밤하늘을 지구만의 것이라고 생각하지 않거든요. 우리들은 맑은 밤하늘에서 다시 한 번 우주를 보는 겁니다. 광활한 우주 속에 점처럼 떠 있는 지구를 떠올려 보세요. 우리가 이 밤, 이처럼 지구 안에서 우주를 바라보는 것 자체가 기적 아니겠습니까? 멋진 밤, 놀라운 밤! 이 밤에 어울리는 노래 한 곡 골라 드립니다. 카라드 제케이의 Looking.」

끼이이익.

남자가 거칠게 차를 세우고 라디오를 껐다. 차는 머큐리 우주사령부 앞으로 돌아와 있었다. 하늘은 여전히 쏟아지는 우주 그대로였고, 엔진 소리가 죽은 사위는 고요했다. 모래벌판에 그려진 수많은 곡선과 직선만이 남자가 꿈을 꾼 게 아니라는 걸 증명하는 듯했다.

"저곳으로 돌아간다."

남자는 차에서 내렸다. 우주가 그의 품으로 안겨 들어온다. 그는 오래도록 밤하늘에 맺힌 우주를 쳐다보았다. 남자의 무표정한 얼굴에서 눈만 허기에 시달리고 있었다.

"여전하시군요."

남자는 소리가 난 쪽으로 고개를 돌렸다. MSC의 현관에서 젊은 여자가 그를 바라보고 있었다. 여자는 차와 남자를 번갈아 쳐다보면서 다가왔다.

"그건 뭐죠?"

여자의 말에 남자는 자신의 차를 쳐다봤다. 앞 유리 가득 덮인 먼지들 위로 피가 번져 있었다. 어느새 옆으로 다가온 여자는 아예 고개를 숙이고 핏자국을 들여다봤다. 피는 아직 미지근했고 누런 털들을 묻힌 채였다.

"사막 여우군요."

"별일 아니야."

"당신에겐 그렇겠죠."

여자의 비꼬는 말에도 남자는 별 반응이 없었다. 여자는 남자의 무심한 옆얼굴을 보며 팔짱을 끼었다.

"그래서 좀 진정되셨습니까?"

"보고 있었나?"

"아까 들어오시는 걸 봤습니다. 탐사대장님이 호출하셨죠?"

"응."

"한 시간도 넘게 카레이서 흉내 내신 걸 보니 또 우주로 나가시는군요."

남자는 딱딱하게 미소 짓고는 다시 시선을 올렸다. 그의 눈은 그

너를 바라볼 때와는 전혀 달랐다. 빌어먹을. 여자는 입속으로 웅얼거렸다. 그녀는 이 굶주리고 들뜬 시선이 싫었다. 남자의 그런 시선은 그녀를 언제나 제삼자로 만들어 버렸다.

"이거야 연인들의 밀회에 끼어든 것 같은 기분이군요. 우주로 나가는 게 그렇게 좋으십니까?"

남자는 고개도 안 돌린 채 반문했다.

"왜 여기 있나?"

"예?"

"우주로 나가는 게 좋으냐고 묻는 사람이 왜 여기 있냐고."

여자는 등 뒤의 MSC 건물을 쳐다보며 픽 웃었다.

"좋아서만 일한다는 법은 없지요. 전 일벌레보단 인간적으로 괜찮은 사람이 되고 싶거든요."

"잘됐군."

"예?"

"그렇다면 자네보단 내가 우주탐사에는 더 유리하겠군."

여자는 못 당하겠다는 듯이 어깨를 늘어뜨렸다.

"머릿속에 온통 우주 생각밖에 없으시군요."

남자는 대꾸하지 않았다. 위이이. 싸아아아. 붉은 협곡 사이를 달려온 바람이 마른땅으로 모래를 차며 눕는 소리만 길게 들려왔다. 여자는 남자의 시선을 따라 밤하늘에 맺힌 별들을 바라보았다. 우주에서 보는 것만큼은 못했지만, 그래도 아름다웠다. 죽은 공간들, 도달하기엔 너무 먼 곳들. 그래도 아름다웠다.

"어쩌면 이번 탐사에 저도 끼게 될지 모르겠습니다."

"호출이 있었나?"

여자는 고개를 끄덕였다.

"꽤 큰 프로젝트인데다 탐사선도 최신형이고, 무엇보다 연구팀과 기술팀이 쟁쟁하더군요. 다녀오면 100퍼센트 승진감이죠."

"아깝다는 식으로 얘기하는군. 뭔가 문제가 있나?"

여자는 물어봐 주길 기다렸다는 듯이 재빨리 대답했다.

"문제는, 이번에도 제가 당신 부관이라는 거죠."

여자는 남자의 얼굴을 쳐다봤다.

"저는 두 번이나 당신의 부관이었고 우주에서 3년이나 같이 있었습니다. 유쾌한 경험은 아니었죠."

남자는 여자의 눈을 마주 쳐다보며 물었다.

"무슨 말이 하고 싶은 건가?"

"미하일이 실려 갔습니다."

"미하일이?"

"예, 미하일 오스트로스키. 그가 메인 프로그래머로 짠 새 도킹 프로그램에서 이상이 발견됐거든요. 도저히 미하일 같은 초일류 프로그래머가 저지를 만한 실수가 아니었죠. 그의 상관이 찾아냈을 때, 미하일은 도킹 프로그램과 굴착기 프로그램을 구분하지 못하고 있었어요."

남자는 천천히 고개를 가로저었다.

"전형적인 증상이군. 오랜 신경쇠약이 정신분열 초기 증상까지 부른 거야. 우주인이라면 자신의 뇌파 지수 정도는 늘 측정해야지."

"그 말밖에 할 말이 없으십니까?"

여자는 잠긴 목소리로 반문했다. 남자는 여자 쪽으로 고개를 돌렸고, 그녀의 얼굴이 미미하게 일그러진 것을 보았다.

"이봐."

그는 조용히 그녀를 불렀다.

"내 탐사선에 동승하길 원하지 않는다면, 그래도 좋아."

여자는 양손으로 머리를 쓸어 넘겼다.

"그것뿐입니까?"

"내가 더 무슨 말을 하겠나."

"하지만 미하일은……."

여자는 말을 멈췄다. 미하일 오스트로스키. 그녀는 미하일과 보낸 1년을 기억했다. 막막하고 텅 빈 우주의 어둠. 창밖의 빛으로만 자신의 존재를 증명하는 멀고 먼 별들. 인간세계에서 고립된 것 같던 그 우주선에서, 자신이 인간이라는 사실을 실감할 수 있는 건 다른 동료들과 함께 있던 때뿐이었다. 그들은 휴식 시간마다 지구에서 들고 온 가족들의 홀로그램을 같이 틀었고, 음료수와 과자를 먹으며 지구에 돌아가면 제일 먹고 싶은 것을 얘기하곤 했다. 동료들이 없었다면 우주에서의 고독과 남자의 독선적인 일처리를 견뎌 낼 수 없었을 것이다.

하지만 그런 일들은 남자에게도, MSC의 수뇌부들에게도 아무 상관없는 일이다. 남자의 말이 맞았다. 그는 그녀에게 탐사선에 타라고 강요할 수 없었다. 그리고 그녀 또한 남자에게 일하는 방식을 바꾸라고 말할 수 없었다. 그 방식 때문에 그녀가 몇 명의 동료를 잃었고, 앞으로 더 잃게 된다 해도 말이다.

"여전히 당신은 자신이 어떤 사람인지 모르시는군요."

"그렇지 않아."

"탐사대원들은 안드로이드가 아니에요."

"그렇게 생각한 적 없어."

여자의 목소리가 냉랭하게 가라앉았다.

"거짓말을 하시는군요."

"……."

남자는 아무 말도 하지 않았다.

"도대체 당신은……, 뭘 원하시는 겁니까?"

"우주로 돌아가는 것."

여자는 그 말을 듣는 순간 팔을 쓸었다. 공기가 선뜩했다.

"그것뿐입니까?"

"그것뿐이야."

남자는 대답하고 잠깐 여자 쪽으로 시선을 주었다.

"이번 탐사에서 또 볼 수 있으면 좋겠군."

여자가 대답하지 않자 남자는 고개를 내리고 명령조로 말했다.

"들어가."

기이이잉. 남자의 차가 깨어나 지하 주차장을 향해 천천히 움직였다. 여자는 그가 잠시 멈칫했다가 그대로 그녀 옆을 지나쳐 우주 사령부 건물 안으로 걸어 들어가는 걸 막지 않았다. 여자는 그에게 악수를 청하고 싶지 않았다. 그녀는 그에게는 인간적인 제스처를 보내고 싶지 않았다. 그녀는 우주에 미친 강철 인간에게 혼잣말하기보다 혼자 남아 그의 말을 되씹는 걸 택했다.

'우주로 돌아가는 것. 그것뿐이야.'

우주가 마음의 고향이 되지 말란 법은 없다. 그렇지만……, 정말 마음의 고향으로 생각하는 것뿐일까? 말 그대로 우주로 돌아가는 거라면, 그래서 지구로 오는 것이 돌아오는 것이 아니라 떠나는 것이라고 생각한다면……. 여자는 고개를 저었다.

"불가능해."

인간에게 우주는 바다다. 인간이 진출해 있는 달이나 화성은 섬일 뿐이다. 육지로부터의 보급선이 없으면 금세 죽어 버릴 작은 섬. 다른 육지들은 너무나 멀리 있었고, 인간이 초공간 도약으로 그곳을 방문할 날도 매우 멀었다. 인간이 결국 제대로 숨 쉴 수 있는 곳은 지구뿐이었다. 육지에 닿지 않는 배가 익사하는 것처럼, 지구로 돌아오지 않는 우주인 또한 죽을 것이다. 공기로 부푼 내장과 얼어붙은 근육을 가진 채 우주를 떠다닐 것이다.

"불가능해."

그녀는 다시 고개를 젓고 우주가 아닌 눈앞의 풍경을 바라보았다. 하늘 아래 존재하는 것들. 메마르고 까끌까끌한 모래벌판, 손톱으로 할퀸 듯한 붉은 절벽, 어둠 속에서도 도도한 괴석들. 그 사이로 공기가 흐르고, 그 공기가 흐르는 소리가 들린다. 움직이는 곳, 살아 있는 곳, 친숙한 곳.

이곳에 발을 딛고 늘 우주만을 바라보는 남자.

그리고 그 남자는 다시 우주로 나가려 하고 있었다. 거대한 우주선에 수많은 우주인과 과학자들을 태운 채로. 여자는 막연하지만 무시할 수 없는 불안을 느꼈다.

"……."

그녀는 미하일을 생각했다. 끼니를 자주 거를 만큼 게으르고, 늘 연구실을 지저분하게 만들던 사람이었다. 그렇지만 프로그램을 짤 때나 우주를 쳐다볼 때는 눈이 반짝반짝하던 사람이었고, 쑥스러워하며 웃는 얼굴이 선한 사람이었다. 고립된 우주에서 서로 미치지 않게 도와줬던 동료였다. 남자 밑에서 일했던 그 1년 동안 미하일은 곧잘 말했었다.

'선장은 우리를 우주선에 내재된 프로그램 취급하는 것 같아요. 난 그 사람이 우리가 어떤 사람인지 손톱만큼이라도 아는지 모르겠어. 선장 앞에 있다 보면, 내 실체는 그 사람이 명령하는 대로 일하는 우주선의 프로그램이고 여기 있는 나는 허깨비인 것 같다는 생각까지 든다니까요……. 아니, 웃지 말라니까요. 지구에 있는 사람들이 들으면 웃을지 몰라도, 부관님이 웃으면 안 되죠. 음, 역시 그럴까요? 지구로 돌아가서 친구들 틈에 파묻히면 괜찮아질까?'

남자는 두 번째, 세 번째 미하일을 또 만들겠지. 그녀는 미하일처럼 망가질 순 없다고 생각했다. 더 이상은 남자와 우주에 나가지 않겠다고, 스스로를 미치게 내버려두지 않겠다고 생각했다.

'하지만 그걸로 다 된 걸까?'

그녀 자신만 도망친 걸로 다 끝난 걸까? 그녀 자신만 두 번째, 세 번째 미하일의 운명에서 벗어나면 되는 걸까?

미하일 전에도 남자와 일하다 정신이상을 일으킨 동료 우주인은 세 명이나 있었다. 앞으로도 그 수는 줄지 않을 것이다. 그가 유능한 우주인으로서 우주선을 이끌고 나가는 한은. 이번에 탐사선에 타는 사람들도 그 위험에서 자유로울 순 없을 것이다.

"막아야 돼."

하지만 어떻게? 여자는 알 수 없었다. 뺨을 치는 사막바람의 냉기 속에서 그녀 자신의 호흡만 뜨거웠다. 그녀는 매서운 바람에 한 발짝 물러섰고, 다시 한 발짝 더 물러났다. 뒷걸음질 치던 그녀는 밤하늘이 안 보이는 위치까지 들어온 것을 깨닫고 몸을 돌려 MSC로 걸어 들어갔다. 지하 주차장으로 연결된 에스컬레이터가 가벼운 소음을 내며 그녀의 무게를 받아들였다.

당신은 못 막았어.

소년은 중얼거렸다. 그는 결과를 알고 있었다. 어떻게 아는지는 중요하지 않았다. 어차피 수많은 이들의 순간들이 우주먼지처럼 여기 있었다. 어떤 것을 집든 누군가의 인생일 뿐이었다.

하지만…….

머리 위에서 누군가 말했다.

이 놀이도 곧 끝날 거야.

소년은 그게 맞는 말이라는 걸 알았다. 놓치고 싶지 않았다. 여기서 한정 없이 주물럭거리고 놀다 보면 뭐라도 될 수 있을 거라고 느꼈다. 재벌? 대통령? 개척 연방 수뇌? 신? 하지만 하늘에서 손이 내려와 그의 장난감들을 쓸듯이 집어 가고 있었다. 발을 동동 구르며, 소년은 마구 떼를 쓰고 울어 버리고 싶은 충동과 싸웠다. 초조함과 이대로 뺏길 수 없다는 절박한 욕망이 뒤섞여 그는 머리를 싸줘었다. 소년이 저도 모르게 중얼거렸다.

야신 카갈리스키를 만나야 해.

입 밖으로 나온 결론에 만족해, 소년은 고개를 주억거렸다. 소년은 그를 알고 있었다. 아니, 어쩌면 모르는지도 몰랐다. 하지만 그런 것은 중요하지 않다고, 소년은 평소처럼 의문을 멀찍이 던져버렸다.

어차피 소년은 그를 알게 될 터였다.

지희는 멍하니 누워 있었다.

아주 어린 시절, 꿈과 현실이 잘 구분되지 않을 때 생생한 꿈에서 깨면 마치 다른 삶을 살다 나온 것처럼 북받치던 그 감정과 똑같았다. 감정은 꿈속의 생에서 못 빠져나와 어리둥절한 반면 의식은 아드레날린 때문에 팽팽히 당겨져 있었다.

야신 카갈리스키. 그녀는 입속으로 중얼거려 보았고, 그 이름에서 느꼈던 꿈속의 감정들이 잡힐 듯이 떠올라 조금 무서워졌다.

시뮬레이터에서 나와 휴게실로 들어서면서 지희는 깜짝 놀랐다. 그녀처럼 힙노스를 하고 나온 친구들 모두 얼이 나간 표정이었다. 내 얼굴도 저렇겠구나. 지희는 자신의 얼굴을 만지며 표정을 수습하려 했지만 충격이 가시지 않는 이상 소용없는 일이었다. 어떻게 평정심을 유지할 수 있겠는가. 태양계 최고의 유흥 행성다운 화려함, 흰개미 떼처럼 많은 사람들, 그리고 소름 끼치게 생생한 꿈 시뮬레이션 힙노스. 그녀들은 이미 마야에 압도된 상태였다.

판타소스 관광 가이드를 해 주겠다며 접근한 남자를 뿌리치지 않은 것도, 아마 그래서였을 것이다.

남자를 따라 시뮬레이션 센터 휴게실을 나서는 순간 지희는 이상한 느낌에 시선을 돌렸다. 맞은편에서 살집 좋은 중년 여자가 그들을 보고 눈을 크게 뜨고 있었다. 중년 여자의 눈이 빠르게 가늘어지더니, 못 볼 것을 본 것처럼 홱 고개를 돌렸다.

"지구에서 오셨나요? 중국인?"

"우린 한국인이에요."

일행의 말소리에 지희는 퍼뜩 정신을 차리고 그들을 쫓았다. 친구들은 이미 남자와 함께 시뮬레이션 센터를 빠져나가고 있었다. 벌써 선뜩해진 밤공기를 가르며, 아득해 보이는 돔 꼭대기에서 모노레일이 유성처럼 지나갔다. 저도 모르게 그 궤적을 눈으로 쫓는 지희에게 남자의 말이 들려왔다.

"밤에 보니 더 아름답죠? 깜짝 놀랄 밤이 될 겁니다. 여긴 환상의 행성이니까요."

* * *

정작 지희 일행이 깜짝 놀란 건 다음 날 한낮이었다.

지희는 피닉스 시뮬레이션 센터 휴게실 의자에 앉아 머리를 싸쥐었다. 친구들은 테이블에 제각각 엎드리거나 앉은 채 망연자실한 상태였다. 효은은 계약서 화면을 띄워 놓고 읽고 또 읽었다.

"아아, 그냥 친절한 현지인인 줄만 알았는데 드림 컬렉터였다니……."

"미치겠네. 아무리 술에 취해 있었어도 그렇지……, 어떻게 넷 다 그 남자 말대로 쫄레쫄레 꿈을 저장하러 갔을까?"

"이래서 드림 컬렉터를 조심하라고 하는 거였어."

지희의 중얼거림에 경진이 이를 갈았다.

"어젯밤 내내 같이 놀면서 드림 컬렉터라는 말은 한마디도 안 했다고! 이거 사기 아냐?"

"사기지."

"차라리 완전한 사기면 낫겠다."

효은이 계약서 홀로그램 화면을 끄면서 한숨을 쉬었다.

"드림 컬렉터라고 말만 안 했지, 계약서는 제대로 썼잖아."

"계약서에 쓰인 대로 돈도 냈더라. 술값."

"우리가 그 계약서 사인할 때 제정신이었냐고! 그걸 파는 줄도 모르고 재미로 했잖아!"

"아아아!"

마구 신음을 흘리며 수연이 얼굴을 가리고 뒤로 늘어졌다.

"여행 첫날부터 이렇게 어이없이 사기를 당하다니!"

그러는 수연을 쳐다봐 줄 경황도 없는 세 친구는 독기 어린 눈으로 휴게실을 둘러보았다. 힙노스를 하고 재잘거리는 10대 소년 소녀들과 연인들과 가족들이 눈에 들어왔다. 순간 지희는 당황과 분노가 한풀 꺾이는 것을 느꼈다. 자신들이 하고 있는 일이 얼마나 어처구니없는 일인지도.

본명인지 아닌지도 알 수 없는, 재스퍼라는 이름의 남자. 남겨 놓은 건 네 여자로부터 꿈을 사 간다는 계약서뿐이었다. 에일번호도 같이 찍은 사진도 하나 없는 상태. 그나마 어제 만났었던 곳에 다시 나타날까 죽치고 있었지만, 아난다 돔에 깔린 수많은 시뮬레이션 센터 중에 여길 또 온다는 보장이 있을 리 없었다.

"……그냥 포기할까?"

"그게 되냐?"

"그럼 어쩌려고. 사실 우리가 걸고넘어질 수 있는 것도 없잖아."

"으……."

효은이 고개를 끄덕였다.

"그건 지희 말이 맞아. 찾아 봤자 고소할 명분이 있는 것도 아니고, 일정도 많이 남았잖아. 재수 없게 미친개한테 물린 셈치고 그냥 잊어버리는 게……."

그때였다.

"쉬에!"

중년 여자의 째지는 외침이 들려왔다. 돌아보는 사이에도 여자는 또 소리쳤다.

"쉬에! 너!"

여자가 노려보는 곳에는 소년과 어깨동무한 청년이 있었다. 소년이 기겁했다.

"어……, 엄마!"

청년의 얼굴에 순간적으로 낭패감이 스쳤다. 청년은 자연스럽게 소년의 어깨에서 팔을 내렸지만, 중년 여자는 살벌한 눈으로 그러는 그를 주시했다.

"너 뭐하고 있니? 이 사람은 누구야!"

"아니, 이 형이……. 근데 엄만 왜 에일로 연락도 안 하고 왔어?"

"연락하고 말고 할 게 어딨니! 여기 들어올 때 너 나가지 못하게 하라고 코드 입력시켜 놨는데."

"뭐? 엄마 미쳤어? 그런 법이 어딨어?"

"시끄러! 지금 그게 문제야? 이 사람은 누구야?"

청년이 어색하고 비굴한 웃음을 띠며 한 손으로 머리를 긁었다.

"심심해 보여서 힙노스나 하게 해 줄까 했죠. 하하……, 어머님이 오셨으니 전 가 보겠습니다."

소년의 엄마는 의심스러운 눈으로 청년을 훑었다.

"당신……."

"음, 안녕히 계십쇼. 나중에 보자!"

청년이 급한 걸음으로 내뺐다. 중년 여자가 아들을 잡고 윽박질렀다.

"너 저 사람이랑 뭐하려고 그랬어!"

"왜 소린 지르고 그래? 돈도 안 주고 나 혼자 팽개쳐 둔 게 누군데!"

"너 오늘 당장 화성에 있는 기숙학교로 가고 싶어? 저 사람이랑 뭐했어?"

소년의 얼굴이 분노와 수치심으로 벌게졌다.

"시뮬레이터에서 잠만 자고 일어나면 돈 준다길래 그런다고 했어, 씨발! 왜!"

중년 여자의 얼굴이 순간적으로 새파래졌다.

"애가 세상 무서운 것도 모르고……."

아까부터 흥미롭게 두 모자를 지켜보던 사람들 중 하나가 내뱉었다.

"드림 컬렉터구먼."

순식간에 휴게실 사람들이 봇물 터진 것처럼 떠들기 시작했다.

"뭐래, 역시 드림 컬렉터래?"

"딱 걸렸구먼."

"쯧쯧, 저거 저거 인권 협회에서 어떻게 손 좀 못 쓰나……."

"혼 좀 나 봐야 돼, 저런 놈들은. 애들 상대로 컬렉트나 하고 있고 말이야."

소년의 엄마는 휙 몸을 돌려 맹렬한 기세로 문을 향해 내달렸다.

"더러운 드림 컬렉터! 멀쩡한 젊은 놈이 남의 사생활을 팔아먹냐? 이제 막 사춘기가 된 애를 꼬드겨 가지고!"

일행은 딱딱하게 굳어서 숨도 제대로 못 쉬고 그 광경을 쳐다봤다. 옆 테이블의 모자 쓴 남자가 작은 목소리로 비웃었다.

"어이구, 이제 막 사춘기가 된 애니까 꼬드기지. 빤한 짓을 했네."

"그러게 말이야. 누가 애 혼자 그렇게 두래?"

수연이 슬쩍 옆 테이블 사람들에게 말을 걸었다.

"왜 저렇게 난리인 거예요?"

일행을 흘깃 본 모자가 히죽 웃으며 대답했다.

"애한테 드림 컬렉터가 붙었잖아요, 지금."

모자 옆의 검은 재킷이 덧붙였다.

"그냥 놔뒀으면 계약서 쓰고 애 꿈 받아 가는 건데, 간발의 차로 다 잡은 먹잇감 놓친 거죠, 뭐."

"낄낄, 저 드림 컬렉터 진짜 속 쓰리겠네."

낮은 웃음소리에 일행은 긴장해서 서로를 쳐다봤다. 지희가 조심스레 물었다.

"꿈 팔면 돈이 많이 되나 봐요?

"복권이에요, 복권."

의아해하는 여자들을 보고 모자와 검은 재킷은 답답하다는 표정을 지었다.

"드림 러시 몰라요? 모르시나 보네. 끌끌, 저런 놈들이 개나 소나 달려드는 바람에 마야 물이 안 좋아진다니까요."

효은이 슬쩍 운을 뗐다.

"드림 컬렉터들이 문제는 문제인가 봐요?"

"그거 몰라요? 요즘 드림 컬렉터들은 사람을 납치해서 강제로 시뮬레이터에 넣고 꿈을 꾸게 한대요. 영양제 맞혀 가면서 꿈을 완전히 뽑아내고 폐인이 된 뒤에야 내다 버린다던데."

"폐인 된 사람 정신 못 차리면 장기 매매한다는 소리도 있
잖아."

"요즘엔 다 인공장기 쓰는데 다른 사람 장기 가져다 뭐해요?"

"구하기만 해 봐요. 할 게 없을까 봐? 마야 외곽에 미친 과
학자들 꽉 찬 연구동이 몇 갠데."

"아무리 그래도⋯⋯."

"어이구, 사람 자살하고 난리였잖아요. 개인사 시원하게 다
노출된 꿈이 마야 한 바퀴를 돌아서."

"그때 진짜 아난다 돔 문 닫는 줄 알았는데."

지희 일행의 얼굴이 한순간에 하얗게 질렸다. 아연해진 그
녀들은 서로를 보고, 넓고 환한 시뮬레이션 센터를 가득 채운
사람들을 보았다. 달콤한 목소리의 음성 광고가 휴게실에 울려
퍼졌다.

— 아난다 최고의 인기 시뮬레이션 힙노스, 해 보셨습니까?
힙노스에는 당신이 지금까지 느꼈던 쾌락 그 이상의 쾌락이 있
습니다. 담배의 아드레날린은 유효기간이 5분, 힙노스 아드레
날린의 유효기간은 다섯 시간. 힙노스가 주는 아드레날린은 섹
스가 주는 아드레날린의 다섯 배⋯⋯. 드림 시뮬레이션 힙노
스. 다시없을 꿈의 쾌락으로 빠져 보시지 않겠습니까?

음성 광고가 끝나고, 부들부들 떨면서 주먹을 쥐는 순간 그
들은 보았다.

피닉스 시뮬레이션 센터에 들어서는 어제의 그 남자.

드림 컬렉터 재스퍼를.

* * *

점집 라다로 소속 드림 컬렉터 두 명이 차례로 찾아왔다. 손님에게 타로점을 쳐 주던 타소는 눈짓으로 내실 쪽을 가리켰다. 원래는 휴식용으로 만든 내실이었지만, 라다가 드림 컬렉터 중개업소로 꽤 잘나가면서부터 내실은 아예 담당 영업장이자 회의실이 되어 가고 있었다.

"야신은 의뢰 확인차 왔을 거고, 재스퍼는 아침부터 웬일이야?"

잠시 후 손님을 보낸 타소가 내실로 들어서며 물었다. 어두운 얼굴로 소파 끄트머리에 앉아 바닥만 내려다보고 있던 드림 컬렉터 재스퍼가 고개를 들었다.

"문제가 생겼어."

타소가 팔짱을 끼고 서서 재스퍼를 내려다보았다.

"그렇겠지. 설마 네가 밀린 수수료 주러 왔겠어?"

"지금 그게 문제가 아니라고……. 어제 내가 여자 넷을 잡아서 컬렉트를 했거든."

"왜, 이번에도 깜빡하고 계약서 빼먹었어?"

"내가 맨날 그러는 줄 아냐? 이번엔 절차 완벽했다고!"

"그럼 뭐가 문제야?"

재스퍼가 한숨을 푹 쉬었다.

"돈 돌려줄 테니까 도로 내놓으래."

타소는 반대편 소파에 앉은 야신을 흘깃 보았다. 타소의 시선을 읽은 야신이 비스듬히 재스퍼를 꼬나보았다.

"이유가 뭐래?"

"마야 초행들이라서 잔뜩 겁먹었어. 개인 정보 유출될까 봐 덜덜 떨더라고."

타소도 커피를 들고 둘 사이에 앉았다.

"개인 정보 유출 안 되잖아. 멜린다 사건 이후로 개인 정보를 얼마나 철저하게 제거하는데. 그거 제거하면서 대체 이미지 만들어야 돼서 힙노스 가공이 그렇게 오래 걸리는 거 아니야."

"나도 그 얘기 수십 번은 더 했지. 그런데 막무가내야. 뭐라는 줄 알아? 개인 정보가 보호돼도 자기들 꿈을 남이 보는 거 자체가 싫다는 거야."

"그럴 거면 애초에 꿈을 판다고 하질 말았어야지."

"내 말이. 게다가 그 여자들 낚은 데가 어딘 줄 알아? 피닉스야. 지들은 즐기려고 마야에 온 거 아냐. 힙노스도 했을 거고. 그게 우리 드림 컬렉터들이 수집한 꿈이라는 것도 알 거라고. 그래 놓고 말이지, 지들 꿈 컬렉트하려고 했다고 길길이 날뛴다니까? 사람들이 저래요. 그렇게 걱정됐으면 아예 마야엘 오지 말 것이지. 하여간 남 탓들은 잘해요."

야신이 무심하게 말했다.

"그건 너도 마찬가지지."

"크악!"

재스퍼가 괴성을 질렀다.

"닥쳐 주서, 제발!"

씩씩대는 재스퍼를 향해 타소가 물었다.

"그래서 어쩌려고? 업체에 넘겼을 거 아냐. 가공됐으면 못 찾아 주는데."

"아으, 내가 그래서 여기 왔잖아. 힙노스용으로 가공된 후에는 시뮬레이션 업체에서 밖으로 안 돌리고 팔거나 폐기 처분해서 내가 어떻게 할 수 없다고 했더니……."

재스퍼가 이마를 짚었다.

"했더니?"

"하루 동안 날 따라다녔어."

"독하네."

재스퍼는 타소를 쳐다보면서 사정했다.

"타소, 어떻게 좀 안 될까? 며칠이고 따라다닐 기세라고. 나 돌아 버리겠어. 저러다 재수 없게 내가 깜빡 계약서 빼먹고 계약할 때 소브컴에 신고라도 하면 어쩌냐?"

타소의 얼굴도 심각해졌다.

일단 데려와 보라는 타소의 말에 바람같이 뛰어나간 재스퍼는 몇 분 만에 여자 넷과 함께 나타났다. 여자들이 오늘도 쫓아다니고 있던 모양이었다. 타소는 여자들에게 커피를 대접하면서 사근사근하게 재스퍼가 이미 시뮬레이션 업체에 여자들의 꿈을 넘겼다는 얘기를 되풀이했다.

"다시 받아 내면 되잖아요."

"원칙상 돌려주지 못하게 돼 있거든요."

"어째서죠?"

"시뮬레이션 업체 측에서 루트를 막았으니까요."

네 여자들이 한꺼번에 타소를 쳐다봤다. 그녀는 침착하게 설명했다.

"힙노스는 꿈의 경험을 걸러 내고 응축해서 아드레날린을 뿌린, 일종의 '꿈의 완성형'이죠. 거기에 핵심적으로 필요한 게 마야의 환상 물질 '란츠만'이라, 마야에서 꾼 꿈을 마야에서 란츠만을 이용해 가공해야 힙노스가 완성됩니다. 그렇게 만들어진 힙노스는 마야의 아난다 돔에서만 시뮬레이션 가능한 거고요."

한 여자가 몸을 뒤로 젖히며 팔짱을 끼었다.

"그래서요?"

"해 보셨으니 아시겠죠. 힙노스는 엄청나게 상업성 있는 물건입니다. 그걸 독점하고 있는 건 란츠만 가공법을 공유하는 몇몇 대형 시뮬레이션 업체들이고요."

"그래서 어쨌다는 거죠?"

타소가 몸을 앞으로 내밀었다.

"힙노스 시뮬레이션 업체들은 일단 꿈을 넘겨받으면 란츠만으로 1차 가공을 합니다. 그런 뒤에 '상품 가치가 있는 것'과 '신분보장이 된 개인에게서 가공 의뢰가 들어온 것'만 남겨서 2차 가공을 하고, 나머지 꿈들은 몽땅 폐기해 버립니다."

여자들은 깜짝 놀랐다.

"폐기한다고요?"

"네, 폐기합니다. 비법이 새어 나가면 곤란하니까요. 유행이 지난 힙노스 소프트웨어도 마찬가지예요. 전량 폐기하죠."

여자들은 서로의 얼굴을 보았다. 상품 가치가 없는 꿈이면 폐기된다. 상품 가치가 있으면 힙노스로 가공되어 시장에 나간다. 한 명이 작게 물었다.

"상품 가치가 있는지 없는지 미리 알 수는 없나요?"

"외부에선 알 수가 없어요. 보안도 철통같고."

"판매 취소를 할 수도 있잖아요?"

타소가 고개를 저었다.

"시뮬레이션 업체들은 드림 컬렉터 사정을 봐주지 않아요. 판매 취소 같은 일은 아예 꿈도 못 꿉니다."

여자들은 조용해졌다. 한 여자가 한참 만에 입을 열었다.

"그러니까 지금까지 한 말은 결국 그거잖아요. 능력 안 되니까 배 째라는 소리네요."

"설명이 부족했던 것 같은데요, 저희는 최선을 다해……."

"말 돌리지 말고 우리 꿈을 되찾아 달란 말이에요, 우리 꿈을! 판매 취소가 안 되는 게 어딨어요?"

지켜보며 담배를 피우던 야신이 불쑥 말했다.

"그냥 두시죠."

순간 정적이 흘렀다. 타소와 재스퍼는 지금 내가 헛소리를 들었나 하는 얼굴로 야신을 바라봤고, 여자들 또한 다르지 않았다. 여자 하나가 한참 만에 침을 삼키고 되물었다.

"그냥 두라고요?"

야신이 무심하게 여자를 쳐다봤다.

"어차피 꿈을 소장하고 싶은 게 아니라 유통을 막고 싶은 것 아닙니까? 그렇다면 그냥 둬도 자연히 폐기될 텐데요."

"그냥 둬도 자연히 폐기될 거라고요?"

여자의 날 선 반문에 야신이 가볍게 수긍했다.

"예."

"굉장히 확신하시네요?"

"확신합니다. 그러니까 그냥 내버려두셔도 될 겁니다."

"무슨 근거로 그러는데요?"

야신이 여자를 무표정하게 쳐다봤다. 구릿빛 얼굴에서 엷은 회색 눈이 유독 눈에 들어와, 여자들은 약간 선뜩한 기분이 되었다.

"좋은 꿈을 꾸는 사람들은 따로 있거든요."

"하……."

여자들이 기막혀하며 그를 노려보았다.

"우리는 그 사람들이 아니고요?"

"그렇죠."

여자들은 폭발했다.

"이거 완전 또라이 아냐!"

"웃기시네. 당신이 뭔데? 당신이 내 꿈 본 적이나 있어?"

여자들의 흉흉한 기세에 재스퍼는 파랗게 질려 야신과 최대한 멀리 떨어졌다. 그렇지만 정작 일을 키운 야신은 별 동요 없이 담배를 빨았다.

"꿈으로 저와 내기라도 하자는 겁니까? 전 특S급 드림 컬렉터인데요."

"특급이든 사기꾼이든! 내 꿈 본 적이나 있냐니까?"

팔짱을 낀 채 야신을 가만히 노려보고만 있던 여자 하나가 일행을 가로막았다.

"가만있어 봐. 방금 뭐라고 했어요? 당신이 특S급 드림 컬렉터라고요?"

재스퍼가 끼어들었다.

"초특급이죠. 귀신눈깔 야신 카갈리스키라고 하면 이 바닥에서 모르는 사람이 없다니까요."

여자들 중 하나가 눈에 띄게 움찔했다. 일행을 가로막은 여자가 왜 그러냐는 듯이 흘깃 보더니 다시 야신 쪽으로 고개를 돌렸다.

"시뮬레이션 센터를 이길 정도인가요?"

"시뮬레이션 센터가 뒷문 열어 줄 정도는 되죠."

여자가 고개를 비스듬히 하면서 야신을 쳐다봤다.

"우리 꿈이 상품 가치가 없을 거랬죠? 그 말 책임질 수 있어요?"

팽팽한 분위기 속에서 야신이 천천히 입을 열었다.

"어떻게 책임지길 바라십니까?"

"뭐가 됐든 간에 우리 꿈을 우리가 되찾아야겠어요."

"그럼 이렇게 하죠."

야신이 말했다.

"여러분 꿈이 상품화가 됐으면 저희가 저희 비용으로 시뮬레이션 센터와 독점 계약으로 사서 여러분한테 가져다 드리죠."

재스퍼가 미친놈 쳐다보듯이 야신을 쳐다봤다. 야신은 그 시선을 무시하고 여자들을 향해 말했다.

"하지만 상품화가 안 됐으면 여러분은 저한테 독점 계약 비용을 내고 꿈을 찾아가시는 겁니다."

여자들이 잠시 눈짓을 교환했다. 아마도 자기들끼리 에일로 의논하는 모양이었다. 몇 번 더 눈짓이 오가더니 팔짱 낀 여자가 대답했다.

"좋아요. 그렇게 하죠."

* * *

지희는 힙노스가 된 자신의 꿈을 보고 싶었다.

지구에 있을 때는 알지도 못했던 힙노스였다. 하지만 힙노스를 하는 그 짧은 시간 동안 느꼈던 감정과 감각이, 단언컨대 지구에서의 몇 년을 합친 것보다 더 강하고 컸다. 지금도 눈을 감으면 그 힙노스 속의 생생한 감정이 잡힐 듯했다. 여자의 에일 것 같은 불안감. 본인도 억눌린 것을 모르고 있는 남자의 갈망. 그들의 감정도 인생도 모두 자기가 엿볼 자격이 있다고 생각하는 소년의 폭력적이고 아이 같은 욕구.

'뭔가 달랐어.'

감정과 감각의 반짝이는 선명함을 채도로 설명할 수 있다면 그녀의 일상과 그 꿈 사이의 채도 차이는 엄청났을 것이다. 회사에 출근하자마자 속을 게워 내야 했을 때도 언제나 반쯤은 남의 일처럼 멀게 느껴졌고, 누가 들어올까 신경을 곤두세워야 하는 상황에선 체념도 비참함도 귀찮았다.

하지만 그 힙노스 속의 사람들은 펄떡펄떡 살아 있었다. 우스운 일인데 웃을 수가 없었다. 살아 있는 것 같은 실감을 꿈에서, 그것도 타인의 꿈에서 얻다니.

'내 꿈에도 그런 것이 있을 거야.'

일상은 비쩍 마른 먼지 같을지 몰라도 꿈까지 그러란 법은 없으니까. 그녀는 아직 20대였다. 무의식 안에서 이리저리 옮겨 다니는 감정과 욕망들은 그 힙노스 못지않게 생생할지도 모른다. 지희는 상품화 안 될 거라던 말을 잘도 내뱉던 밉살스런 남자를 떠올렸다.

'야신 카갈리스키라고 했었지?'

진짜 있는 사람일 줄은 몰랐는데. 생각하던 지희는 고개를 흔들었다. 설마, 우연히 넣은 이름이 어쩌다 겹친 거겠지. 그렇지만 힙노스에서 그 이름을 떠올렸을 때 소년이 느꼈던, 자신이 느꼈던 희열을 떠올리자 그 생각도 희미해졌다. 살짝 알아보는 거라면 괜찮지 않을까? 지희는 망설이다 야신 카갈리스키란 이름으로 몇 개의 검색창을 띄웠다. 네 번째 창에서 접근 금지에 걸린 그녀가 해킹을 해 볼까 말까 고민하고 있는데 수연이 부르는 소리가 들렸다.

"저기, 잠깐 나와 봐. 꿈 찾아왔대."

그녀는 검색창에 시선을 고정한 채 대꾸했다.

"지금? 지금 바로 아난다 돔으로 출발한대?"

"그게……."

우물거리는 수연 뒤에서 경진과 효은이 나타났다. 심상치 않은 분위기를 느낀 지희가 어정쩡하게 일어섰다.

경진이 딱딱한 얼굴로 손바닥만 한 은빛 원통을 들어 보이며 말했다.

"우리 돈 물어 줬어. 네 명 거 다."

손바닥 끝에서 턱이 미끄러진 순간 지희는 급히 입을 다물었다. 다음 순간 오른쪽 종아리가 책상다리에 부딪쳤다. 열없어서, 그녀는 눈을 비비지 못하고 얼른 몸을 곧추세웠다.

"꼭 수업 시간에 조는 고딩 같네."

지희가 중얼거렸다.

"뭐야?"

옆에서 효은의 웃음소리가 들렸다.

"꿈꿨냐? 너 고딩 맞아."

고개를 돌리자마자 지희는 지금 이쪽이 꿈이라는 것을 알 수 있었다. 자신과 효은이 고등학교 교복을 입고 그때와 똑같은 교실에 앉아 있었지만, 효은의 얼굴은 고등학생 때의 얼굴이 아니라 조금 전까지 봤던 20대 후반의 얼굴이었다. 지희는 목을 긁는 소리를 냈다.

"우리 같은 반인 적 없었잖아."

"야, 잠 덜 깼으면 가서 세수하고 와. 시험 5분 남았어."

아이라인이 완벽하게 그려진 눈을 요점 정리 화면에 고정시킨 채 효은이 말했다. 근질근질한 기분이 되어, 지희는 효은의 얼굴을 닦아 내고 싶은 것을 억눌렀다. 현실이 아니야. 꿈이야. 알고 있었지만 언제나처럼 자신보다 여유작작한 효은의 모습이라면 꿈에서 까지 확인받을 필요는 없을 텐데.

일어나서 나가야겠어. 지희는 생각했다. 이건 꿈이야.

교실 창밖에선 개썰매를 탄 학생들이 계주를 하고 있었다. 시험 직전인 반 친구들은 1분 간격으로 창가로 달려가서 응원하다가 다시 자리로 돌아와 공부하는 짓을 반복했다. 일어서는 순간, 지희는 저도 모르게 창가로 달려가 혀를 길게 내밀고 달리는 말라뮤트에게 박수를 보내고 있었다. 다시 돌아와 자리에 앉자 옆에서 효은이 조곤조곤한 말투로 이번 시험이 프로그래밍 구술시험이라고 말했다. 지희는 스스로가 짜증스러웠다.

무슨 꿈이 이래?

그 생각은 울리는 팡파르와 함께 들어오는 선생을 보자 더해졌다. 정 과장이었다. 이렇게까지 스스로를 괴롭히는 악질적인 꿈의 인사권이라니. 왜 불쾌한 사람, 불쾌한 기억일수록 놓지 못하고 꿈 속 세계에까지 초대하게 되는 건가. 부글부글, 폭발 직전의 기분으로 지희는 정 과장을 쳐다보았다. 속에서 화가 끓을 때마다 입에서 방울이 뻐끔뻐끔 터졌다.

"곰돌이는 다들 가지고 왔어?"

정 과장이 툭 던지는 말에 학생들은 전부 자신의 곰돌이를 꺼내 들었다. 지희는 혼자 빈손으로 앉아 눈치를 살폈다.

나는 성인이다. 이런 시험은 볼 필요가 없다. 이건 꿈이다.

모든 것을 인지해도 탈출할 수 없으며 스트레스는 고스란히 받는 꿈의 세계가 현실보다 더 잔인하게 느껴졌다. 하기야 현실이어도 달라지는 게 있던가.

나는 성인이다. 이런 무시를 받을 만큼 일에 지장을 주진 않았다. 여긴 직장이다.

모든 것을 인지해도 탈출할 수 없고 스트레스 받기는 마찬가지였다. 정 과장은 말하곤 했다. 지희 씨, 내가 책상 옆에 곰돌이 하나 가져다 놓으랬지? 왜 여기서 이런 버그가 났는지 한 번이라도 곰돌이 붙들고 썰을 풀다 보면 작동 오류가 확 줄잖아, 어! 내가 지희 씨 보모야? 오류 날 때마다 잡아 주는? 꼼꼼하질 못하면 빠르기라도 하든가.

다른 팀원들은 말했다. 그런 말을 들을 때마다 움츠러들고 눈치 보지 말라고. 솔직히 지희 씨 오류보다 정 과장 오류가 더 많다고. 그러면서 클라이언트한테는 다 지희 씨 탓이라고 뒤집어씌운다고. 하지만 어느 순간 우열이 정해졌던 것이다. 그리고 회사 생활이 계속될수록 그 위치는 공고해져만 갔다.

3번.

13번.

23번.

지목받은 학생들의 프로그램이 교실 앞쪽 스크린에 떠오르고 구현되었다. 정 과장은 깐죽깐죽한 말투로 버그와 창의성 없음을 꼬집었다. 속이 꼿꼿해졌다. 이런 꿈에서 꼭 그녀가 33번이나 43번인 이유가 뭘까? 차례가 다가올수록 지희는 긴장해서 얼차려 자세가 되었다. 올라오는 신물을 삼키는데 딸꾹질이 시작됐다. 달아오른 얼굴로 지희는 옆자리를 돌아보았다. 여전히 태연자약한 모습의 효은이 눈을 빛내며 흥미롭다는 얼굴로 정 과장의 설명을 듣고 있었다.

33번이 끝났다. 지희는 자신이 43번이라는 걸 깨달았다. 엉거주춤 일어설 준비를 하는 사이 정 과장이 갑자기 주제를 바꿔 보자며 효은을 지목했다. 다행이라는 생각에 슬쩍 비참함이 스며들었다. 자신감 있게. 단정하게. 그런 단어들이 바로 이런 뜻이라고 보여 주는 것처럼 말을 이어 가는 효은의 모습이 보기 싫었다.

"좀 들을 만하네. 그럼 다시 가 보자. 43번."

덜컹.

효은이 앉는 소리는 들리지도 않건만 자신이 일어서는 소리는 바닥을 긁으며 온 교실을 울렸다. 정 과장은 바로 질문을 던졌다. 입에서 무슨 소리가 나가는지도 모르고 숨 가쁘게 따라갈수록 정 과장의 비웃음이 진해졌다. 고개를 삐뚜름히 하고 한참 그녀를 바라보던 정 과장이 말했다.

"일단 돌아가기는 해야 할 거 아냐."

그의 말에 지희는 소스라치며 스크린을 쳐다보았다. 파랗게 검게 깜박이는 화면이 큰 스크린을 가득 채웠다.

"내가 늘 얘기했지? 시간 없다고 하지 말고 되게 하라고. 꼼꼼하질 못하면 빠르기라도 하든가."

정 과장이 눈을 가늘게 뜨며 그녀의 팔과 손을 훑었다.

"곰돌이도 안 챙기고 말이야. 하여간 능력 없는 것들이 꼭 고집만 세요."

지희는 고개를 내렸다. 킥킥대는 소리가 들려왔다. 가까이서, 멀리서, 터널 안을 울리는 메아리처럼 웅웅거리며 들려왔다. 찔끔, 눈물이 솟다가 말라붙었다. 하지만 킥킥대는 웃음소리는 그치지 않고 점점 커지기만 했다. 질까 보냐고 이를 앙다물던 지희도 결국 고개를 들었다.

파랗고 검은 화면에 똑같은 글자가 계속 반복되고 있었다.

잘하는 게 뭐예요? 이러고 왜 살아요? 잘하는 게 뭐예요? 이러고 왜 살아요? 잘하는 게 뭐예요? 이러고 왜 살아요? 잘하는 게 뭐예요? 이러고 왜 살아요? 잘하는 게 뭐예요? 이러고 왜 살아요? 잘하는 게 뭐예요? 이러고 왜 살아요? 잘하는 게 뭐예요? 이러고 왜 살아요? 잘하는 게 뭐예요? 이러고 왜 살아요?

꿈이 끝나자마자 지희는 도망치듯 시뮬레이터를 빠져나갔다. 어이없게도 눈물이 흘렀다.

지희는 자신이 마야에 처음 도착해서 했던 힙노스를 떠올렸다. 그 다채로운 감각, 심장에 직접 손을 뻗어 쥐었다 났다 하는 것 같은 감정. 비극 속에도 카타르시스가 있었으며 순간은 생생하고 완전무결했다. 정말 살아 있었다. 정말 꿈이었다.

"분해."

입 밖으로 나온 소리에 그녀는 흠칫 놀랐다. '상품 가치가 없다.'는 그의 말이 옳았다. 누가 이따위 꿈을 경험하는 데 돈을 내고 싶어 하겠는가. 어느새 그녀 옆에 앉은 경진이 눈두덩을 짚었다.

"그냥 놔둘걸 그랬어."

그래. 애써 꿈을 찾으려 들지 말고 그냥 폐기되게 놔둘걸 그랬다. 무의식에 확대경을 갖다 대고 후벼 파는 꿈 같은 건 찾으려 들지 말걸 그랬다. 지희는 후회했다.

"하지만 이미 봐 버렸잖아."

수연이 힘없이 말했다.

"뭘 봤는데?"

효은이 되물었다.

"뭘 봤냐니……."

"무슨 중요한 걸 봤냐고."

효은이 무슨 뜻으로 이런 말을 하는 건지 알 수 없는 세 명은 눈만 깜박이며 그녀를 쳐다봤다.

"뭐, 엄청나게 충격적인 경험을 한 건 아니잖아. 그냥 꿈일 뿐이야."

그렇게 말하는 효은의 손도 바르르 떨리고 있었지만 목소리는 냉정했다. 수연이 반박했다.

"우리 꿈이잖아."

"그래서 뭐? 재미없는 꿈이니까 상품성이 없는 건 당연한 거야. 우리가 이걸 전문으로 하는 사람도 아니고, 뭐 창작을 하거나 하는 사람도 아니니까. 그러니까 재미없는 꿈을 꾸는 게 큰 문제는 아니잖아."

지희가 쓰게 웃었다.

"재미없기만 하면 다행이지⋯⋯."

"어쨌든 꿈이라고. 우리가 잘 몰라서 놈들한테 걸려든 거야. 순간적으로 발끈해서 넘어간 거라고. 생각해 봐. 결국은 자기 꿈을 자기가 꾼 거 아냐. 어쩌다 보니 이상하게 얽혀서 돈 깨지고 기분 잡친 거지. 그냥 똥 밟은 거야."

경진이 단호하게 말하는 효은을 노려봤다.

"너라면 그렇게 말할 수 있겠지."

"무슨 뜻이야?"

"너 혼자 잘났잖아. 인생 혼자 고민 없이 깔끔해서 아주 좋겠다고. 부럽다고."

효은의 얼굴이 구겨졌다.

"왜 나한테 시비야? 내 말이 틀렸어?"

"내 말은 틀렸냐? 네가 구구절절 읊어 대는 게 다른 사람 똥 만든다는 생각은 안 드느냐고, 어! 넌 너 빼고는 다 똥이잖아! 아주 편리해 좋겠다고. 잘나서 부럽다고."

효은은 당황해서 지희를 돌아봤다. 지희는 슬쩍 눈을 내리깔았다. 평소 같으면 경진을 말릴 수연도 가만히 앉아 있었다.

효은의 말이 틀렸다고 할 생각은 없었다. 하지만 100퍼센트 맞는 말도 아니었다. 그냥 꿈일 뿐이라면 비참한 기분도 들지 않아야 하는 것 아닌가. 적어도 이렇게 세상에서 제일 못난 사람이 된 것 같은 기분은 들지 않아야 했다.

울컥하는 기분이 몰려와 지희는 자리를 떴다. 화장실에서 호텔 조식 먹은 것을 다 토하고 나서도 눈물은 멈추지 않았다.

* * *

닉스 돔, 샬루트 거리의 점집 라다의 내실엔 아까부터 어색한 공기가 흐르고 있었다. 타소는 야신을 앞에 두고 바짝 굳은 지희의 잔에 커피를 따랐다.

"터키식 커피라서 잔 밑에 약간 남기시는 게 좋아요. 원두 가루가 가라앉아 있거든요."

"아, 예. 고맙습니다."

"커피점에 관심 있으면 얘기하세요. 복채 10퍼센트 할인해 드릴게요."

"아니요. 괜찮아요."

그러고도 지희는 한참 동안 잔만 만지작거리고 있었다. 타소는 커피를 마시며 그런 지희와 야신을 지켜봤다. 야신의 무표정한 얼굴에 살짝 짜증이 비칠 때쯤 지희가 입을 열었다.

"친구들은 오늘 돌아가요. 저는 남고요."

뭔가 각오를 한 표정이었다.

"이대로 돌아가면 안 될 것 같아서요."

딱히 대답할 말이 없는 야신과 타소는 지희의 꼭 쥔 주먹을 쳐다봤다. 그 주먹이 하얗게 질리도록 힘을 주고, 지희가 야신을 향해 고개를 들었다.

"어떻게 제 꿈이 상품 가치가 없을 걸 아셨죠?"

야신이 손을 내려 담배를 꺼냈다. 오른쪽 바지춤에 매달린 합금 담뱃갑이 덜걱거렸다.

"그냥 그래 보였습니다."

"그때는 확신한다고 했잖아요."

"그냥 하는 말이죠. 설득력 있어 보이려고."

지희가 마른 입술을 핥았다.

"저도 알아봤어요."

야신은 아무 말 없이 담배에 불을 붙였다.

"야신 카갈리스키 씨, 일급 드림 컬렉터시더군요. 전방위 드림 컬렉터에다 모든 시뮬레이션 회사 랭크에 S급으로 등재되어 있다던데요. 넘기는 꿈마다 최상품이라고."

지희가 커피를 조금 머금고는 계속 말했다.

"데이터는 거짓말을 안 하죠. 그런 능력이 우연이었을 거라는 생각은 안 들어요."

그녀는 이글이글하는 눈으로 야신을 쳐다봤다.

"우리에게서 뭔가 보신 거죠? 뭘 보셨죠?"

야신이 건조하게 대답했다.

"착각하신 겁니다. 그냥 한 말이에요."

"……."

지희는 입술을 깨물며 물러났다.

처음 자신의 꿈이 힙노스로 가공되어 손에 들어온 날이 떠올랐다. 넷의 꿈이 다 상품 가치가 없는 걸로 판명되자 일행은 말을 잃었다. 걱정하던 일이 해결됐으니 다행이어야 하는데 기분은 전혀 그렇지 못했다. 경진이 중얼거렸다. 누구 멋대로 남의 꿈에 상품이니 가치가 있느니 없느니 갖다 붙이냐고. 하지만 그렇게 말하는 경진의 목소리는 가라앉아 있었다. 수연은 애써 밝은 목소리로 이왕 이렇게 된 거 다들 같이 아난다로 가서 각자의 꿈 힙노스를 해 보자고 제안했다.

자신의 꿈을 꾼 넷 모두가 후회했다. 효은은 야신의 도발에 넘어간 걸 분해했고, 지희가 다시 한 번 자기 꿈으로 힙노스를 만들어 보겠다고 했을 때 제정신이냐고 했다.

'그 충격이 가시지 않는다면 정신과 의사한테 가서 상담을 받으란 말이야. 사기꾼들에게 헛돈 쓰지 말고.'

그렇게 말한 효은은 엄청난 액수의 적금을 들었다. 그러고는 미친 듯이 일할 거라고 했다. 경진은 래빗홀에 처박혔다. 수연은 얼굴에 늘 떠올라 있던 애매한 미소를 싹 지웠다. 그렇게 무표정한 얼굴로 선을 본다고 했다.

저마다 각자의 방법이 있는 거다. 그리고 자신은 이 방법을 택했을 뿐이다.

'그 꿈속에 나타난 모습이 내 모습 전부는 아니야.'

지희는 생각했다. 그녀는 잔에 남은 커피를 꿀꺽꿀꺽 마셨다.

"이번엔 꼭 괜찮은 꿈을 꿔야겠어요. 제 꿈을 컬렉트해 주세요."

야신은 담배를 문 채 한참을 가만히 있었다.

"이렇게까지 하시는 이유를 모르겠군요."

지희는 꿀꺽 침을 삼켰다. 야신이 담배를 재떨이에 비벼 끄며 말을 이었다.

"그냥 꿈일 뿐입니다. 저희에겐 밥줄이지만 고객님께는 그냥 꿈이고 그냥 일탈이죠."

지희가 억지로 웃어 보였다.

"저도 그렇게 생각하려고 했어요. 그런데 안 되더라고요."

"……."

"제 꿈에서는 정말 싫은 상사가 나왔어요. 꿈에서도 왜 그렇게 당하기만 하는지……. 그런 꿈은 그냥 반쯤, 아니, 거의 잊어버려야 했어요. 평소에 꾸는 꿈은 대개 그렇잖아요."

"힙노스는 아니지만 말이죠."

"네. 힙노스는 다 기록하죠, 다. 정말이지 제 꿈이 그런 것인 줄은 몰랐어요. 계속 몰랐으면 좋았겠지만……, 이제 그런 건 하나 마나 한 소리인 거죠. 그렇잖아요. 전 돌아가면 당장 출근해야 해요."

"그게 고객님 꿈을 힙노스로 만드는 것과 무슨 관계가 있습니까?"

야신의 질문에 지희는 답답하다는 얼굴로 한참 그를 바라봤다. 자기 생각을 전달 못 해 안타까워하는 표정이었다.

"그러니까 마야에 와서 처음 한 힙노스가 있었어요. 엄청나게 생생했는데, 그건, 그건 란츠만 가공인가 그거 때문만은 아닌 것 같았어요. 상사한테 맞서서 부하를 지키려고 하는 용감

한 여자가 나왔죠."

야신이 한쪽 눈썹을 꿈틀했다.

"매칭 프로그램을 쓰셨겠죠? 제대로 한 건 했군요."

"그게 문제가 아니에요!"

지희가 소리쳤다.

"그러니까 제 말은, 제 꿈도 그렇게 생생하게 살아 있는 것 같고, 저도 그 여자의 반의반만이라도 제 할 말을 한다면, 그런 꿈을 제가 또렷하게 기억할 수 있다면 좋겠다는 거예요. 무슨 말인지 아시겠어요?"

지희의 도와 달라는 눈빛을 본 야신은 담뱃갑에 손을 뻗었다. 체인이 달린 합금 담뱃갑에서 덜거덕거리는 소리가 났다. 손가락 끝에 걸리는 맨 오른쪽 구석의 담배. 야신은 망설이지 않고 그것에서 손을 떼어 옆의 것을 집었다.

"꿈이라는 게 그렇게 의미가 있는 게 아닙니다. 당장 판타소스 돔에 가서 래빗홀에 몇 시간만 있어도 꿈의 채도가 달라질걸요."

"그런 방법을 알고 계시잖아요."

지희가 고집스럽게 맞받았다.

"행복한 순간을 꿈꾸고 싶어요. 살아 있다는 실감도요."

"……"

"꿈속에서라도 당당해지고 싶다고요."

야신은 이마를 긁으며 타소를 흘깃 보았다. 그의 의도를 읽은 타소가 영업용 미소를 지으며 지희를 향해 몸을 내밀었다.

"의뢰 접수되었습니다. 아까 말씀드렸다시피 특별 상담료가 추가됩니다. 원하는 꿈의 유형을 지정하실 경우에는 기간이 길어지고 추가 요금이 붙는데요……."

* * *

며칠 후, 지희는 피닉스 시뮬레이션 센터로 찾아가 시뮬레이터 대기열에 등록했다.

순번이 돌아오기를 기다리며 그녀는 손바닥만 한 은빛 원통을 들고 가만히 들여다보았다. 바코드 같은 일련번호만 붙어 있는 이 금속 원통에 자신의 꿈이 담겨 있었다.

'이번에는 다를 거야.'

빗줄기가 때리듯 퍼부었다. 비가 쉴 새 없이 흘러들어 눈을 뜨고 있기가 힘들었다. 엎드린 몸의 반은 물에 잠겨, 고개를 떨어뜨릴 때마다 턱 끝에서 흙탕물이 찰랑였다. 한기는 꾸준했고, 빗줄기는 약해질 기미 없이 내려 청각을 자극했으며 시야 양쪽을 어둑하고 둔하게 붙들어 놓았다.

어둑한 감각, 무자비하게 두들기는 타격 속에 정신은 오히려 몽롱해졌다. 턱이 첨벙 물을 튀기자 날카로운 통증과 함께 눈앞이 번쩍였다. 순간적으로 몸을 젖히며 올려다보자 총을 들고 있는 헬멧이 보였다.

"정신 차려."

헬멧이 으르렁거렸다. 그녀는 헬멧이 자신의 상사였다는 것을 가까스로 기억해 냈다.

"죄송합니다."

그녀는 다시 표적을 찾아 총구를 조준했다. 장비는 아주 구식이었고, 그녀는 비 때문에 목표물의 실루엣밖에 잡지 못할 지경이었다. 순간 혀를 차다가 상사에게 뒤통수를 후려 맞은 뒤부터는 조용히 입 다물고 그 실루엣만 쳐다보고 있었다. 헛발질했다가 곤죽이 되도록 맞으니 지금 몇 대 더 맞고 이의를 제기하는 게 나으리란 것을 알았지만, 그 판단을 따르기에는 맞은 뒤통수가 끈적거리고 뜨끈뜨끈했다.

"……."

두들기듯 내리는 비에 온몸을 얻어맞은 탓에 식을 대로 식은 몸에서는 숨조차 차갑게 나갈 것만 같은데. 연타로 맞은 머리 부분은 쓰라리고 화끈거렸다. 다른 곳은 다 죽고 머리만 살아 있는 것 같은 느낌이었다. 그녀는 아픔을 잊기 위해 목표물을 노려보았다. 악천후 속에서 머리를 날려 버리기엔 너무 멀리 있었다. 달각달각. 장비는 믿을 수 없었다. 자신은 더 믿을 수가 없었다. 그녀는 손안의 구형 라이플을 만지며 자세를 바로잡았다. 이러다 목표물의 그림자라도 맞히면 다행이라는 생각이 들었다. 그녀는 잠시 생각을 멈췄다. 뭔가 이상했다.

목표물에게 그림자가 있었다.

그녀는 몇 차례 눈을 깜박이다가 용기를 냈다.

"저긴 왜 저렇게 맑은 겁니까? 저기만 날씨가 다른 거 같은데요."

상사가 헬멧 밖까지 들릴 정도로 거친 숨을 내뿜으며 일갈했다.

"질문할 시간이 있으면 잘 보기나 해! 실패하면 네 머리부터 날아갈 줄 알아!"

그녀는 입을 닫고 다시 집중하려 애를 썼다. 약 먹은 동물처럼 몸은 자체 의지 없이 자꾸 무너졌다. 그녀는 숨을 크게 쉬고 저격용 라이플을 꽉 움켜쥐었다. 이건 사냥이야. 엎드린 채 몇 시간을 노리고 있던 목표물을 보며 그녀가 중얼거렸다. 차단된 시야. 포격음처럼 먹먹한 빗소리. 번쩍. 번개가 치면서 총구 끝의 사냥감이 처음으로 뚜렷하게 보였다. 작은 아이였다. 그녀는 비명을 질렀다. 천둥소리와 섞인 높은 비명 소리와 함께 의식이 점프하듯 도약했다.

숨이 찼다.

할딱할딱하는 자신의 숨소리에 이상하게 기분이 들떴다. 어지러워. 어지러워. 고개를 한껏 젖히고 뱅글뱅글 돌면서 하늘을 바라보면 심장이 하늘까지 뛰었다. 뭔가 반짝반짝하고 투명한 것이 몸 안에서 톡톡 터지고 있었다.

신 난다. 신 나.

손을 뻗자 손가락 사이사이로 햇빛이 비쳤다.

말갛게 반투명한 손가락 사이에 막이 생길지도 몰라.

개구리처럼 될지도 모른다고 생각하니 무서우면서도 두근두근했다. 지난여름 물놀이 때 따뜻한 물속에서 텀벙댔던 기억이 났다. 까르르 웃음이 나왔다.

안 크면 좋겠어.

소녀는 어른 주먹만 한 머리를 도리질하며 생각했다.

안 크고 여기서 멈추면 좋겠어.

어른이 되고 싶지 않았다.

왜? 얼른 크고 싶지 않아? 어른이 되면 너 하고 싶은 대로 늦게까지 놀고 네 마음대로 먹고 싶은 것 먹고 할 수 있는데.

바보 같아.

어른들은 바보 같은 이야기를 했다. 소녀는 알 수 있었다. 지금이 제일 행복하다는 것을. 이 순간이 정점이라는 것을, 소녀는 분명하게 알 수 있었다.

학교에 다니는 언니를 봐서 그런 건 아니었다. 공부시키려는 엄마에게 놔두라는 둥, 내년이면 끝이라는 둥 말하는 이모들 때문도 아니었다. 머리를 쓰다듬으면서 너도 이제 고생길이 열렸다며 끌끌 웃는 사촌 오빠들 때문도 아니었다.

이렇게 아무것도 모자라지 않은 행복은 다시 오지 않을 것이다.

그저 햇빛이 좋았고, 파란 하늘이 좋았다. 빙글빙글 도는 세상을 보는 것만으로도, 콩닥대는 심장 박동 느낌만으로도, 쌕쌕대기 시작하는 호흡만으로도 기쁨이 꽉 차올랐다. 정말로 좋았다. 걸리는 것이 없었다. 완벽했다.

소녀는 까르르 웃으며 헐떡였다. 감각을 감당하지 못한 어린 몸이 기운 빠져 늘어졌다. 풀썩 풀밭 위에 뻗어서 소녀는 양팔을 하늘을 향해 뻗었다. 지친 팔은 금세 다시 풀밭으로 떨어졌다. 아까웠다. 방금 전까지의 즐거움이 아까웠다. 점점 더 지치고 졸음이 밀려와서 소녀는 곧 이 완벽한 순간이 끝날 것을 알았다.

다시는 이렇게 행복하지 못할 거야.

그녀는 전기 충격을 받은 듯이 몸을 떨었다.

의식이 다시 점프해서 아이에서 그녀로 되돌아왔다. 헬멧은 그녀가 비명 지른 일은 알지 못하는 듯했다. 어째서 그걸 모르지? 그녀는 헬멧을 의심의 눈초리로 쳐다보았다. 헬멧이 명령했다.

"쏜다."

그녀는 거부했다.

"애잖습니까."

"지금껏 뭘 들었어? 저게 살아 있는 한 여기도 너도 이따위라고!"

"못 합니다!"

갑자기 버럭 소리를 지르고 나서, 그녀는 잠시 충격에 빠져 있었다. 헬멧도 잠시 총구를 허공으로 향한 채 말이 없었다. 헬멧도 충격을 받았다는 것이 그녀를 침착하게 했다. 빌어먹을 비는 계속 쏟아졌고, 화난 상사는 그녀 앞에 서 있었다. 상황은 여전히, 아니, 전보다 더 엿 같았지만 그녀의 머릿속만은 그 어느 때보다도 또렷했다.

빗속에서 처음 그녀를 자신이라 인식했던 것처럼, 머리를 맞으면서 헬멧을 상사로 인식했던 것처럼, 이미 알고 있던 것처럼, 기억이 떠오르는 것 같지만 누군가 설명을 붙인 것처럼, 알았다.

"저니까요."

그녀가 헬멧에게 말했다.

"너는 나야."

점프하듯, 소녀 옆에 나타난 그녀가 소녀에게 속삭였다.

"아줌마를 알고 있었어."

소녀가 말했다.

"더 이상 행복하지 않은 내가 날 찾아올 줄 알고 있었어."

그녀는 무릎을 꿇었다. 비에 젖은 그녀를 소녀가 팔을 내밀어 껴안았다. 차고 축축한 뺨에 보드라운 뺨을 꼭 눌렀다. 그녀와 소녀가 서로에게 동시에 말했다.

"내가 구하러 왔어."

* * *

라다 앞에 서 있는 낯익은 얼굴에 야신은 걸음을 멈췄다.

"기다렸어요."

지희가 야신을 보고 다가왔다. 야신은 부러 라다 쪽을 흘깃 보았다.

"의뢰하신 꿈에 무슨 문제라도?"

지희는 피식 웃었다.

"귀찮게 안 해요. 가기 전에 인사를 하고 싶어서요."

"아."

"오늘 우주선으로 지구에 돌아가요."

야신은 아무 말 없이 그녀를 내려다보았다.

"잘 가라고도 안 해 주시네요."

"잘 가세요."

지희가 손을 내밀었다. 야신은 그 손을 마주 잡지는 않고 물었다.

"이번 꿈은 마음에 드셨습니까?"

"모르겠어요. 원망스럽지 않다고 하면 거짓말인데, 그래도 후련하네요. 이래저래."

"다행이군요."

"그래서 말인데, 이거, 드리고 싶어요."

야신은 지희가 내미는 은빛 원통을 쳐다봤다.

"이걸 왜 저한테?"

"어차피 지구에서는 못 하잖아요."

지희는 어깨를 으쓱하며 밝게 말했다.

"기념으로 드리고 싶어요."

"……."

"저기요……."

원통을 받아 든 야신을 향해 지희가 말했다.

"대신이라고 하기도 뭣하지만, 한 대만 때려도 돼요?"

"안 됩니다."

지희는 웃었다.

"그럴 것 같았어요."

"……."

"그냥 가지세요. 잘 지내시고요, 카갈리스키 박사님."

무표정해진 야신을 내버려두고 지희는 뒤돌아 걸어갔다.

야신 카갈리스키. 끝까지 귀여운 구석이라곤 없는 남자였다. 하지만 야신의 말이 맞았다. 꿈은 살짝 뇌파를 자극하고 환경을 바꿔 주는 것만으로도 금세 다른 색채를 띠었다.

아직 준비를 해야겠어. 지희는 생각하며 고개를 들었다. 관광객으로 북적이는 닉스. 느릿한 걸음들과 풀어진 표정들. 그 사이를 뚫고 걸어가며, 그녀는 우주공항까지 타고 갈 모노레일을 올려다봤다. 햇빛에 눈이 부셨다. 행복하진 않았다. 어쩌면 약간 우울한 건지도 모른다. 그렇지만…….

그렇지만 이제는 정 과장을 마주쳐도 눈을 피하지 않을 자신이 있었다.

지희는 주먹을 쥐었다. 그리고 트램 정거장을 향해 걷기 시작했다.

2. 나와 그의 인생

관광객들은 완벽한 날씨에 감탄하면서 돌아다니고 있었다.

닉스 돔의 거리는 사람들로 북적였고, 늘씬한 빌딩들마다 들어찬 상점들은 넓은 쇼윈도에 기이하고 천박한 상품들을 늘어놓고 홀로그램을 깜박였다. 복장도착자나 입을 것 같은 반투명한 핑크색 우주복, 머리가 셋 달린 강아지, 내장과 혈관이 훤히 보이는 투명한 이구아나, 얼굴은 비스크 돌처럼 아름답지만 몸은 노인인 성인용 인형…… . 정신병자의 머릿속에 있을 것 같은 물건들에 사람들은 얼굴을 살짝 찌푸리면서도 지갑을 열었다. 세련된 물건은 지구에도 질릴 만큼 있었다. 관광객들은 꿈을 꾸고 환상을 즐기는 만큼 마야의 분위기도 느끼고 싶어했고, 그에 상응하는 대가를 지불할 만반의 태세를 갖추고 우주선에 오른 사람들이었다.

닉스는 그들이 바라는 분위기를 제공했다. 달콤하고 기괴한, 쇼윈도 가까이 다가가 카드를 내밀기 전에는 안전거리를 유지할 수 있는 악몽. 거리는 온몸으로 전하고 있었다.

'당신이 원하는 모든 것을 제공해 드립니다.'

그곳을 야신 카갈리스키는 인상 쓰고 지나가고 있었다. 찌푸린 그의 구릿빛 얼굴을 바람이 스치고 지나갔다. 미풍처럼 가볍게 쓰다듬고 지나갈 줄 알았던 바람은, 확 궤도를 바꾸며 솟구쳤다. 갑자기 눈을 뜰 수 없게 만드는 치솟는 강풍 속에 어느 상점에서 내놓은 홍보용 풍선이 미친 듯 날아올랐다.

"엄마야!"

세련된 미소를 짓고 있던 점원이 새된 소리를 내며 헛손질을 했다. 머리에 힘 준 관광객들이 잇새로 욕을 뱉었다. 야신은 회색 눈을 있는 대로 찡그리면서 기상 센터 놈들을 욕했다. 장사는 바람 세게 불 때 제일 공치는 거 모르나? 관광객들로 먹고사는 마야에서 이런 바람을 만들다니 무슨 생각이야?

"까르르르."

시의 적절하게 속을 긁는 웃음소리에 야신은 뒤를 돌아보았다. 높고 맑은 목소리로 웃으며, 어린애가 그의 곁을 스쳐 지나갔다. 어린애의 부드러운 금발이 바람에 길게 휘날렸다. 찌릉하고 울리는 소리에 야신 말고도 몇몇 사람이 더 돌아보았다.

"이런 데에 웬 어린애지?"

"보호자는 어디 있는 거야?"

"꼬마야, 이런 데서 자전거 타고 돌아다니면 안 돼!"

어린애는 아무 소리도 못 들었다는 듯이 앞으로 앞으로 달려 나갔다. 찌릉찌릉. 급작스런 돌풍에 놀랐던 거리의 사람들이 어린애를 주시하기 시작했다. 이 거리에 가장 안 어울리는 존재가 제일 즐거운 얼굴로 달리고 있었다. 꺄르르르. 웃음소리에 떠밀리듯 어른들이 길을 비키고, 바람은 풍선들을 더 높이 밀어 올렸다. 어린애의 시선은 날아가는 풍선에 박혀 떨어질 줄을 몰랐다. 야신은 그 뒷모습을 계속 눈으로 좇았다.

'마야에 자전거가 있었나?'

기이이이잉.

멀리서 들려오는 익숙한 소리에 야신의 얼굴이 굳었다. 트램이 미끄러져 오는 소리였다. 야신의 시선은 다시 어린애를 좇았다. 트램이 다가오는 소리가 커지며 돌아보는 관광객들 또한 늘어났다. 어린애는, 여전히 아무것도 신경 쓰지 않고 풍선을 좇아 페달을 밟고 있었다.

핫핑크색 홍보용 풍선. 자전거를 타는 아이의 가느다란 다리. 팔랑이는 금발. 점점 커지며 다가오는 트램. 야신은 입을 벌렸다. 누군가가 숨넘어가는 소리를 냈다. 쇼윈도에 딱 들러붙어 있던 어린 연인들이 소스라치며 돌아봤다.

끼이이이이익!

급정거하려던 트램이 레일 위를 길게 미끄러졌다. 아이의 노란 자전거가 금발처럼 빛나면서 그 앞으로 뛰어들었다.

"안 돼!"

누군가의 외침과 함께 많은 사람들이 눈을 감았다. 하지만 야신은 눈을 뜨고 있었다. 그래서 볼 수 있었다.

아이가 허공에서 산산이 부서지며 사라지는 것을.

트램에서 급정거로 다친 승객들이 내리고 의료진과 경찰이 달려오는 동안, 금발의 어린애와 자전거는 다시 나타나지 않았다. 돔의 표면과 모노레일에 부딪치고 터져 떨어지는 핫핑크색 풍선 잔해를 맞으며 누군가 멍하니 중얼거렸다.

"이게 무슨 일이야?"

야신도 하고 싶은 말이었다.

* * *

호텔방은 호화로웠다. 푹신한 파우치와 카펫, 끝내주는 샤워 시설과 온수 욕조, 진공 마사지기와 대형 스크린, 부르면 나타나는 사근사근한 미녀 스타일의 서비스 홀로그램. 에릭은 찡그린 얼굴로 주변을 둘러보다가 침실이 하나인 걸 보고 인상을 썼다.

"아이, 씨. 진짜."

에릭은 짜증내며 파우치에 걸터앉아 대형 스크린을 켰다. 자기가 꿈꾸는 여자를 만들기 위해 래빗홀에서 상상 도우미 30명을 한꺼번에 고용했다는 백만장자의 뉴스가 나왔다. 에릭은 어이가 없어 바로 화면을 꺼 버렸다. 저딴 게 가능해진 세상이니까 철 덜 든 어른들이 얼씨구나 하고 퇴행하는 거 아닌가.

"에릭, 내 아들."

저기 문을 열고 들어오는 천치처럼. 에릭은 입술을 비틀었다. 아니, 저 사람은 평생 철든 적이 없으니 오히려 예외일지도.

"얼굴이 왜 그러니?"

"모피어스에서 맞았어."

"맞아? 왜? 누가?"

루카스는 휘청대는 걸음으로 아들에게 다가갔다. 에릭은 그런 루카스를 피해 파우치에서 일어나 비켜섰다.

"금발이라 재수 없다고."

루카스는 그 말에 도무지 이해할 수 없다는 얼굴이 되었다. 에릭이 짜증을 냈다.

"뭐야? 맨날 아난다랑 판타소스를 쓰고 돌아다니면서 소문도 몰라?"

"소문?"

"사고를 부르는 금발망령 말이야!"

루카스는 잠시 멍해져 있더니 곧 아무 상관없다는 표정이 되었다. 그는 다시 에릭의 상처에 집중했다.

"누가 이랬어?"

"내가 어떻게 알아? 모피어스였으니까 잘린 상상 스태프라도 되나 보지."

"미친놈! 감히 누구 아들한테!"

에릭은 실소했다. '감히'라고? 이곳은 태양계의 유흥 도시 마야였다. 혼자 어슬렁거리는 열다섯 살짜리 남자애가 시비 걸렸다가 주먹 몇 대 맞고 돌아온 정도라면, 되레 감사하게 여겨야 할 판 아닌가.

"여긴 그런 미친놈들이 우글댄다고. 누구 아들이면, 뭐? 아빠가 모피어스에 돌아다니는 놈들을 어쩔 건데? 닉스는? 아난다는? 판타소스는? 날 목줄 채워서 끌고 다녀도 이딴 일은 계속 일어날걸! 길 가는 사람들 잡고 물어봐. 어린 아들을 마야에 체류시키는 게 교육에 좋은지! 꿈의 도시? 좆 까라 그래. 나한테 필요한 건 학교라고!"

루카스의 얼굴에서 걱정돼 죽겠다는 표정이 지워졌다.

"그딴 구닥다리 같은 제도는 버려. 꼬마 악당들의 정글로 내 아들을 보낼 순 없지."

"내가 맞고 다닐……, 아니, 학교에서 맞고 다닐 놈으로 보여?"

"아니. 너는 내 아들이지."

당신 아들이기만 하면 어디서든 얻어터지고 다녔겠지. 에릭은 말을 삼켰다. 나오는 대로 말하기엔 손을 내미는 루카스의 눈빛이 무척 형형했다.

"이 눈, 이 굳센 표정, 사자 같은, 태양 같은 모습. 너는 지배자가 될 몸이야."

"……"

"그러니까 그런 좁아터진 구닥다리 방식은 맞지 않아."

아직 해사한 매력을 잃지 않은 남자가 아들의 뺨을 쓸며 광대처럼 웃었다.

"내 아들, 내가 너에게 훨씬 어울리는 세계를 만들어 줄게."

에릭은 온 힘을 다해 루카스를 떠밀었다.

"그딴 세계는 당신이나 가져!"

"에릭!"

에릭은 그대로 호텔을 뛰쳐나왔다.

어둑어둑해지는 거리, 노출이 심해지는 어른들, 점점 짙어지는 네온사인과 홀로그램. 에릭은 씨근덕거리며 홀로그램들을 노려보았다. '더 멋진 꿈을 원하세요?'라며 달콤하게 윙크하는 섹시한 천사들이 좁은 거리에 지천으로 널려 있었다.

'꿈 따위, 징징대는 어른들 따위.'

에릭은 진심으로 넌더리가 났다. 세계를 만들어 준다고? 자기 인생도 책임지지 못하는 주제에! 낳아 놓고 책임지지 못하는 자식을 놔주지도 않는 주제에! 좋을 대로 생각하고, 원하는 대로 이뤄질 거라고 생각하는 편한 인생. 그런 인생을 사는 인간이 이제는 이 우주 한복판까지 그를 끌고 온 것이다!

'에릭, 여기서는 모든 게 이루어질 거야!'

처음 도착한 날 루카스는 말했었다. 모든 것? 대체 어떤 모든 것이란 말인가?

'여길 대체 어디라고 생각하는 거야?'

여기는 닉스였다. 모든 상상을 실험해 볼 수 있는 상상 공간 임대 돔 판타소스, 시뮬레이션 전문 돔 아난다, 영화 촬영 돔 모피어스……. 어떤 곳으로 가든 이곳 닉스 돔을 건너뛸 수는 없었다. 닉스에서 성인 용품을 사고 약을 사고 밥을 먹고 휴식을 취하지 않으면 모든 상상의 종착지라는 이곳 마야에서도 아무엇도 할 수 없는 게 인간 아닌가. 에릭은 침을 퉤 뱉었다. 현실에 발 딛고 밥 먹고 똥 싸지 않으면 아무것도 할 수 없는 주제에 비현실만 꿈꾸는 어른들이라니.

'내가 왜 이 꼴들을 봐야 하지?'

비현실 따위는 지긋지긋했다. 그걸 좋다고 쫓아다니는 어른도, 그것에 눈멀어서 현실을 돌아보지 못하는 어른도, 영원히 철들지 않는 어른도. 그런 인간들이 드글대는 마야도 지긋지긋하긴 마찬가지였다. 이런 곳은 만들어지지 않았어야 했다. 발견되지도 않아야 했다. 그놈의 웨이 콴이 몇십 년 전에 여길 발견하지만 않았어도 저런 정신 덜 차린 등신들이 우주 한복판에 모여 헤벌쭉하고 있지는 않았을 텐데.

'내가 여기 오지 말자고 그렇게 말했는데!'

에릭은 다시 침을 뱉었다. 우주라니. 마야라니. 그딴 건 한 번도 꿈꾼 적이 없었다. 자신은 그저, 온전히 자기 생을 책임질 나이가 될 때까지 상식적인 환경 속에서 최소한의 보살핌을 받으며 자라나길 원했을 뿐이다. 그 정도 환경만 주어진다면 혼자서 살아남을 자신이 있었다. 하지만 아빠란 사람은 상식과는 백만 광년 떨어진 작자였고, 엄마는 마야로 온 뒤 연락이 끊겼다. 씨발, 편하게 사는 인종들 같으니. 어째서 어른들은 자신들이 충분히 강하지도 않으면서 자식들의 운명을 주무르지 못해서 안달이란 말인가.

"어이, 꼬마야."

씩씩대며 걷는 에릭에게 젊은 남자가 다가와 말을 걸었다.

"아르바이트 하나 하지 않을래?"

"저요?"

에릭이 의심스레 되물었다. 남자는 고개를 끄덕였다.

"간단한 거야. 힙노스 시뮬레이터에 들어가서 한잠 자고 나오면 돈을 주지."

힙노스 시뮬레이터? 사람의 실제 꿈으로 만드는 힙노스 시뮬레이션만 구동 가능한 시뮬레이터 말인가? 그 안에서 할 수 있는 건 두 가지였다. 힙노스를 꾸거나, 힙노스의 재료가 될 꿈을 꿔서 저장하거나.

"……한잠 자고, 꿈도 저장하고 나오는 거겠죠?"

"잘 알고 있네."

남자가 느물느물하게 웃으며 말했다. 에릭은 남자의 정체를 깨달았다.

'드림 컬렉터다.'

노골적으로 경계하는 에릭을 보고 남자가 씩 웃었다.

"왜 그래? 너 같은 꼬마한텐 괜찮은 아르바이트 아냐?"

"드림 컬렉터랑 어울려서 좋은 꼴 못 본다던데요?"

남자의 얼굴에 '요것 봐라?' 하는 표정이 스쳤다.

"내가 사기꾼 같다 이거냐?"

"아니라곤 못 하죠."

"꼬마야, 이건 정당한 거래야. 난 너한테서 꿈을 사고, 넌 돈을 받고. 서로 좋은 게 좋은 거 아니냐?"

에릭은 '그리고 아저씨는 시뮬레이션 업체에 내 꿈을 팔아

치우면서 훨씬 큰돈을 받고, 내 꿈은 가공돼서 힙노스 시뮬레이션으로 팔리겠죠.'라고 대꾸하고 싶은 걸 꾹 눌렀다. 머릿속을 스치는 생각이 있었다.

드림 컬렉터. 꿈을 사고팔고 훔치는 자들. 꿈에 관련되고 돈 냄새 나는 일이라면 어디든 코를 들이미는 마야의 하이에나들. 그들이 올라선 저울의 반대편에는 마야에서는 꿈꾸었던 모든 것들이 가능해질 거라는 장밋빛 꿈에 부푼 어수룩한 치들이 있었다.

"돈 대신 나랑 다른 거래를 하지 않을래요?"

남자의 한쪽 눈썹이 쓱 올라갔다.

"네가? 나랑?"

이번엔 에릭이 고개를 끄덕일 차례였다.

"간단한 거죠. 내가 해 달라는 간단한 부탁만 들어주면, 꿈 꾼 건 공짜로 드릴게요."

남자가 혀를 내밀어 입술을 핥았다.

"뭔데?"

"드림 컬렉터들이 잘 모이는 데로 데려다 줘요."

"왜?"

"특별한 꿈이 필요해서요. 드림 컬렉터들은 그런 것도 구할 수 있다면서요?"

남자는 웃어 보였다.

"그런 거면 나한테 지금 의뢰하지?"

"그건 싫은데요. 전 제일 잘나가는 드림 컬렉터한테 의뢰할 거거든요."

"허!"

남자가 헛웃음을 뿜었다.

"너, 네가 좀 시건방지다는 건 알고 있냐?"

에릭은 남자를 올려다봤다.

"우리 아빠는 이런 내가 당당해서 좋나 멋지다던데요."

"뭐야, 그게? 정말 아빠 맞냐? 정상이 아니네."

나도 그렇게 생각해. 에릭은 속으로 중얼거리면서 두 주먹을 움켜쥐었다.

"아빠한테 선물을 드려야겠어요."

* * *

복도는 길었다. 자꾸 균형을 잃는 몸을 벽에 문질러 기대며 루카스는 아들을 쫓았다. 아들은 빠르게 달려갔다. 호텔 특유의 두꺼운 카펫이 아이의 발소리를 삼켰다. 순식간에 사라지는 등을 보면서 루카스는 망연자실했다. 저 애가 저렇게 컸던가? 저렇게 빨랐던가?

"에릭!"

아들의 이름을 부르다가, 루카스는 고꾸라졌다. 침을 넘기는 순간 혀가 뻣뻣하게 일어났다. 급작스럽게 사레들린 그의 얼굴이 시뻘겋게 변했다.

'사, 살려 줘……'

버르적거리는 동안 죽음이 그의 멱살을 잡았다. 루카스는 무력하게 기침을 뱉으며 흔들렸다.

'이렇게 죽고 싶지 않아!'

언제라도 죽을 수 있는 몸이었다. 이렇게 호흡곤란으로 훅 가든, 밥 먹다 호흡기로 음식이 넘어가 급성 폐렴으로 죽든 간에. 그렇게 아득하고 우스운 죽음의 문턱에서 돌아오면 삶은 더 진행된 병을 선물했다.

"괜찮으세요?"

지나가던 직원 한 사람이 냉큼 달려와 루카스를 일으켰다. 고개가 홱 위를 향해 꺾이며, 거울로 장식된 화려한 천장에 루카스의 얼굴들이 맺혔다. 눈물과 공포로 얼룩진 새빨간 얼굴.

"헉……. 허억……."

호흡이 다시 편해질 때까지 시간이 멈출 것처럼 느리게 갔다. 고통스러운 순간은 왜 이렇게 길고 긴가. 루카스는 헐떡였다. 앞으로 얼마나 긴 시간이 남아 있는 건가.

"어디 불편하십니까? 의사를 불러 드릴까요?"

"아니……, 아닙니다."

손사래가 생각만큼 나와 주지 않아 루카스는 서둘러 목소리를 키웠다. 이렇게 손끝부터 무뎌진다. 말초신경 부위부터 마비된다. 그리고 서서히 중추기관으로 퍼진다.

루카스는 상상할 수가 없었다. 뇌 달린 통나무처럼 누워 있을 자신이라니. 6개월 전까지만 해도 그는 스키 선수들의 꿈이었다. 하지만 지금 그의 모습을 보라. 모든 운동선수들의 악몽 아닌가. 여기서 6개월이 지나면 모든 사람들의 악몽이 되겠지.

"방까지 모셔다 드리겠습니다."

직원이 루카스를 일으켜 부축하며 말했다. 루카스는 고개를 저었다. 아직 걸을 수 있었다. 아직은. 하지만 직원은 어쨌거나 방까지 안내해 드리겠다며 따라왔다. 안내라. 안내가 부축이 되고 부축이 휠체어 미는 것으로 바뀔 날이 멀지 않았다. 루카스는 우울하게 생각했다. 얼마나 더 오래 걸어 다닐 수 있을까? 스스로 호흡도 못 할 때까지 얼마나 남았을까?

사람들은 말했다. 의사들은 말했다. 전처도 말했다. 마야라면 그가 병을 견뎌 내기가 좀 더 나을 거라고. 환상이 실제를 능가한다는 그곳이라면 지구에서보다 좀 더 행복할 거라고. 그곳의 란츠만을 이용한 의료 시설이 그의 의식과 감각을 주변 사람들과 넷상에 알려 줄 거라고. 그는 훨씬 덜 불편할 것이고 좀 덜 외로울 것이라고.

하지만…….

그 이야기를 해 준 사람들은 아무도 그와 함께 있지 않았다. 팬들의 눈물과 관심은 벌써 시들었다. 전 태양계에 뉴스가 실렸지만 기막히고 딱하다는 반응밖에는 얻은 것이 없었다. 동료들은 그의 옆에서 말을 잇지 못했다. 무슨 말을 하겠는가. 그리고 할 말이 없어진 그들은 그와 거리를 두기 시작했다.

그의 옆에 남은 건 길길이 날뛰던 단 한 사람.

에릭.

지금까진 늘 아들의 앞에서 달려왔다. 막연히 생각했다. 앞으로 천천히 발맞춰 뛰는 시간이 왔다가 언젠가 아들이 자신을 추월할 거라고. 하지만 병이 그를 넘어뜨리자 아들은 순식간에 훌쩍 단계를 뛰어넘었다. 보이는 건 뒷모습뿐이었다.

그렇게 클 때까지 해 준 것이 너무 없었는데도.

시간이 없었다. 아들을 위해 줄 시간도. 아들에게 추억을 줄 시간도. 루카스는 이를 악물었다.

"택시를 좀 불러 주시겠습니까?"

그에게서 반 발짝쯤 앞서며 안내 구색을 갖추던 직원이 선선히 고개를 끄덕이곤 방향을 틀었다. 엘리베이터를 기다리는 동안 직원이 물었다.

"그런데 어디로 가실 건가요?"

루카스가 대답했다.

"판타소스, 판타소스로 갑니다."

* * *

닉스 돔 고빈다 거리에 있는 술집 '테무친'은 타소가 운영하는 점집 '라다'와 함께 일군의 드림 컬렉터들이 가장 자주 찾는 곳이었다. 이 술집의 주인은 우주선 비행사에서 우주경찰로, 다시 청부폭력업자로 떠돌다 은퇴한 40대의 남자였는데, 거의 드림 컬렉터인 손님들 사이에선 본명보다 '회색곰'이라는 별명으로 불렸다.

보통 곰 같은 인간이라고 하면 몸집 크고 힘은 세지만 느리고 우둔한 사람을 연상하지만, 사실 곰은 큰 덩치와 엄청난 괴력과 빠른 스피드를 지닌 데다 영리하고 잔인한 야수다. 그리고 곰 중에서도 회색곰은 사납기로 악명이 높다. 우주선 비행사, 우주경찰, 청부폭력업자일 때 회색곰은 사람들의 착각 속 '곰 아저씨'보다는 진짜 회색곰에 가까운 남자였다. 술집 테무친의 주인이 된 지금이야 성질 발휘할 일이 별로 없지만 말이다.

"오늘따라 빈자리가 많네요."

타소는 테무친의 바에 앉아 회색곰의 두툼한 손이 따라 주는 술을 홀짝였다. 회색곰은 그런 타소를 흘깃 보더니 고개를 돌렸다.

"다들 몰려 나갔지."

"흠. 뭐 좋은 건수라도 있나 보죠?"

"글쎄, 내 생각엔 반대인 것 같은데, 드림 컬렉터들 생각은 또 다른 모양이야."

"흐음."

타소가 잔에 남은 술을 한입에 털어 넣더니 바 앞쪽으로 몸을 바짝 갖다 붙였다.

"나한테 해 줄 말 없어요?"

"술 한 잔 더 해야지?"

회색곰이 대답도 듣기 전에 타소의 잔에 술을 따랐다.

"이건 서비스니까 들어 둬. 요즘 금발망령 소문 알지?"

"소문만 들었죠."

"그거 때문에 아데마가 신경이 곤두섰다더군. 드림 컬렉터들 한동안 몸조심 좀 해야 할 거야."

타소는 아데마의 이름을 듣고 고운 미간을 찡그렸다. 무조건반사에 가까운 반응이었다. 마야에서 일어나는 환상 관련 사건들을 처리하는 소브컴의 팀장 데르크 아데마. 소브컴은 환상안전 프로그램 소버린이 잘 운용되게 하기 위해 생겼다지만, 정작 소버린의 존재감은 안개 같았고, 소브컴 팀장 아데마는 고위 엘리트 관료 특유의 꼼꼼함으로 소브컴을 휘둘러 마야를 닦아대고 있었다. 드림 컬렉터들에게 제일 격렬한 반응을 이끌어 내려면 소브컴, 아데마, 소브컴의 에어카 셋 중에 하나만 있으면 된다는 농담도 있을 정도였으니.

"마야에 망령이 나타난다는 거 자체가 소브컴 입장에선 기함할 일이지."

하긴 그 사람들의 주된 업무는 원래 그거였지. 마야의 환상을 통제해서 현실과 환상을 구분시키고 관광과 일상생활이 가능하게 만드는 것. 새삼스럽게 생각하며 타소는 회색곰의 말에 고개를 까딱였다.

"어디서 나타난대요? 판타소스?"

"닉스에도 가끔 나타난다더군."

타소가 입에 머금었던 술을 급하게 삼켰다.

"……좋지 않네요."

"안 좋지. 이런데 관광객 모여든다고 신 나서 건수 잡을 궁리들만 하니, 원. 쉬쉬하지만 벌써 난리야. 갑자기 트램으로 뛰어들거나 창문에서 떨어지는 등 완전 낮도깨비처럼 나타나서

혼을 빼놓는다더군. 다친 사람도 꽤 되는 모양이야."

"왜 이런 일이 일어나는 걸까?"

회색곰과 타소의 고개가 동시에 돌아갔다. 언제 들어왔는지, 타소의 옆자리를 차지한 야신이 턱을 짚고 앉아 있었다.

"어울리지 않게 웬 학자 흉내야?"

회색곰이 면박을 주며 야신의 잔을 따라 내놓았다.

"그러게요."

타소가 맞장구치며 야신에게 고개를 돌렸다. 야신은 평소처럼 무표정한 얼굴이었지만 앞에 놓인 재떨이엔 벌써 담배꽁초가 쌓여 가고 있었다.

단골 음식점의 웨이트리스는 열여섯이나 열일곱쯤 된 금발망령이 닉스에서 스키 타고 가다 사라지는 걸 봤다고 했다. 가끔 상상력 괜찮은 고객들을 찔러 주는 상상 도우미는 청년 모습의 금발망령이 건물 벽을 암벽등반처럼 오르다 죽 미끄러지며 사라지는 것을 본 이후로 안정제를 먹는다며 하소연했다. 알고 지내는 시뮬레이션 센터 꿈 판정관 하나는 산악자전거를 타고 총알같이 지나가던 중년의 금발망령을 신기해했다.

"금발망령이라니, 누가 붙였는지 이름 하나 잘 갖다 붙였군."

야신이 중얼거렸다. 낮도깨비처럼 닉스에까지 나타나 난동을 부리는 금발의 스포츠맨들을 표현하기엔 이보다 더 적당한 말이 없었다.

"요새 아주 난리인가 봐. 그런데 닉스에서도 나타나는 거면……. 어머!"

옆에서 덜컹이는 소리에 타소는 퍼뜩 시선을 틀었다. 재스퍼가 급하게 회색곰 쪽으로 몸을 내밀고 있었다.

"아이고, 미안. 회색곰, 잠깐만요."

"무슨 일이야?"

"보니까 이 앞에 웬 애가 서 있던데, 누가 사고 쳤어요?"

"애?"

회색곰이 반문했다. 재스퍼 뒤에서 한팀인 프로그래머 오닐이 삐죽 고개를 내밀며 거들었다.

"네, 애요. 한 열다섯 살쯤 된. 여기가 드림 컬렉터 클럽이냐고 묻던데요."

이건 또 무슨 소리야? 회색곰과 타소가 똑같은 생각을 하며 서로를 마주 보고 문간으로 고개를 돌렸다.

끼익.

문이 열리고, 머리카락 한 올 안 보이게 비니를 꼭꼭 눌러쓴 소년이 들어섰다. 소년은 문간에 못 박힌 듯 멈춰 서서 천천히 내부를 둘러봤다. 술집 안이 술렁이기 시작했다.

"미성년자 손님은 안 받아."

회색곰이 퉁명스레 말했다. 소년은 까딱도 하지 않고 입을 열었다.

"여기서 제일 잘나가는 드림 컬렉터가 누구예요?"

침묵 속에서 몇 명인가 야신 쪽을 돌아봤다. 소년이 야신을 쳐다보더니 그를 향해 걸어왔다. 한 발짝 앞에 서서 침을 거듭 삼키며 망설이던 소년이 갑자기 대담하게 말했다.

"의뢰하려고 왔어요."

야신은 소년을 보지도 않고 대꾸했다.

"안 되겠는데."

"저는 에릭이라고 해요."

소년도 야신의 대답을 무시하며 말했다. 한쪽 다리를 달달 떨면서 고집스런 표정으로 야신을 쳐다봤다.

"여기서 제일 잘나간다면서요. 힙노스 하나만 찾아 주세요."

"애들 용돈으론 안 돼."

시큰둥하게 대답하며 드는 야신의 손에서 에릭이 술잔을 채 갔다. 아차 하는 사이 소년은 망설이지 않고 단숨에 보드카를 들이켰다.

"푸흡! 쿨럭!"

코에서 술을 뿜으며 에릭이 그 자리에 주저앉았다. 별짓을 다 하는군. 야신은 찡그리며 그대로 일어서 나가려다 멈칫했다. 에릭이 그의 다리를 붙들고 있었다.

"우리 아빠 루게릭병이에요."

코와 눈이 빨개진 채로 에릭은 야신을 노려봤다.

"얼마 안 가 제대로 움직이지도 못하게 될 텐데 등신같이 환상에 코까지 박고 있죠. 잡아다 현실에 처넣어야 한다고요."

야신은 옆을 쳐다봤다. 타소가 곤혹스러워하며 에릭을 보고 있었다. 회색곰은 굵은 팔로 단단히 팔짱을 낀 채 야신과 눈을 마주쳤다. 저거 좀 쫓아내. 이거 좀 떼어 내 주시죠. 둘은 서로 눈짓하며 몸을 틀었지만 에릭은 죽을 듯이 야신에게 달라붙었다.

"도와줘요. 돈이라면 낼 수 있어요. 그 꿈을 부숴야 해요. 그 인간한텐 환상 아닌 현실이 필요하다고요."

"그건 네 생각이고."

순간 에릭이 뻣뻣해졌다. 타소가 공감하려 애쓰는 어조로 말을 걸었다.

"루게릭병 환자라면 마야가 다른 곳보다 훨씬 낫지 않겠어? 근육이 안 움직여지는 거지 감각은 다 살아 있는 상태라고 들었는데. 판타소스에서도 아난다에서도 훨씬."

"다들 그랬어요."

에릭이 씹어 뱉었다.

"온몸을 움직이지 못하는 환자한테 마야는 천국일 거라고 다들 그랬어요. 등신들. 남의 일에나 통하는 이론인데. 그런 건 닥쳐 보지 않은 인간들은 모르는 거라고요. 제일 등신인 건 그 인간이죠. 자기 일인 줄도 모르고 남의 말들에 혹해 가지고서는. 죽을 때까지 마야에 붙어 있어야 되는 걸로 알걸요. 환상에 절어서 머리까지 제정신이 아니라고요. 자기가 계속 살 줄 알고, 또 자기가 여전히 스키 선수인 줄 알, 심지어 자기 목숨 값인데 자기가 부자라도 된 줄 알아요."

야신은 새빨간 얼굴로 말하는 에릭을 물끄러미 내려다보았다. 어디서 본 듯한 얼굴이었다. 그는 기억을 더 더듬는 대신 발등으로 소년의 턱을 쳤다.

"컥!"

부지불식간에 고개를 젖힌 에릭에게서 발을 빼낸 야신이 회색곰에게 말했다.

"보드카 값은 재한테 받으시죠."

회색곰이 으르렁거리며 뇌까렸다.

"얼른 꺼져."

야신은 어깨를 으쓱하고 입구를 향해 돌아섰다. 등 뒤에서 재스퍼와 타소가 소년을 달래는 소리가 들려왔다. 애 용돈은 재스퍼와 오닐 주머니로 들어가겠군. 그는 무심히 생각하며 테무친을 빠져나왔다.

* * *

야신은 테무친을 나오면서 검은 스웨이드 재킷의 옷깃을 세웠다. 건조하고 선뜩한 밤이었다. 네온사인과 홀로그램이 밤을 멀찍이 밀어낸 거리는 여전히 관광객들로 북적였고, 한쪽에선 취객들이 도로를 점거하고 소리치고 있었다.

"오늘! 마야에서 마지막 밤이라 이거야! 온몸이 뽀사져라 불태워 보겠다 이거야! 앙! 뭐야, 불만 있어? 불만 있냐고!"

시끄럽군. 야신은 작업실로 돌아가는 발걸음을 재촉했다. 소란스런 닉스의 밤거리에서 스트레스를 더 받을 생각은 조금도 없었다.

'작업실에 가면 맥주나 한 잔 할까.'

그리고 뜨거운 물에 목욕한 다음 소파에 늘어져서 담배 한

대 여유 있게 피우는 거다. 상태 괜찮으면 며칠간 미뤄 뒀던 꿈 정리도 하고. 목록에 예상 가격 써 놓고, 어디에 넘길지도 생각해 놓고……. 이번에 새로 시작한 업체는 공포물을 비싸게 쳐 준다던데.

"어머, 아저씨!"

누가 자기를 부르는 거라고 생각도 못 했던 야신은 아무 생각 없이 걸어갔다.

"어휴, 정말. 좀 멈춰 봐요. 거기, 키 큰 은발!"

또각또각하는 구두 소리가 급하게 다가온다 싶더니, 야한 화장에 하이힐을 신은 여자가 그의 팔을 붙잡았다.

"손님 아닌데."

야신이 차갑게 내뱉었다. 여자는 콧소리를 내며 웃었다.

"어흥, 무슨 헛소리야, 이 아저씨. 야, 여기 와 봐! 내가 진짜 괜찮은 남자 찾았다고 했지?"

"어머, 진짜!"

뒤쪽에서 우르르 하이힐 소리가 들려오자 야신의 미간이 절로 좁혀졌다.

"계집애, 하여간 찍는 눈 하난 기막히네."

"스타일 죽인다."

"키도 진짜 크네."

야신은 대꾸 없이 담배를 입에 물고 불을 붙였다. 이 여자들은 또 뭐야?

"피부랑 머리색이 너무너무너무 잘 어울려요. 선탠한 거예요? 이 은발은 염색?"

"멍청아, 이 정도 색깔과 광택이면 당연히 천연이지."

"마야가 물이 좋다더니 진짜 상급이네. 이름이 뭐예요?"

야신은 물끄러미 그들을 쳐다봤다. 화장이 진해서 그렇지, 나이는 고작해야 10대 후반 정도일까. 피곤함이 몰려왔다. 살다 보니 열 살도 더 어린 애들한테 헌팅도 당하는군.

"저기, 아저씨, 아니, 오빠, 우리 마야에 처음이거든요? 우리끼리 왔는데, 바쁘지 않음 안내 좀 해 주면 안 될까?"

은근슬쩍 바뀌는 호칭, 친근한 척 애교 부리는 말투, 묘하게 흐느적거리는 손짓들과 끈끈한 눈빛. 야신은 담배를 빨며 그들을 내려다봤다.

'애들이 벌써 판타소스에서 진탕 놀았고 약도 했다는 데 걸지.'

약기운을 빌려 대시하는 것이긴 하지만, 그들이 야신에게 꽤 반해 있다는 것도 분명했다. 야신의 이성은 말하고 있었다. 같이 힙노스하러 가자고 꾀라고. 그래서 슬쩍 꿈들을 컬렉트하라고. 이 장사 하루 이틀 하냐고 말이다. 야신은 담배 연기를 뱉으며 말했다.

"바빠."

"……."

야신은 황당해하는 여자애들과 완패당한 이성을 무시하고 저벅저벅 걸어갔다.

'기분만 잡쳤군.'

오면서 피운 담배가 한 갑은 넘었지만 야신은 작업실이 있는 오피스텔로 들어서며 한 개비를 또 입에 물었다. 그는 담배를 빨며 작업실 현관문에 지문을 찍은 뒤 눈을 들이대고 생체 정보 인식이 끝나기를 기다렸다.

— 죄송합니다. 현재 저는 시스템 에러입니다.

야신은 미간을 찌푸렸다.

"뭐?"

— 본사에 신고했으니 한 시간 내에 A/S 및 복구가 이루어질 겁니다. 죄송하지만 기다려 주세요.

"아하, 그러니까 나보고 비싼 돈 들인 경비 시스템 때문에 밖에서 떨란 얘기군."

경비 시스템이 풀죽은 목소리로 말했다.

— 죄송합니다. 지금 문은 열려 있습니다.

"……뭐라고?"

야신은 입에서 담배를 떨어뜨렸다.

"젠장! 그게 더 문제잖아!"

— ……그렇겠군요.

이런 빌어먹을. 저 프로그램 성격 설정 해 둔 게 누구야? 야신은 속으로 욕을 해 대며 조심스레 문을 당겼다. 문이 열린 채로 시스템 에러가 나 있다면 누가 의도적으로 에러를 내면서 들어갔다는 얘기 아닌가. 잘나가는 드림 컬렉터의 작업실답게 최첨단 장비들과 엄청난 수의 수집한 꿈들이 있는 곳. 그 누가 노렸다 해도 이상할 건 없었다.

하지만 그런 단순한 일이 아니라면?

그를 눈엣가시로 여긴 누군가가 움직인 거라면?

야신은 작업실에 들어서자마자 조용히 현관 유리장에 손을 댔다. 어두웠지만 현관 안쪽에서 새어 나오는 푸르스름한 빛은 그가 유리장에 지문 인식을 하고 총을 꺼내 들기에 충분해 보였다. 오른쪽 엄지를 인식판에 대려는 순간, 갑자기 빛이 사라져 야신은 반사적으로 몸을 돌렸다. 그런 그의 등을 향해 전기 충격기가 내리꽂혔다.

고통에 소리를 지를 사이도 없었다. 정신을 잃지 않아야 한다는 생각이 곧 소용없으리란 생각에 밀리며 고통보다 짧게 스치듯 지나갔고, 몸이 기우는 것보다 빠르게 의식이 날아갔다.

의식이 돌아온 뒤에 제일 먼저 본 것은 벽면에 가득 맺힌 영상이었다. 손을 들어 올릴 수가 없었다. 퉁퉁 울리는 두통 속에서 야신은 눈을 꽉 감았다 뜨며 아픔을 쫓고 기억을 더듬으려 애썼다.

저 영상은 분명히 그가 얼마 전에 컬렉트한 지희 꿈의 스누핑 버전(각막 센서로 화면만 읽어 낸 꿈. 드림 컬렉터들은 종종 고객에게 각막 센서를 부착해 꿈을 꾸는 동안 내용이 얼마나 상품 가치가 있을지 모니터링하며 꿈을 조작하기도 함)이었다. 침입자가 그의 수집품들을 뒤져 들어 보고 있는 것이다. 역시 꿈과 장비를 노린 강도였군. 쓴입을 다시는 사이 눈이 어둠에 적응하며 주변을 살필 수 있게 해 주었다.

영상을 마주하게 놓인 소파에 사람의 뒷모습이 보였다. 왜 있는 대로 챙겨 가지 않고 머물러 뒤지고 있는 것일까? 이상했다. 야신은 의자에 꽁꽁 묶인 팔다리를 의식하면서, 침입자가 눈은 가리지 않은 것도 이상하다고 생각했다. 그는 갈라진 목소리로 낮게 물었다.

"당신 뭐야?"

뒷모습이지만 어깨가 빠짝 어는 게 보였다. 소파의 사람은 엉거주춤하게 돌아섰다. 남의 작업실에 들어온 강도치고는 어설프고 순순한 동작이었다.

"······당신 드림 컬렉터인가?"

상대는 크게 고개를 저었다. 그리고 아무 말 없이 소파에서 일어나 돌아섰다. 야신은 이제 침입자의 얼굴을 똑똑히 확인할 수 있었다. 나이가 섣핏 짐작이 안 되는 왜소한 아랍계 용모의 남자였다.

"소개가 늦었군, 야신 카갈리스키 씨."

불법 침입자 주제에 거드름을 피우며 남자가 말했다.

"말은 많이 들었지. 이렇게 만나게 돼서 좀 그렇지만, 뭐 당신이 자초한 거니까. 난 카이야 레만이라고 해. 판타소스에서 내 이름 좀 들어 봤을라나?"

"강도치곤 참 당당하시군."

야신이 비꼬았다.

"강도라니 누가? 내가? 뭔가 오해하나 본데, 난 살인자를 만나러 온 거야."

야신은 순간 머릿속에서 내렸던 결론을 수정했다. 작업실에 들어온 놈은 강도가 아니라 미친놈이라고. 그는 침입자를 찬찬히 뜯어보았다. 인상착의에서 짐작되는 바가 없는 이상한 놈이었다.

이목구비와 검은 머리는 아랍계였는데 얼굴색은 지나치게 창백했고, 얼굴은 젊어 보였지만 말하는 것은 나이 든 남자 같았으며, 하는 행동은 거칠고 어설픈데 화성 사투리가 섞인 말투는 교양 있는데다, 왜소한 몸에 걸친 것은 센스 없는 비싼 옷들이었다.

도대체 뭐하는 놈이고 뭐라는 건가 싶어져서 야신은 뾰족하게 대꾸했다.

"그러니까 내가 그 살인자다?"

카이야 레만이라고 스스로를 밝힌 침입자가 씩 웃었다.

"이제 좀 뭐가 기억나시나? 당신 만나느라 쓸데없이 보안 시스템 전문 해커한테 돈깨나 풀고, 손해가 만만치 않아. 당신 유명한 드림 컬렉터라며? 그데 말이야, 유명한 양반이 이렇게 더럽게 놀면 쓰나."

야신은 차갑게 응수했다.

"그쪽이야말로 더럽게 노는군. 일단 묶어 놓고 심문부터 하겠다 이건가?"

카이야가 벽면에 맺힌 영상을 가리켰다.

"그보다 더한 거라도 해야지. 저 꿈도 알고 보면 내 꿈이나 마찬가지거든."

역시 미친놈이군. 야신은 무표정한 얼굴로 생각했다.

"저건 내가 직접 컬렉트한 꿈이야."

카이야가 태연하게 응수했다.

"저거라면 그쪽이 컬렉트했겠지. 하지만 저걸 만들어 낸 꿈이 있어. 그 꿈이 내 거라고."

꿈이 꿈을 만들어 낸다고?

"헛소리하려고 이 쇼를 꾸몄나?"

"아하하하!"

갑자기 카이야가 포복절도했다.

"아하하하. 야신 카갈리스키, 듣던 것보다 참 재밌는 사람이네. 꽁꽁 묶인 처지에 참 빌어먹게 꼿꼿하셔? 귓구멍은 안 막아 뒀으니까 잘 들으라고. 저건 내가 '만들어 낸' 꿈이야. 의심나면 확인해 보라고. 저 꿈에서 내 꿈의 파장이 나올 테니까."

파장이라. 야신은 새삼스레 남자를 살펴보았다. 꿈에는 개인마다 고유한 파장이 있어 드림 컬렉터들과 꿈 전문가들은 그 파장을 가리켜 '꿈의 DNA'라 불렀다. 그것을 알고 있는 놈이라면 확실히 일반인은 아닐 터였다.

"주거침입에 누명 레퍼토리라. 이비크가 보냈나?"

"그건 또 뭐야? 난 댁이 했던 일밖에 관심 없으니까, 그거나 내놓으시지. 꿈을 화끈하게 꾸게 해 주는 능력. 사람 죽이면서 얻어 낸 결과 말이야."

"아니라고 좀 전에 말했는데."

"당신이야 당신 편한 대로 말할 거 아냐. 어차피 아는 사람들도 입 싹 닫았겠다. 죽은 사람 가족한테 물어본댔자 나올 것도 없을 테니, 당신 혼자 나 몰라라 하면 그만일 거고."

야신은 저도 모르게 얼굴을 찡그렸다. 의도를 읽을 수가 없었다. 평범한 도둑이었다면 꿈을 살필 것 없이 다 들고뛰었을 것이고, 그를 노리는 놈이었다면 숨어 있다 한 방 먹였을 거였다. 놈은 야신에게 볼일이 있어 보안 시스템을 깨고 남의 작업실에 쳐들어와 쓰러뜨리고 묶어 놓았다. 여기까진 이해할 수 있었다.

하지만 한 적도 없는 살인죄를 묻지 않나, 그 대가로 얻은 걸 내놓으라고 하지 않나, 알아들을 수 없는 소리뿐이었다. 게다가 대가로 얻은 게 뭐? 꿈을 화끈하게 꾸게 하는 능력? 그리고 자기 꿈이 지희의 꿈을 만들었다니.

"잘 들어. 나는 말이야, 꿈 하난 진짜 기똥차게 꾼다고. 꿈만 팔아서 먹고사는 사람이 마야에 몇이나 될 거 같아? 내가 그 선택된 몇 퍼센트거든? 근데 내 꿈엔 문제가 좀 있다고 하더라고. 뭐, 사소한 건데……."

야신은 퍽도 사소하겠다는 시선으로 카이야를 쳐다보았다. 카이야는 그러거나 말거나 태연자약하게 자기 이야기를 계속 늘어놓았다.

"……한번 꾼 놈들은 계속 내 꿈에 사로잡혀서 연결된 꿈을 꿔 댔어. 전에 같이 일했던 드림 컬렉터가 그러더라고. 내 꿈을 꾸고 나면 꾼 놈들 꿈에서도 내 파장이 나온다고. 그거 때문에 이런 일이 일어나는 것 같다고."

믿기 힘든 이야기였다. 야신은 입을 다물고 카이야의 이야기를 듣기만 했다.

"처음엔 재수 없다고 생각했지. 기껏 잘나갈 만한 일을 잡았는데 말이야. 하지만 위기는 기회라는 말도 있잖아. 나도 그렇게 한번 생각해 보기로 했지. 이런 능력을 사용해서, 무언가 돈 될 만한 거 하나 벌여 볼까 하고 말이야. 그러다 사고가 났어."

카이야가 자기 머리를 똑똑 두드렸다.

"앰뷸런스 에어카에 머리부터 깨졌거든. 덕분에 보상금은 잔뜩 받았지만 문제가 생겼어. 큰 수술을 받고 났더니 이놈의 뇌에서 뭐가 잘못됐는지, 도통 다시 꿈을 꿀 수가 없단 말씀이야."

"그럼 여기서 이러지 말고 치료를 받지그래?"

야신의 말에 카이야가 흐흐 웃었다.

"내가 맛이 가서 여기서 진상 피우는 거라고 믿고 싶은가 본데, 나도 머리는 돌아간다고. 치료야 받았지. 아주 많이 받았어. 뇌 전문의며 신경과며 정신과까지 아예 의료돔 몇 군데를 싹 훑었다고. 그런데 웃긴 게 뭔지 알아? 그 많은 잘나신 의사 양반 중에 돈값을 하는 인간이 없더라는 거야. 어떤 새끼는 그만한 사고에 부작용이 그거밖에 없으면 벼락 맞는 확률이라고 하질 않나. 남은 생계 수단이 없어져 버렸는데 말이야. 그나마 도움 되는 말을 한 게 정신과 의사였지. 머리에는 아무 문제가 없으니까 심리적 요인을 파 보자나? 일단 전에 꿨던 꿈들부터 분석해 보자고 하더군."

카이야는 입가를 비틀며 벽에 맺힌 영상을 쳐다봤다.

"그런데 기껏 내가 옛날에 꿨던 힙노스를 찾았더니, 웬 동양 여자가 빌렸더라고. 그 여자 다음에 빌리면 되겠다고 생각했지. 몇 시간 후에 다시 찾아갔어. 하지만 시뮬레이션 센터 직원은 그런 힙노스는 그곳에 없었다고 잡아떼더군. 내가 분명히 몇 시간 전에 물어봤었는데 말이야."

"착각한 거겠지."

"전기 충격이 약했나 보지, 어? 아무튼 그 시뮬레이션 센터 놈들은 날 상대할 생각이 없었어. 계속 모르쇠로 나오는 거야. 그래서 난 그 힙노스를 했던 여자를 찾았어. 지구로 돌아간 뒤더라고. 자기가 만든 힙노스만 야신 카갈리스키, 당신한테 남겨 놓고 말이야."

"그 일과 내가 살인자 취급받는 게 무슨 상관이지?"

"무슨 상관이냐고? 내가 바보인 줄 알아? 댁은 예전에 나랑 일했던 드림 컬렉터하고 짠 거야. 내가 만든 힙노스를 한 뒤에 꿈꾸게 하면 평소보다 란츠만 호응도가 높은 꿈이 나오니까, 그 동양 여자한테 일부러 그 힙노스를 꾸게 한 거 아냐. 그리고 시뮬레이션 센터랑 짜고 꿀꺽한 거고, 어? 이딴 식으로 제2의, 제3의 나 같은 놈들을 만들려는 거잖아, 지금. 안 그러면 왜 그 여자 꿈이 여기 있고, 내가 찾던 힙노스가 사라졌겠냐고?"

말이 통할 놈이 아니군. 야신은 결론지었다. 카이야는 이미 자신만의 논리에 빠져 있었다. 야신이 카이야의 꿈을 다른 사람들에게 꾸게 해서 란츠만 호응도가 높은 꿈을 만들어 내려고 하고 있으며, 그런 일련의 과정들을 통해서 다른 사람들을 카이야처럼 만들려고 한다고.

도대체 지희가 카이야가 원작자인 힙노스를 꾼 것과 그 뒤에 본인 힙노스를 만든 것 사이에 무슨 상관이 있단 말인가? 그리고 그것을 왜 야신이 빼돌린단 말인가? 란츠만 호응도가 더 높은 꿈을 얻으려고? 카이야 같은 사람을 또 만들려고? 그런 허무맹랑한 얘길 진짜로 믿고 제멋대로 사람을 살인자로 몰고 쳐들어와 쓰러뜨리고 묶어 놓는다고?

야신은 뒤로 묶인 손을 아래로 내렸다. 오른쪽 허리에 매인 체인을 더듬자 합금 담뱃갑이 딸려 와 잡혔다. 손끝에 걸리는 맨 오른쪽 구석의 담배. 야신은 그것을 뽑아 들었다.

손등에 서늘한 날붙이의 느낌이 와 닿았다. 상상으로 만들어 낸 칼날이 피부 표면을 쓸며 움직일 때마다 목에 소름이 돋았다. 칼은 빠르게 그를 묶고 있던 테이프들을 툭툭 끊어 냈고 야신은 곧 자유의 몸이 되었다. 자유로워진 손으로 담배를 입까지 가져가는 짧은 시간 동안 끈적거리는 느낌이 발바닥에서 머리 끝까지 휩쓸었다. 야신은 흠칫해서 카이야를 보았다. 놀란 눈을 한 놈의 머리에서 시커먼 덩어리가 뿜어져 나오고 있었다.

'저게 다 상상 덩어리라고?'

그 덩어리는 스스로 살아 있는 것처럼 꿈틀대며 수축과 이완을 반복했다. 이완될 때마다 안개처럼 파노라마가 펼쳐졌다. 순식간에 카이야와 야신 사이에는 붉은 화성의 사막과, 핑크색과 오렌지색이 뒤섞인 하늘과, 기계 심장을 단 좀비들과, 자기 눈을 먹는 여전사들과, 반짝이는 은빛 해일과, 실크 턱시도를 입고 구걸하는 거지들이 생겨났다.

'맙소사.'

어지간한 일에는 평정을 잃지 않는 야신도 회색 눈을 몇 번이나 감았다 떴다. 카이야의 머리를 감싼 시커먼 덩어리에선 그러는 동안에도 툭툭 관을 뚫고 나오는 처녀와, 팔이 여덟 개인 춤추는 신들이 튀어나왔다. 카이야도 당황해서 자신의 상상과 야신을 번갈아 쳐다봤다.

"뭐야, 이거……."

그는 야신의 작업실을 확인하듯 고개를 휘둘렀다.

"여긴 당신 작업실이잖아. 분명히 닉스인데? 판타소스도 아닌데 왜……."

판타소스에선 이런 일들을 일상적으로 벌인다는 얘기군. 경황없는 중에도 야신은 생각했다. 이렇게 강한 상상력의 소유자인 줄 알았다면 묶인 몸을 풀려고 이걸 꺼내 들진 않았을 것이다. 자신의 감정이 실체를 가지기 전에, 야신은 가까스로 무표정을 유지하고 카이야를 마주 보았다. 카이야는 쉴 새 없이 상상을 뿜어내면서 야신을 살폈다. 그리고 웃었다.

"뭐야. 귀신눈깔이라더니, 쪽도 못 쓰네."

"……."

"살인자."

도발하듯 굴리며 말하는 카이야의 말에도 야신은 아무것도 떠올리지 않았다. 카이야의 얼굴에 처음으로 약간 당혹스러움이 스쳤다.

카이야가 뿜어 놓은 상상들이 점차 옅어졌다. 하지만 느긋한 얼굴은 점점 더 득의양양하게 웃고 있었다. 야신은 긴장을 놓지 않고 카이야를 주시했지만, 자신의 작업실이 갑자기 입을 벌리고 그를 쩍 삼키려는 고래로 돌변하는 것까지 예측할 수는 없었다.

콰아아아.

고래의 이빨 사이로 보이는 혀는 작업실 바닥 색깔 같은 어두운 푸른색이었고 그 사이로 밀려드는 물은 금색이었다. 그러나 그 물은 진짜 야신의 구두와 바지를 적시고 있었다. 곧 야신을 삼키는 것도 진짜일 것이다. 야신은 고래의 이빨에서 뚝뚝 떨어지는 물을 맞으면서 입을 벌렸다.

"차폐막, 반경 5미터."

삐이익!

순간 고래가 숨넘어가는 소리를 내며 멈췄다. 고래와 똑같은 비명을 지르며, 카이야가 야신을 쳐다봤다. 고통과 경악이 뒤섞여 있던 동공이 빠르게 풀렸다.

쿵.

카이야의 몸이 그대로 넘어가 바닥으로 엎어졌다. 머리가 터지지 않은 게 다행이군. 야신은 카이야의 맥이 뛰는 것을 확인했다. 그리고 천천히, 물고 있던 담배를 담뱃갑 맨 오른쪽 구석에 도로 넣었다.

갑작스럽게 모든 것이 현실로 돌아왔다.

겨우 몸을 일으켜 야신을 바라보는 카이야의 얼굴은 여전히 비현실적인 세계에 남은 양 파랗게 질려 있었다.

"어, 어떻게 한 거야?"

카이야가 머릴 감싼 채 헐떡였다.

"내가 먼저 물을 말 같은데."

야신의 말에 카이야는 더 혼란에 빠졌다.

"왜 이렇게 침착해? 당신 뭐야?"

"그것도 내가 먼저 묻고 싶군."

"젠장, 진짜 당신 뭐냐고? 정체가 뭐야?"

"너야말로 뭐하는 놈이야! 왜 왔지?"

카이야가 비틀대며 일어나 뒷걸음질 쳤다. 눈에 띄게 흘리는 식은땀에 검은 고수머리가 젖어 가는 게 보일 정도였다. 야신은 현실로 너무 일찍 돌아왔나 생각했다.

여전히 의자에 묶인 그대로였기 때문에 저처럼 무방비한 카이야였지만 그를 압박하거나 붙잡을 방법이 없어 답답했다. 하지만 그렇다고 해서 계속 환상 속에 있어봤자 카이야가 정신을 차리곤 다른 괴물을 풀었으리라. 야신은 현실적인 방법을 쓰기로 했다.

"대답하지 않으면 경찰을 부르겠어."

"미친. 댁이 경찰을 부를 수 있을 리가 없잖아."

"왜 그렇게 생각하지?"

카이야는 당황한 얼굴로 눈을 굴렸다. 야신은 그러는 그를 가만히 응시했다. 카이야는 정말로 야신이 돈이 될 만한 비밀을 가지고 있고, 살인자이고, 그래서 경찰도 못 부르는 몸이라고 믿은 것일까?

왜?

그때였다.

— 기쁜 소식을 알려 드립니다. 시스템이 3초 후 정상적으로 복구됩니다.

경비 시스템이 경쾌하게 알려 왔다.

"안 돼!"

왁 내지른 소리에 귀가 먹먹해졌다. 카이야는 그 순간 얼이 빠진 야신을 놔두고 문으로 뛰기 시작했다.

다닥. 다닥.

— 불편을 드려 죄송합니다. 시스템이 정상적으로 복구되었습니다.

야신은 황급히 도망치는 남자의 발소리에 인상을 찌푸리며 현관으로 고개를 돌렸다. 그의 시선을 느낀 경비 시스템이 자동으로 건물 입구를 빠져나가는 남자의 CCTV 영상을 허공에 띄웠다.

— 고객님의 데이터에 등록되지 않은 인물입니다.

"침입자야."

— 신고할까요?

"일단 놔두고, 블랙리스트에 올려."

다리를 절며 필사적으로 도망치는 왜소한 남자의 영상 위로 침입자 자동 검색 화면이 떴다.

카이야 레만.

야신은 그의 이름을 기억해 두고는 에일로 타소를 불렀다.

* * *

에릭은 어려운 아이였다.

원정 훈련을 마치고 오면, 한달음에 달려오는 제 엄마와 달리 다락 창문으로 유심히 내려다보다 다음 날 낮이나 되어야 말문을 트곤 했다. 크리스마스 파티에 못 갔을 때도, 학예회를 잊었을 때도, 낚시를 가자고 해 놓고 스키 타러 떠났을 때도 에릭은 울지도 조르지도 않고 루카스를 빤히 쳐다보며 똑똑히 말했다. 아예 약속을 하지 마.

이혼이 확실해졌을 때, 루카스는 에릭이 당연히 제 엄마를 따라갈 거라고 생각했다. 마지막 수속을 마치고 집으로 돌아왔을 때 아들은 거실에서 그를 기다리고 있었다.

루카스는 그 사태를 어떻게 받아들여야 할지 몰랐다. 아들이 남아 줘서 기뻤다. 하지만 기회는 영영 지나가 버렸다는 자각 또한 그 순간에 왔던 것이다. 버릇없이 툭툭 던지는 말투나 성마른 행동과 달리 에릭의 눈은 차분하고 담담했다. 앳된 얼굴로, 아들은 벌써 청년의 눈을 하고 있었다. 남자 대 남자. 사나이끼리의 말없는 교감. 아버지의 크기만 한 등. 그런 것들을 쌓을 아들의 유년기가 벌써 지나가 버렸다는 것을 루카스는 깨달았다.

그는 새삼스럽게 주위 풍경을 보며 눈을 가늘게 떴다. 물살을 부수는 반들반들한 자갈들과 부서진 물살에 부딪쳐 깨지는 햇살. 벌레인지 물살인지 물고기들인지 모를 것들이 발가락을 간질이고, 젖은 종아리 아래는 차갑고 안온한데, 물 위로 솟은 나머지 육체는 타는 듯이 따가웠다. 물 위로 햇살이 계속 반짝거려 눈을 제대로 뜰 수 없었다. 계곡 상단에서 첨벙하고 물이 튀는 소리와 함께 물고기가 튀어 올랐다 떨어졌다. 바람 한 점 없는 따가움. 그에 비해 더 선명히 느껴지는 종아리 아래의 감각. 물 냄새.

'조금만 기다려. 철들지 말고 조금만 기다려.'

언제까지나 남아 있어 줄 거라 생각한 건 아니었다. 언제든 손을 뻗으면 기회가 있을 거라 여겼던 것도 아니었다. 그저 조금씩 미뤘을 뿐. 조금만, 조금만 더 이따가. 조금만 더 멀리 가고 나서. 그의 아버지가 그에게 해 줬던 것처럼 송어 낚시를 함께 하고, 자전거로 해안까지 달리고, 스키를 끝내주게 가르치겠다고. 하지만 자신이 미루는 사이에 추억을 쌓을 기회는 영영 사라졌다.

'에릭.'

그렇다면 자신이 죽은 뒤에라도 아이가 잠길 추억을 만들어 주고 싶었다. 환상이 현실이 된다는 마야. 이곳 판타소스에 만들어 주고 싶었다. 언젠가 못 가 준 낚시터를, 언젠가 달리려 했던 고갯길을, 아버지를 대신할 마음의 고향을, 언제라도 찾아와 가동만 하면 펼쳐질 그 아이만을 위한 세계를.

루카스 자신의 마음속에 또렷이 남아 있는 아버지와……,

스키처럼.

"끝내준다! 아빠, 이거 정말 끝내줘!"

하얀 설원에 눈이 부셨다. 바람 소리가 귀를 울려, 세상에서 차단되어 혼자 질주하는 감각에 온몸이 오싹오싹했다.

"그러다 다쳐!"

어린 루카스는 들은 체도 하지 않았다. 다치는 건 무섭지 않았다. 눈 위를 미끄러지는 게 이렇게 황홀한 감각일 줄이야. 마찰 없이 이 세상 끝까지라도 내려갈 것 같은 붕 뜬 기분. 이대로 내동댕이쳐져도 좋았다. 끝까지, 한계까지 가고 싶은 기분에 손끝까지 저릿했다. 심장이 터질 듯이 울리고 폐가 쓰리며, 점점 짧아지는 밭은 호흡. 괴롭지만 달콤했다.

이대로 죽는 것도 멋질 거야. 눈의 반사광에 눈이 멀고, 더 이상 못 갈 때까지 혹사당한 폐와 심장이 멈춰 버리고, 그대로 끝나는 거다. 멋지다. 죽여. 끝내줘.

"멈춰!"

그런 일은 없을 거야. 루카스는 생각했다. 하지만 아버지가 더 빨랐다. 쫓아온 아버지는 그를 코스 외곽으로 몰아붙였다. 결국 넘어진 루카스에게 아버지는 따귀를 날렸다.

"이게 뭐야?"

부은 뺨을 쥐고 루카스가 침을 뱉었다. 잇조각이 피와 함께 눈 위로 떨어졌다.

"시시해."

"다 시시해."

아버지가 냉혹하게 말했다.

"넌 스키 금지다."

"뭐야. 이렇게 데려와 놓고, 그런 게 어딨어?"

"넌 탈 자격이 없어."

아버지가 그의 폴을 주워 들었다.

"자기 파괴는 스포츠가 아니야."

"난 그런 말 몰라. 암튼 타야 해. 탈 거야."

"매번 목숨 걸고 탈 거냐? 잘 타지도 못하면서?"

자존심이 상한 루카스가 울컥하는 동안 아버지가 그를 내려
다봤다.

"넌 지금 처음 탄 게 이 정도면 잘 탄 거라고 억울해하겠지?
이래서 네가 어린애라는 거다. 넌 이제 겨우 맛만 봤어. 그런데
그거 가지고 목숨 걸겠다고?"

"그러면 어때! 금칠이라도 해서 키웠어? 생색내지 마! 꼰
대가!"

버럭 소리 지른 루카스가 일어서다 넘어졌다. 스키를 신은
채 일어서는 게 생각보다 훨씬 어려워서 그는 얼굴이 새빨개지
고 말았다. 돌아서 가는 아버지의 등에 대고 그가 소리쳤다.

"두고 봐. 잘난 척이 쑥 들어가게 해 줄 테니까!"

지금 생각해 보면, 아버지가 틀렸다.

철이 들고 나이가 들수록 생각했다. 자기 파괴는 스포츠가

아니라고. 하지만 틀렸다. 목숨 걸고 타야 했다.

그래서 그때 죽었어야 했다.

설원에서 미끄러지다 죽어야 했다. 균형을 잘못 잡았다고 생각했을 때 그대로 추락해야 했다. 그대로 머리를 다치고, 그대로 깨어나지 못해야 했다.

바로 그때.

폴을 잡은 손이 굳은 걸 알아차렸을 때 근육 경련이라고 넘기지 말고, 그게 자신의 마지막 점프스키라는 걸 깨달아야 했다. 떨어져 죽어야 했다. 그게 그에게 훨씬 어울리는 죽음이었다.

루카스는 주변을 둘러보았다. 에릭을 위해 꿈꾸던 계곡은 이미 그 자리에 없었다. 하얗고 하얀, 세상 끝에나 있을 것처럼 무한한 설원의 절벽만이 우뚝 서서 그에게 칼바람을 날려 보내고 있었다. 루카스는 자신을 내려다봤다. 발에는 부츠와 스키, 손에는 장갑과 폴. 역시 마야였다. 이 모든 것이 가능한데, 어째서 자신만은 변화시킬 수 없는 건가?

루카스는 래빗홀을 뛰쳐나왔다. 에일로 호출하자, 그가 건물 밖으로 나서는 것과 거의 동시에 택시가 멈춰 섰다.

— 맥컬 콜택시를 찾아 주셔서 감사합니다, 손님. 어디로 모실까요?

무인택시는 친절하게 물었지만 대답할 여력 같은 건 없었다. 루카스는 뒷자리에 길게 누워 손을 얼굴에 올렸다. 푹 꺼지고 굳은 손가락들이 얼굴에 와 닿았다. 환상일 뿐이었다. 모두 환상일 뿐이었다.

— 손님?

"아난다."

루카스가 말했다.

"아난다로."

＊ ＊ ＊

야신이 루카스 야코비와 만난 것은 늦은 오후였다. 타소와 의뢰 얘기를 하던 야신과 의뢰를 하러 온 루카스가 라다의 내실에서 마주쳤던 것이다.

"제가 꼭 필요한 힙노스가 있는데……, 그걸 좀 찾았으면 합니다."

야신이 있는 것도 신경 쓰지 않고 루카스가 대뜸 말했다.

"시뮬레이션 센터에서 못 찾으셨나요?"

타소의 질문에 루카스는 부자연스럽게 눈을 깜박였다.

"찾긴 찾았는데, 다른 시뮬레이션 센터와 트레이드를 했다고……."

"아, 가끔 콘텐츠에 변화를 주려고 트레이드하죠. 힙노스는 복제가 안 되니까요."

"저는 그 꿈이 꼭 필요합니다."

루카스의 말에 타소는 애매하게 미소 지었다. 이렇게 급하게 나오는 의뢰인일수록 비싸게 불러야 하는 법.

"트레이드한 시뮬레이션 센터를 물어보셨나요?"

"물어봤죠. 그런데 트레이드라는 게 워낙 동시다발적으로 여러 센터에서 하는 거라 일일이 다 알아봐 줄 수가 없다고 하던데……."

"굉장히 소중한 힙노스인가 보죠?"

타소가 물었다. 이쯤 되면 절박한 의뢰인이 애가 타서 먼저 좋은 조건을 제시할 거라는 기대를 숨기고.

"……."

그 말에 퍼뜩 꿈에서 깨어난 듯 눈에 힘을 주며 루카스가 정면을 노려봤다.

"아니, 소중한 건 아니야."

"네?"

당황한 타소 대신 야신이 물었다.

"그럼 왜 그렇게 꼭 찾고 싶어 하십니까?"

"나는 루게릭병 환자야."

야신이 담배를 든 채로 딱 굳었다. 타소는 잔을 떨어뜨릴 뻔했다. 루카스가 손도 대지 않던 커피잔 가장자리를 손으로 쓰다듬었다. 그 간단한 동작에도 손끝이 벌벌 떨리고 있었다.

"손과 발부터 점점 굳어 가고 있어. 전보다 훨씬 자주 사례가 들리고. 얼마나 걸릴지는 모르겠지만……, 끝에 가선 그렇게 되겠지. 사람들이 루게릭병 환자 하면 흔히들 생각하는, 침대에 누운 반송장. 호흡기 없으면 숨 쉬는 것도 못 하고 말이야."

"……."

"밤에 자려고 누우면 잠이 안 와. 시간이 아까워서 손이 막 덜덜 떨려. 이렇게 되면······, 생각하고 싶지 않아도 그런 생각이 들거든. 내 인생은 뭐였지?"

루카스가 헛웃음을 지었다. 원래 그의 것이었을 매력적인 미소와 프랑켄슈타인 같은 근육 경련이 뒤섞여, 루카스는 웃다 말고 어두운 표정으로 눈을 내리깔았다.

"나는 나름대로 나답게 살았는데, 병 걸리니까 뭐 아무것도 없는 거야. 그나마 여기가 낫겠다 싶어서 마야로 왔는데, 내 꼴이 지금 어떤 줄 알아? 힙노스 시뮬레이션과 판타소스의 래 빗홀, 그게 지금 내 인생에 남은 거야. 그 둘에 빠져 있을 때는······, 알잖아? 점점 몸이 이렇게 되는 현실 같은 건, 휙 하고 날아가는 거야. 특히 그 꿈······, 그 힙노스는 정말 대단했어. 그걸 꾸고 나면 그 꿈에서처럼, 래빗홀에서도 거칠 게 없었어. 여러 삶을 쫓아다니며 먹어 치우는 기생체처럼 자유롭게, 자유 롭게······."

루카스의 목소리가 떨렸다. 그의 눈동자가 흔들렸다.

"······현실로 돌아가고 싶지 않아. 이렇게 마비되어 가는 몸 뚱이에 갇히고 싶지 않다고. 이렇게 멀거니, 언제 죽을까 기다 리라고? 말도 안 되지. 말도 안 돼. 난 스키 선수였어. 칼 빅셀 이라고 알아? 전설이지. 난 그런 놈과 어깨를 나란히 하고 겨 뤘어. 말버릇이 아주 끝내주는 놈이었지. '남자라면 우주에 오 줌 한 방은 빼 줘야지!' 그게 그 녀석 트레이드마크였어. 화성 올림푸스배 때는 정말 그 짓을 하려고 드는 통에 다들 박장대

소했었지. 그렇게들 같이 웃던 시절이었는데. 언제 죽어도 아쉬울 거 없이 화끈했지. 인생이 불꽃놀이인 줄 알았어. 그땐 모든 것을 불살라 몰입하던 것이 있었어."

"그래서 무엇을 원하십니까?"

야신이 물었다.

"그 꿈을 다시 꾸면서 현실을 잊고 싶으신 거죠? 그러니까 저희가 그 힙노스를 찾아 드리면 되는 겁니까?"

루카스가 야신을 쳐다봤다.

"당신은 이해 못 하겠지."

"그야."

야신의 짧은 수긍에 루카스는 오히려 미소를 띠었다.

"하긴 이해하는 게 이상하지. 나도 내가 이해가 안 돼. 왜 그렇게까지 했을까?"

루카스는 자기 인생이 빛나고 있다고 생각했던 때를 떠올렸다. 그땐 인생을 건 몰입과 열광과 기쁨이 있었고……, 그 반대편엔 그것을 위해 그가 내팽개친 것들도 있었다. 점점 메말라 가던 여자. 애정을 조르다 지쳐, 작은 몸 가득 증오를 담아 그를 노려보던 아이도. 루카스가 중얼거렸다.

"그땐 소중한 것도 몰라봤지."

"……."

"아들이 있는데, 아직 철이 없을 나이거든. 그런데 녀석이 나보다 더 어른스러워. 내가 그렇게 만든 거나 마찬가지야. 애가 아직 어렸을 때, 곧잘 나한테 말을 걸었어. '아빠, 그거 알아?' 하고 조잘댔지. '옛날에 과학자들이 고양이를 가지고 실험했대. 뇌파를 이용해 가지고, 고양이에게서 꿈꾸는 뇌파가 나올 때면 방해를 해서 꿈을 못 꾸게 했다는 거야. 잠은 푹 재우면서 꿈은 못 꾸게 말이야. 그랬더니 고양이가 이상해졌대. 오래 했더니, 죽었대.' 그렇게 종알대던 녀석의 말이 생생해."

루카스가 고개를 저었다.

"이렇게 생생하게 기억할 거면서 말이야. 그때는 왜 그렇게 귀찮아했을까? 건성으로 고개만 끄덕여 줘도 신 나서 달라붙던 애를. '이상하지, 아빠? 잠도 자는데 왜 그럴까? 난 꿈 같은 거 잘 안 꾸는데, 그럼 나도 이러다 죽어?' 애들이 할 법한 말이잖아. 상대해 줄 수도 있는 거였는데. 상냥하게, 기억을 못할 뿐이지 너도 늘 꿈을 꾼다고 말해 줄 수도 있었는데. 별로 어려운 일도 아니야. 머리를 쓰다듬으며 참 이상하다고, 아빠도 궁금하다고 북돋아 줄 수도 있었어. 그렇게 쉽고 빤한 애정 표현이 널려 있었는데."

루카스의 얼굴이 회한에 가득 찼다.

"내가 어떻게 했는 줄 알아? 애가 허공에 대고 말하도록 내버려두고 장비를 챙겨 차에 탔어. 운전석에 오르는데 에릭이 도도도 달려와서 아주 열심히 물었어. 고양이는 무슨 꿈을 꾸느냐고. 콩알만 한 게 필사적이었지. 무슨 대답을 했는지는 기억나지 않아. 아니, 어쩌면 대답을 하지 않았는지도 몰라. 내가 기억하는 건, 차를 몰고 빠져나오는 내내 그 자리에 서 있던 아이를 백미러로 보면서 짜증스러워했던……, 그런 거지. 머리를 흔들면서 투덜거렸어. 애 엄마가 어떻게 교육시켰기에 내 아들답지 않게 저렇게 궁상맞고 움츠러들어 있냐고. 그런 주제에 끈질기게 포기를 모르고 엉겨 붙어 귀찮게 구냐고."

"……."

"자업자득이야."

루카스는 자조했다.

"이제 와서 궁금해하고 말을 걸지. 에릭 너는 무슨 꿈을 꾸느냐고. 아들 녀석은 어이없어해. 내가 이상해지고 있다고 하지. 아직 어린 아들을 안고 가는 아버지가 부럽고, 여전히 이런 것 따윈 모르고 살 칼 녀석이 부러워. 판타소스의 상상 도우미들이 부러워 미치겠어. 내가 몸이 아니라 머리를 쓰는 직업이었으면 병에 걸려도 인생이 이렇게 허탈하진 않았을 텐데……. 병에 안 걸렸으면 계속 칼 녀석처럼 살았을 텐데. 내가 좀 더 일찍 정신 차렸다면 아들놈한테 그렇겐 안 했을 거야. 내가 다른 인생을 살았다면……."

루카스 야코비는 눈물을 흘렸다. 눈가 주름을 따라 흐르는 뜨거운 액체의 감각. 이 감각이 이리 생생하건만, 언젠가, 곧 손을 들어 올려 닦을 수가 없을 때가 올 것이다.

"나도 내 두 발로 거리를 걷는, 내 인생이 있는 사람이었는데……. 이제 곧 운다면 누군가 눈물을 닦아 줘야 되겠지? 누가, 누가 꼼짝도 못하는 내 눈물을 닦아 주겠어? 내 아들, 에릭. 그 애밖에 없어. 내가 그렇게 아무것도 해 준 것 없는 내 아들밖에."

루카스는 눈물을 닦을 생각도 없이 고개를 들고 야신과 타소를 쳐다보았다. 야신은 조금 불편한 마음으로 이마 끝을 긁었다.

"그 애를 위해선 지구로 돌려보내야 한다는 걸 알아. 제 엄마 곁에서 제대로 공부도 하고, 친구도 사귀고, 여자애들도 만나야겠지. 별것도 아닌 걸로 주먹다짐도 해 보고, 반항도 해 보고, 좋아하는 여가수 홀로그램으로 방을 꽉 채우기도 하고. 똑똑한 애니까 공부도 곧잘 할 텐데. 제 엄마 닮아서 대학에 가겠다고 할지도 몰라. 다 알지만 나는……. 그 애도 나도 알지. 하지만 내가 어떻게 해야겠어?"

"……생각하시는 것만큼 나쁜 아버지는 아니었을 거예요."

타소가 위로했다. 루카스는 입가를 일그러뜨리더니 떨리는 손끝으로 눈물을 훔쳤다.

"그 꿈, 그 힙노스를 꾸고 나서 내가 해야 할 일을 알았어. 내가 무엇을 해 줘야 할지를. 내겐 아직 머리가 남아 있어. 감각도. 내 아들에게 아빠와의 추억을 만들어 줄 거야. 아들한텐, 아버지의 등을 보고 자라는 추억 같은 게 있어야 되는 거잖아. 믿음직한 등, 닮고 싶은 등, 뛰어넘고 싶은 등 같은……. 그런데 나는 너무 안 좋은 등만 보여 줬어. 거꾸러뜨리고 싶고 원망스런 그런 등만."

타소가 손수건을 내밀었다. 루카스는 받아서 눈물을 닦다가 감정이 북받쳐 그대로 손수건에 얼굴을 묻었다.

"그 꿈이 필요해. 부탁이야. 시간이 얼마 없어. 나는 평생 운

동만 했던 사람이야. 힘들게 상상해도, 금세 래빗홀에서 날아가 버려. 아들에게 추억을 만들어 주려면 그 힙노스가 있어야 돼."

"어째서 래빗홀에서 상상을 더 강하게 만드는 데 힙노스가 필요한 겁니까?"

야신의 질문에 루카스가 멈칫했다.

"이상하게 들리겠지만……."

루카스는 주저하며 말했다.

"……그 꿈을 꾸고 나면, 나 같은 사람도 원하는 상상을 만들어 낼 수 있어."

* * *

타소는 루카스의 의뢰를 맡기로 했다. 꿈이 있던 시뮬레이션 센터와 꿈의 내용을 묻고 루카스를 보낸 뒤 그녀는 야신에게 이 의뢰를 맡을 생각이 있냐고 물었다. 야신은 담배를 깊게 빨았다. 간단한 일인 만큼 액수는 적었지만, 구미 당기는 부분이 없는 것도 아니었다.

"꿈은 돈 좀 되게 꿀 거 같은데."

힙노스를 찾아 주면서 이런저런 구실로 루카스의 꿈을 컬렉트하면, 잠깐 시간 뺏긴 정도는 보상하고 남을 만큼 대박 꿈이 나올지도 모른다는 게 그의 계산이었다. 상상은 기억의 재배열과 도약으로 이루어지는 뇌 활용법이며, 재능과 훈련이 필요한 기술이었다. 때문에 상상력이 뛰어나고 상상을 자주 하는 이

들이 꿈도 다채롭게 꾸는 경우가 많았다. 아들에게 추억을 만들어 주기 위해 상상에 목을 매는 루게릭병 환자라면 그럴싸한 꿈이 나올 가능성이 높지 않겠는가.

"오닐 손을 좀 빌려야겠어."

야신의 말에 타소가 그를 빤히 쳐다봤다.

"오닐은 왜?"

프로그래머 오닐은 재스퍼와 한팀을 이뤄 움직였다. 재스퍼와 같이 움직이기 때문에 그의 실력까지 도매금으로 삼류 취급당할 때가 많았지만, 오닐은 꽤 실력 있는 프로그래머였다. 문제는 성격과 일이 안 맞는 데 있었다. 직장 생활이나 하면 딱 알맞았을 상식과 성실함에 프로그래머다운 고지식함, 게다가 인간관계에서 쉽게 스트레스 받는 섬세함까지. 절반 넘게 사기꾼이라는 드림 컬렉터 바닥에서 살아남기엔 이래저래 곤란한 인물이었다.

하지만 반대로 보면, 좀 친해 두기만 하면 싼 가격에 확실한 일처리를 보장받을 수 있다는 얘기이기도 했다.

"그 사람 말이 사실이어야 꿈에 상품 가치가 있을 테니까."

"확인해 보려고?"

"해야지."

타소가 가사로봇에게 다 식은 커피를 치우게 시키며 말했다.

"거짓말 같진 않던데."

"아마 사실이겠지."

루카스의 태도는 진실해 보였고, 그의 병과 인생 역정은 컬렉트를 의뢰하자고 지어내기에는 과한 사연이었다. 하지만 마야에 차고 넘치는 게 거짓말쟁이와 망상증 환자라는 건 타소도 야신도 아는 사실이었다. 타소는 화제를 돌렸다.

"오닐 호출했어. 곧 들른대. 재스퍼도 같이 온다는데."

"아아."

"그런데 오닐이 부탁을 들어주려고 할까? 널 무척 불편해했잖아."

야신이 심드렁하게 대꾸했다.

"재수 없어 했다는 게 맞겠지. 아마 할 거야. 보수도 짭짤하니까."

뭘 가지고 그렇게 확신하느냐고 말하려던 타소는 야신이 일전에 재스퍼를 거들어 줬던 일을 떠올리고 입을 다물었다. 그의 말대로였다. 쓸데없이 명랑한 재스퍼 옆에서 피곤에 찌든 얼굴을 하고 라다의 내실에 들어선 오닐이었지만, 야신이 할 일을 설명하고 보수를 입금하자마자 군말 없이 광속으로 일을 해냈다.

루카스 야코비. 38세. 지구 독일 출신. 전직 스키 선수. 독신. 현 거주지 마야 H5돔.

"스키 선수인 건 맞았군."

야신의 말에 오닐이 덧붙였다.

"거의 무명이었던 거 같더라고. 화성 올림푸스배 스키 선수권 대회에서 예선 통과했던 게 최고 기록이야."

"흐음."

"실력보다, 유명 스키점프 선수 칼 빅셀하고 친한 걸로 더 알려져 있던데."

야신이 담배를 물며 되물었다.

"진짜 칼 빅셀과?"

"스키점프 쪽에선 '눈사태 칼' 하면 알아준대. 왜 있잖아. 술고래에 바람둥이에 악동 캐릭터로 원래 실력보다 더 유명세 타는 그런 스타일."

야신은 담배를 태우며 자료를 다시 훑었다. 재스퍼가 오닐 옆에서 끼어들었다.

"허허, 이 사람 병 때문에 은퇴했다는데? 루게릭병이래. 죽을 지경이겠어. 무명이긴 해도 스키 선수씩이나 했던 사람이 그런 병에 걸렸으니……."

"독신에 현 거주지 마야 H5돔이라."

야신이 말을 끊으며 물었다.

"아들이 있을 텐데? 에릭이라고."

"어."

"에릭 야코비 사진도 있지? 좀 띄워 봐."

오닐은 이마를 찡그리며 머뭇거리더니 에릭 야코비의 얼굴을 홀로그램으로 띄웠다.

"딴 데서는 가족 관계가 별로 나온 게 없고……, 루카스 병원 기록에는 아들 에릭이 여덟 살 때 죽었다는데."

"어어? 어?"

재스퍼가 홀로그램을 가리키며 펄쩍 뛰었다.

"얘가 이 사람 아들이었어? 우리 의뢰인인데?"

금발의 어린애가 목까지만 떠올라 침묵하는 드림 컬렉터들 사이에서 빙글빙글 돌았다. 얼마 전에 테무친에서 마주쳤던 에릭보다 더 어리고 유약해 보이긴 했지만 분명히 같은 얼굴이었다.

"……똑같네."

타소의 얼굴이 딱딱하게 굳었다. 재스퍼의 눈이 왕방울만 해졌다.

"아니, 그럼 걔는 누군데?"

잠시 침묵이 흘렀다. 야신이 어깨를 으쓱했다.

"내가 아냐?"

"모르는 놈이 왜 그렇게 침착해? 너도 봤잖아, 걔!"

야신은 재스퍼의 삿대질을 무시하고 담배를 빨며 홀로그램을 한참 쳐다봤다.

"이 얼굴 어디서 봤는데."

"어디서 보긴 어디서 봐. 너 다리 붙들고 늘어지던 걔라니까!"

"아니, 그때 말고 더 전에."

야신은 담배를 쥔 손으로 짧은 머리를 쓸었다. 그는 여전히 돌고 있는 금발 소년의 얼굴을 흘깃 쳐다봤다. 소년의 목이 허공에 떠서 도는 광경은 섬뜩한 데가 있었다. 그게 지구에서 어린애인 채 죽어 마야에서 유령처럼 돌아다니는 존재라고 생각하면 섬뜩함은 배가되었다.

그러니까 죽은 아들에게 줄 상상을 만들고 있다는 거로군.

야신은 생각했다. 그 아들은 진짜 사람처럼 사람들 사이에 나타났고. 망상치곤 굉장했다. 그렇게까지 스스로를 속이고 있다면 꿈 또한 엄청난 도약과 거짓말로 화려할지도. 구미가 당겼지만 걸리는 것도 만만찮았다.

왜 죽은 에릭이 판타소스도 아닌 닉스에서 살아 돌아다니는 것이며, 왜 에릭의 얼굴이 묘하게 익숙한 것인가.

"······."

어디서 본 것은 분명한데 그 상황이 도통 기억나지 않았다. 기억을 더듬던 야신은 홀로그램을 끄라고 오닐에게 손짓하며 타소 쪽으로 고개를 돌렸다.

"의뢰 맡지. 원래 힙노스가 있던 시뮬레이션 센터가 어디라고 했지?"

* * *

하루하루 수명을 깎는 것처럼 살아왔다.

한 번뿐인 인생, 가늘든 굵든 멋대로 짧게 살다 가는 게 그다운 삶이었다. 술, 담배, 여자, 도박, 그리고 목숨을 거는 스포츠와 내기들. 그 모든 것을 뒤섞어 흔들고, 그 위에 스키 선수라는 소스를 20년어치 뿌리면 그것이 루카스의 인생이 되었다. 술집에서, 설산에서, 절벽에서 그는 외쳐 댔다. 오래 살아서 뭐해? 잠깐잠깐 부스러기처럼 떨어지는 행복을 바라고 다참아 내다니! 어떻게 그런 식으로 살 수 있지?

그리고 양손을 번쩍 들어 올리고 크게 소리치는 것이다. 지겨워서 제대로 싸지도 못하겠네! 그러면 남자들은 혀를 차고 여자들은 깔깔거린다. 루카스는 그런 순간이 꽤 좋았다. 모두의 광대로 있지만 자신은 그 농담을 믿지 않는 순간이. 웃음거리가 되어 한 발짝 떨어져 술을 마시면, 인생이 어찌 되든 별 상관없다는 기분이 되었다. 좋았던 순간 한 번, 두 번, 어차피 세상에 완벽하게 만족스러운 행복은 없다고. 그냥저냥 부딪치면서 살아가는 거라고. 루카스는 어깨를 으쓱하며 생각했다.

처음 병에 걸린 걸 알았을 때도 그는 웃으며 잔을 들어 올렸다.

"그렇게 산 것치곤 오래간 편이잖아?"

농담처럼 낄낄대며 술을 들이켤 때 눈치를 보던 술친구들의 표정이란. 기분 나쁨과 심술궂은 유쾌함이 뒤섞여 그는 술을 거푸 들이켰다. 병으로 손끝 발끝부터 시들어 가는 건 딱 질색이었다. 차라리 약해진 기도에 토사물이 걸려 길바닥에 나뒹구는 게 훨씬 그다운 죽음 아닌가.

하지만 병세는 평균적인 속도보다 훨씬 빨리 진행됐다. 자리에 눕기 전에 절벽을 향해 자전거를 달릴 거라는 결심도, 어느 날 아침 일어나자 자기 손으로 술잔도 제대로 들 수 없게 되는 상황 앞에선 아무 소용없었다.

그러자 지금까지 그에게 있는지도 몰랐던 욕망이 깨어났다. 끈질기고 맹목적인, 폼 안 나는 욕망이.

'더 살고 싶어!'

전처가 같이 살던 무렵 그의 종신보험을 들어 두었고, 그 납입금이 매달 꼬박꼬박 나가고 있었다는 걸 안 건 그 무렵이었다. 루카스는 두 번 생각할 것도 없이 보험금을 신청했다.

이왕이면 더 오래, 더 즐기며 살아가야 했다. 휠체어를 움직여 뒷마당으로 나가 밤하늘을 올려다보며, 루카스는 친구의 입버릇을 웅얼거렸다. 남자라면 우주에 오줌 한 방은 빼 줘야지. 우주로 가 볼까? 유성이 떨어지는 것을 보며 그는 착잡하게 생각했다. 하지만 어디로?

그때 우주선이 빛을 뿜으며 떠올랐다.

유성이 떨어지는 반대 방향으로, 우주선이 밤하늘을 가르며 비슷한 궤적을 그렸다. 가야겠다. 루카스는 생각했다. 그의 마음에 가야 할 행선지가 떠올랐다.

"마야."

굳어 가는 입술로 그가 중얼거렸다.

"마야로 가야겠어."

* * *

야신은 3층 사장실 소파에 앉아 있었다. 고만고만한 아난다 돔의 시뮬레이션 센터 중 하나였다.

열 수 없는 하나뿐인 통유리창 밖으로 다른 시뮬레이션 센터들과 멀리 날아가는 소브컴의 에어카가 보였다. 방은 적당히 호화로웠다. 마호가니 책상의 질감을 흉내 낸 거대한 강화플라스틱 책상, 전기를 많이 잡아먹지만 빛이 아름다운 탄소 램프, 마야를 처음 발견한 웨이 콴의 금빛 홀로그램 동상. 맞은편 소파에 앉은 시뮬레이션 센터 사장은 얼굴 가득 미소를 띠고 야신을 쳐다보고 있었다.

"정말이요?"

시뮬레이션 센터들은 시뮬레이션 업체에 느슨하게 소속되어 있었다. 협력과 종속의 중간쯤 되는 관계였다. 한 업체와 손을 잡으면 다른 업체에서 공급하는 힙노스는 받을 수 없었다. 센터는 힙노스를 대여하고 힙노스용 꿈을 수집했고, 업체는 수집된 꿈을 가공해 힙노스로 만들어 센터에 공급했다. 업체는 소속 센터들의 운영에는 일절 관계하지 않았고, 가공된 힙노스는 원래 넘긴 센터에 우선권을 주었다. 나름대로 공평한 구조였다. 돈이 언제나 우선권보다 더 앞이라는 것을 제외하면 말이다.

"그럼요. 제가 보기에 이 시뮬레이션 센터는 모험물 부분이 취약한 것 같더군요. 요청한 기록만 보여 주신다면 사흘 정도 이곳에서 모험물 꿈을 작업할까 합니다."

야신이 담배를 꺼내 물었다. 사장은 얼른 손을 내밀어 담배에 불을 붙여 주었다.

"카갈리스키 씨가 우리 센터에서 작업했다고 하면 이 동네 업주들도 우릴 달리 볼 거요. 어떤 기록이 필요하신지?"

"최근에 트레이드된 힙노스가 있다고 들었는데, 맞습니까?"

사장은 얼굴에서 미소를 싹 지웠다.

"그건 어디서 들으셨소?"

야신은 사장을 날카롭게 살펴보았다.

"아닙니까?"

사장은 초조한 기색으로 손을 비볐다. 고민은 길지 않았다.

"사실 우리 센터는 요즘 트레이드한 적이 없소이다."

"그러면?"

사장이 눈짓하며 말했다.

"트레이드한 거라고 둘러대라는 이야기는 들었지만 말입니다. 그 힙노스는⋯⋯."

혐오스러운 것을 입에 담는 것처럼 사장이 얼굴을 찡그렸다.

"⋯⋯블록 처리됐지요."

야신이 훅 하고 연기를 들이켰다.

"소브컴에서 직접?"

"그건 모릅니다. 본사에서인지 소브컴에서인지."

"소브컴일 겁니다. 최근에 특정 주제의 힙노스가 문제를 일으킨 사건도 없는데, 개별 힙노스 하나를 딱 집어서 블록시켰다면 회사 차원의 일처리는 아니죠."

일이 생각보다 커지고 있었다. 야신은 이 거래를 좀 더 키우는 것이 낫다고 판단했다.

"제가 일주일 정도 여기서 작업을 해 드리죠. 대신 그동안 그 힙노스를 저한테 맡겨 주십시오."

그는 사장의 얼굴이 욕심을 넘어서 황홀해지는 것을 지켜보았다. 잠시 후 약빠른 표정이 된 사장이 야신을 향해 말했다.

"이건 우리끼리만 하는 얘기겠지요?"

야신이 담배 연기를 뿜으며 대답했다.

"물론이죠."

— 신개념 드림 시뮬레이션 힙노스. 기계에 의해 프로그램된 시뮬레이션이 아닌 인간 무의식의 시뮬레이션. 당신이 경험하는 꿈, 당신이 겪는 현실, 당신이 느끼는 판타지, 이 모든 것이 힙노스 안에선 가능합니다. 마음속 깊이 숨은 동굴을 탐험해 보십시오.

야신의 머리 위에서 시뮬레이터 뚜껑이 닫히는 동안 안팎에서 매끄러운 목소리의 힙노스 광고가 흘러나왔다. 아직 벌어진 틈새로 소리뿐 아니라 빛도 새어 들어왔다. 광고 목소리와 관광객들의 소란스러운 소리들, 부유하는 먼지들……. 꿈으로 넘어가기 직전 짧은 순간, 현실은 비현실로 갈아입을 준비를 하는 것처럼 빠르게 멀어졌다.

바짝 단 초조함도 긴장도 붕 떠서 흩어졌다. 야신은 머리로는 이것이 시뮬레이터에서 나오기 시작한 수면 가스 때문이라는 것을 알았지만, 의식 한구석은 벌써 아드레날린 넘치는 경험을 기대하며 활짝 열리고 있었다. 곧 시뮬레이터가 완전히 닫히고 그는 꿈속으로 미끄러져 들어갔다.

뛰어드는 순간 칼이 대각선으로 번득였다. 오른쪽 배에서 왼쪽 겨드랑이까지 베였을 거라는 생각이 들었고, 다리에 힘이 풀렸

144

다. 풀썩 앞으로 넘어지는 동안 꿈이라도 꾸는 듯했다. 길고 긴 슬로모션과 비현실적인 의아함. 뺨에 닿은 흙. 멀어졌다 가까워졌다를 반복하는 시야. 상처에서 덩어리져 쏟아지는 피의 꿀럭꿀럭하는 느낌만이 생생했다.

'어떻게 된 거지?'

오른쪽 골목으로 뛰어들자 누군가 기다렸다는 듯이 뛰쳐나와 칼을 휘둘렀다.

'누구지?'

나는 필사적으로 고개를 들었다. 싸구려 칼을 쥔 손. 그 손이 칼에 묻은 피를 털고 있었다. 피를 털며 나를 내려다보는 중늙은이의 무심한 눈.

'어째서?'

소리가 되어 나오지 않는 의문.

정신을 차려 보니 하나같이 나를 미워하고 있었다. 다른 조직은 나를 노리고, 우리 조직은 나를 눈엣가시로 생각했으며, 이복형제들은 내게 이를 갈았다.

어쩌다 이렇게 된 건가 생각하기도 전에 누군가 덤볐고, 도망쳤고, 운이 좋으면 도망치다 틈을 봐서 죽였다. 그러면 놈들은 비겁하다고 욕을 했다. 원한은 사체처럼 불어났다. 오래된 골목을 걷다 보면 살기를 느낀 등이 바짝 곤두섰다.

오늘도 그랬다. 한참 후에 들어온 애송이가 내게 시비를 걸었고, 이웃 조직 녀석들이 나를 잡으려고 설쳤다. 최악은 식당에서 쏟아져 나오는 이복형제들과 마주친 거라고 생각했는데.

'어째서?'

아버지만은 날 죽일 이유가 없다고 믿었다. 늙은이, 내가 사고뭉치인 건 맞아. 하지만 당신도 위신이 깎일 만큼 거물도 아니잖아. 수십 년 몸 담아 놓고도 중간 보스 말석 하나 못 차지한 주제에, 당신이 날 죽일 이유가……

'어째서?'

입 밖으로 물어보고 싶었지만 이제 더 고개를 들고 있을 힘도 없었다. 아버지의 무심한 눈과 피를 털어 낸 칼. 한순간에 눈높이가 미끄러졌다. 털썩. 시야 가득 바닥이 들어차고, 그 바닥이 어둑해졌다. 영화에서 본 것처럼 가장자리부터 깜깜해지는 시야.

— 엔딩

그 순간 의식이 분리되었다.

내 시야는 엄청난 속도로 죽은 남자에게서 떨어져 솟아올랐다. 엎드려 죽은 남자의 시체가 멀어졌다. 남자가 쫓겨 다니기만 하던 오래된 골목들이 단순한 길 찾기 게임의 미로처럼 한눈에 들어왔다. 그 미로에는 남자의 아버지가 플라스틱 칼집을 점퍼 안으로 밀어 넣고 자리를 뜨고 있었고, 남자의 이복형제들이 소리를 지르고 서로를 부르며 이곳저곳을 헤집고 있었고, 남자를 경멸하던 조직의 애송이들이 시시껄렁한 말을 주고받으며 발을 끌고 있었다. 아무도 남자가 자주 보던 골목의 석양에는 관심이 없었다. 하루 종일 쫓기고 지친 남자는, 좁고 오래된 골목 사이로 번지는 붉은

빛을 보면서 얼굴을 찌푸리곤 했다. 울고 싶었을 것이다. 남자는 외로웠고, 어쩌다 이렇게 꼬인 건지 모르겠다고 한탄했지만 체념도 망각도 빨랐다. 남자의 처지와 묘한 데서 단순한 성격이 그를 파멸의 문턱에 데려다 놓았다.

그리고 내가, 그를 파멸의 문턱에서 살짝 밀었다.

나는 방금 받은 사탕을 빨듯 아끼며 남자로 살아왔던 감정들을 돌이켜 보았다. 조금 아쉬웠다. 곧 새로운 숙주가 나타나면 이 사탕을 빨 의식은 남아 있지 않을 것이다. 내 의식이 다시 분리될 때쯤에는 새 숙주의 기억을 되새기고 있을 테니까.

이번에도 살짝 밀기만 하면 파멸로 떨어질 것이다. 아무도 도움의 손길을 내밀지 않는, 외로움과 자기 파괴 속에서 스스로의 허물로 무너지는 초라하고 초라하고 알량한 삶.

나의 새 사탕.

어린애가 팩하고 새 새끼처럼 고개를 떨구었다. 나는 그 앙탈이 너무 같잖아서 들고 있던 빗자루로 더 세게 후려쳤다. 애새끼는 그 자세 그대로 소리도 안 지르고 맞았다. 이게 진짜 기절했나? 나는 빗자루로 다시 쳤다. 작은 몸이 반동에 밀려 방구석으로 밀려갔다.

정신이 번쩍 났다.

아이는 움직이지 않았다. 맥도 뛰지 않았다. 현실감 없는 상황에 어린애를 앞으로 뒤로 굴려 보았다. 반항은 없었다. 조금씩 조금씩, 지금 닥친 현실이 종종종 다가왔다.

이렇게 살인자가 되는 건가?

버릇없이 구는 아이가 나빴다. 그래, 고마움도 모르고 빽빽거리는 어린애에게 매를 드는 게 어른의 의무 아닌가. 저런 싹수없는 것들이 사회에 해악을 끼치지 않도록 아이에겐 교육이 필요한 거다. 게다가 아이를 죽인 엄마는 나 말고도 잔뜩 있었다. 잊을 만하면 신문에, 또 방송에 나왔다. 그 엄마들이 한 짓에 비하면 나는 양반이었는데, 결과가 이렇게 된 건 내 탓만은 아닌 거다. 아이 교육을 안 시키는 엄마들이 나쁜 거고, 공공장소에서 빽빽대며 가정교육 못 받은 티를 내게 하는 그런 엄마들이야말로 처벌받아야 하는 거다. 내가 식칼로 아이를 찌른 건 아니잖나. 고작 빗자루였는데, 어린애가 너무 약했다. 약한 건 죄악이다. 세상이 어떻게 될 줄 알고 제멋대로 약하게 비실거린단 말인가. 그러면서 부모에게 도와 달라고 빽빽거린다니, 정말 민폐 아닌가.

그런데 내가 왜 맨발로 뛰어나와야 한단 말인가. 집에 돌아온 남편은 나를 죽이려고 했다. 나는 정말이지, 이렇게 할 정도로 잘못한 건 없다고 생각하는데. 아이가 나빴다. 그렇게 약하다니 너무한 거 아닌가. 약하면, 제 아빠 앞의 나처럼 도망치기라도 했어야 했던 거 아닌가. 나를 이렇게, 잊을 만하면 신문에 나오고 방송에 나오는 그런 엄마로 만들다니. 나는 돌아가서 아이를 끌어당겨 흔들고 싶은 충동을 느꼈다. 그러면서 말해 줘야 한다고 생각했다. 다 너 때문이라고. 네 탓이라고. 너만 아니었으면······.

그래, 비가 오는 것도 네 탓이고, 제 아빠가 날 죽이려 들던 것도 네 탓이고, 내 발이 맨발인 것도 피 흘리는 것도 네 탓이다. 지금 내 발이 미끄러지는 것도 아이 탓이다. 나는 세상이 이따위가 된 건 다 아이 탓이라고 생각했다. 내 인생이 이렇게 된 것도 모두. 내가 아이를 낳은 것도, 내가 태어난 것도, 내 눈앞으로 눈부신 빛이 확 달려드는 것도……

― 엔딩

야신은 식은땀을 흘리며 눈을 떴다.

― 선택하신 시뮬레이션이 종료되었습니다.

쿵쿵쿵 울리는 심장 박동이 시뮬레이터의 기계 음성보다 더 크게 뛰었다. 끈적끈적한 풀처럼 풀어진 머릿속에서 기계음이 속삭이는 듯했다.

나의 새 사탕.

야신은 눈을 다시 감았다 떴다. 보이는 것은 시뮬레이터 내부 천장. 크게 심호흡을 하자 미칠 듯이 머릿속을 뛰놀던 생각들이 조금씩 가라앉았다.

― 다른 시뮬레이션을 하시겠습니까?

정중하게, 시뮬레이터의 기계 음성이 다시 물어 왔다. 냉정을 찾은 야신은 시뮬레이터에서 나와 흡연 구역으로 향했다. 니코틴이 폐를 함뿍 적시면서 잠깐의 안정과 아드레날린을 가져다주었다. 하지만 이 정도 아드레날린은 힙노스에 비하면 얼마나 우스운 양이란 말인가.

'이상하게 들리겠지만……, 그 꿈을 꾸고 나면, 나 같은 사람도 원하는 상상을 만들어 낼 수 있어.'

루카스의 말을 이제 이해할 수 있었다. 방금 꾼 힙노스는 그렇게 강력했다.

야신은 저런 꿈을 꾸는 놈이 마야 어딘가를 돌아다닐 것을 생각하며 절로 눈살을 찌푸렸다. 매칭 프로그램은 시뮬레이션 센터 내의 힙노스 중 이용자의 뇌파와 가장 잘 맞는 꿈을 무작위로 추출해 꾸게 만든다. 독버섯의 포자가 뿌려지는 것이나 다름없었다. 힙노스를 업으로 삼아 온 그로서도 방금 꾼 힙노스의 동화현상은 남달랐다.

'어쩌면 루카스 야코비가 생각한 것보다 큰일일지도 모르겠군.'

더 조사해 봐야겠어. 야신은 힙노스를 챙기며 오닐을 호출했다.

* * *

시뮬레이션 센터에서 나온 야신은 닉스 돔의 변두리를 지나다 갑자기 트램에서 내렸다. 정류장에 서서 그는 담배를 한 대 꺼냈다. 야신은 타들어 가는 담배를 잡은 채 하늘을 한참 올려다봤다. 돔 꼭대기는커녕 모노레일도 보이지 않을 만큼 시커먼 구름이 닉스를 덮고 있었다. 거의 지구의 관광도시만큼이나 변화무쌍한 날씨를 자랑하는 마야였지만, 지금의 공기는 마야에 처음 온 10대들도 걸음을 재촉하게 할 정도로 무겁고 음산했다.

툭. 투둑.

빗방울이 한두 방울씩 떨어졌다. 야신은 담배를 잡은 채로 몸을 조금 틀었다. 갑자기 장막을 내린 듯 컴컴한 하늘과 달리 비는 툭툭 떨어지더니 이내 부슬비로 바뀌었다. 그는 가까운 상점으로 들어가 튼튼한 우산을 샀다.

"……."

미행이 따라붙었다는 건 트램에 타기 전부터 눈치채고 있었다. 라다로 향하다 트램에서 내린 것도 그 때문이었다. 미행이 확실한지 확인해 볼 생각도 있었다. 담배를 피우면서 하늘을 한참 올려다본 것이나, 그답지 않게 장초를 손에 쥔 채 태운 것도 계산된 행동이었다.

담배를 꺼내면서 왼손 중지에 끼고 있던 링 카메라를 슬쩍 오른손으로 바꿔 끼고, 하늘을 보는 것처럼 고개를 젖히고는 카메라에서 에일로 보내오는 영상을 확인했다. 덕분에 미행자가 누군지 알아낼 수 있었다. 이젠 놈을 어떻게 해야 할지 결정할 때였다.

번쩍.

부슬비에 어울리지 않는 번개가 눈앞을 새하얗게 만들었다. 야신은 우산 손잡이를 꽉 잡고 천천히 걸었다. 머릿속에선 부근의 골목길이 미로처럼 펼쳐지고 있었다.

놈은 혼자였고, 야신을 급습하기엔 체격 차이가 너무 컸다. 한쪽 다리를 저는 걸음걸이도 부자연스러웠다. 야신은 자신이 역으로 치는 덫에 놈이 걸리리라고 확신했다. 그의 생각을 아는지 모르는지 놈은 간격을 두고 끈질기게 야신의 뒤를 쫓았다.

그리고 둘 다 예상치 못한 일이 일어났다.

좌아악.

머리 위 상공에서 물보라가 일며 대로의 사람들을 덮쳤다. 마치 트럭이 물구덩이를 스치고 지나갈 때 같은 물줄기가 머리 위에서 튀었다. 야신은 순간적으로 우산을 그쪽으로 틀고 버텼지만, 주위의 다른 사람들은 그만큼 운이 좋지 못했다.

"으악!"

물벼락을 맞고 위를 올려다봤던 사람들이 비명을 질렀다. 컴컴한 허공에서 제일 먼저 눈에 띈 것은 패러글라이딩용 대형 카이트(연鳶)였다. 돔 속에서 사용할 만한 물건은 아니었다. 아연해진 사람들이 쳐다보는 동안 번개가 쳤고, 사람들은 그제야 연에 연결된 보드와, 그 보드를 타고 있는 금발의 남자를 보았다.

좌아아.

금발의 카이트 보더는 고공 점프까지 해 보이며 허공이 물 위인 양 내달리고 있었다. 비명을 지르는 사람들 따위엔 아랑곳하지 않고, 제 육체에 집중해 그들의 머리 위를 미끄러졌다. 무시무시한 광경이었지만 야신은 침착했다. 금발의 어린애는 트램에 부딪치기 전에 제가 알아서 사라졌었다. 아무리 강력해도 망령은 어디까지나 환상이었다. 사람들에게 직접 위해를 가할 순 없을 거라고 생각하는 순간, 갑자기 카이야가 자신의 뒤에 있다는 생각이 났다. 닉스는 안전했지만 원래 마야는 그렇지 않다는 생각도. 판타소스에선 환상으로 만들어 낸 인간이 실제 사람도 죽일 수 있었다. 멀리 갔던 물소리와 비명 소리가 되돌아오고 있었다. 야신은 우산을 확 접으면서 뒤돌아서 그 자리에 주저앉았다.

얼결에 야신과 눈을 마주친 카이야가 딱 굳었다. 그 순간 금발망령 카이트 보드는 몸을 젖혀 파도를 만지듯 허공을 움켜쥐었고, 보드는 카이야의 머리를 강타했다.

꽈릉!

천둥소리와 함께 카이야가 쓰러졌다.

야신은 기회를 놓치지 않고 달렸다. 쓰러진 놈 위에 올라타며 한쪽 무릎으로 배를 세게 쳤다. 놈은 컥 하고 신음하며 눈을 가늘게 뜨고 야신을 쳐다봤다. 머리에서 피가 조금 날 뿐, 올려다보는 눈빛은 또렷했다. 야신은 두 손을 벌려 우산 양끝을 단단히 잡고 카이야의 목을 내리눌렀다.

"설마 했는데……, 진짜 야신 카갈리스키였나."

카이야가 말했다. 야신이 코웃음 쳤다.

"미행까지 했으면 좀 더 그럴싸한 거짓말을 해야지."

"거짓말, 컥, 아니야. 그쪽일지도 모른다고 생각은 했지만. 당신 지금 힙노스 가지고 있지?"

"너 스토커냐? 언제부터 쫓아온 거야?"

"제길, 아니라니까! 난 누가 내 꿈을 꺼내 갔다고 해서 쫓아온 거라고!"

번쩍. 갑자기 환해진 시야에 야신의 손에 힘이 들어갔다. 카이야가 헐떡였다.

"얘기했지만, 쿨럭, 난 꿈을 찾아야 돼서, 아난다 돔에서 거의 산다고. 아까 센터 직원이……, 알려 줬어. 그래서 쫓아온 거야."

"매수까지 한 건가? 그 집념으로 제정신인 짓을 하지그래."

야신의 빈정거림에 카이야가 왈칵 소리쳤다.

"진짜라니까! 디스어셈블로 파장 확인해 보면……."

천둥소리에 묻혀 카이야의 말 뒷부분은 알아들을 수가 없었다. 야신은 카이야가 생각보다 드림 컬렉트 기술을 많이 알고 있는 것에 내심 놀랐다. 가공 과정에서 개인 정보를 모두 지우고 아무 정보도 안 남겨 놓는 힙노스의 원작자를 알아내는 방법은 딱 두 가지가 있었다. 시뮬레이션 업체와 센터들을 상대로 한 위험하고 집요한 해킹이나, 힙노스를 디스어셈블해서 프로그램되기 이전의 파장을 읽어 내 용의선상의 인물 꿈의 파장과 비교하는 것. 둘 다 말할 것도 없는 불법이었다.

"어차피, 켁, 무슨 목적 있어서, 그거 빌린 거 아냐? 힙노스 용기에 쓰인 걸로는 원작자를 알아낼 수도 없잖아."

힙노스 용기인 은빛 원통에 쓰인 일련번호에서는 어느 시뮬레이션 센터에서 꿈을 가공했으며 어느 업체가 사들였는지 정도의 정보밖에는 얻어 낼 게 없었다. 놈이 끈질기게 말했다.

"날 실험체로 써 봐. 잃는 것도 없잖아. 내 꿈의 파장을 그거 디스어셈블한 거랑 비교해 보라고."

"살인자의 실험체가 되고 싶은 줄은 몰랐군."

"쿨럭. 보기보다 뒤끝 있으시네. 그건, 미안하게 됐어. 다른 사람과 착각한 거였더라고."

"꿈을 화끈하게 꾸게 만드는 능력을 내놓으라고 하지 않았나?"

"그런 능력, 나한테 있다 사라진 그 능력, 다시 줄 수 있는 사람을 찾고 있었어. 댁은 엄청나게 잘나가는 드림 컬렉터잖아. 내 꿈도 가져갔다고 하고, 켁, 뭔가 숨겨 둔 비법이 있을 줄 알았다고."

"……."

"어차피 난 꿈을 찾아야 돼. 댁이 뭔 짓을 하든, 난 내 꿈만 찾아서 다시 보면 된다고. 날 실험체로 써 봐. 그러면 당신이 필요한 정보도 얻고, 내 말이 맞았는지 틀렸는지도 알 거 아냐. 손해 볼 거 없잖아? 여차하면 내 꿈을 찾아 주는 의뢰를 해 줘도 되고. 보수는 충분히 지불하겠어. 당신한테는 그럴 능력이 있잖아?"

무시할까? 야신은 생각했다. 놈과 다시 엮이는 건 사양이었다. 하지만 카이야의 상상력은 비정상적으로 강했다. 품 안에 있는 힙노스가 비정상적으로 란츠만 감응도가 높았던 것처럼. 부슬비가 계속 내리는 대로에서 사람들은 모두 도망치고, 금발망령 카이트 보다도 멀리서 물소리를 내며 사라져 가고 있었다. 확실히 이 금발망령 현상이 제일 비정상이었다.

카이야 레만이 꿈을 힙노스로 팔고, 루카스 야코비가 그 힙노스를 한 뒤 상상력이 강해지고, 그리고…….

'그리고 금발망령과 에릭이 나타났지.'

야신이 카이야의 목에서 우산을 떼었다.

"만약 네 말이 맞는다면, 너는 꿈을 하나 찾게 되겠군."

"쿨럭쿨럭."

밭은기침을 몇 번 한 카이야가 목을 쓰다듬으면서 말했다.

"그게 아니면 내가 왜 이 개고생을……."

야신이 일어섰다.

"따라와. 네 꿈의 파장을 한번 수집해 보지."

카이야의 눈이 휘둥그레졌다.

"의뢰 받아 주는 거야? 내 꿈들, 찾아 주겠다고?"

"그건 결과가 나온 뒤에 결정할 문제고."

오닐에게 디스어셈블 장비를 챙겨 오라고 해야겠다고 생각하며 야신이 말했다.

"일단 실험용 생쥐부터 시작하자고."

* * *

다섯 살 때, 할아버지 댁의 언덕길을 전력 질주하면서 세상이 돌아가는 법을 깨달았다.

세상의 엔진은 심장 소리였다. 호흡이 가빠지고, 몸이 뜨거워지고, 귀 안쪽과 가슴 안쪽에서 같이 울리는 심장 박동이 전신을 가득 채우면……, 세상은 그의 것이 되었다.

해가 가고 그가 성장할수록 세상은 조금씩 더 복잡해졌다.

시합 전의 긴장, 차가운 손, 활강 코스 바로 앞에서 느끼는 뱃속의 바늘 수천 개. 감각은 추가되었고 짜릿함은 더 많은 굴곡과 경험을 먹고 자랐다. 하지만 근원은 변함없이 그 자리에 존재했다. 숨 가쁜 심장 소리.

그게 루카스 야코비의 세상이었다.

＊＊＊

야신은 타소를 통해 루카스에게 연락했다. 의뢰가 끝났으니 찾아가겠노라고. 루카스는 어린애처럼 흥분하며 호텔 객실을 알려 주었다.

"그 힙노스를 찾았어?"

들어서자마자 루카스가 손을 비비며 물었다.

"찾았죠."

"어디 있었지?"

"맞은편 시뮬레이션 센터에 있더군요. 아니, 있었습니다."

야신의 말에 루카스가 얼굴을 찌푸렸다.

"있었다고?"

"예. 지금은 없죠."

"또 트레이드됐나?"

야신이 태연히 대답했다.

"블록되어 있더군요."

"뭐?"

루카스가 벌떡 일어섰다.

"의뢰가 끝났다고 했잖아!"

야신이 루카스를 똑바로 보며 말했다.

"그 의뢰는 끝난 겁니다."

"뭐? 누구 맘대로!"

"당신은 그 꿈을 꾸면 안 되니까요."

루카스는 내가 지금 무슨 말을 들은 건가 하는 표정을 지으려 했다. 입이 부자연스럽게 벌어지다 다시 닫혔다. 가면 같아진 얼굴에서 눈만 이리저리 구르며 바쁘게 움직였다. 야신은 그런 루카스를 보다 말고 옆의 금발 소년에게 관심을 돌렸다. 에릭은 가면 같은 얼굴로 털썩 앉은 루카스 야코비 옆에 서서 야신을 노려보고 있었다.

야신은 소년을 내려다보며 팔짱을 끼었다. 에릭은 야신을 흉내 내듯 표정을 굳히고 시선을 넘겼다.

"에릭 야코비."

야신이 그를 불렀다. 에릭은 움찔했다. 야신이 굽히고 들어오면 짜릿할 거라고 여겼었다. 이긴 기분이 될 거라고. 신 날 거라고. 하지만 전혀 신 나지 않았다. 시원하지도 짜릿하지도 않았다. 오랫동안 배고팠던 것처럼 뱃속이 후끈거리기만 했다.

"왜 화를 내고 있지?"

에릭은 멍해졌다. 내가 화를 내고 있다고?

"지금도 노려보고 있잖아."

"원래 눈깔이 이렇게 생겨 먹었어요."

"그래?"

가볍게 반문한 야신이 다시 물었다.

"그래서 뭐에 화가 난 거야?"

화난 거 아니라니까요. 에릭은 말하려고 했다. 하지만 아까부터 뱃속이 뜨거워서, 부인할 수가 없었다. 새빨개진 얼굴로 노려보기만 하는 그에게 야신이 재차 물었다.

"뭐에 화가 났는데?"

"당신이 날 화나게……."

짜증을 내며 대들던 에릭이 입을 다물었다. 야신이 말하는 게 그게 아니라는 건 에릭도 알고 있었다. 화가 나 있다고? 그래, 사실 그 말이 맞았다.

아빠.

아빠한테 화가 나 있었다. 꿈밖에 모르는 어린애 같은 어른. 스키한테 영혼을 홀딱 뺏기고 허깨비처럼 일상을 사는 모자란 남자.

약속을 했다. 자전거를 타러 가자고. 스키를 가르쳐 주겠다고. 같이 캠핑을 가자고. 하지만 정말 행복해 보였던 건 장비를 챙겨 차에 오를 때뿐이었다.

'에릭, 엄마랑 같이 가자.'

알고 있었다. 엄마와 자신이 아빠한테 버림받은 건 아니라는 걸. 그저 아빠가 줄 수 있는 사랑이 다 타고 남은 찌꺼기 같은 것이었을 뿐이란 걸. 구걸해도, 애초에 돌아올 게 없는 애정. 엄마는 그걸 참을 수 없었던 거다. 그럼 자신은 참을 수 있었던가?

'몇 년만 기다려 줘, 엄마.'

난 아직 모르겠어. 에릭이 중얼거렸다. 왜 그랬을까? 왜 항상 짜증내고 화내면서도, 알고 있으면서도 아빠 옆에 남아 있었던 걸까? 그래, 화가 나서였다. 인간이 저따위로밖에 살 수 없는 게 화나서…….

모든 걸 바쳐도 언젠가 배신당하고 말 것을.

결국 언젠가 은퇴하게 되면, 언젠가 타지 못하게 되면, 언젠가 저 미친 것 같은 몰입이 보답받지 못하게 되면……. 에릭은 예감하고 있었다. 아빠와 스키만의 행복한 낙원 끝에 무엇이 있을지.

추락뿐이다. 죽거나, 망가지거나.

에릭은 얼굴을 일그러뜨렸다. 눈물이 쏟아지기 시작했다.

"난 정말 화가 나, 아빠."

"……."

"아빠 인생은 뭐였어?"

"아빠의 인생?"

은발 남자가 되물었다.

"네가 아니고?"

얼어붙었다가, 다음 순간 혼란스런 얼굴이 되어 올려다보는 소년의 얼굴에 대고 그가 다시 물었다.

"당신이 아니고요, 루카스 야코비 씨?"

하얗게 된 소년에게 야신이 나직하게 말했다.

"루카스 씨."

"……."

"지금 당신 아들인 척하는 게 누굽니까?"

"무슨 소리야? 돌았어?"

지금까지 입 다물고 있던 루카스가 참지 못하고 야신을 노려봤다. 야신이 그를 가만히 내려다봤다.

"아들이 죽어 가는 아버지가 불쌍해서 자꾸 화를 내고, 아버지는 해 준 것 없는 아들을 위해 추억을 만들고. 헛소리라곤 생각도 못 했죠."

"헛소리라니! 남의 인생이 너한텐 헛소리냐?"

"지금 당신 인생은 헛소리 아닙니까."

야신이 딱 잘라 말했다.

"몰리면 거짓말을 할 수도 있습니다. 과거를 더 잘나갔던 걸로 포장하고, 친구가 아닌 자기가 스타인 양 믿는 일쯤이야 흔한 일이죠. 하지만 당신 망상은 도가 지나쳤어요."

야신이 에릭을 쳐다보며 빠르게 말했다.

"당신 아들은 죽었잖습니까."

"내 아들은 여기 있어!"

"당신 망상이 어떻게 됐는지 아십니까? 금발망령들은 죄다 스포츠맨들이었죠. 어린아이부터 중년까지 죄다. 야코비 씨 당신이 머문 의료돔 기록도 찾아봤습니다. 당신이 판타소스로 외출했던 기록과 판타소스에 금발망령이 나타나기 시작하던 때가 일치하더군요."

"아니야! 나는 그때 래빗홀에서 내 아들에게 줄 상상을 만들고 있었다고!"

"그래서 그 상상만 했습니까?"

순간 허를 찔린 루카스가 숨을 힘껏 들이쉬더니 외쳤다.

"그래!"

하지만 야신은 끄떡도 하지 않았다. 오히려 뒷말을 허용하지 않겠다는 듯 빠르게 치고 들어왔다.

"상상이란 게 그렇게 맘대로 되는 거면 상상 도우미들이 먹고살 리가 없죠. 우리한테 말했던 것처럼 상상이 흩어질 일도 없었을 테고요. 당신은 아들과의 추억거리를 상상하긴 했겠지만……, 그것만이 아니었을 겁니다. 스키를 타던 감각, 처음 자전거를 타던 순간의 희열, 목숨을 내걸 때의 짜릿함과 사람들의 감탄에 중독되는 그 느낌까지, 당신은 당신에게 익숙하고 중요했던 그 모든 것을 되새기고 상상했겠죠."

루카스는 덜덜 떨었다. 야신이 계속 말했다.

"당신이 꼭 필요하다던 그 힙노스……, 당신이 그 꿈을 처음 꿨을 때 닉스에 처음으로 금발망령이 나타났습니다."

루카스가 고개를 저었다.

"아니야, 아니야……. 그럴 리가 없어."

"제가 눈앞에서 그 금발망령을 봤죠. 당신이 그 힙노스를 더 꾸고 더 상상을 할수록, 금발망령들은 점점 더 강하게 실체화되고 더 자주 더 많이 나타났습니다. 이젠 물리적인 힘까지 쓸 수 있게 되었더군요. 판타소스와 닉스에 나타나는 괴물은 당신이 만들어 낸 겁니다."

"아니야!"

소리친 루카스가 목이 메어 쓰러졌다.

"쿨럭쿨럭! 쿨럭!"

끝나지 않을 것 같던 기침 끝에 루카스가 고개를 들었다. 눈물 콧물을 매달고 올려다보는 시선은 이미 처음의 패기를 잃고 있었다.

"아니라고 말해 줘. 아니라고……."

루카스가 애원했다. 야신은 잠시 그러는 그를 무거운 얼굴로 쳐다보다 쐐기를 박았다.

"그 금발망령들은 에릭과 똑같이 생겼습니다. 당신이 만들어 낸 아들과."

루카스는 고개를 돌렸다. 옆에 있는 아들의 존재를 확인하고 그는 의기양양하게 웃으려 했다. 내 아들은 여기 있다고. 아주 잘 있다고. 그러니까 헛소리하는 건 너라고. 하지만 에릭의 얼굴을 보는 순간 그는 비명을 지르고 말았다.

얼굴부터 부옇게 희미해지는 아들이 그를 향해 고개를 돌렸다. 미소인지 원망인지 알 수 없는 표정이 뺨과 턱에 맺혔다가 함께 지워졌다. 그가 자신을 닮았다고 그렇게 자랑스러워하던 금발도, 누가 꺼풀을 벗겨 내는 것처럼 사라졌다.

"안 돼!"

루카스는 소리쳤다.

그럴 리가 없었다.

이래선 안 되는 거였다.

자신은 죽은 아들의 작은 관 앞에서 운 적도 없고, 스키를 포기한 적도 없고, 아직은 스스로 몸을 움직여 자살로 뛰어들 수 있었다.

하지만 머릿속에 아직 남아 있는 또렷한 기억이 속삭였다.

아니야, 그 반대잖아. 인생의 중요한 순간마다 최악의 선택만을 해 놓고, 그걸 모두 뒤집은 자신을 상상했어. 너의 참회도 눈물도 회개도 애끓는 열망도 모두 뒤늦은 것.

다시 가지고 싶었다.

되돌리고 싶었다.

* * *

금발망령이 사라진 닉스의 몇몇 번화가들은 금세 활기를 띠었다. 판타소스 돔과 연결되는 터널이 있는 탓에 난데없이 관광객 폭격을 맞았던 샬루트 거리도 평소의 소란스러움을 되찾았다. 갑자기 늘어났던 관광객이 썰물처럼 빠져나갔지만 아쉬워하는 이는 없었다. 사실 쇼핑몰을 벗어나면 큰일 나는 줄 아는 단체 관광객들까지 올 만한 곳은 아닌지라 상인들은 이 사태를 오히려 환영하고 있었다.

담배 가게 스테판도 마찬가지였다. 그간 마음고생이 심했는지 스테판은 트레이드마크인 펄 수염 대신 덥수룩한 몰골을 하고 야신을 맞았다. 뜨내기 관광객들이 마약 섞인 담배를 판다며 경찰 부른 이야기를 들은 야신은 혀를 찼다.

"어떻게 빠져나왔어?"

"그날 아침에 어쩐지 찜찜해서 그 물건들 다 안에 치워 뒀었거든. 영업정지 간신히 면했잖아."

"천운이군."

"그러게 말이야. 관광객들 오니까 호재라고 생각한 내가 등신이지. 그놈의 금발망령 때문에 죄다 무슨 난린지……."

야신이 슬쩍 물었다.

"아직도 나타나나 보지?"

"그러면 관광객들이 빠졌겠어? 이제 안 나타나. 도대체 그건 왜 나타났던 건지 모르겠단 말이야."

"그러게."

야신은 맞장구치며 밖으로 시선을 돌렸다. 바람이 불어 가게 차양이 심하게 요동쳤다. 금발망령과 처음 맞닥뜨렸던 날이 생각나, 야신은 눈살을 찌푸렸다.

금발을 펄럭이며 거침없이 페달을 밟던 어린아이……. 야신은 독일에서 자랐던 몇 년을 떠올렸다. 그곳의 아이들은 죄다 자전거를 제 몸 다루듯 잘 탔지만, 그중에서도 그 어린애 금발망령만큼 몰입해 즐겁게 타는 아이는 본 적이 없었다. 눈을 확 잡아끄는 생명력과 환희. 그 감정은 루카스 야코비의 것이었으리라.

정말 카이야의 꿈이 루카스 야코비의 상상을 키운 것일까?

야신은 재스퍼와 오닐 콤비에게 맡겼던 꿈들을 떠올렸다.

카이야의 말대로, 루카스 야코비가 찾던 힙노스와 지희가 돌아가기 전에 주었던 힙노스의 파장은 90퍼센트 이상 일치했다. 거의 동일인이 꾼 꿈 수준이었다.

처음엔 루카스 야코비의 특수 상황에서 비롯된 열망과 상상이 이런 일을 일으킨 게 아닐까 추론했었다. 하지만 그것만은 아니었다. 루카스와 금발망령 사이에는 카이야 레만이라는 위험 분자가 끼어 있었다.

'도대체 뭐지? 그 힙노스는 분명히 그 여자한테서 내가 직접 컬렉트했어. 그런데 놈이 말한 대로 그 힙노스에서 놈의 파장이 나오다니.'

카이야의 능력이 정확히 무엇인지는 알 수 없지만 한 가지는 분명했다.

놈의 상상은 위험했다.

놈이 꾼 힙노스는 한 남자가 현실을 지우고 망령과 동거하게 했으며, 결국 꿈속에서 죽는 것을 바라게 만들었다.

'내 보험금 남은 걸 다 주겠어. 이대로 꿈에서 깨어나지 못하게 해 줘.'

병세가 더 심해져 라다로 찾아온 루카스 야코비는 야신에게 그렇게 의뢰했다. 야신은 바짝 긴장해 루카스의 눈을 들여다보았다. 그는 진심이었다.

'그 애가 그리워.'

에릭은 망령이었지만 루카스를 현실과 이어 주는 끈이었다. 그 끈이 사라진 지금, 그는 현실에서 손 놓아도 거리낄 것이 없었다. 오히려 루카스는 새로운 희망에 부풀어 있었다. 꿈에서라도 아들과 잘 지낼 수 있지 않을까? 이런 몸에 갇혀 이런저런 상상을 해 대며 본인도 주변도 괴롭히느니 차라리 꿈속에 갇히는 게 낫지 않을까? 어차피 얼마 남지도 않은 시간이었다. 그 꿈에서 죽을 때까지 행복하다면 그것으로 좋지 않겠느냐고 루카스는 야신에게 되물었다.

잘못 건드렸다.

야신은 깨달았다. 이건 더 이상 일개 드림 컬렉터의 영역이 아니었다. 루게릭병 환자를 현실에서 계속 살게 하느냐 꿈으로 도피시키느냐. 루카스의 담당의가 해야 할 고민이었다. 하지만 그렇다고 아예 외면할 수도 없었다. 루카스를 상상으로 밀어 넣은 것은 카이야 레만이었지만, 루카스의 끈을 자른 것은 야신 자신이었기 때문에.

"된통 엮였군."

야신이 쓰게 중얼거렸다.

* * *

지구에서 야신에게 연락이 온 건 며칠 후였다.

모르는 번호였기에 몇 년 전 일이라도 뒤지고 다니는 기자일까 경계했던 야신이었지만, 정작 화면에 나타난 것은 의외의 인물이었다. 목장 일꾼 같은 옷차림에 비해 점잖은 말투가 이색적인 여자였다. 여자는 자신을 루카스 야코비의 전처라고 밝히며, 그에 대해 의논을 하기 위해 야신을 찾았다고 했다. 그녀는 야코비가 모든 연락을 안 받는 통에 통신사 다니는 친구를 통해 최근에 연락한 번호를 알아냈다고 설명했다.

"죄송하지만 저는 야코비 씨에 대해 잘 알지 못합니다. 저희 고객이시라는 것밖에는."

야신의 대답에 여자는 실망한 기색이었지만 침착했다.

「그렇군요. 실례지만 혹시 간호사이신가요?」

"그건 아닙니다."

야신은 여자가 자신에게 연락한 진짜 이유를 생각했다. 루카스의 의뢰 때문일까? 어쩌면 루카스의 보험금을 모두 엉뚱한 곳에 뺏길까 봐 행동에 나선 것일지도 몰랐다. 하지만 야신의 예상은 빗나갔다.

「그래도 꾸준히 연락되시는 건 맞죠?」

"그렇습니다."

「초면에 이런 부탁드리기 죄송하지만, 그 사람에게 제 말 좀 전해 주실 수 있을까요? 급한 일이라서요.」

"뭐라고 전해 드리면 될까요?"

「에릭에게 얼굴도 안 보여 줄 거냐고요.」

야신은 순간 대답을 못 하고 화면을 쳐다봤다. 한 대 맞은 기분이었다.

"에릭 얘기는 저도 들었습니다만······."

야신이 침을 삼키며 여자의 눈치를 살폈다.

"······야코비 씨는 아들이 죽었다고 하시던데요?"

「네?」

여자가 놀라서 벌떡 일어났다. 한참 만에 다시 앉은 그녀가 쏘아붙이듯 되물었다.

「그 사람이, 정말 그랬나요?」

"의료돔 기록에도 아들은 사망으로 해 놓으셨던데요."

여자는 딸꾹질을 하는 것처럼 웃었다.

「……하, ……하하, 하. 그렇게 된 거였군요. 어쩐지 이상하게 행동한다 했어요.」

여자는 또 웃었다. 히스테릭한 웃음소리였다.

「그 사람이 할 법한 행동이네요. 에릭은 멀쩡히 살아 있어요. 그 사람은 여덟 살 이후로 못 봤지만요. 이혼하고서는 저혼자 키웠거든요.」

"죄송합니다."

「괜찮아요. 모르는 게 당연하죠. 그 사람이 문제니까요.」

여자가 이를 앙다물었다. 야신은 혼란스런 머리를 추스르며 화면 속 여자의 얼굴을 쳐다봤다. 처음엔 루카스가 나타나 아들에게 추억을 주고 싶다고 했고, 그다음엔 아들 에릭이 나타나 루카스를 현실로 돌려놔야 한다고 했다. 하지만 에릭은 루카스가 만들어 낸 다른 금발망령들처럼 루카스 상상의 산물이었다. 그리고 루카스는 상상으로 죽은 아들을 만들어 냈어도 자기 마음대로 안 됐다며 웃었다. 그건 진심이었다.

그런데 지금 루카스의 전처라는 여자가 갑자기 등장해서 에릭은 멀쩡하게 살아 있다고 하는 것이다.

"제가 물어봐도 되는 것인지 모르겠습니다만, 도대체 어떻게 된 겁니까?"

여자가 고개를 저었다.

「그 사람다운 짓이에요.」

보통 살아 있는 아들을 죽었다고 하는 걸 '그 사람다운 짓'이라고 말하진 않을 터였다. 그 뒤에 후회하며 아들의 망령을 만들고 아들에게 줄 추억을 만들었다면 더. 여자는 전남편이 무슨 짓을 벌였는지 전혀 알지 못하고 말을 이었다.

「그 사람은, 자기 탓을 하는 게 싫은 거예요. 전엔 스키로 도망치더니 꼼짝도 못하게 되니까 자기 머릿속으로 숨어 버리는군요. 늘 그렇게 애들처럼 제멋대로였죠. 자기 좋은 것만 하고, 그러면서 자기는 좋은 사람, 멋진 사람이어야 하고. 처자식 버렸다는 죄책감을 덜고 멋대로 살기 위해서라면 그보다 더한 거짓말도 할 사람이에요.」

루카스가 자기 자신밖에 믿지 않는다며 씩 웃던 젊은 시절, 여자는 그를 태양신이라도 보듯 눈부셔 했다. 나한테 진짜 인생을 가르쳐 줘요. 그렇게 말하며 어설프게 자신을 유혹하는 여자를 보고 루카스는 포복절도했었다. 보풀이 일어나는 티셔츠를 입고 그의 팔뚝에 가슴을 지그시 누르는 그녀를, 정말로 우스워했다. 루카스에겐 여자의 모든 것이 만만했었다. 그는 여자가 아니라 그녀의 그 열광적인 눈빛과 결혼한 것이나 다름없었다.

나와 결혼해 줘요.

그래, 까짓 거 해 주지, 뭐.

어려울 게 없었고 에릭이 태어났다. 그에겐 여전히 어려울 게 없었다. 어려운 건 여자와 에릭뿐이었다.

결혼 생활을 교환이라 착각했던 게 여자의 실수였다. 얻는 게 있으면 내놓아야 되는 것도 있는 법이라고, 그렇게 반짝이는 빛을 옆에 둘 수 있다면 외로움도 움츠러드는 자존감도 견딜 수 있다고 생각했었다. 그 정도면 공평하다고 생각했다.

하지만 어린 에릭이 숨넘어가게 아픈 밤에 스키 장비를 챙겨 루카스가 나갔을 때 여자는 깨달았다. 이 교환은 에릭에겐 공정하지 않다는 것을. 루카스를 아빠로 두는 한 에릭은 얻는 것 없이 잃기만 해야 한다는 것을.

「가까이서 데지만 않으면 괜찮아요. 평생 철 못 드는 사람이죠. 원래 그런 사람이니까.」

여자가 담담하게 말했다.

「하지만 애한테는 아빠예요. 자식만 부모 속을 썩이는 게 아니죠. 어떤 부모는 자식에게 짐만 지워요. 지금까지 준 건 상처뿐이지만……, 그렇다고 마지막을 안 보면 그것도 애한테 상처가 될 거예요. 전 애한테 그런 짐까지 지우고 싶지 않아요. 지금까지로도 충분해요. 그래서 마야행 우주선을 예약했어요. 에릭은 필요 없다고 하지만…….」

"……."

「……마지막이 안 된다면 한번 만나 보기라도 해야 하지 않겠어요.」

여자는 숨을 깊게 들이쉬었다.

「하지만 그 사람은 연락도 받질 않고, 애가 죽었다고 하는 거군요.」

* * *

오후 3시쯤 판타소스에서 닉스로 가는 모노레일에는 사람이 거의 없었다. 승객이라고는 야신뿐인 텅 빈 객차에 한 사람이 올라탔다.

뚜벅뚜벅.

망설이지 않고 걸어온 사내는 야신의 옆자리에 앉았다. 감색 슈트에 단정하게 손질된 갈색 머리, 윤나게 닦인 구두. 빈틈 없는 차림이었지만, 언뜻 보면 금세 잊힐 만한 개성 없는 인상이었다.

"오늘 날씨 좋지?"

평범한 인사였다. 야신도 고개를 끄덕였다.

"뭐."

"지난번에 램스필드 주최 자선 파티에서 첸 박사를 만났어. 네 안부를 묻더군."

"첸이라. 오랜만이네. 줄리와는 잘 지낸대?"

"보기에는. 넌 어때?"

"내가 뭐?"

"고민 있는 것 같은데."

야신이 대꾸했다.

"옆에 앉은 공무원만 하려고."

야신의 말에 데르크 아데마는 피식 웃었다. 야신은 딱 맞힌 것처럼 지금 자기 옆자리에 나타난 아데마를 흘깃 쳐다봤다. 생각해 보면 닉스에서 망령이 나타났는데 이제야 소브컴이 움직일 리는 없었다. 눈에만 안 띄었을 뿐 물밑에서 뛰고 있었으리라.

"야코비는 그냥 추방하지그래?"

아데마가 야신과 눈을 마주쳤다.

"그쪽이 더 간단하다고?"

"그렇잖아."

아데마가 어깨를 으쓱했다.

"그렇게 생각할 수도 있겠지만, 그게 사실은 아니야. 우리한테도 차선책은 있고."

"……."

"부담 가질 건 없어. 이게 최선이다 싶어서 널 만나러 온 거지. 우리도 최대한 자연스럽게, 모두에게 좋은 쪽으로 움직이려고 하니까."

"아하."

야신이 심드렁하게 감탄하곤 고개를 돌렸다. 빠르게 달리는 모노레일 외부 속도와는 달리, 객차 안에선 창에서 들어오는 늦은 오후의 햇살을 받아 먼지가 느리게 날고 있었다. 그 모습을 보자 까닭 없이 짜증이 치밀었다. 아데마가 불쑥, 아무렇지도 않게 말했다.

"너도 그렇게 하고 싶잖아."

"……."

"수습할 준비는 다 되어 있어. 하고 싶으면 해."

아데마가 말을 남기고 일어섰다. 야신은 그 모습을 좇지 않고 창밖으로 고개를 돌렸다. 돔 가득 빼곡히 들어찬 건물들 사이로 금발망령들이 지금이라도 다시 나타날 것만 같았다.

* * *

벽난로 불빛에 루카스는 눈을 가늘게 떴다. 양말을 신은 채로 발을 말리겠다고 고집 부리던 에릭은 다리를 벽난로 옆 의자에 얹어 놓은 채 바닥에서 코를 골고 있었다. 사사건건 대들고 고집을 세우는 주제에 자는 모습만은 아주 어린아이 같았다. 루카스는 에릭의 자는 얼굴에, 빛을 받아 빛나는 금발에 손바닥을 대 보았다. 따뜻했다.

아빠는 스키 탈 때가 제일 멋있어.

제일 듣고 싶었던 말이었다. 그 말을 떠올린 루카스는 자신의 가슴을 눌렀다.

심장이 뛰고 있나?

세상의 엔진은 조용히, 미약하게 움직이고 있었다. 이 거짓말같이 안온한 하루하루처럼.

'남자라면 우주에 오줌 한 방은 빼 줘야지!'

갑자기 머릿속을 울린 목소리에 다리가 허공을 크게 헛발질했다. 그는 조심스럽게 손을 떼고 눈을 감았다. 행복했다. 아무 문제도 없었다.

아빠는 스키 탈 때가 제일 멋있어.

꿈과 같이 완전무결한 행복이었다. 왜인지 루카스의 눈꼬리를 타고 눈물이 흘렀다. 그것 역시 따뜻해서, 루카스는 눈을 더욱 꼭 감았다.

3. 잠자는 공주와 프리마돈나

꿈은 늘, 그녀의 딸이 떨어지는 장면으로 시작됐다.

여린 곡선은 한 번의 덜컹거림도 없이 사부작사부작 잘도 내려간다. 그녀는 필사적으로 손을 뻗고 외쳤다.

기다려, 기다려. 구해 줄게.

소녀는 미동도 하지 않았다. 손을 뻗지도, 도와 달라고도 살려 달라고도 하지 않았다. 그녀는 피가 마르는 기분이었다. 중력은 저 어린 몸을 이끌어 뭉개 놓을 것이다. 하지만 떨어지는 소녀는 체념한 얼굴로, 이럴 줄 알았다는 듯이 눈을 감았다.

"제발!"

아무리 애원하고 눈을 감아도 그 광경은 선명하기만 했다.

소녀가 그녀를 향해 고개를 들고, 눈빛으로 말해 왔다.

엄마는 나를 구해 줄 수 없을 거야.

* * *

　카이야의 꿈을 찾았다고 연락이 온 건 밤 11시가 넘은 시각이었다. 머리에 전극을 잔뜩 꽂고 자신이 개발한 자극을 시험해 보던 야신은 에일로 온 호출에 늦게 반응했다.

　「잤어?」

　자는 중이었냐고 묻는 오닐의 목소리야말로 잠겨 있었다.

　"무슨 일이야?"

　「일치율이 100퍼센트인 게 나왔는데.」

　야신의 목소리가 날카로워졌다.

　"언제. 지금?"

　「아니면 이 시간에 연락하겠어? 2분 전부터 들어온 뇌파야.」

　야신은 바로 대답했다.

　"20분 뒤에 그 시뮬레이션 센터 정문에서 보지."

　통화를 종료한 야신은 머리에 꽂았던 전극을 빼고 일어나 소파 한쪽에 걸쳐 두었던 웃옷을 걸쳤다. 입에 물었던 담배를 빼내 허리춤에 달린 합금 담뱃갑 제일 오른쪽 구석에 넣고, 손가락 끝으로 꼼꼼히 위치를 확인했다. 담뱃갑을 잠그면서 준비는 끝났다.

　달리는 택시 안으로 밀려드는 닉스의 야경을 보며 야신은 몸을 좌석 깊숙이 묻었다. 무인 시스템으로 움직이는 차 안은 아늑했고, 좌석은 시뮬레이터 안보다 편안했다. 수면 가스와 뇌파 유도로 몇 분 만에 램수면으로 끌어들이는 시뮬레이터 기능 때문에 오히려 택시 좌석이 더 푹신한 감각의 사치를 제공하고 있었다.

뇌라는 게 그런 거지. 야신은 생각하며 차창에서 시선을 떼고 눈을 비볐다. 지금 이 시간에 달려가게 만드는 카이야의 꿈이 어떤 것일지보다, 그 꿈을 만든 뇌가 어떻게 움직일지가 궁금했다.

'손해 볼 거 없잖아? 여차하면 내 꿈을 찾아 주는 의뢰를 해 줘도 되고. 보수는 충분히 지불하겠어. 당신한테는 그럴 능력이 있잖아?'

카이야가 의뢰를 맡기기 위해 도발한 것은 알고 있었다. 이미 팔아 치워 힙노스로 가공된 꿈은 원작자가 누구인지 전혀 기록되지 않고 개인 정보도 남지 않았다. 아난다에 합법적으로 등록된 시뮬레이션 센터만 해도 3만 개가 넘고, 미등록인 채로 힙노스를 돌리는 영세 업체까지 합치면 그 수는 어마어마한 상황. 힙노스의 원작자를 확인할 방법은 디스어셈블해서 파장을 비교하는 것뿐으로, 표지 없는 책들로 꽉 채워진 도서관에서 문체 하나만 가지고 한 사람의 저서들을 찾아내는 것 같은 일이었다.

하지만 카이야는 꿈을 찾아내서 그게 야신에게 있다는 걸 알아냈지 않은가. 놈이 할 수 있는 거라면 자신이 못 할 리 없었다. 야신은 타소의 도움을 받아 카이야의 계좌 내역을 되짚어 거래했던 시뮬레이션 센터들을 추려 내고, 각각의 거래 기간을 대충 잡아내 카이야가 만들어 냈을지도 모르는 힙노스 후보들을 정리했다.

거기까진 일사천리였지만 그다음이 문제였다. 어떻게 후보군 중에서 진짜 카이야의 꿈들을 찾아낼 것인가? 후보군들을 모두 디스어셈블할 수는 없는 노릇이었지만, 개인적인 내용이 꼼꼼히 제거된 힙노스의 원작자를 달리 찾아낼 방법도 없었다.

지희의 꿈에서 카이야의 파장과 비슷한 파장이 나왔던 것을 기억해 낸 건 그즈음이었다.

— 목적지에 도착했습니다.

택시의 기계 음성에 야신은 상념에서 깨어났다. 택시는 벌써 만나기로 한 시뮬레이션 센터 앞에 멈춰 서 있었다.

— 이용해 주셔서 감사합니다. 편안한 밤 되십시오.

야신은 시간을 확인했다. 아직 3분쯤 남아 있었다. 담배 한 대 태우고 들어갈까 하던 그는 도로 반대편에서 내려 건너오는 재스퍼와 오닐을 알아보았다.

오늘따라 더욱 궁상맞은 모습이었다. 가까이 온 콤비에게 야신이 무표정하게 말했다.

"진짜 부랑자가 따로 없군."

눈엔 핏발이 서고 머리는 벌집이 된 오닐이 커다란 코트에 목까지 푹 묻은 채 웅얼거렸다.

"쫓겨나면 난 장비 챙겨서 돌아갈 테니까."

야신은 어깨를 으쓱했다.

"뭐, 그럴 일은 없을 거야. 일단 들어가자고."

재스퍼가 투덜댔다.

"반납한 거 장기 대여만 하면 되는 거 아니야? 아우, 졸려. 꼭 여기까지 와서 대기 타야 돼?"

"확인하고 뒤처리도 해야지."

"뒤처리라고 하니까 진짜 이상한 짓 하는 거 같네."

계속 투덜대는 재스퍼를 끌고 오닐이 종종걸음으로 야신을 쫓았다. 파장이 잡혔으니 누군가 카이야의 꿈을 시뮬레이션하고 있을 터. 깨어날 때까지 정말 파장이 일치하는지, 시뮬레이터들에 몰래 심어 놓은 뇌파 송신 프로그램은 들키지 않았는지 확인해야 했다.

"이런 건 어떻게 생각해 낸 거야? 처음에 말했을 땐 무슨 귀신 씻나락 까먹는 소린가 했는데. 진짜로 카이야의 꿈을 꿀 때 카이야 꿈에서 나오는 파장이 나올 줄이야."

오닐이 확인 작업을 하며 고개를 저었다. 재스퍼가 심각한 얼굴로 턱을 쓸어내렸다.

"뇌파가 동화되고 있을지 몰라. 그 카이야란 놈, 최종 병기일지도 모른다고."

"뭘 위한?"

야신이 되묻자 재스퍼는 당황해서 눈을 끔벅거렸다. 당연히 무시할 거라 생각했는데 이렇게 나오자 순간 말문이 막혔다.

"어……, 그, 글쎄?"

"……."

야신이 물끄러미 재스퍼를 쳐다봤다.

"아, 진짜. 차라리 비웃으라고!"

"오닐, 얼마나 남았지?"

"거의 다 돼 가."

오닐은 곧 확인 작업을 끝마쳤다. 카이야의 꿈에서 나오는 파장과 쫓아온 시뮬레이터에서 나오는 파장이 정확히 일치했다. 뇌파 송신 프로그램에 접근한 흔적 또한 없었다. 일당은 느긋하게 지금 힙노스를 하는 사람이 시뮬레이터에서 나와 반납하길 기다렸다.

그 기다림이 일주일 넘게 계속되리라곤 전혀 예상하지 못한 채로.

* * *

시뮬레이터 뚜껑이 닫히기 직전에 잠깐 볼 수 있었던 딸은 여전히 파리한 안색이었다. 호스를 갈아 끼우고, 링거를 갈고, 잠깐잠깐 얼굴과 손발을 닦아 주는 시간 외에는 시뮬레이터 뚜껑을 열 수도 없었다. 여자는 시뮬레이터 밖으로 삐져나온 호스를 정리하는 간호사의 손끝을 노려보았다. 그리고 완벽하게 매니큐어가 발린 손가락을 보란 듯이 시뮬레이터에 얹었다.

"우리 실비 얼굴 봤어, 여보?"

여자 옆에 선 남편이 신음을 흘렸다.

"봤지."

"애 얼굴이 반쪽이 됐어. 한창 성장긴데 이렇게 좁은 데 갇혀서 제대로 먹지도 못하고. 어떻게 이럴 수가 있지? 어떻게 이럴 수가 있냐고!"

여자의 쨍하는 외침에 시뮬레이션 센터 입구로 들어서던 관광객 몇이 이쪽을 쳐다보았다. 안절부절못하고 여자 뒤에 서 있던 시뮬레이션 센터 매니저가 달래듯 말했다.

"손님, 진정하시고······."

"진정? 내가 진정해서 우리 애가 어떻게 되는데요? 당장 깨어나기라도 한대요? 애가 일주일이 넘도록 안 일어나는데 책임지는 사람이 하나도 없다니!"

남편은 절절매며 여자의 어깨를 다독였다. 여자는 그러는 남편을 홱 뿌리쳤다. 코에 호스를 꽂은 채 유동식과 링거로 연명하는 딸의 얼굴을 생각하면 피가 거꾸로 솟는 기분이건만, 기껏 한다는 말이 진정하란 소리밖에 없단 말인가.

"애가 이러다 잘못되면 어쩔 거예요! 일주일! 일주일이 넘었다고요! 계속 저렇게 놔두지 말고 어떻게든 해 봐야 될 거 아니에요!"

"저희 시뮬레이터를 믿어 주세요. 저희는 아난다에서 최고로 좋은 시뮬레이터만 쓰기 때문에 마사지 기능과 울혈 방지 기능도 갖추고 있습니다. 클라우 양의 건강에는 전혀 이상이 없을 거고요······."

"누가 그딴 소리 듣자고 이러는 줄 알아요? 애를 깨우라고요!"

남편이 다시 여자의 팔을 잡았다.

"하지만 섣불리 손댔다간 실비가 다칠 수도 있잖아. 이쪽 전문가라는 의사가 올 테니까 조금만 더 기다려 보자고, 응?"

여자는 시근덕거리며 말을 잇지 못했다. 어쨌거나 여기에서 자신은 약자였다. 그것도 더할 수 없는 약점을 잡힌. 그녀는 시뮬레이터에서 딸이 못 나오게 된 이후 매일 꾸는 악몽을 떠올렸다. 계속 떨어지는 딸아이의 어린 몸뚱이와 속절없이 손만 뻗어 대는 자신. 딸아이의 체념 어린 눈빛.

엄만 나를 구해 줄 수 없을 거야.

그 광경만 생각하면 찬물을 뒤집어쓰는 것 같았다. 그 눈빛이 틀렸다는 걸 증명하기 위해 그녀는 모든 수단을 동원했다. 고소와 매스컴을 들먹여 가며 시뮬레이션 센터 사장과 시뮬레이션 프로그램을 배급한 기업으로부터 의료비를 뜯어냈고, 프로그래머들과 의사들을 딸애 옆에 붙여 주었다. 그러나 그들은 모두 고개를 흔들 뿐이었다.

'따님이 깨어나기를 거부하고 있어요. 이 힙노스에 완전히 동조되어 있습니다.'

그녀는 어이가 없었다. 힙노스. 누군가의 꿈을 재가공해 수면 시뮬레이션 프로그램으로 만든다는, 마야에서만 가능한 시뮬레이션. 유괴범도 아니고 전남편도 아닌, 기껏 남의 꿈에 딸애를 뺏기다니.

"기다려 보자고 한 게 대체 며칠째야? 왜 그렇게 마음이 편해?"

"나라고 마음이 편해서 이러겠어? 제발 이성적으로 생각해.

우리가 지금 실비한테 해 줄 수 있는 건 좋은 의사를 구하는 것 밖에…….”

“말로만 그래서 어쩌겠다고! 의사가 와 봤자 ‘네네.’ 소리밖에 더 해? 당신이랑 결혼하는 게 아니었어!”

신경질을 내며 남편을 밀친 여자가 휴게실 쪽으로 성큼성큼 걸어갔다.

“여보!”

“따라오지 마!”

잠깐 동안 휴게실은 여자의 하이힐 소리로 가득 찼다. 앉아 있는 사람들은 그녀 쪽으로 시선을 주지 않고 피했고, 소곤거리던 사람들도 그녀가 자리에 앉아 양손에 얼굴을 묻을 때까지 입을 다물었다.

여자는 차라리 누군가 말을 걸었으면 했다. 며칠 전부터 드문드문 마주치는 그 남자처럼. 재스퍼라고 했던가. 시무룩한 얼굴에 언변도 변변찮았지만 맞장구치는 감각은 남편보다 훨씬 나았다.

며칠간 여자는 많은 얘기를 했었다. 자신이 얼마나 딸을 사랑하는지. 그 애가 얼마나 사랑스러운지. 시뮬레이터에서 딸이 눈뜨는 순간을 얼마나 간절히 보고 싶어 하는지.

여자는 상상하고 또 상상했다. 꼭 닫힌 눈이 가는 선을 그리며 점점 열려, 자신을 알아보면서 비시시 웃는 딸과 눈을 마주치는 순간을. 그 감격스럽고 특별한 순간이 자신의 것이어야 했다. 이렇게 아무것도 못 하고 동동거리는 시간들이 아니라.

재스퍼는 부러운 얼굴로 그런 그녀를 쳐다보곤 했다.

'따님은 행운아예요. 엄마가 든든하게 지켜 주니까요.'

별거 아닌 말이었는데도 마음이 누그러져, 여자는 재스퍼가 왜 자신을 보고 부러운 표정을 짓는지는 전혀 생각지 못했었다. 그도 자신 같은 처지였을 거라고는, 전혀.

재스퍼는 그녀에게 털어놓았다. 나이 차가 많이 지는 엄마 같은 누나가 있다고. 누나가 힙노스를 하다 꼭 지금의 실비처럼 깨어나지 못했을 때 뭐든 할 거라고 다짐했지만, 그가 할 수 있는 일은 없었다고.

의사들은 재스퍼가 알아듣지 못할 소리만 잔뜩 늘어놓았다. 힙노스에 동조됐다는 둥 세타파가 어쨌다는 둥. 그는 사정하는 수밖에 없었다. 어떻게든 해 주세요. 제발 깨워 주세요. 의사들은 한발 물러섰다. 임상 사례가 없습니다. 결과를 확신할 수 없습니다. 그들의 발뺌도, 시뮬레이터 속에 누워 있는 누나도 더는 못 견디게 된 재스퍼는 꿈과 최면을 다룬다는 브로커들을 찾아 나섰다. 그리고 꿈에서 일어나는 모든 문제를 처리한다는 특급 드림 컬렉터를 소개받았다.

'별명이 귀신눈깔이랬어요. 딱 보면 그 사람 꿈이 얼마 정도 받을지 견적이 나오는 사람이라고. 꿈 문제엔 당할 사람이 없다고.'

하지만 재스퍼는 그에게 의뢰하지 못하고 의사들에게 돌아갔다. 의사들은 더 이상 방법이 없다며 시뮬레이터 전원을 내리자고 종용했다. 재스퍼는 황당해졌다. 이제껏 이러쿵저러쿵 했던 말은 다 뭐고, 다짜고짜 전원을 내린다니? 항의하는 그에게 의사들은 그건 인턴들이 몰라서 한 소리라면서 뇌에 아무 이상 없을 거라는 소리만 반복했다.

'책임질 수 있냐고 했죠. 못 진대요. 깨워 내라면 시뮬레이터 전원을 내리겠지만 책임은 안 진대요. 아니, 환자 가족이 등신이에요? 뭣 때문에 지들한테 그렇게 매달린 건데.'

'그럼 다시 그 드림 컬렉터에게 의뢰했나요?'

재스퍼가 씁쓸하게 웃었다.

'그랬으면 제가 따님과 당신을 부러워하겠어요?'

'……'

의뢰를 안 했다고? 여자는 이해할 수가 없었다. 그런 상황에서 의뢰도 하지 않아 놓고 비슷한 상황에 놓인 자신과 딸을 부러워하다니. 그러고 보니 처음부터 이해 안 되는 건 또 있었다.

'왜 고소하지 않았죠? 시뮬레이션 센터와 회사들 말이에요.'

재스퍼는 한참 만에 그녀와 눈을 마주쳤다.

'당신이라면 고소할 수 있겠죠. 승산이 있으니까요. 고소한다고 협박하면 센터랑 회사들도 겁먹었을 거예요. 하지만 우린 긴 소송을 버틸 돈이 없었어요.'

'고소를 할 수는 있잖아요. 나중에 나올 수익을 바라고 덤빌 변호사도 있었을 텐데.'

'램스필드社에서 치료 비용을 댄다고 했거든요.'

'뭐라고요?'

'저나 누나나 그땐 넉넉한 형편이 아니었어요. 생각해 보세요. 힙노스에서 며칠째 안 깨어나고 있는데……, 이러다 식물인간 되는 거 아닌가 싶었다고요. 조카들도 아직 자립 못 했는데, 누나가 식물인간이 되면 병원비는 누가 대며 간호는 누가 하나요?'

여자는 그제야 알 수 있었다. 왜 재스퍼가 자신을 부러워하는지. 왜 드림 컬렉터를 고용하지 못했는지. 왜 의사들을 따라야 했는지. 그 당시엔 넉넉하지 않았다던 그가 지금 어떻게 이런 고급 시뮬레이션 센터에 드나드는지. 여자의 얼굴이 경멸로 일그러졌다.

'실비는 그럴 리 없어요.'

여자가 단박에 부정하자 재스퍼는 가면 같은 얼굴로 그녀를 쳐다보았다.

'그렇겠죠. 따님은 행운아예요.'

여자는 재스퍼가 했던 말을 상기하며 얼굴을 덮고 있던 손을 치웠다. 생각해 보면 그의 말대로 실비는 행운아였다. 힙노스라는 변덕스럽고 위험한 시뮬레이션에 먹힌 희생양이 아니라 잠시 사로잡힌 공주였다. 누구 딸인데. 구출되는 게 당연하지 않은가. 자신이 실비를 책임감 없는 의사들과 사고 수습하기에 바쁜 시뮬레이션 회사의 변호사들한테 넘길 리 없으니까.

엄마는 너를 구해 줄 수 있어. 엄마는 너를 위해 뭐든 할 수 있어. 여자는 입속으로 되뇌며 양손을 맞잡았다.

엄마가 무엇이든 최고로 해 줄게. 약속해.

여자는 시뮬레이터 속에 누워 있는 딸을 향해 속삭였다. 당장이라도 달려가 시뮬레이터 뚜껑을 열고 딸의 얼굴을 쓰다듬으며 말해 주고 싶었다. 엄마가 너를 구해 낼 거라고.

그렇지만 기껏 모신 전문의는 딸의 뇌파를 확인하더니 한숨부터 푹 쉬었다.

"패턴을 보니 힙노스를 계속 반복해서 꾸고 있네요."

"안 좋은 건가요?"

남편의 말에 의사가 안경을 올리며 어깨를 으쓱했다.

"좋은 것도 나쁜 것도 아니에요. 흠, 어떻게 보면 희망적일 수도 있습니다. 적어도 패턴은 읽을 수 있으니까."

"패턴을 읽을 수 있으면 깨우는 게 수월합니까?"

"그렇게 단순한 게 아닙니다. 어디 보자. 시뮬레이션 프로그램 코드 변경은 거부하셨고, 최면요법은 안 먹히고……. 이건 뭐, 답이 없습니다. 오래 놔둘수록 안 좋아져요."

의사가 안경을 올리던 손가락으로 코끝을 비비며 부부를 쳐다봤다.

"시뮬레이터를 끕시다."

옆에서 남편이 숨을 삼키는 소리가 들렸다. 의외로, 여자는 담담한 기분으로 그 말을 들었다. 그녀가 물었다.

"책임질 수 있어요?"

"그건 확신할 수 없습니다. 변수가 있을 수도 있고."

"안전하지 않다는 얘기 아닌가요?"

"적어도 여기 계속 누워 있는 것보다야 안전해지겠죠. 원래 힙노스 자체에 문제가 생기면 의사나 프로그래머가 할 수 있는 게 별로 없습니다. 힙노스는 란츠만 가공 이후에 외부 변형이 불가능하고, 프로그래머들이 읽어 내고 풀 수 없는 방식으로 움직이니까요. 뇌파 가공이 들어가기 때문에 의사도 만지기 조심스럽고. 아주 가끔 꿈을 꾸는 본인이 힙노스를 변형시키는 경우가 나온다던데, 그것도 정설로 밝혀진 바는 없고요."

의사가 양손을 펼쳐 보였다.

"이런 사례가 기록된 게 없어요."

"최면요법이 안 되면, 뇌파나 약물을 써 볼 수 있는 거 아닌가요?"

"뇌파나 약물이 마법인 줄 아십니까? 그거 잘못 썼다가 정신병원 폐쇄 병동 들어간 사람 많아요. 차라리 시뮬레이터를 강제 종료하는 게 안전하죠."

의사가 그녀를 흘깃 쳐다봤다.

"아니면 다른 방법이 있습니까?"

방법이라면, 있었다.

그녀는 당장 재스퍼가 말했던 귀신눈깔을 수소문했다. 그의 말은 허언이 아니었다. 귀신눈깔로 종종 불린다는 야신 카갈리스키는 마야에서 가장 유명한 드림 컬렉터 중 하나였다.

'나는 그와 달라.'

여자는 돈 때문에 의뢰를 포기했던 재스퍼의 말을 떠올리면서 바로 행동에 나섰다. 야신이 소속된 드림 컬렉터 중개업소로 달려가는 여자 뒤로 남편이 허겁지겁 따라붙었다. 무인택시가 닉스 뒷골목의 허름한 점집 라다 앞에 섰을 때 남편은 입에서 거품이 나오기 직전이었다.

여자는 남편을 무시하고 라다로 들어섰다. 울긋불긋한 기묘한 문양의 홀로그램들이 떠다니는 어두운 실내에서 우아하게 미소 짓던 미모의 점술가는, 야신의 이름을 언급하자마자 한순간에 노련한 드림 컬렉터 에이전트로 변신해 부부를 맞았다.

"꿈에 대한 모든 걸 처리한다면서요?"

에이전트는 여자가 내놓은 수표를 스윽 확인하고 입을 열었다.

"야신을 말씀하시는 거라면, 그는 그렇습니다. 하지만 그만큼 비싸요. 원하시는 드림 컬렉터에게 맡기시려면……."

에이전트가 말꼬리를 늘였다.

"……제시하신 금액은 착수금 정도지요."

옆에 있던 남편의 얼굴이 일그러졌다.

"완전 바가지군!"

"제값을 하니까요. 그 정도 금액이 아니면 의뢰에 응할 이유가 없는 컬렉터라서요."

"여보, 이놈들 완전히 바가지야. 착수금은 실패해도 안 돌려주겠다는 얘기라고."

아름다운 에이전트가 미소 지었다.

"착수금을 돌려 달라는 얘기는 들어 본 적 없습니다. 실패한 적이 없으니까요."

여자는 눈을 크게 떴다.

"정말 실패한 적이 없나요? 한 번도?"

"네, 그가 하는 일에선 한 번도."

평소 같으면 비웃었을, 성과를 자랑하는 장사치의 감언이설. 하지만 지금 그녀에겐 유일한 구원의 동아줄이었다.

그녀의 완벽하게 분칠된 콧잔등에 땀이 송송 맺혔다. 동공이 열렸다 줄어든다. 이 소리를 듣기 위해 일주일을 참았다는 생각이 들었다.

그리고 이 대사를 내뱉기 위해.

"얼마가 들어도 상관없어요. 내 딸을 구해 줘요."

"여보!"

* * *

모든 시뮬레이션 센터에는 직원도 못 들어가는 '관계자 외 출입금지' 공간이 있다. 바로 시뮬레이터 내부 환경을 조정할 수 있는 조정 작업실로, 이곳을 이용할 수 있는 사람은 각 시뮬레이션 센터에 신분 증명이 된 드림 컬렉터들뿐이다. 그들은 힙노스용 꿈을 저장하는 고객의 꿈을 실시간으로 모니터링하다가 적절한 순간 특정 냄새나 음악에 노출시키거나 뇌파에 직접 자극을 주는 방법 등으로 꿈의 품질을 높이는 일을 했는데, 드림 컬렉터들 사이에선 이것을 0차 가공이라 불렀다. 시뮬레이션 업체들에서 꿈을 힙노스로 만들 때 1차, 2차 가공을 거치는 것에 빗대어 붙인 명칭이었다.

실비 클라우가 일주일 넘게 잠들어 있는 시뮬레이터도 이 조정실과 연결되어 있었다.

「그러니까 그 시뮬레이션 센터 뒷문에서 보자는 거지?」

"그래. 타소가 계약하면 알려 줄 거야. 바로 출발하라고."

야신의 대답에 오닐이 걱정스럽다는 듯 다시 물었다.

「진짜 우리 뜻대로 계약해 줄까?」

"라다까지 찾아왔으면 일 끝난 거지."

야신의 말에 오닐은 잠시 생각해 보는 눈치였다.

「흐음. 걔 엄마가 이렇게 잘 걸려들 줄 몰랐는데.」

"공들였잖아. 재스퍼는 매일 눈도장 찍었을걸."

「하긴 재스퍼가 능청스럽긴 해.」

"짜 준 각본대로는 잘하지."

「그거라도 잘해야지. 어휴, 말을 말자. 조정실엔 왜 가려고?」

"깨우려면 애가 무슨 꿈을 꾸는지 파악해야지. 힙노스는 복사본이 없으니까, 걔가 꾸는 꿈을 볼 수 있는 방법은 조정실에서 실시간으로 모니터링하는 것밖에 없어."

「그럼 나도 그거 모니터링해야 되나?」

"당연하지. 타소도 와서 모니터링할 거야."

오닐의 목소리가 확 커졌다.

「타소도? 뭘 어떻게 하려고?」

"그렇게 놀랄 일은 아닌데."

「……」

"뭐, 재스퍼와 네 몫이 줄어들진 않을 거야."

오닐의 침묵이 길어졌다. 야신은 모른 척 말을 이었다.

"일단 꿈을 확인하고 변형하려고 해 봐야지. 최면 심리 치료를 섞어서 꿈속에서 드러나는 난관을 극복한 것처럼 꾸밀 수도 있고. 결국 꿈에 나오는 난관은 현실의 난관이야. 어떤 면에선 꿈이 훨씬 다루기 쉽지. 난관을 적당하게 넘기고 카타르시스를 주면서 해결하면 매듭지어지는 이야기 같은 거니까. 그러려면 괜찮은 최면술사가 필요해."

오닐이 무뚝뚝하게 대꾸했다.

「……타소가 최면술사로는 꽤 괜찮지. 그런데 무면허 아냐?」

"그 정도야 둘러대기 나름이고. 아, 왔다."

「계약 완료. 난 5분 뒤에 출발할게.」

에일로 온 타소의 메시지에 야신과 오닐은 바로 소녀가 잠든 시뮬레이션 센터로 출발했다. 야신은 트램 시간을 확인하고는 에일로 무인택시를 불렀다. 원래는 일석이조를 노리며 시작한 일이었지만, 지금은 실비의 모친이 내는 돈이 카이야보다 훨씬 많았다. 택시 안에서 야신은 눈을 감고 깨워야 할 소녀에 대한 정보를 다시 숙지했다.

이름, 실비 클라우. 나이는 열두 살. 열흘 전에 아난다에서 힙노스를 하려고 들어간 이후 아직까지 시뮬레이터에서 못 나오고 있었다. 지금 꾸는 힙노스 프로그램과 완벽하게 동조된 상태. 지금 실비에게는 바깥세상이 아니라 그 힙노스가 자기 현실이었다.

야신은 담배를 꺼내 물었다. 알 만했다. 몇 년째 마야에서 드림 컬렉터 노릇을 하고 있지만, 이럴 때마다 힙노스 시뮬레이션의 강력함을 새삼 느낀다. 이전의 어떤 시뮬레이션도 이 정도로 강력한 가상현실을 만들 수는 없었다. 어찌 보면 당연한 일이다. 이전의 시뮬레이션들은 처음부터 가공한 것이었지만, 힙노스는 타인의 꿈—무의식에 이미 구축된 세계와 이야기를 살짝 손댔을 뿐 아닌가. 그러면서 마야에만 있는 물질 란츠만과 공명해 더욱 생생하게 만드니, 제아무리 냉혈한이라고 자부하는 인간도 시뮬레이터 안에서 힙노스를 하는 동안만은 강력한 꿈에 사로잡힐 수밖에 없었다.

「야신?」

오닐이었다.

"무슨 일이야?"

「내가 여기 뒷문에 먼저 도착했는데……, 레만이 와 있어.」

"뭐?"

「카이야 레만이 와 있다고.」

야신이 오른손으로 이마를 비볐다.

"널 봤어?"

「아직은 못 본 거 같아.」

야신은 담배를 비벼 껐다.

"일단은 내가 상대해 보지. 내가 연기 피우면 슬슬 나와."

오닐의 말대로 카이야 레만은 시뮬레이션 센터 뒷문 근처를 어슬렁거리고 있었다. 약간 저는 다리 때문에 다른 사람들보다 더 크게 휘청휘청 기우는 폼이 퍽 껄렁해 보였다. 야신은 카이야에게 다가갔다.

"이 근처에 볼일 있나?"

카이야가 이를 드러내며 웃었다.

"볼일이야 눈앞에 있는 사람한테 아주 많지."

"그럼 이곳에 볼일 있는 건 아니란 소리군."

야신이 툭 내뱉고는 카이야를 지나쳐 뒷문 센서에 오른손을 올렸다. 뒤따라온 카이야가 야신의 팔을 잡았다.

"여긴 드림 컬렉터와 관계자만 출입 가능한 곳이야."

야신의 말에 카이야가 그를 올려다봤다.

"완전히 구워삶았더군."

밑도 끝도 없는 카이야의 말에 야신은 미간을 찡그렸다.

"애 엄마 말이야. 휴게실에 다리 꼬고 앉아서 최고의 드림 컬렉터를 고용했다고 자랑자랑하던데."

"아하."

"아하? 선의뢰 선수행 몰라? 장사 한두 번 하시나."

"당신 건을 해결하기 위해 끌어들인 거야."

야신의 말에 카이야가 자기 배를 움켜잡았다.

"나 좀 웃어도 돼? 하, 하하. 난 그래도 야신 카갈리스키 정도 되면 변명이라도 창의적으로 할 줄 알았어."

"변명이 아니라 사실이지. 그 애가 꾸는 꿈이 카이야 레만 당신 꿈이라는 건 아나?"

카이야가 멈칫했다. 야신은 그대로 밀어붙였다.

"지금 그 여자를 안 막으면 강제로 애를 깨울걸. 그럼 그쪽이 그렇게 애타게 찾는 꿈은 문제가 일어난 힙노스라고 당장 폐기되겠지."

야신은 담배를 꺼내며 방금 한 말이 카이야에게 먹혀들기를 기다렸다. 그는 천천히 불을 붙이고 한 모금 빤 다음 말을 이었다.

"우리가 이 일을 맡아야 그 꿈을 빼돌릴 수 있어."

"그래서 그 여자한테 딸 깨워 준다고 비비셨다?"

비꼬며 되묻는 카이야의 음성은 많이 누그러져 있었다. 야신은 모르는 척하고 멀리서 다가오는 오닐을 향해 손을 들어 보였다. 야신을 향해 다가온 오닐이 카이야를 이제 막 발견했다는 듯 꾸벅 목례했다. 야신이 오닐을 가리켰다.

"비빈 건 이 친구랑 같이 다니는 친구고, 난 시나리오만 짜줬어."

카이야는 오닐과 야신을 잠깐 노려봤다.

"어쨌건 한팀이잖아. 의뢰비도 안 아끼고 해 달라는 대로 계약했다고. 야신 카갈리스키 시나리오에 내 꿈도 포함되어 있는 거겠지?"

야신이 어깨를 으쓱했다.

"그렇게 신경 쓰이면 지금 같이 보시든가요."

야신의 뒤에서 들리는 하이톤의 목소리에 카이야와 오닐이 깜짝 놀라 쳐다봤다. 어느새 지척에 나타난 타소가 하얀 오른손을 팔랑팔랑 흔들며 말했다.

"꿈을 찾아서 장기 대여할 생각이잖아요. 우리가 그렇게 못 미더우면, 지금 찾을 꿈이 어떤 건지 봐 두세요. 손님이 걱정하는 것처럼 우리가 손님 꿈을 제대로 안 찾는다면, 아무래도 우리 쪽이 더 손해 보는 것 아닐까요. 우리는 손님한테 위약금을 물어야 되고, 손님은 꿈을 한 번은 복습했으니까요."

타소가 시뮬레이션 센터 뒷문을 열어젖혔다. 야신은 카이야를 흘깃 보고는 그대로 안으로 들어갔다. 오닐은 카이야의 눈치를 살피며 부자연스러운 걸음으로 걸어 들어갔다. 그러는 동안에도 카이야의 시선은 타소가 잡은 문에 못 박혀 떨어질 줄을 몰랐다.

"……드림 컬렉터 말고는 못 들어가잖아."

타소가 픽 웃었다.

"저도 들어가는데요? 야신 보증이라, 한 명쯤은 더 추가할 수 있을 거예요."

"그래? 그럼 뭐……."

카이야가 심호흡하며 말했다.

"……내가 손해 볼 건 없지."

중얼거린 카이야가 타소의 뒤를 따랐다. 일당은 좁은 복도를 지나 조정실로 들어섰다.

잠자는 공주를 사로잡은 꿈이 그들을 기다리고 있었다.

눈을 뜨고, 소년은 혼란스러운 마음에 시트를 부여잡았다. 여기가 어디지? 난 누구지?

난 무얼 하고 있었지?

퍼뜩, 소년은 두려움에 사로잡혀 몸을 일으켰다. 창밖에선 한밤이 부연 박명에 밀려나고, 마음을 에는 차가운 새벽 공기가 그대로 밀려와 그의 뺨을 차갑게 감쌌다. 소년은 떨면서 조심조심 침대에서 일어났다. 정신이 그가 속한 육체에 맞추려는 듯 작게 속삭여 왔다. 너는 여덟 살, 사내아이야. 너는 지금 잠에서 깨어났어. 여긴 네 어머니의 방이야……

침대에서 벗어나 창가로 다가가는 동안 서서히 기억이 살아났다. 차갑게 밟히는 거친 바닥과 돌로 된 투박한 벽을 소년은 싫어했다. 갑갑함과 차가움, 그리고 불빛 없는 밤에 2층에 올라오다 마주치기라도 하면 감옥 속의 수인이 된 것 같은 기분과 미신적인 공포가 그를 사로잡았다. 그런 투박한 집구석이지만 2층이라도 있는 건 마을에서 소년의 집이 유일했다. 그의 아버지가 마을의 영주이자 촌장이었기 때문이다. 어쨌거나 그는 아무리 애를 써도 집을 좋아할 수 없었다. 그리고 아버지도.

아버지.

그를 떠올리자 소년은 불에 덴 듯 튀어 올라 침대를 살폈다. 간밤에 자신이 잠들었던 흔적이 남은 시트를 서둘러 펴고, 다른 자리와 구별되지 않도록 베개와 시트의 먼지를 털었다. 이 집에 어울리지 않는 귀족적인 마호가니 침대와 희디흰 시트의 부드러운 감촉. 덧문으로 꽁꽁 싸인 게 어울리는 나무로 된 창은 항상 열려 섬세한 레이스 커튼을 휘날렸다. 이 집과, 아버지와, 마을에 어울리지 않는 이 방은 소년에게 환상의 공간이자 금단의 방이었다. 방

주인이 없는 이 방에 숨어들 때마다, 아버지는 소년을 잡아먹을 듯이 노려보았다.

어머니가 있었다면.

소년은 서글피 생각했다. 어머니가 살아 있었다면 그의 편을 들어 주었을지도 모르는데. 그녀에게만 허용된 이 풍요와 부드러움의 영토에 그를 숨기고, 치맛자락으로 감싸 숨을 트여 줬을지도 모르는데. 소년은 얼굴도 기억 안 나는 어머니를 상상했다.

어머니가 있었다면 새벽까지 열려 있던 창문 때문에 몸을 떨며 깨어나는 일도 없었을 것이고, 단지 어머니의 방에서 잠들었다는 이유로 아버지에게 질책받지도 않았을 것이다. 어머니는, 어두운 돌벽 위로 그림자를 바꾸며 춤추는 불빛에 놀란 그를 방 안에 들여 주었을 것이다. 잿빛과 연자주색이 섞인 어둠과 부연 박명 외에 어떤 색깔도 가지지 못한 바깥 공기를 덧창으로 가리고, 그를 위해 안쪽 창문까지 꼭꼭 닫고, 그가 잠들 때까지 머리와 귓바퀴와 뺨을 쓸며 옆에 있어 주었을 것이다…….

이 이상한 마을에서 버틸 수 있게.

안개는 걷히는 법이 없었고, 하늘은 박명 이상으로 밝아지는 때가 없었다. 부옇게 안개에 휩싸인 땅 위로, 엎드린 뱀처럼 낮게 낮게 깔리는 회색 하늘. 그 사이로 잎사귀 하나 없는 나무들이 군락을 이루고 서서 바람결에 귀신 같은 그림자를 만들어 냈다. 이끼가 끼어 있을 듯한 젖은 밭에는 잘 자라지도 않는 감자 덩굴이 뻗어 있었고, 그 밭 외곽에는 예외 없이 무너질 것 같은 돌집이 한 채씩, 말없는 가족이 한 무리씩, 생기 없는 얼굴로 마당을 뒤덮은 고사리에 싸여 휘청거렸다.

소년은 기다렸다. 누구라도 나타나 주길 기다렸다. 불길한 예감에 떨면서 누군가를 기다렸다. 마음이 통하는 친구를, 어머니의 유령을, 상냥하고 세련된 신사를 기다릴 수도 있었겠지만, 그러기에 소년은 이 마을을 너무 잘 알고 있었다. 길에서 마주치는 누구도 인사를 받아 주지 않았다. 어른들은 눈도 마주치지 않고 휘적휘적 걸어갔고, 아이들도 부모를 흉내 내며 좀비처럼 마을을 가로질러 다녔다. 사시사철 죽은 물속 같은 이런 마을에 생기 넘치는 누군가가 온다면, 서로 대화를 나눌 수 있는 누군가가 온다면…….

그건 도망자나 괴물일 수밖에 없지 않은가.

그래서 소년은 불안해하면서 기다렸다. 누굴 기다리는지, 무얼 기다리는지도 모르면서. 돌벽이 그를 가두는 집을 나와, 언제나 그를 쏘아보는 아버지의 눈을 피해, 소년은 총알같이 학교로 도망쳤다. 그리고 번번이 후회했다. 학교도 이상하긴 마찬가지였다. 교실은 하얗게 회칠된 채 칠판 하나 없이 휑뎅그렁했고, 아이들은 오지 않는 선생을 기다리며 바닥에 앉아 멍하니 하얀 벽만 쳐다보며 몇 시간을 보냈다. 창밖으론 아무 표정 없는 회색 하늘이 뭉개져 있고, 교실 안에는 넋을 잃은 아이들의 시선과 새하얗고 새하얘서 머릿속까지 표백시켜 버릴 것 같은 벽만 남아 있었다.

소년은 무엇을 봐야 하는지 알 수 없었다. 무엇을 느껴야 하는지 알 수 없었다. 침묵 속에서 다른 아이들처럼 넋을 빼는 법을 배우다 보면 종이 울렸고, 그렇게 하교 시간이 되면 모두 약속이나 한 듯이 일어나 발을 질질 끌며 집으로 돌아갔다.

소년은 아무 말 없이 아이들 틈에 섞여서 집으로 돌아갈 때마다 돌아 버릴 것 같았다.

침묵, 정적, 무감각, 반복. 소년은 수없이 생각했다. 이곳이 이상한 건가, 아니면 내가 이상한 건가? 왜 나는 적응하지 못할까? 왜 나만 낯설어할까?

아버지를 보면 그 움츠러듦은 더욱 강해졌다.

짙은 수염을 기른 아버지는 소년을 차갑고 못마땅하게 내려다보기 일쑤였다. 음침한 돌벽이 이어지는 2층 복도에서 갑자기 겁에 질릴 때, 오래된 먼지 냄새가 나는 어머니 방을 열고 바람에 날리는 하얀 레이스를 바라볼 때 소년은 갑자기 강렬한 두려움과 막막함에 사로잡혀 소리도 못 지르고 벌벌 떨었다. 언젠가 괴물이 온다. 괴물이. 소년이 쓰러져 눈물도 흘리지 못하고 떨 때마다 아버지는 위압적인 태도로 노려보았다.

'못난 녀석!'

시선은 늘 그런 말을 하고 있었다. 차갑게 노려보는 두 개의 검은 눈동자. 아버지는 아무도 좋아하지 않았다. 짙은 수염 속에, 번득이는 눈 속에 아버지는 늘 분노를 품고 있었다. 어디를 향한 분노일까? 왜 소년을, 또 마을을, 아니, 모든 것을 목숨 걸고 죽일 듯이 미워하는 얼굴로 바라보는 걸까? 소년은 알 수 없었다. 그저 두려울 뿐이었다. 분노가 모든 것을 태우고, 사랑도 연민도 다른 감정도 모두 불사르고, 아무 감정 없이 냉담하게 소년을 내려다보는 그 시선이.

당돌해질 싹을 자르는 시선이었다. 비굴함과 두려움밖에 안 남기

면서, 또 그 비굴함과 두려움을 경멸하는 시선이었다. 그의 발아
래 있는 모든 것을 얼려 죽이고 말려 죽이려는 시선이었다. 소년
은 떨었다. 아버지와 마주칠 생각만 해도 숨이 가빠 왔다. 입도 벌
리지 않고, 한마디 말도 건네지 않고, 찌르는 듯한 시선으로 노려
본다. 그 분노와 질책이 너무 무섭고 생생해서, 소년은 배가 꼿꼿
해지고 요의가 느껴지고 다리가 후들거리는 그 모든 감각을 하나
도 모를 지경이었다.

유일한 피난처가 아버지의 그 시선으로부터 그를 지켜 줄 수 있었
다면 얼마나 좋았을까. 어머니의 방에 어머니가 있었다면. 아니면
차라리 소년도 다른 사람들과 같았다면 좋았으리라. 어차피 이 저
주받은 마을을 떠날 수 없다면, 아픔도 고통도 모멸감도 외로움도
못 느끼는 다른 사람들과 같다면 좋을 텐데.

소년도 다른 마을 아이들처럼 마당 구석 마른 고목 아래에서 혼자
땅을 파고 놀게 되었다. 단조로운 동작으로 땅을 파 들어가게 되
었다. 교실의 하얀 벽을 보고 있을 때처럼 점점 더 머릿속이 비어
가고 명해졌다. 언제나 끼어 있는 축축한 회색 안개도, 악마의 손
가락처럼 마른 고목이 내려다보는 것도, 오싹하면서도 그 오싹함
에 점점 무감해지는 기분도 당연하게 느껴졌다. 이대로 다른 마을
사람들과 똑같아질지도 모른다. 소년은 백치처럼 미소 지었다. 이
모든 게 지극히 당연하고 당연해서…….

그때 손끝에 물컹한 것이 와 닿았다.

흙은 부드럽고 젖어 있었다. 소년의 손끝에 닿은 것도 부드럽고
축축했다.

무언가 일어났다.

소년은 직감했다. 그는 마른침을 삼키며 그 부분의 흙을 쳐냈다. 하얗게 드러난 속살. 사람의 피부였다. 공포와, 이럴 줄 알았다는 확신이 소년을 함께 떠밀었다. 소년은 땅에 바짝 엎드려 양손으로 흙을 헤치기 시작했다.

흙 아래 묻혀 있는 건 누구지?

소년은 궁금했다. 참을 수가 없었다. 손톱 밑이 쓰리고 여린 피부가 벗겨져 축축한 흙 속에서 자신의 손만 타는 듯했지만 멈출 수 없었다. 묻혀 있다. 누군가 묻혀 있다. 드디어, 드디어 일어났다. 소년은 고개를 흔들었다. 자신은 기다리지 않았다. 기다리지 않았어. 예감했을 뿐, 기다리지 않았다.

그러니까 흙이 치워진 자리에 자신과 똑같은 얼굴이 묻혀 있는 건 그의 의지가 아니었다.

나?

소년은 소스라치게 놀라 급히 뺨에 양손을 가져다 대었다. 그는 여기 있었다. 그러니까 저 나무 아래 소년과 똑같은 얼굴로 죽어 있는 남자애는 그가 아니었다. 순간 안도감이 지나갔고, 다음 순간 썰물처럼 혼란이 밀려왔다.

이게 어떻게 된 일이지? 누구야? 누구야? 어떻게 된 거야? 이게 뭐야?

집 마당에 묻힌 자신과 똑같은 얼굴의 아이. 소년은 멍청하게 시체를 쳐다봤다. 홀린 것 같은 기분이 뒷덜미를 간질였다. 이대로 흙을 다시 시체 위에 덮고, 아무 일도 없었던 것처럼 가장하고 싶은 마음에 소년은 흙 묻은 주먹을 꼭 쥐었다. 하지만 차마 자신과 똑같은 얼굴, 잠든 자신의 얼굴에 흙을 뿌릴 수 없었다. 소년은 어찌할 바를 몰라 시체를 내려다보며 우뚝 굳었다. 놀랄 만큼 생생한 얼굴이었다. 지금이라도 깨어나 눈을 뜰 것 같은 시체. 소년은 이 시체가 죽은 지 얼마 안 되었음을 확신했고, 경악 속에 얼굴 아래의 흙도 치우기 시작했다.

그는 이 애를 본 적이 없었다.

소년과 똑같은 키, 똑같이 좁은 어린애의 어깨. 소년이 시체가 되고 시체가 소년이 되어도 누구도 눈치채지 못할 만큼 꼭 닮은 얼굴. 소년에게 쌍둥이 형제가 있었다면, 왜 소년은 그를 기억하지 못하는 건가? 이 시체가 소년의 거울일 뿐이라면, 소년에겐 있는 양손이 왜 이 애에겐 깨끗이 잘려 나가고 없는 건가?

소년은 자신과 똑같은 얼굴의 시체 위에 서서 하늘을 올려다보았다. 여전히 높이가 짐작되지 않는 무거운 회색 하늘. 말라 죽은 나무가 나뭇가지를 늘어뜨려 얼굴에 그림자를 드리웠다. 그림자가 드리워진 이 얼굴과 똑같은 아이는 손이 잘린 채 자신의 밑에 죽어 있었다. 어지럽고 무서웠다. 그는 왜 이 애를 기억 못 하는 걸까?

누가 죽였어? 누가? 이 애는 누구야? 누구지? 누가 죽었지?

괴물.

소년은 깨달았다.

그 아저씨였다.

마을 구석에 사는 대장장이. 짐승처럼 온몸에 털이 난 거한. 털에 파묻힌 거대한 몸은 어떤 옷을 걸쳐도 넝마처럼 보였고, 얼굴에서 제대로 보이는 건 새파란 눈뿐이었다.

그 눈.

소년은 그 눈과 마주친 이후 언제나 그 아저씨를 두려워했다. 털로 뒤덮인 얼굴에서 그 눈은 언제나 냉정하고 차분하게 반짝였다. 지적인 눈동자였다. 야수 같은 생김새와 힘, 그에 전혀 어울리지 않는 이질적인 눈.

그런 힘과 눈을 가졌다면 이런 짓도 아무렇지 않게 해치울 것이다. 양손이 자로 잰 듯이 깔끔하게 잘린 시체 위에서 소년은 부르르 떨었다.

이 마을에선 괴물이 사람의 시체로 탑을 쌓는다고 해도 알아채지 못할 것이다. 밝혀지고 난 후엔 모두가 죽어 있을 것이다. 소년은 직감했다. 모두가 죽은 마을에서 홀로 남아 도망치지도 못하고 주저앉아 있을 미래가 잡히는 듯했다. 그 전에, 보호해 줄 울타리가 있을 때 범인을 밝혀내야 했다. 그러지 않으면 다음번에 이 나무 아래에 손 없이 묻히는 건 소년일 것이다. 그리고 지금의 자신처럼 아무도 그를 기억하지 못할 것이다.

소년은 일어나서 마을 외곽 대장장이의 집으로 향했다.

해야 할 일이었기 때문에, 했다. 무서웠지만 어쩔 수가 없었다. 불길한 예감을 느꼈던 그 오래전부터, 대장장이 아저씨를 무서워하던 까마득한 옛날부터, 기다리고 기다렸던 어떤 일이 시작되었다고 소년의 본능이 그의 키를 잡고 돌진했다. 달리고 달려라. 덤불 사이에 몸을 숨기고 기다려라. 대장장이가 나갈 때까지, 그의 집에 숨어들 수 있을 때까지, 그의 비밀을 발견할 때까지!

끼익.

문이 열려 있다는 것에 떨면서, 소년은 안으로 들어가 조심스레 문을 닫았다. 덧창까지 닫힌 집은 무척 어두워 거의 아무것도 보이지 않았다. 벽의 돌 사이사이로 새어드는 빛에 겨우 눈이 적응할 무렵, 갑자기 절룩이는 거한의 발소리가 들렸다.

'돌아왔어!'

왜 벌써?

방금 나갔던 대장장이 아저씨가 왜 다시 돌아왔단 말인가. 소년은 당황해서 주변을 둘러봤다. 그가 지켜보는 걸 알았을지도 모른다. 그가 집으로 몰래 숨어드는 걸 봤을지도 모른다. 괴물이 그 새파란 눈으로 그를 노려보며, 뒷덜미를 낚아채 귓가에 속삭일 말이 들리는 듯했다. 요 쥐새끼 같은 놈!

소년은 닥치는 대로 안으로 들어갔다. 몸을 숨길 가구나 뒷문이 있기를 바라면서. 하지만 휑한 돌집 안에는 변변한 가구도 없이 쓰레기 같은 잡동사니들만 바닥에 널려 있었다. 공포와 절망으로 가슴이 조여들었다. 발소리가 가깝게 들려 소년은 생각할 겨를도 없이 안쪽으로 도망쳤다. 어쩌면 뒷문이 있을지도 몰라. 희망이 소년을 채찍질하며 몰아댔다. 뒤로, 뒤로, 뒤로! 끝까지 몰린 소년은 헐떡이며 돌벽을 더듬었다. 발소리가 입구 앞에 딱 멈췄다.

그때 손끝에 쇠고리가 걸렸다.

소년은 물에 빠진 사람처럼 쇠고리를 잡아당겼다. 높이 1미터도 안 되는 작은 나무 덧문이 삐걱 열렸다. 삐걱. 비슷한 소리가 입구

쪽에서도 나고 있었다. 소년은 문 안으로 뛰어들었다. 내부는 좁고 무언가로 꽉 차 있어 그는 문이 열리지 않도록 꽉 잡아야 했다. 한 손으론 문을 잡고 나머지 손으로 입을 막은 채, 긴장과 공포로 새파랗게 질려 숨도 못 쉴 지경이었다.

저벅.

괴물의, 대장장이 아저씨의 발소리가 점점 가까워지더니 소년이 숨은 문 앞에서 멈춰 섰다.

'제발!'

소년은 빌었다. 제발 숨소리도 내지 말아 달라고. 떨지 말아 달라고. 자신의 의지를 벗어나 딱딱 이를 부딪쳐 대는 몸이 무서웠다. 조금이라도 기척이 나면 문 앞의 괴물이 그를 발견할까 봐 너무 무서웠다.

툭.

투두둑.

좁은 공간 꼭대기까지 차 있던 물체들이 어깨 위로, 머리 위로 떨어져 내렸다. 섬뜩하고 서늘한 느낌이었다. 소년은 눈을 굴려 가득 찬 물체들을 쳐다봤다.

그건……, 잘린 손들이었다!

소년은 깨달았다. 지금 그는 자신이 찾던 증거들 속에 있다는 것을. 문밖의 괴물은 허상의 괴물이 아니라 살아 숨 쉬는 악몽이란 것을. 하얗게 핏기를 잃은, 절단면에서부터 말라 가며 주름진 이 차가운 손들이 진짜 사람들에게서 잘라 낸 것이라는 것을.

그 안에 자신이 파묻혀 있다는 것을!

소년의 얼굴이 대번에 손들처럼 하얗게 질렸다. 아, 아아, 아아아 아아. 딸꾹질이 나고 침이 흐르고 어깨가 들썩인다. 소년의 움직임에 손 하나가 투둑, 그의 뺨을 쓸며 미끄러졌다. 히끅. 공포가 소리로 새어 나와 소년은 얼어붙었다.

'안 돼!'

벽 너머엔 괴물이 있어! 소리 지르지 마! 울지 마! 숨도 들이쉬지 마!

'들키면 죽어!'

제발 눈치채지 마!

저벅.

괴물이 돌아섰다. 느릿하게, 약간 저는 한쪽 다리를 끌면서. 소년은 믿을 수 없어 문에 귀를 바짝 대고 숨을 삼켰다. 점점 멀어지는 발소리. 끼익. 문을 여는 소리. 발소리. 다시 닫히는 돌쩌귀 소리. 소년은 덧문을 열고 뛰어내렸다. 숫자를 스물까지는 세고 나가야 한다고 본능이 말했지만 더 견딜 수가 없었다. 온몸을 쥐어짜던 공포와 불길한 예감이 뒤섞여 그의 조그만 머리는 갈팡질팡 혼란스러웠다.

괴물은 알고 있었다. 그가 문 안에 있다는 걸 알고 있었다. 눈치채고 있었다. 알면서, 알면서 왜 아까 문을 열지 않았을까?

소년은 진저리를 치며 떠올렸다. 어깨로 쏟아지던 잘린 손들. 창고 천장에 닿도록 쌓인 그 많은 손들.

그렇게 많은 손들이 잘리고 사람들이 사라질 동안 아무것도 눈치채지 못했다!

이제 와서 소년이 눈치챘더라도 바뀌는 건 없다고 안개가 말했다. 살육은 이미 오래전에 시작되었다고 회색 하늘이 말했다. 너는 너무 어리고 약해서 아무것도 할 수 없을 거라고, 음울한 그림자들이 비웃지도 않고 말했다.

소년은 달렸다. 안개 속 마른 나무들의 그림자에 떨면서 달렸다. 공포와, 믿기 힘든 비밀과, 불길한 예감. 그 모든 감정들이 폭풍 직전의 흐린 하늘처럼 꿀렁대며 휘몰아쳤다. 마을 곳곳에 누운 손 없는 시체들을 보며 달렸다. 일어나리라 예상했던 파국이 너무 쉽고 빠르게 닥쳐와 무슨 생각을 해야 하는 건지 알 수 없었다. 눈물이 흘렀고, 세상에서 뜨거운 것은 소년과 그의 호흡과 눈물과 몰아치는 불행뿐이라는 자각이 와, 무채색 마을과 낮고 낮은 회색 하늘과 죽은 나무들을 똑바로 볼 엄두가 나지 않았다. 아무도 그를 도와주지 않을 것이다.

'왜?'

소년은 계속 달리며 물었다.

'왜 이렇게 된 거지?'

'내가 그 괴물이 괴물이라는 걸 말해야 했던 거야? 너무 늦은 거야?'

머리 위 하늘이, 가는 길에 늘어진 시체들이, 마을 전체가, 세계가 대답했다.

'그는 그냥 괴물이 아니야. 그는 우리가 모르는 존재야. 그는 손을 자르고 죽이는 대신 소원을 하나 들어주지. 누구도 이뤄 줄 수 없었던 소원을.'

'그럼 다들 원해서 죽은 거란 말이야?'

'원한 자들은 소원을 이루고 손을 잘린 채 죽어. 원하지 않은 자들도 소원을 이루고 손을 잘린 채 죽어. 그가 소원을 이뤄 준다고 해서 잔인하지 않은 것은 아니지.'

'그렇다면 모두 죽는 수밖에 없잖아!'

소년은 집으로 뛰어들었다. 2층으로 가는 돌계단을 오르자 복도에서 아버지가 그를 맞았다. 예상대로 아버지가 양손을 잃은 채 대자로 누워 있었다. 소년이 처음 보는, 분노 없는 아버지의 눈. 텅 빈 동공.

"흐흑……."

소년은 울며 어머니의 방으로 기어 들어갔다. 안전한 곳은 없었다. 방구석에서 몸을 만 채 떨면서 그는 기다렸다.

이제 괴물이 죽이러 올 거야.

소년은 머리를 감쌌다. 자꾸 뒤로 밀리는 등에 부딪히는 돌벽이 차가웠다.

제발 누가 도와줘!

도와줘!

도와 달라고!

하지만 아무도 도와주지 않았고, 괴물이 2층 계단을 오르고 있다는 것을 그는 알고 있었다.

* * *

달그락.

라다 내실에선 가사로봇이 커피잔 내려놓는 소리만 들렸다. 오늘은 커피가 아니라 사약을 받는 표정으로 소파 끝에 엉덩이만 붙이고 앉아 있었다.

"얼굴은 멀쩡해 가지고⋯⋯."

오닐이 중얼거렸다. 꿈을 모니터링한 후부터 그는 카이야가 근처에 올 때마다 자꾸 헛기침을 하면서 한두 발짝 물러났다. 불편해하는 기색이 역력했다. 카이야가 주치의와 상담 약속을 잡았다며 자리를 뜬 게 그나마 다행이지. 타소는 한숨을 폭 내쉬었다.

꿈, 꿈, 꿈. 언제나 꿈이 문제였다. 그녀는 내실 밖 영업장 쪽을 쳐다봤다. 손님이 들여다보지 못하게 쳐 둔 발 너머로 색색의 수정구며 만다라 홀로그램들이 번쩍였다.

'내가 고생을 사서 하지.'

점집이라는 건 지구에서나 태양계 최고의 유흥 행성 마야에서나 별다를 게 없었다. 출처가 불분명한 그럴싸한 이미지와 그럴듯한 모호한 말들. 드림 컬렉터 무리와 처음 손잡기 시작한 것도 그 때문이었으리라. 태양계가 인류의 안마당이 되어도 사람들은 끼리끼리 모이는 법. 일상적인 업무에 사기가 섞여 있다면, 그런 직업끼리 친해지는 것도 당연했다.

서로 지나가며 정보를 교환했다. 타소는 꿈이 흥미로운 고객을 알려 주고, 드림 컬렉터들은 그녀가 필요한 꿈을 훔쳐다 주었다. 썩 좋은 공생 관계가 이어졌다. 신뢰가 쌓여 갔다. 사이비 점술가보다 훨씬 더 점쟁이 같은 '귀신눈깔' 야신 카갈리스키도 발견했다.

그러다 고개를 돌려 보니 어느새 점집 내실에 드림 컬렉터들을 우글우글 모아 놓고 사기로 마무리했다가는 이빨도 안 박힐 의뢰를 맡고 있다는 얘기다.

타소는 다시 한숨을 쉬었다.

"왜 애가 저런 꿈에 사로잡혔을까?"

"혹시 호러물을 고르다 잘못 걸린 건 아닐까?"

오닐이 조심스레 말했다.

"매칭 프로그램으로 쟤 뇌파에 저런 힙노스가 맞았다고 생각하면 으스스하다고."

"……."

야신은 대꾸 없이 재떨이에 꽁초를 꾹꾹 눌렀다. 타소가 팔짱을 끼고 생각에 잠겼다.

"이상하잖아. 굉장한 부잣집 외동딸에, 미인 엄마는 딸이라면 껌벅 죽고, 애도 예쁘게 생겼고. 꿈 내용하고는 하나도 안 겹치는데."

"열두 살이지?"

"응."

꿈 자체는 10대가 감정이입할 구석이 있었다. 하지만 완전히 동화되었다면 문제가 달라진다. 게다가 고독과 고립으로 시작되었던 꿈은 뒷부분으로 갈수록 피 내음을 풍기고 있지 않은가.

야신은 미간을 문지르며 담배를 물었다. 일주일이 넘게 힙노스 시뮬레이터에서 안 나오고 있는 소녀. 일주일 넘게 꾸는 꿈. 그만큼 그 꿈에 몰입해 있는 것일까? 힙노스 프로그램과 그 꿈 자체가 너무 강력해 아이가 벗어나지 못하는지도 몰랐다.

"일단 세타파를 바꾸도록 해 볼 테니까, 둘은 애 쪽을 더 조사해 봐."

"세타파?"

"뇌파가 바뀌면 램수면도 끊기겠지. 확률은 낮아. 놈이 꾼 힙노스는 란츠만 동화율이 강력해서."

오닐이 끼어들었다.

"조사는 일주일 동안 할 만큼 했잖아. 걔네 집안, 학교, 교우 관계, 유괴보험 들어 준 사람 명단까지 뽑았다고. 더 나올 게 없을 것 같은데……."

"나오는 게 없으면 숨어 있는 걸 파 봐야지."

야신의 말에 타소와 오닐이 서로 얼굴을 마주 봤다. 야신이 담배를 깊게 빨았다. 열두 살 소녀가 드라마틱하고 강력한 꿈에 그냥 사로잡힌 것일 수도 있고, 소녀에게 드러나지 않은 문제가 있을 수도 있었다. 아직 아무것도 확신할 수 없었다.

"주변 쑤시고 다닐 시간 없으니까, 빨리 요점부터 찌르자고. 걔 엄마한테 애 에일 검색권을 달라고 해."

* * *

여자는 화장을 마치고 머리에 살짝 펄을 뿌렸다. 그다음으로 향수와 구취 제거제, 그리고 귀걸이와 팔찌까지 물 흐르듯 이어지는 몸치장을 끝낸 여자는 마지막엔 거울 앞에서 자신의 모습을 점검했다. 완벽했다. 거울 귀퉁이에 우울한 얼굴의 남편이 비치지만 않았다면 말이다. 전체 그림을 망치는 배경이라고 생각하면서, 여자는 쯧쯧 혀를 차며 미간을 찌푸렸다 얼른 폈다.

"왜 그런 얼굴이야?"

여자의 말에 남편이 물었다.

"기분 좋아 보이네. 어디 가?"

"점집에 가 봐야지. 그런 족속들은 족쳐야 돈값을 하잖아."

남편이 여자 가까이 다가왔다.

"그놈들은 사기꾼이야."

여자는 다가오는 남편을 향해 향수병이라도 집어던지고 싶은 것을 참았다. 도대체 남자들이란! 이제 겨우 마음에 평화가 오고 있는데 저렇게 초를 치다니!

"사기꾼인지 아닌지는 내가 판단해!"

"여보, 당신은 지금 이성이 날아간 거라고. 드림 컬렉터 그놈들은 사기꾼들이야. 남의 꿈을 훔치거나 싸게 사서 힙노스 시뮬레이션 업체에 비싸게 넘기거나 하는, 도둑이랑 브로커를 합친 것 같은 놈들이라고."

"그래도 놈들 중에 꿈이나 환상 문제 해결에 전문가들이 많은 건 사실이잖아. 그 야신 카갈리스키란 컬렉터는 일류란 말이야."

남편이 어이없다는 듯 얼굴을 구겼다.

"일류? 일류 사기꾼이겠지. 남의 돈을 공으로 처먹는!"

"그래서 하고 싶은 말이 뭐야? 돈 아깝다는 거야? 당신은 어떻게 딸이 저러고 있는데 돈 아깝다는 생각이 들어?"

"여보, 지금 당신은 너무 감정적이야. 내가 실비에게 돈 쓰는 걸 아깝다고 하겠어? 그 드림 컬렉터 놈들한테 사기당할까 봐 이러는 거지!"

"감정적이라고? 감정적인 게 당연하지! 애가 열흘간 시뮬레이터 안에서 깨어나지도 않고 있는데! 그런데 당신은 이 상황에 사기 얘기가 나와? 남들이 보면 어떻게 생각하겠어? 역시 의부라 어쩔 수 없다고들 할 거 아니야!"

약점을 찔린 남편이 숨을 들이켰다. 여자는 봐주지 않고 그의 멱살을 잡아당겼다.

"난 실비한테 최고로 해 줄 거야. 놈들이 얼마를 부르더라도! 사기꾼이라도 상관없어. 놈들이 어떻게든 결과를 내놓게 할 테니까! 내 말 못 알아듣겠어?"

기가 질린 남편은 아무 말도 못 하고 여자를 쳐다봤다. 심약한 남자. 짜증스레 쳐다보던 여자의 눈이 다시 부드러워졌다.

"여보, 당신은 그 사고방식이 문제야. 매사에 긍정적이고 자신감 있게 행동해야지. 사기당하는 게 무서워서 일류 드림 컬렉터를 고용하지 않는다니, 왜 그렇게 사람이 옹졸하고 비관적이야?"

남편은 침묵했다. 눈앞에 선 아내는 환하게 웃고 있었다. 화보에나 나올 것처럼 완벽한 미소였다. 머릿속을 맴돌던 반박은 아내의 미소에 밀려 버렸다. 어떻게 저렇게 말도 안 되게 자기 좋을 대로 생각할 수 있나 싶었지만, 따지고 보면 그 매력에 반해 애걸복걸하며 결혼까지 뛰어든 건 자신이 아닌가.

"당신도 같이 갈 거지?"

조금 전까지 화내던 모습이 무색하도록 여자는 다정하게 남편의 팔을 잡았다.

'마야에는 별처럼 많은 꿈들이 있지.'

그녀와 헤어져 화성 오지로 날아가 버린 네 번째 전남편은 시라도 읊을 것 같은 표정으로 말했다.

'우주의 샹들리에라고나 할까요. 태양계의 인간들이 부나방처럼 새카맣게 날아든다니까요. 사람 구경만으로도 일주일이 갈걸요.'

말랑한 표현이나 개똥철학을 혐오하는 그녀의 변호사 입에서 나올 말은 아니었다.

여자가 궁금해하는 것도, 여행 계획을 짜는 것도, 거기에 함께 사는 가족들을 끼워 넣는 것도 이상할 것 없지 않은가.

시작은 완벽했다. 그녀라면 절절매는 새 남편과 사춘기 초엽에 들어선 딸 실비가 가까워지게 만들 겸, 태양계 최고의 유흥 행성으로 가족 여행을 떠난다. 셋이서 마야의 명물 모노레일도 타 보고, 판타소스 돔에서 상상 도우미도 불러다가 근사한 환상도 체험해 보고, 모피어스 돔에선 딸이 좋아하는 배우가 촬영하고 있다니 관람객 행세도 해 보고, 아난다 돔에서 수많은 힙노스를 골라 꿈꾸며…….

여자는 믿을 수가, 아니, 알 수가 없었다.

왜 지금 그녀의 딸이 힙노스에서 깨어나지 못하고 시뮬레이터에 누워 있는지.

지금 이 순간에도 소심하게 그녀의 눈치만 살피는 옆의 얼간이는 누구 남편인지.

어째서 지금 자신은 드림 컬렉터들 따위에게 딸애의 에일 검색권을 내놓으란 소리를 듣고 있는지.

정말 무례하고 야만적인 인간들 아닌가. 여자는 왼쪽 눈썹을 확 치켜뜨며 찡그린 얼굴로 타소를 노려보았다.

"꿈에서 깨워 달라고 했지, 내 딸 사생활을 뒤져도 된다고는 안 했는데?"

"저희도 실비 양을 위해서 이러는 겁니다."

"내 딸을 위한다면 당장 저 꿈부터 어떻게 하라고! 에일 검색 허가권? 그런 걸 가지고 뭘 하겠다는 거야? 애 개인 영상이라도 훔쳐보겠다는 거냐고!"

여자는 기가 막혀서 머리칼이 곤두설 지경이었다. 에일 검색 허가권을 달라니, 어떻게 감히 그런 생각을 한단 말인가. 일기장을 훔쳐보는 극성맞은 엄마들도 에일의 개인적인 부분까지 건드리진 않았다. 이 얼간이들은 개인 에일은 죽어도 그냥 묻혀야 하는 거라는 상식도 모르나?

하지만 눈앞의 점술가는 딱 잘라 대답했다.

"필요하다면 개인 영상이라도 봐야죠."

"뭐야?"

"그럼 말씀대로 꿈에서 깨울까요? 간단합니다. 힙노스 시뮬레이터 전선만 뽑으면 꿈은 끝나거든요. 그러고 나면 그 뒷감당은 온전히 손님의 몫이 되겠죠."

여자는 흥분을 못 이기고 빽 소리쳤다.

"그러라고 당신들한테 돈 대 주는 줄 알아?"

"그러니까 돈값을 하겠다는 거 아닙니까!"

점술가가 빠르게 맞받았다.

"그 꿈은 상품화된 힙노스고, 그 힙노스를 체험하고 나서 깨어나지 못하는 사람은 따님이 처음입니다. 힙노스가 문제라고 우기는 건 변호사한테 맡기세요. 저희는 따님의 개인사든 뭐든 파헤쳐서 저 꿈에서 건져 드릴 테니까요."

몰아치듯 내뱉던 점술가가 살짝 웃어 보였다.

"그러라고 저희를 찾으신 것 아닌가요?"

여자는 멈칫했다.

무조건적인 반발 심리라 해도 할 말은 없었다. 여자의 머릿속을 뒤엎는 그 영상만 아니라면.

"하지만 내 딸은 사춘기라고!"

"그리고 벌써 열흘째 꿈에 사로잡혀 있죠."

여자는 점술가를 노려봤다. 점술가는 얄밉도록 차분하게 말했다.

"불쾌하게 느끼셨다면 죄송합니다. 하지만 꿈 내용만 가지고 조치를 취하는 게 더 위험하다고 판단돼서요."

"여보, 저 사람들 얘기도 일리는 있어."

남편의 말에 여자는 빽 소리 질렀다.

"당신은 도대체 누구 편이야!"

너희가 뭘 알겠어?

아무 생각도 못 하는 짐승이 된 것 같은 기분과, 드라마의 주인공이 된 것 같은 기분이 롤러코스터처럼 오락가락했다. 여자는 매순간 그 롤러코스터에 치이는 것 같았다. 내 딸을 내놔! 무조건 내놔! 동물 같은 모성 뒤에 달라붙어 떨어지지 않는 메아리. 여러분 저는 제 딸을 위해 이만큼이나 하고 있답니다! 딸자식 가진 어머니로서 이 정도는 해야지요! 아아, 딸은 왜 안 깨어나는 걸까요. 엄마가 여기서 기다리고 있단다.

파르르 떠는 여자의 귀에 남편의 항의가 들렸다.

"여보, 편이라니? 그런 얘기가 여기서 왜 나와? 우리 다 실비를 깨우자고 이러는 거잖아. 솔직히 나는 이런 얘길 들으니 훨씬 더 신뢰가……."

"여보."

여자는 남편을 향해 화사하게 웃었다.

"당신은 그냥 나를 위해 서 있으면, 나를 위해 웃고 말하면 돼."

"뭐?"

"자신 없어? 날 위해 그 정도도 못 해? 실비가 가엾지도 않아? 나는? 나는 내가 가엾어 미치겠어! 내가 왜 이런 일을 당해야 해? 우리 실비는 왜?"

"그러니까 왜 그러는지 밝혀내야지요."

점술가가 끈질기게 말꼬리에 달라붙었다. 여자는 천천히 점술가를 향해 돌아섰다.

"정말 해낼 수 있어?"

"그럼요. 실비 양의 에일 검색 허가권을 주시면 훨씬 더 빨리 끝날 겁니다."

여자는 웃었다. 점술가 또한 미소를 지었다. 웃고 있는 두 여자 사이에서 남편은 양손을 내리고 로봇처럼 서 있었다. 여자는 우스웠고 화가 났다. 이 건방지고 유능한 척하는 종자들에게 기대야 하는 자신의 처지가 짜증났지만, 어쨌거나 이것이 그녀가 붙잡은 패였다.

상대해 주지. 실비가 깨어날 때까지.

여자는 조금 더 웃었다.

"에일 검색 허가권을 드리죠."

생각보다 빠른 항복에 당황한 점술가를 향해 여자가 더 활짝 웃었다.

"엄마잖아요. 내 아이를 구할 때까진 뭐든 해 줘야죠."

* * *

여자는 딸의 에일에서 무슨 내용이 나올지 몰랐던 게 분명했다. 그리고 그건 실비 클라우의 에일 검색권을 얻자마자 하던 일에서 모두 손 떼고 실비의 에일에 매달렸던 오닐도 마찬 가지였다.

"이거 말이야······."

건수를 잡은 것 같다는 호출 메시지와 달리, 오닐은 막상 모인 일당 앞에서 입을 제대로 떼지 못했다.

"······아무래도 지뢰를 밟은 거 같은데."

"왜? 뭔데 그래?"

타소의 재촉에도 오닐은 한참을 망설였다. 그는 더 이상 떨떠름할 수 없는 얼굴로 사람들을 돌아보며 말했다.

"새아빠가 문제였던 것 같아."

'예쁜 아이구나.'

남자의 손이 소녀의 조그마한 머리통을 감쌌다.

'너처럼 예쁜 아이가 무슨 생각을 하는지 알고 싶어.'

보드라운 머리카락 속으로 남자의 손가락이 파고들었다.

'아무 생각, 안 해요······.'

남자가 목을 울리며 웃는 소리.

'엄마 생각하니?'

'아빠, 싫어요······.'

'그럼 안 되지. 난 네 엄마를 무척 좋아하는데.'

남자의 손가락이 갑자기 소녀의 가슴을 콱 누르며 잡았다.

'못된 애구나.'

'싫······.'

"이런 개자시이이익!"

소리치는 재스퍼를 야신이 한 손으로 제지했다.

"야, 이 냉혈한아! 너는 어린 여자애가 저딴 변태한테 당하게 생겼는데 화도 안 나냐?"

"화면 속 변태한테 화내면 속이 시원하냐?"

"저건 여자애 기억이라고!"

야신은 손에 든 담배를 재떨이에 탁탁 털었다.

"그건 더 두고 봐야 알지."

"에일에 저장된 걸 바로 검색해서 트는데 뭘 더 두고 보냐! 그럼 그렇지. 모자란 거 하나 없는 애가 왜 꿈에서 안 깨어나겠어, 어? 너도 그러는 거 아니야, 귀신눈깔. 두고 보는 거 좋아하는, 너 같은 머리 팽팽 돌아가는 인간들 때문에 저딴 자식이 얼마나 더 활개치고 다니는 줄 알아? 잠깐. 저놈 우리한테 왔던 그놈은 아니지? 언제야? 아우, 새아빠가 애한테 저러면……."

야신이 어이없어하며 재스퍼를 쳐다봤다.

"미성년자 컬렉트를 잘도 했군."

"아이, 씨. 지금 그게 문제가……, 아니, 그거랑 이거랑 같냐? 애가 충격받고 안 깨어나는 거 좀 봐!"

야신은 오닐에게 고개를 돌렸다.

"다른 건?"

"거의 뒤져 봤는데, 저거 말고는 다른 영상이나 기록은 별거 없었어."

"너무 깨끗한데."

"요즘은 에일에 중요한 순간 저장하는 거 촌스럽게 취급한 다고."

오닐이 어깨를 으쓱했다.

"해킹되면 그딴 걸 머릿속에 넣고 다니느냐고 놀림감 된다 니까. 애들은 더할걸. 내가 가끔 가는 프로그래머 커뮤니티에 10대 애들이 잘 들어오는데, 머리는 준천재인 녀석들도 친구 랑 싸우면 완전 어린애야. 돈벼락 맞을 것 같은 아이디어 얘기 영상 저장해 놓고도 그 친구랑 싸웠다고 한순간에 지워 버린 다니까."

"어휴, 그런 걸 날 주지."

재스퍼가 중얼거렸다. 타소도 고개를 끄덕였다.

"이 영상이 중요한 건 맞는 것 같아."

타소가 말했다.

"오닐 말대로 개인 에일에 모든 순간이 다 저장되는 건 아니 잖아. 저 영상이 남아 있다는 건, 애가 저 순간을 저장해야겠다 고 인지했다는 얘기야. 싫어하는 것도 그렇고, 이게 성추행이 라는 걸 알고 있었다는 거라고."

"흠."

"신고하려고 했던 걸까?"

타소는 혀를 찼다.

"하여간 남자들은 이런 데 참 둔해요. 꼭 신고를 하려는 게 아니라, 새아빠잖아. 드러나면 새 가정이 깨지거나 엄마가 자길 미워할까 봐 겁먹지 않았겠어. 자기 잘못이 아니라는 증거를 남겨 두고 싶었을 거야."

"하, 복잡하네."

"그래서 깨어나질 않는 건가?"

"그런 거 아니겠어? 그 여자 성격에 애가 이 얘길 했으면 뭔가 사달이 났어도 크게 났을 것 같은데, 그런 낌새 전혀 없었잖아. 애가 추행당하고 있다고 말 못 하고 혼자 끙끙댄 거 아닐까? 그래서 그런 꿈에도 크게 반응한 거고."

"듣고 보니 뭔가 이해가 가는데."

"과연 타소야. 어떻게 그렇게 딱 부러지게 설명을 하냐. 같은 여자라 그런가?"

오닐과 재스퍼의 감탄에도 야신은 천장으로 오르는 담배 연기만 쳐다보고 있었다.

"그럼 최면 써서 그쪽으로 유도해 봐야겠군."

모두의 시선이 야신에게 쏠렸다. 타소가 팔짱을 꼈다.

"뭐가 문제야?"

"최면은 어떤 식으로 할 거야?"

"말 돌리지 말고. 아까부터 쭉 그렇게 마뜩잖아하고 있잖아."

야신은 멈춘 화면 속의 추행범을 흘깃 보았다.

얼굴.

추행범의 얼굴이 누군가와 굉장히 닮아 있었다. 그 누군가가 정확히 누구인지는 기억나지 않았지만, 이렇게까지 닮은 게 부자연스럽다는 찜찜함만은 선명했다.

"얼굴이……."

"얼굴?"

타소의 반문에 야신은 머리를 쓸었다.

"일단 진행하자고."

* * *

말라 죽은 나무 아래에서 소년은 백치처럼 미소 지으며 손으로 흙을 헤집었다.

「그만둬.」

아까부터 머릿속에서 들리는 목소리가 그를 제지했다. 소년은 알수가 없었다. 뭘 그만두라는 거야? 머릿속 목소리는 속삭였다.

「넌 끔찍한 걸 보게 될 거야.」

겁주는 것 같은 목소리. 비밀 얘기를 하는 것 같은 목소리. 소년은 웃었다. 끔찍하다고? 여기서 더? 좀비 같은 마을 사람들의 눈빛보다, 아빠의 그 화난 얼굴보다 더 끔찍한 게 있다고? 소년은 도리질했다. 그런 건 없어. 하지만 목소리는 집요하게 달라붙었다.

「그만둬.」

그때 소년의 손끝에 물컹한 것이 와 닿았다.

부드럽고 축축한 감촉. 소년은 그 부분의 흙을 쳐냈다. 하얗게 드러난 것은 사람의 피부였다. 그는 땅에 바짝 엎드려 양손으로 흙을 헤치기 시작했다.

흙 아래 소년과 똑같은 얼굴이 묻혀 있었다.

「내가 말했잖아.」

숨죽인 목소리가 말했다. 이게 끔찍한 거야? 소년은 급히 뺨에 양 손을 가져다 대었다. 한참 동안 밖에서 안개를 맞으며 땅을 판 그 의 뺨도 흙에 묻혀 있는 얼굴처럼 축축하고 부드러웠다.

하지만 살아 있어. 나는 여기 살아 있어.

그러니까 저 나무 아래 나와 똑같은 얼굴로 죽어 있는 남자애는 내가 아니리라. 순간적으로 안도해서 숨을 내쉬는데 머릿속에서 목소리가 또렷이 말했다.

「너야.」

마당에 묻힌 소년과 똑같은 얼굴의 아이. 그 시체를 보고 머릿속 목소리는 말했다.

「네가 죽여서 묻은 그날의 너야.」

무슨 소리야? 소년은 이해할 수가 없었다. 자신과 똑같이 생긴 시 체를 발견한 것도 이상한데, 목소리는 그 시체가 나라고 한다. 소 년은 하아 숨을 내쉬어 보았다. 차가운 안개 속에서 살아 있는 자 신이 더운 김을 내뿜었다.

난 살아 있어.

「네가 그날 너를 죽였어.」

"아니야!"

소년은 홀린 듯이 얼굴 아래를 파 들어갔다. 똑같은 키, 똑같은 어 깨. 모든 것이 그와 판박이였다. 그는 시체를 멍하니 내려다봤다. 주변의 회색 풍경이 소년과 시체만 빼고 빙빙 돌아가기 시작했다. 정말 나야? 나인 거야?

소년은 혼란스러웠다.

그럼 난 어떻게 여기 살아 있는 거지? 난 사실 유령인 거야? 하지만 난 살아 있는데!

감각이 말했다. 지금 그는 살아 있다고. 하지만 모든 것이 탈색되고 불분명한 이 마을에서, 지금 느끼고 있는 감각이 진짜일까? 지금 살아 있다고 믿는 게 진짜일까? 소년은 머릿속 누군가를 향해, 마을을 향해, 자신을 향해 소리쳤다.

"이게 나라면 왜 양손이 잘려 있는 거냐고!"

「너를 제물 삼아 네가 살아 있는 거야.」

무슨 소리야? 무슨 말이야?

소년은 자신과 똑같은 얼굴의 시체 위에 서서 하늘을 올려다보았다. 여전히 높이가 짐작되지 않는 무거운 회색 하늘. 말라 죽은 나무가 나뭇가지를 늘어뜨려 얼굴에 그림자를 드리웠다. 그림자가 드리워진 이 얼굴과 똑같은 아이는 손이 잘린 채 발밑에 죽어 있었다. 어지럽고 무서웠다.

"기억이 안 나."

「그 아저씨가 그날 널 불렀어.」

소년은 도리질했다. 고갯짓에 따라 고목의 그림자가 그의 얼굴에 다른 그물을 그렸다. 그는 여기 잡혀 있었다. 이 시체도 여기 잡혀 있었다. 아무도 자유롭지 않아.

"내가 안 죽었어."

「너는 잊고 싶었지. 그 아저씨가 불러서 한 일을. 아팠어. 엄마한테 혼날까 봐 겁이 났어. 네가 그 아저씨의 손쉬운 장난감이 된 것 같았어…….」

"내가 안 죽였어."

「넌 그 기분들을 다 너한테 몰아넣고, 널 죽여서 묻어 버린 거야.」

"무슨 소리인지 모르겠어."

목소리가 낮게 낮게 속삭였다.

「예쁜 아이구나.」

"갑자기 무슨 소리야?"

아무리 목소리가 떠들어도, 소년은 시체를, 자신과 똑같은 얼굴의 이 애를 떠올릴 수가 없었다. 자신은 왜 이 애를 기억 못 하는 걸까? 누가 이 애의 손을 자르고 죽였지? 자신은 아니었다. 여기 잡혀 있으니까. 그는 죽일 수가 없었다…….

그 아저씨야.

소년은 깨달았다. 범인은 마을 구석에 사는, 짐승처럼 온몸에 털이 나고 덩치가 엄청난 그 대장장이 아저씨일 것이다. 괴물 같은 생김새의 그 아저씨를 그는 늘 무서워했다. 털로 뒤덮인 얼굴에서 그 눈은 언제나 냉정하고 차분하게 반짝였다. 지적인 눈동자였다. 야수 같은 생김새와 힘, 그에 전혀 어울리지 않는 이질적인 눈.

「그 아저씨가 널 불렀잖아.」

소년은 머릿속을 울리는 목소리를 무시했다. 대장장이 아저씨는 부른다고 갈 만큼 무서운 사람이 아니었다. 부르면 집으로 뛰어가 문을 걸어 잠글 만큼 무서운 사람이었다. 털로 가득 찬 얼굴에서 차갑게 빛나는 눈. 무서웠다. 그런 힘과 눈을 가졌다면 이런 짓도 아무렇지 않게 해치울 것이다. 양손이 자로 잰 듯이 깔끔하게 잘린 시체 위에서 소년은 부르르 떨었다.

「아저씨 집에 가 봐.」

목소리가 말했다.

「기억해 내. 아저씨가 네게 한 짓을. 너는 무엇으로부터 도망치려고 했지?」

머릿속에서 들리는 소리는 알아들을 수가 없었다. 무엇으로부터 도망치려고 했냐고? 지금 이 상황에서 도망치고 싶다는 건 알고 있었다. 소년은 머릿속 목소리에게 화를 내다 바닥에 놓인 잡동사니에 걸려 넘어질 뻔했다. 문밖에서 그 소리를 들었을지도 모른다는 생각을 하니 온몸이 물에 빠진 새끼 고양이처럼 빠짝 곤두섰다.

「기억해 내. 그때를. 아저씨가 널 불렀을 때 어떤 기분이었어?」

조용한 말투가 더 소름 끼쳤다. 괴물의 냉정하게 반짝이는 파란 눈이 떠올라, 소년은 흡 하고 숨을 삼켰다. 공포가 차가운 손으로 그의 팔과 다리를 덥석 잡았다. 도망쳐야 했다. 뒤로, 뒤로, 뒤로! 끝까지 몰린 소년은 헐떡이며 돌벽을 더듬었다. 제발! 제발 뒷문이 여기 있었으면! 다듬지 않은 돌에 손바닥이 마구 쓸렸다. 한쪽 다리를 끄는, 괴물 특유의 발소리가 입구 앞에 딱 멈췄다.

그때 손끝에 쇠고리가 걸렸다.

소년은 물에 빠진 사람처럼 쇠고리를 잡아당겼다. 높이 1미터도 안 되는 작은 나무 덧문이 삐걱 열렸다. 삐걱. 비슷한 소리가 입구 쪽에서도 나고 있었다. 생각할 겨를도 없이 문 안으로 뛰어들었다.

「무서웠니?」

내부는 좁고 무언가로 꽉 차 있어 소년은 등으로 밀며 온몸을 밀어붙였다. 쿵. 들키면. 쿵. 안 돼. 쿵. 숨을 수. 쿵. 있어. 머릿속을 지나가는 생각이 귀를 울리는 심장 박동에 잡히지도 않고 끊겼다. 제발 찾아내지 마.

이미 꽉 찬 벽장은 그를 자꾸 밀어냈다. 소년은 힘을 다해 문고리를 잡고 버텼다. 여리고 약한 손바닥에서 쇠고리가 자꾸 미끄러졌다. 흐읍, 흐, 흐으읍. 공포로 벌어진 입에서 자꾸 새어 나가는 숨소리. 힘에 부쳐 하면서도, 그는 한 손으론 문을 잡고 나머지 손으로 입을 막았다. 들키면 안 돼. 들키면 안 돼.

들키면 죽일 거야!

저벅.

괴물의, 대장장이 아저씨의 발소리가 점점 가까워졌다.

두리번거리지도 않고, 멈추지도 않고, 소년이 있는 방향으로 곧장 다가오는 발소리. 문 너머 느껴지는 기척.

저벅.

그리고 바로 앞에서 멈춰 섰다.

'제발!'

소년은 빌었다. 제발 숨소리도 내지 말아 달라고. 떨지 말아 달라고. 조금이라도 기척이 나면 문 앞의 괴물이 자신을 발견할까 봐 너무 무서웠다.

문 바로 앞에서 발을 멈추고 기다리고 있는 저 괴물에게, 그 하얀 시체처럼 손이 잘리고 죽을까 봐.

「엄마한테 미움받을까 봐 무서웠니?」

그 소리가 들린 순간 움찔하고 소년의 몸이 튕겼다.

툭.

투두둑.

좁은 공간 꼭대기까지 차 있던 물체들이 어깨 위로, 머리 위로 떨어져 내렸다. 우르르. 한계까지 비를 고이고 있던 나뭇잎들이 한 번에 모든 빗방울을 떨구듯이 그것들이 소년 위로 쏟아졌다. 당장에라도 괴물이 문을 열까 봐 머릿속이 바짝바짝 타는데도 지금 바로 확인해야만 할 것 같은 섬뜩하고 서늘한 느낌. 그는 덜덜 떨며 눈을 굴려 벽장 안을 꽉 채운 물체들을 쳐다봤다.

「엄마가 알까 봐 무서웠어?」

뭐야, 이 소리는? 도대체 뭐라는 거야?

소년은 머리를 흔들었다.

들리는 것도 보이는 것도 다, 다, 다!

'이게 뭐야?'

벽장을 꽉 채운 손들은 하나같이 손목에서 잘려 있었다. 하얗게 핏기를 잃은 잘린 손들에 파묻혀, 고개를 저을 때마다 뺨에 시체의 차가운 손가락이 닿았다. 미친 듯이 고개를 흔들었다. 살려 줘, 살려 줘! 숨을 들이쉬고, 눈을 크게 뜨고, 비명을 지르며……

덜컹.

'안 돼!'

벽 너머엔 괴물이 있어! 소리 지르지 마! 울지 마! 숨도 들이쉬지 마!

'들키면 죽어!'

「그 아저씨 때문에 너 자신을 죽이지 마.」

저 목소린 대체 뭐야? 괴물과 머릿속에서 들리는 여자 목소리 양쪽으로 혼을 뺏겨 더 미칠 것 같았다. 이를 꽉 깨물자 얼굴에 닿은 시체의 손가락이 뺨을 눌렀다.

「너희 엄마는 네가 돌아오기만을 기다리고 있어.」

그 말이 이상하게 답답해서, 숨이 막혀서, 소년은 잡고 있던 문고리에 얼굴을 비볐다. 문 너머에 괴물이 있다. 굴에서 뛰쳐나오는 짐승을 잡으려고 노리는 사냥꾼처럼 그를 기다리고 있다. 그러니까…….

「네 엄마가 너를…….」

소년은 문을 열고 괴물의 품으로 뛰어들었다.

뭐가 어떻게 된 건지도 모르고 허공을 날아, 쏟아진 손들 위로 내팽개쳐진 작은 몸을 괴물이 밟았다. 아픔에 쿨럭거리자 입에 시체의 손가락들이 들어와 목구멍을 긁었다.

"소원은?"

소년은 머릿속에서 울리는 비명을 들으며 처박힌 얼굴을 들었다.

"죽고 싶어……."

쿵. 머리가 흔들리며 눈에서 뭔가 튀어 나갔다. 골이 울리고 아파서 정신을 차릴 수가 없었다. 멍한 머릿속에서 비명 소리가 들리고, 뒤통수가 화끈거리고, 하나 남은 눈이 자꾸 감겼다…….

눈을 뜨고, 소년은 혼란스러운 마음에 시트를 부여잡았다. 여기가 어디지? 난 누구지?

난 무얼 하고 있었지?

퍼뜩, 소년은 두려움에 사로잡혀 몸을 일으켰다. 창밖에선 한밤이 부연 박명에 밀려나고, 마음을 에는 차가운 새벽 공기가 그대로 밀려와 그의 뺨을 차갑게 감쌌다. 소년은 떨면서 조심조심 침대에서 일어났다. 정신이 그가 속한 육체에 맞추려는 듯 작게 속삭여 왔다. 너는 여덟 살, 사내아이야. 너는 지금 잠에서 깨어났어. 여긴 네 어머니의 방이야······.

* * *

라다의 내실 한쪽 벽 가득 실비 클라우의 에일 영상이 반복되고 있었다. 야신 일당은 턱을 괴고 앉아 그 영상을 보고 또 보았다. 새아버지에게 추행당하는 장면을 한참 노려보던 재스퍼가 벌렁 드러누웠다.

"아우, 정말 뭐가 문제냐고. 꿈에서 죽어도 안 돼. 기껏 개인 영상 뒤져서 그 뭐시냐······, 애 괴롭히는 거, 그거 찾아내서 들이밀어도 안 돼."

투덜대던 재스퍼가 벌떡 일어났다.

"걔 정말 원래 문제 있는 애 아냐?"

"의뢰인 앞에서 그런 말 한 건 아니겠지?"

"아, 어차피 그 여자는 내가 드림 컬렉터인 것도 모르는데, 뭐. 그렇잖아. 우리가 한두 번 해 본 것도 아니고. 나중엔 꿈에

서 남자 어른들만 나오면 다 그런 식으로 찔러 봤잖아. 그런데
도 완전 무반응. 이럴 수가 있냐?"

"말이 안 돼."

타소가 입술을 깨물었다.

"개인 에일에 기록을 남길 정도로 추행을 당했다면, 일상생
활에서 비슷한 상황만 돼도 움찔 튀어 오른다고. 그런데 푹 빠
진 꿈에서 직접적으로 찌르는데도 반응이 없다고?"

"그치? 역시 이상하지?"

타소의 반응에 힘을 얻은 재스퍼가 말했다. 야신은 담배를
꺼내면서 오닐 쪽으로 시선을 돌렸다.

"다른 건 없었어? 추행 영상 말고."

오닐이 고개를 저었다.

"애 엄마한테 보여 줄 만한 건?"

"마찬가지야. 없어."

"엄마와 딸의 다정한 한때 정도는 있을 거 아니야. 싸웠던
남자 친구라든가."

"저장되어 있는 게 원래 별로 없었어. 개인적인 기록은 거
의 없던데. 좋아하는 식당의 디저트, 새로 산 옷, 가수 홀로그
램……. 뭐, 그런 것만 나오더라고."

야신은 짧은 머리를 쓸었다.

왜 최면에 실패한 것일까?

꿈에서 나온 추행 영상을 바탕으로 타소와 야신은 꿈속의
세계와 아이의 추행을 뒤섞어 상처받은 아이가 빠져나올 수 있

는 시나리오를 짜려 했다. 그것이 가장 리스크를 줄이는 방법이라고 생각했다. 타소도 저 정도의 추행이라면 꿈에서 크게 반응할 거라고 장담했고.

하지만 아이는 까딱도 하지 않았다.

접근 방법에 문제가 있거나, 애초에 접근의 전제가 잘못되어 있다는 말이었다. 타소와 야신이 어설프게 시나리오를 짜고 최면을 시도하고 뇌파를 조절했던가? 접근에는 문제가 없었다. 그렇다면 전제는? 소녀의 추행 영상은 진짜일까?

야신은 지금 손에 쥔 것을 하나하나 꼽아 보았다. 아이의 배경과 외모, 아이 엄마의 성격, 추행 영상과 꿈. 정보가 너무 적고 부정확했다. 지나치게 간단히 생각했던 것이다. 정작 깨워야 할 아이의 성격과 바람과 취향에 대해선 아무것도 몰랐다.

"일단 오닐은 실비 클라우의 개인 기록을 나한테 다 넘겨주고, 얼굴 변환 프로그램 좀 돌려 봐. 연령, 성별 다 변환 가능한 걸로."

"내가 무슨 경찰 프로그래머인 줄 알아?"

어이없어하는 오닐에게 야신은 계속 주문했다.

"애 개인 영상의 그 남자 얼굴, 변환 풀코스로 돌려 봐. 결과 나오면 애 주변 인물 중에 얼굴 일치하는 사람 있는지 캐. 빨리 진행해야 되니까 재스퍼하고 타소도 간단한 건 옆에서 도와주고."

재스퍼와 타소가 고개를 끄덕였다.

"알았어."

"그리고 그 부부……."

척 보기에도 힘의 우위가 명백한 커플이었다. 틈 또한 많을
것이란 생각에 야신은 입술을 핥았다.

"……따로따로 만나서 애에 대해서 파야겠어."

* * *

"실비는 정말 별난 애죠. 하지만 원래 별난 애들이 사랑스러
운 법이잖아요."

여자가 미소를 머금고 말했다.

"걔는 외계인을 기다리는 것처럼 유괴범을 기다리죠."

야신은 눈으로 의문을 표했다. 유괴범이라고? 여자는 야신
의 눈빛에 만족해서 낮게 웃었다.

"후후, 정말 특이하지 않나요? 요만할 때부터 제 손이 안 닿
는 곳으로 도망치길 좋아했죠. 야단치면 자기가 잘못한 주제에
서럽게 우는 거예요. 열두 살이나 돼서도 여전하다니까요. 운
전기사가 자길 못 찾게 숨는 게 걔 취미 생활이에요."

그러다 이번엔 꿈속으로 숨어 버렸지. 야신은 그런 생각을
숨기며 무표정하게 여자를 쳐다봤다. 여자는 딸이 누워 있는
시뮬레이터를 쳐다보면서 머리를 흔들었다. 완벽하게 세팅된
금발이 확 휘날리며 펄을 반짝였다.

"그것 때문에 매번 애 운전기사나 보디가드를 뽑을 때마다
골치가 아프죠. 아주 가끔이지만 그런 장단에 어울려 주는 사

람도 있거든요. 엄마 입장에서야 바로 에일 위치 추적 시스템을 돌리는 사람이 편하지만……."

여자가 말하다 말고 쿡쿡 웃었다.

"자기가 잘 숨은 줄 알고 좋아하다가 막판에 들켰다고 생각하면 볼이 부어서 오거든요. 그게 또 정말 귀여운 거예요. 볼이 이렇게 빵빵해져 가지고 '엄마, 내가 유괴되면 엄마는 울 거야? 얼마나 울 거야?' 하고 묻는 게 아주 괘씸하죠."

괘씸하다고 말하면서 여자는 사랑스러워 못 견디겠다는 듯 미소 지었다.

"정말 애들이란! 자기가 무슨 소리를 하는지도 제대로 모르면서 저 좋을 대로 우기고 본다니까요!"

여자는 높은 소리로 말하며 어깨를 으쓱했다.

여자의 몸짓에 따라 둥근 어깨가 반짝이는 걸 야신은 아무 대꾸도 없이 가만히 쳐다봤다. 정체가 뭔지 짐작할 수도 없는 향이 코끝을 휘감았고, 여자가 움직일 때마다 눈부시게 코팅된 광택이 우아하게 움직이는 손가락이며 꼬고 앉은 늘씬한 종아리를 강조하고 있었다. 당장 영화에 출연해도 모공 하나 안 잡힐 것 같은 화장. 최신 유행에 따라 머리카락의 40퍼센트 정도에만 뿌린 펄.

"그렇게 사랑스러운 아이예요."

여자가 나직하게 말했다.

"꼭 깨워 주시겠죠?"

야신은 한 템포 기다렸다 대답했다.

"그러죠."

여자가 눈물이 글썽한 눈으로 그를 올려다봤다. 야신은 목 끝까지 올라오는 불편한 감정을 눌렀다. 그녀가 와락 끌어안 기라도 할까 봐 긴장하고 있어야 하는 상황이 짜증스럽기 짝이 없었다.

"우리 애를 꼭 구해 주세요."

입구에서 나오면서, 야신은 조금 전까지 있었던 시뮬레이션 센터를 돌아다봤다. 최고급 시뮬레이션 센터에 있는 의뢰인과 잠든 아이. 어쩐지 입맛이 썼다.

아이들은 부자 친척을 기다리고, 대단한 친부모를 기다리 고, 외계인을 기다리고, 백마 탄 왕자님을 기다린다. 자신을 지 금보다 더 특별하고 근사하게 해 줄 인연을 꿈꾼다.

야신은 담배를 물었다. 배부른 애들은 또 그 나름대로 동경 하는 게 있는 법. 태어날 때부터 부자고, 대단한 부모가 뒤에 버티고 있고, 모두가 공주처럼 떠받드는 세상의 아이들도 자신 에게 결핍된 것으로 스스로를 치장하기를 바란다. 비극의 주인 공이 되어서라도 스포트라이트를······.

"······."

야신은 불을 붙이는 것도 잊고 멈춰 섰다.

"타소."

기다리고 있었다는 듯이 바로 연결된 타소가 응답해 왔다.

「왜?」

"의뢰인 남편 연락처 좀 알려 줘. 파악해 놨지?"

「거긴 나한테 상대하라더니?」

"확인해 볼 게 있어서."

에일로 들리는 타소의 목소리가 대번에 생기를 띠었다.

「짚이는 게 있는 거야?」

야신은 담배에 불을 붙이고 길게 빨았다.

"일단 만나 보고."

* * *

남자는 래빗홀에 누워 은하를 가르는 빛의 궁전을 바라봤다. 항성의 띠로 만든 것 같은 궁전이 그의 발아래 놓여 있었다. 시종들이 종종걸음으로 다가와 그의 발에 입맞춤으로 향유를 발랐다.

그의 취향대로 입은 상상 도우미가 옆에 누워 속삭였다.

"나의 왕."

공손하고 따뜻한 말투. 그가 원하는 것이었다. 모든 것이 그에게 복종하는 상황도. 남자는 아내의 얼굴을 떠올렸다. 꿈의 행성 마야. 모든 것이 상상대로 이루어지는 판타소스. 아이러니한 일이었다. 아내는 그를 여기까지 끌고 왔고, 실비에게 정신이 팔려 그를 팽개쳤고, 덕분에 그는 판타소스에서 오랜 상상을 꺼낼 시간을 얻었다.

아내를 그의 밑에 두는 상상을.

아내에게 첫눈에 반한 순간부터 그녀가 자신의 발치로 기어오는 모습을 상상해 왔다. 아름답고 거만하고 끝없이 주변 사람들의 관심을 쥐어짜는 여자. 그런 그녀가 무릎 꿇고 자신을 올려다보는 걸 상상만 해도 짜릿했다.

"무엇을 원하십니까? 무엇이든 대령하겠습니다."

상상 도우미가 다시 속삭였다. 원하는 것? 원하는 것이야 분명했다. 곧 상상 도우미가 그의 상상을 더 부풀리고, 판타소스의 기운에 상상은 증폭될 것이다. 몇 초 안에 이 궁전에서 아내는 노예의 모습으로 그에게 기어오리라. 오랜 소망이 이루어지려는 순간, 남자는 벌떡 일어나 앉았다.

"마음에 안 드십니까?"

옆에서 상상 도우미가 물었다. 여전히 공손했지만, 서비스 업종의 몸에 익은 친절이 읽히는 말투에 남자의 열의는 찬물을 끼얹은 듯 한순간에 식었다.

"여기까지 하죠."

"불편한 점이 있으십니까? 세부 사항도 바로 고쳐 드릴 수 있는데요."

"아니, 그런 게 아니라 그냥 흥이 식어서 오늘은 안 되겠어요. 얼마죠?"

남자는 래빗홀에서 나와 판타소스 거리를 걸었다. 빼곡한 건물들 지하마다 래빗홀들이 꽉 들어차 있을 것을 생각하니 이 한산한 거리가 모습 그대로 보이지 않았다.

자신의 욕망 역시 마찬가지였다.

아내를 정복하고 싶은 줄 알았다. 처음엔 매우 아름답고 당당해서 시선을 뺏겼고, 그다음에는 그녀의 드라마틱한 감정 표현에 매력을 느꼈고, 정신 차려 보니 피곤함도 짜증도 느낄 사이 없이 그녀에게 프러포즈하고 있었다.

아내는 늘 주인공이고 싶어 했다. 늘 자기 성에 차게 아름다워야 했고, 주변 사람들이 그녀에게 모든 신경을 할애하고 있어야 했다. 여왕님처럼, 공주님처럼, 귀엽지만 언제나 관심을 요구하며 성질부리는 애완견처럼.

언제부터 그녀를 발밑에 두고 싶은 욕망이 사라졌을까. 남자는 헛웃음을 웃었다. 아내의 말도 안 되는 고집과 짜증에 익숙해지고 있는 동안 그는 아내를 자신 안의 여신으로 삼아 버렸던 것이다.

그녀는 언제나 남자를 뜻대로 휘두를 수 있다고 생각했다. 남자의 모든 것이 자신을 위해 존재한다고 생각했다. 착각이라고 생각했지만 어느새 사실이었다.

"하……."

더 이상 죽은 욕망을 붙들고 안 변했다고 고집 부릴 나이도 아니었고, 그러고 싶은 마음도 없었다. 헛웃음이 진짜 웃음으로 변하려는 순간, 에일에서 통화 요청 신호가 왔다. 모르는 이름이었다.

'야신 카갈리스키?'

아내의 말이 머리를 스쳤다.

'그 야신 카갈리스키라는 드림 컬렉터는 일류란 말이야.'

남자의 이마에 주름이 졌다. 이 작자가 왜 나까지 찾는 거지?

"여보세요."

「안녕하십니까. 실비 클라우 양 아버지 되시죠?」

"그렇습니다만."

「잠깐 뵐 수 있겠습니까? 실비 양에 대해 좀 여쭤 볼 게 있는데요.」

남자는 인상을 찌푸렸다.

"바쁩니다."

「판타소스 돔에서 말입니까?」

뭐?

남자는 자기도 모르게 쭈뼛하며 뒤를 돌아봤다. 눈에 띄는 키 큰 은발 남자가 그에게 손을 들어 보였다. 화를 낼 타이밍을 놓친 남자는 얼빠진 얼굴로 다가오는 드림 컬렉터를 쳐다봤다.

"판타소스 관광입니까? 딸은 깨어나지도 못하고 있는데."

울컥한 남자가 대꾸했다.

"무슨 상관입니까? 댁은 뭐요? 실비를 깨울 방법이나 더 궁리할 일이지. 아니, 그보다 당신, 날 미행한 겁니까?"

"그럴 리가 있습니까. 우연이죠. 좀 의외라서 말입니다. 보통 이럴 때 의부는 더 신경 쓰는 척할 것 같은데, 이런 데서 뵙고."

이 자식은 왜 갑자기 나타나서 다짜고짜 긁는 거야? 아내가 고용한 자들조차 자신을 무시한다고 생각하니 피가 거꾸로 솟았다. 야신 카갈리스키라는 드림 컬렉터는 계속해서 나불나불 지껄였다.

"걔가 깨어나지 않길 바라는 거 아닙니까? 둘만의 신혼을 위

242

해, 방해자는 계속 꿈이나 꾸라든가."

남자는 더 이상 참지 못하고 드림 컬렉터의 멱살을 잡았다.

"사기꾼 주제에 누굴 개새끼로 만드는 거야?"

"건드렸죠?"

남자가 입을 떡 벌린 채 굳었다.

"그래서 애 옆에 안 붙어 있고 이렇게 밖으로 도는 거 아닙니까? 양심에 찔려서."

무표정한 구릿빛 얼굴에서 회색 눈이 쏘는 듯이 남자를 내려다봤다.

"하지만 어쩌나. 애 에일 개인 영상에 남아 있더군요. 아주 잘."

멱살을 잡은 건 분명 자신인데, 목이 졸리는 기분이었다. 드림 컬렉터는 조용하게 물었다.

"애한테 무슨 짓을 한 겁니까?"

"아니야!"

남자가 푸드득 소리쳤다.

"내가 아니라 걔라고!"

드림 컬렉터는 아무 표정 변화 없이 남자를 내려다봤다. 남자는 그 눈에 회심의 빛이 스치는 걸 보지 못하고 필사적으로 소리쳤다.

"실비가 먼저 날 유혹했어!"

"말이 됩니까?"

"그게 사실이라고! 전남편에게 물어봐!"

야신이 되물었다.

"전남편?"

"그래, 전남편! 그 전의 남편에게도! 걘 나 하나한테만 그런 것도 아니야. 걘 새아빠면 누구라도 좋은 거라고!"

야신이 피식 웃었다.

"걘 이제 열두 살입니다."

남자가 지친 듯이 마주 웃었다.

"그래, 제 엄마를 꼭 빼닮은 열두 살이지. 개가 어떤지 상상도 못 할걸. 그 계집애의 쪼그만 머리에는 제 엄마를 제칠 생각밖에 없어."

"벗어날 생각이 아니라?"

남자는 야신이 이야기의 맥락을 따라잡고 있다는 것을 알아채지 못하고, 말이 통하는 농담을 들은 것처럼 쿡쿡 웃었다.

"그 아인 '엄마랑은 도저히 못 살겠어요. 아빠, 살려 줘요.' 하고 눈물을 뿌리지. 나도 처음엔 벗어나고 싶은 줄 알았어. 솔직히 숨 막히게 하는 여자니까. 눈을 동그랗게 뜨고 올려다보면서 '아빠는 내 편이에요?' 하고 물어. 그리고 '나도 아빠 편이에요.' 하고 배시시 웃지. 실비를 좀 더 자유롭게 해 주는 게 어떻겠냐는 얘기라도 꺼내면 그날 아내는 온 집 안을 뒤집어 놔. 그러면 실비는 애처롭게 말해. '아빠, 안 되나 봐요.' 그러고는 처연하게 어깨를 떨어뜨리면서 '고마워요, 아빠. 아빠가 날 이해해 주고 도와줘서 정말 기뻐요. 우린 동지예요.'라고 하지."

남자가 허공을 보고 허허 웃었다.

"상상이 돼? 그랬던 애가 한밤중에 잠옷 차림으로 서재에 찾아와선 무서운 꿈을 꿨다고 품을 파고들며 꼼지락댄다고. 밀어내려 들면 올려다보면서 말하지……."

남자는 말을 하다 말고 꿀꺽 삼켰다. 야신이 채근했다.

"올려다보면서 뭐라고 했죠?"

"……."

"뭐라고 했습니까?"

남자가 잠긴 목소리로 말했다.

"……엄마 대신 날 지배해도 좋아요, 아빠."

"……."

야신은 한참 동안 침묵을 지키다 담배를 꺼내 물었다.

"그래서……, 손댔습니까?"

남자가 펄쩍 뛰었다.

"난 안 댔어!"

"그렇단 말이죠? 흠, 그 일이 있던 게 언제였죠?"

"여행 오기 사흘 전."

야신은 납득했다. 과연. 그는 애가 깨어나는 데서 도망치는 게 이해되지 않느냐는 듯 동조를 구하며 쳐다보는 남자의 눈빛을 무시하며 물었다.

"그래서 뭐라고 했습니까?"

"네 엄마가 보면 어쩌려고 이러는 거냐고……."

야신이 미간에 주름을 세우며 연기를 뿜었다.

"아니, 그거 말고요."

'있잖아, 결정타.'라는 뜻을 담아, 야신이 남자를 지그시 쳐다봤다. 남자는 잠깐 주저하다가 대답했다.

"그게, '정말 네 엄마랑 똑같구나.'라고……."

그거였군. 야신은 담배를 빨며 지금까지 모아 온 조각이 맞아 들어가는 걸 한 발짝 떨어져 지켜봤다. 자신이 마지막 키를 쥔 줄도 모르고 있는 남자. 야신은 담배를 비벼 껐다. 남자가 도발에 걸렸던 걸 눈치채기 전에 마무리하고 끝내는 게 좋았다.

"뭐, 충고해 줄 입장은 아니지만, 이런 거에선 잘못한 게 없으면 몸 사리는 게 오히려 독일 겁니다. 이렇게 계속 지내다간 다들 저처럼 의심할걸요."

"아내가 내 말을 믿겠어?"

"호오."

야신이 의외라는 듯 입 밖으로 감탄했다.

"법정이 아니라 헤어지는 걸 겁내는 걸로 보이는군요."

남자가 어쩐지 시원한 얼굴로 양손을 주머니에 찔러 넣었다.

"겁나."

"저런."

야신은 씩 웃어 주고는 한 발짝 뒷걸음질 쳤다. 다섯 발짝쯤 떨어졌을 때, 무표정으로 돌아온 야신이 말했다.

"그래도 깨울 겁니다."

남자는 주머니에 손을 넣은 채로 고개를 푹 숙였다. 짧은 대답이 돌아왔다.

"잘 부탁합니다."

* * *

"뭐? 여자애 망상이었다고?"

기함하는 재스퍼를 향해 야신이 시니컬하게 대꾸했다.

"아주 깜찍하지."

"그 남편도 진짜 불쌍하네. 어쩌다 모녀가 다 그 모양이냐."

오닐의 말에 야신은 어깨를 으쓱했다. 타소가 머리를 짚었다.

"어쩐지……. 개인 영상에 나오는 그 남자, 걔 외할아버지 얼굴이더라고. 한 30년 전쯤 얼굴이긴 하지만. 이게 대체 무슨 조화인가 했더니, 세상에."

"외할아버지가 아니었을걸."

야신의 말에 타소가 한쪽 눈썹을 치켜세웠다. 오닐이 질렸다는 얼굴로 얼굴 변환 프로그램의 결과를 띄웠다.

"걔 엄마 얼굴이야. 남성형."

"헉!"

재스퍼는 거품을 물기 직전이었다. 타소는 양손으로 머리를 짚은 채, 남자로 변하는 홀로그램 속 의뢰인의 얼굴을 노려보았다.

"그러니까 뭐야. 엄마는 드라마틱한 폭군이고, 애는 엄마한테서 벗어나려고 새아빠를 유혹하고 유괴범을 기다린단 말이야? 그래서 그런 꿈에 빠졌고?"

"비슷한데 조금 달라. 아주 조금 더 복잡하지."

야신이 계속해서 말했다.

"엄마는 애로 인해 생기는 시련 때문에 자기가 주목받는 걸 좋아하지. 하지만 애를 끔찍하게 사랑하는 것도 사실이고."

"그러면 애를 과보호하면서 휘두르려고 들겠네."

"정답. 비극은 실비 클라우 양이 그 엄마 판박이라는 거지만."

야신은 소파에 몸을 더 묻었다.

"걔 자기도 주목받고 싶은 거야. 그런데 엄마가 오히려 자기를 이용해서 자기한테 올 주목까지 다 빼앗아 간단 말이지. 애 성격을 생각하면, 애가 무슨 생각을 할지 빤해지지. 걔 엄마를 이기고 싶은 거야. 물 먹이고 싶은 거라고. 가장 효과적인 방법으로."

"징글징글하구먼."

오닐이 고개를 흔들며 중얼거렸다. 타소도 맥 빠진 목소리로 말했다.

"그래서 그런 영상이 있었던 거구나."

"망상이지. 엄마를 미워하고, 아마 좀 경멸도 하고, 그러면서 엄마를 닮아 가는 자신을 싫어하는 마음도 있었을 거고. 그런데 그게 지적당했을 때 엄청나게 드라마틱한 꿈이 나타나니까, 뒤도 안 돌아보고 비극의 주인공 자리에 뛰어든 거지."

"하아……, 이거 뭐 손도 못 대게 복잡하네."

재스퍼가 머리를 긁었다.

"손을 대야지."

야신이 말했다.

"꿈에 빠져든 것처럼 빠져나오게 만들어야 돼. 애가 생각하는 자기 처지와 맞물리면서 드라마틱한 비극의 주인공이 되도록."

타소가 입술을 만지며 그를 쳐다보았다.

"어떻게 그렇게 만들 건데?"

야신이 씩 웃었다.

"곧 알게 될 거야."

* * *

어둠 속, 몸이 끌어내려지는 것 같은 가벼운 피곤함. 누군가 머리를 쓰다듬으며 조근조근한 목소리로 말했다.

「너는 갇힌 거야.」

무슨 소리지?

「그 여자가 널 가둬 버렸어.」

눈을 뜨고, 소년은 혼란스러운 마음에 시트를 부여잡았다.

여기가 어디지? 난 누구지? 난 무얼 하고 있었지?

퍼뜩, 소년은 두려움에 사로잡혀 몸을 일으켰다. 창밖에선 한밤이 부연 박명에 밀려나고, 마음을 에는 차가운 새벽 공기가 그대로 밀려와 그의 뺨을 차갑게 감쌌다. 소년은 떨면서 조심조심 침대에서 일어났다. 정신이 그가 속한 육체에 맞추려는 듯 작게 속삭여 왔다. 너는 여덟 살, 사내아이야. 너는 지금 잠에서 깨어났어. 여긴 네 어머니의 방이야…….

침대에서 벗어나 창가로 다가가는 동안 서서히 기억이 살아났다.

차갑게 밟히는 거친 바닥과 돌로 된 투박한 벽을 소년은 싫어했다. 갑갑함과 차가움, 그리고 불빛 없는 밤에 2층에 올라오다 마주치기라도 하면 감옥 속의 수인이 된 것 같은 기분과 미신적인 공포가 그를 사로잡았다. 그런 투박한 집구석이지만 2층이라도 있는 건 마을에서 소년의 집이 유일했다. 그의 아버지가 마을의 영주이자 촌장이었기 때문이다. 어쨌거나 그는 아무리 애를 써도 집을 좋아할 수 없었다. 그리고 아버지도.

아버지.

그를 떠올리자 소년은 불에 덴 듯 튀어 올라 침대를 살폈다. 간밤에 자신이 잠들었던 흔적이 남은 시트를 서둘러 펴고, 다른 자리와 구별되지 않도록 베개와 시트의 먼지를 털었다. 이 집에 어울리지 않는 귀족적인 마호가니 침대와 희디흰 시트의 부드러운 감촉. 덧문으로 꽁꽁 싸인 게 어울리는 나무로 된 창은 항상 열려 섬세한 레이스 커튼을 휘날렸다. 이 집과, 아버지와, 마을에 어울리지 않는 이 방은 소년에게 환상의 공간이자 금단의 방이었다. 방주인이 없는 이 방에 숨어들 때마다, 아버지는 소년을 잡아먹을 듯이 노려보았다.

어머니가 있었다면.

소년은 서글피 생각했다. 어머니가 살아 있었다면 그의 편을 들어주었을지도 모르는데. 그녀에게만 허용된 이 풍요와 부드러움의 영토에 그를 숨기고, 치맛자락으로 감싸 숨을 트여 줬을지도 모르는데. 소년은 얼굴도 기억 안 나는 어머니를 상상했다.

어머니가 있었다면 새벽까지 열려 있는 창문 때문에 몸을 떨며 깨어나는 일도 없었을 것이고, 단지 어머니의 방에서 잠들었다는 이유로 아버지에게 질책받지도 않았을 것이다. 어머니는, 어두운 돌벽 위로 그림자를 바꾸며 춤추는 불빛에 놀란 그를 방 안에 들여주었을 것이다.

잿빛과 연자주색이 섞인 어둠과 부연 박명 외에 어떤 색깔도 가지지 못한 바깥 공기를 덧창으로 가리고, 그를 위해 안쪽 창문까지 꼭꼭 닫고, 그가 잠들 때까지 머리와 귓바퀴와 뺨을 쓸며 옆에 있어 줄 것이다…….

「아니야.」

이 소리는 뭐지? 낯선 남자 어른 목소리. 마을 어른들을 하나씩 떠올리며 소년은 멍하니 생각했다. 어머니가 없는 이 이상한 마을에서 버텨야 하는 하루를.

안개는 걷히는 법이 없었고, 하늘은 박명 이상으로 밝아지는 때가 없었다. 부옇게 안개에 휩싸인 땅 위로, 엎드린 뱀처럼 낮게 낮게 깔리는 회색 하늘. 그 사이로 잎사귀 하나 없는 나무들이 군락을 이루고 서서 바람결에 귀신 같은 그림자를 만들어 냈다. 이끼가 끼어 있을 듯한 젖은 밭에는 잘 자라지도 않는 감자 덩굴이 뻗어 있었고, 그 밭 외곽에는 예외 없이 무너질 것 같은 돌집이 한 채씩, 말없는 가족이 한 무리씩, 생기 없는 얼굴로 마당을 뒤덮은 고사리에 싸여 휘청거렸다.

「가엾게도 갇혀 버렸어.」

그렇지 않다고 고개를 저으면서 소년은 기다렸다. 누구라도 나타나 주길 기다렸다. 불길한 예감에 떨면서 누군가를 기다렸다. 마음이 통하는 친구라도, 어머니의 유령이라도, 상냥하고 세련된 신사라도 기다릴 수 있었겠지만, 그러기에 소년은 이 마을을 너무 잘 알고 있었다.

「넌 갇힌 거야.」

길에서 마주치는 누구도 인사를 받아 주지 않았다. 어른들은 눈도 마주치지 않고 휘적휘적 걸어갔고, 아이들도 부모를 흉내 내며 좀 비처럼 마을을 가로질러 다녔다. 사시사철 죽은 물속 같은 이런 마을에 생기 넘치는 누군가가 온다면, 서로 대화를 나눌 수 있는 누군가가 온다면…….

그건 도망자나 괴물일 수밖에 없지 않은가.

「널 죽이러 오는 괴물일걸. 너는 이 마을에 어울리지 않으니까.」

아니야. 이 마을 촌장이 우리 아빠인걸. 난 여기 사람인걸.

소년은 머릿속 목소리에 반항하려고 더 열심히 마을 사람들에게 인사했다. 하지만 돌아오는 응답은 여전히 없었다. 마을에는 아이들이 다니는 학교가 있었지만, 학교도 이상하긴 마찬가지였다. 교실은 하얗게 회칠된 채 칠판 하나 없이 휑뎅그렁했고, 아이들은 오지 않는 선생을 기다리며 바닥에 앉아 멍하니 하얀 벽만 쳐다보며 몇 시간을 보냈다. 그러다 하교 시간이 되면 모두 약속이나 한 듯이 일어나 발을 질질 끌며 집으로 돌아갔다.

「숨 막혀 죽을 것 같지?」

조금, 달랐다. 소년은 돌아 버릴 것 같았다. 아무 말 없이 애들 틈에 섞여서 집으로 돌아갈 때마다, 넋을 빼는 법밖에는 배우는 게 아무것도 없는 학교에서 퍼뜩 제정신을 차릴 때마다, 하얀 벽을 쳐다보다 끝없는 동그라미 얼룩이 생겨나 빙빙 돌아갈 때마다 이렇게 미쳐 버릴 것 같았다.

침묵, 정적, 무감각, 반복. 소년은 수없이 생각했다.

이곳이 이상한 건가?

「그래.」

내가 이상한 건가?

「아니야.」

왜 나만 낯설어하지?

「이곳이 이상하니까.」

하지만 다른 마을 사람들은 잘살아 가잖아. 머릿속 목소리가 어이없다는 듯이 속삭였다.

「네 눈에는 그게 잘사는 걸로 보여?」

하지만 나만 낯설어하는걸.

「너와 그들은 달라.」

어떻게 다르다는 걸까. 어떻게. 다들 좀비처럼 사는데 나만 살아 있는 것 같은 이 기분을 어떻게 하라는 걸까. 이렇게 혼자서, 어떻게 해야 한다는 걸까.

「좀비들에게서 도망쳐.」

어디로?

넋을 빼놓고 살지 않는 사람이라면 가까이에 있었다. 소년이 음침한 2층 복도에서, 드러난 돌들의 그림자가 일렁이는 모습을 보며 겁에 질릴 때, 아버지는 뒤에서 갑자기 나타나 마을 안의 누구보다도 생생한 눈으로 노려보았다.

"못난 놈."

외로워서 몰래 어머니 방을 열고 하얀 레이스에서 나는 오래된 먼지 냄새를 맡을 때, 아버지는 뒷목을 잡아채며 소리쳤다.

"누가 여기 멋대로 들어오라고 했냐!"

차갑게 노려보는 위압적인 두 개의 검은 눈동자. 아버지는 아무도 좋아하지 않았다. 짙은 수염 속에, 번득이는 눈 속에, 아버지는 늘 분노를 품고 있었다. 어디를 향한 분노일까? 왜 소년을, 또 마을을, 아니, 모든 것을 목숨 걸고 죽일 듯이 미워하는 건지 소년으로선 알 수가 없었다. 그저 두려울 뿐이었다. 분노가 모든 것을 태우고, 사랑도 연민도 다른 감정도 모두 불사르고, 아무 감정 없이 냉담하게 소년을 내려다보는 그 시선이.

당돌해질 싹을 자르는 시선이었다. 비굴함과 두려움밖에 안 남기면서, 또 그 비굴함과 두려움을 경멸하는 시선이었다. 그의 발아래 있는 모든 것을 얼려 죽이고 말려 죽이려는 시선이었다. 소년은 떨었다. 아버지와 마주칠 생각만 해도 숨이 가빠 왔다. 입도 벌리지 않고, 한마디 말도 건네지 않고, 찌르는 듯한 시선으로 노려본다. 그 분노와 질책이 굉장히 무섭고 생생해서, 소년은 배가 꼿꼿해지고 요의가 느껴지고 다리가 후들거리는 그 모든 감각을 하나도 모를 지경이었다.

하지만 아무것도 할 수 없었다.

소년은 그저 아버지를 피하면서, 잘못했다는 말도 제대로 하지 못하고 고개를 숙이고 몸을 떨며 그 분노가 지나가길 기다렸다.

이런 게 생생함이라면, 좀비처럼 사는 게 나을지도 모른다는 생각을 했다.

이런 게 제대로 살아 있는 거라면, 마을 사람들을 이해할 수 있을 것 같다고.

「도망쳐.」

시끄러. 시끄러. 시끄러.

무감각이 스며들기 시작했다. 소년도 다른 마을 아이들처럼 마당 구석 마른 고목 아래에서 혼자 땅을 파고 놀게 되었다. 단조로운 동작으로 땅을 파 들어가게 되었다. 교실의 하얀 벽을 보고 있을 때처럼 점점 더 머릿속이 비어 가고 멍해졌다. 언제나 끼어 있는 축축한 회색 안개도, 악마의 손가락처럼 마른 고목이 내려다보는 것도, 오싹하면서도 그 오싹함에 점점 무감해지는 기분도 당연하게 느껴졌다. 이대로 다른 마을 사람들과 똑같아질지도 모른다. 소년은 백치처럼 미소 지었다. 나쁘지 않았다. 이 모든 게 지극히 당연하고 당연해서…….

그때 손끝에 물컹한 것이 와 닿았다.

흙은 부드럽고 젖어 있었다. 소년의 손끝에 닿은 것도 부드럽고 축축했다.

무언가 일어났다.

소년은 직감했다. 그는 마른침을 삼키며 그 부분의 흙을 쳐냈다. 하얗게 드러난 속살. 사람의 피부였다. 공포와, 이럴 줄 알았다는 확신이 소년을 함께 떠밀었다. 소년은 땅에 바짝 엎드려 양손으로 흙을 헤치기 시작했다.

흙 아래 묻혀 있는 건 누구지?

소년은 궁금했다. 참을 수가 없었다. 손톱 밑이 쓰리고 여린 피부가 벗겨져 축축한 흙 속에서 자신의 손만 타는 듯했지만 멈출 수 없었다. 묻혀 있다. 누군가 묻혀 있다. 드디어, 드디어 일어났다. 소년은 고개를 흔들었다. 자신은 기다리지 않았다. 기다리지 않았어. 예감했을 뿐, 기다리지 않았다.

그러니까 흙이 치워진 자리에 자신과 똑같은 얼굴이 묻혀 있는 건 그의 의지가 아니었다.

나?

「……애도 도망치지 못했구나.」

머릿속을 울리는 목소리에 소년은 소리를 지를 뻔했다. 그게 무슨 소리야?

「결국 죽은 거야.」

목소리가 마치 네 운명도 이것과 같을 거라고 말하는 것 같아서, 소년은 부르르 떨며 도리질했다. 급히 뺨에 양손을 가져다 대었다. 시체의 얼굴을 만졌던 손으로 만졌다. 소년과 똑같은 얼굴은 차가웠는데 그의 얼굴도 안개 속에서 차가웠다. 아니야, 나는 아직 죽지 않았어. 저 애와 나는 달라. 똑같아 보여도 달라. 나는 여기 있어. 공포와 거부감에, 소년은 시체의 얼굴 위로 다시 흙을 뿌렸다.

너는 할 수 없지. 너는 죽었으니까.

나는 살아 있어. 나는 너와 달라.

「곧 같아질 거야.」

"아니야!"

와 소리치자 뺨에 묻었던 흙이 투둑 떨어졌다.

「너도 이 애처럼 양손이 잘리고 죽게 될 거야.」

"아니야!"

소년은 홀린 듯이 얼굴 아래를 파 들어갔다. 아니라고. 거짓말이야. 날 속이려고? 하지만 드러나는 그와 똑같은 키, 똑같은 몸집. 점점 손이 무뎌졌다. 아무것도 확인하고 싶지 않은데, 끝까지 보고 싶었다.

정말로 모든 것이 소년과 판박이였다. 한 가지를 제외하고는.

"정말 잘려 있어······."

소년은 자신과 똑같은 얼굴의 시체 위에 서서 하늘을 올려다보았다. 여전히 높이가 짐작되지 않는 무거운 회색 하늘. 말라 죽은 나무가 나뭇가지를 늘어뜨려 얼굴에 그림자를 드리웠다. 그림자가 드리워진 이 얼굴과 똑같은 아이는 손이 잘린 채 자신의 밑에 죽어 있었다. 어지럽고 무서웠다. 그의 미래가 여기 미리 와서 누워 있는 것 같았다.

"누가······, 이런 거야?"

「넌 알고 있어.」

소년은 깨달았다.

괴물.

그 아저씨야.

마을 구석에 사는, 짐승처럼 온몸에 털이 난 거한. 털에 파묻힌 거대한 몸은 어떤 옷을 걸쳐도 넝마처럼 보였고, 얼굴에서 제대로 보이는 건 새파란 눈뿐이었다.

그 눈빛.

털로 뒤덮인 얼굴에서 냉정하고 차분하게 가라앉은 두 개의 지적인 눈동자. 야수 같은 생김새와 힘, 그에 전혀 어울리지 않는 이질적인 눈. 양손이 자로 잰 듯이 깔끔하게 잘린 시체와 그 눈보다 더 어울리는 게 있을까?

"어떡하지?"

소년은 부들부들 떨면서 중얼거렸다.

"도대체 왜 이런 짓을 하는 거야?"

「그게 그의 역할이야.」

속삭이는 목소리를 이해할 수가 없어서, 소년은 쭈그리고 앉았다. 머릿속 목소리가 계속 말했다.

「도망치지 못한 사람들을 죽이는 게. 이대로라면 모두 죽을 거야.」

"……."

「눈을 뜨고 그가 무엇을 하는지를 봐.」

무엇을?

반문하기 전에 소년은 이미 달리고 있었다. 오래전부터 알고 있었고 해야만 하는 계시를 받은 것처럼, 그가 제대로 느끼기도 전에 몸이 튀어 나가고 있었다. 쓰라렸다. 자신의 처지가 너무 쓰라려 소년은 우는 것처럼 웃었다. 좀비들 틈에서, 죽은 마을에서, 생생하게 살아 있는 건 자신과 아버지와 살인자. 무슨 이런 상황이 있단 말인가. 소년은 달렸다. 마을 외곽으로 이어지는 길을 달렸다. 똑같이 초라한 회색 돌집들. 말라붙은 나무들. 무성한 덤불들 너머에 혼자 서 있는 엉성한 돌집.

"헉!"

소년은 집을 보는 것만으로도 숨이 막혀 다리 뒤에 쭈그리고 숨었다. 대장장이 아저씨가 작은 문에서 나와 구부정하게 말았던 몸을 펴고 주변을 둘러봤다.

「그가 무슨 짓을 했는지 봐.」

마치 자신의 미래처럼 죽어 있던 시체가 떠올랐다. 애도 도망치지 못했다고 중얼거리는 머릿속 목소리가 몇 번씩 다시 울렸다.

"……내가 진짜 달라?"

「넌 그들과 달라.」

소년은 그 말에 대장장이가 나온 문을 힘주어 밀었다.

끼익.

문이 열려 있다는 것에 떨면서, 소년은 안으로 들어가 조심스레 문을 닫았다. 덧창까지 닫힌 집은 너무 어두워 거의 아무것도 보이지 않았다. 벽의 돌 사이사이로 새어드는 빛에 겨우 눈이 적응할 무렵 갑자기 절룩이는 거한의 발소리가 들렸다.

「숨어! 돌아왔어!」

왜 벌써?

방금 나갔던 대장장이 아저씨가 왜 다시 돌아왔단 말인가. 소년은 당황해서 주변을 둘러봤다. 그가 지켜보는 걸 알았을지도 모른다. 그가 집으로 몰래 숨어드는 걸 봤을지도 모른다. 괴물이 그 새파란 눈으로 그를 노려보며, 뒷덜미를 낚아채 귓가에 속삭일 말이 들리는 듯했다. 요 쥐새끼 같은 놈!

소년은 닥치는 대로 안으로 들어갔다. 몸을 숨길 가구나 뒷문이 있기를 바라면서. 하지만 휑한 돌집 안에는 변변한 가구도 없이 쓰레기 같은 잡동사니들만 바닥에 널려 있었다. 공포와 절망으로 가슴이 조여들었다. 발소리가 가깝게 들려 소년은 생각할 겨를도 없이 안쪽으로 도망쳤다.

「뒤로, 뒤로, 뒤로!」

끝까지 몰린 소년은 헐떡이며 돌벽을 더듬었다. 발소리가 입구 앞에 딱 멈췄다.

그때 손끝에 쇠고리가 걸렸다.

「잡아당겨!」

소년은 물에 빠진 사람처럼 쇠고리를 잡아당겼다. 높이 1미터도 안 되는 작은 나무 덧문이 삐걱 열렸다. 삐걱. 비슷한 소리가 입구 쪽에서도 나고 있었다. 생각할 겨를도 없이 문 안으로 뛰어들었다. 내부는 좁고 무언가로 꽉 차 있어 그는 문이 열리지 않도록 꽉 잡아야 했다. 한 손으론 문을 잡고 나머지 손으로 입을 막은 채, 긴장과 공포로 새파랗게 질려 숨도 못 쉴 지경이었다.

저벅.

괴물의, 대장장이 아저씨의 발소리가 점점 가까워지더니 소년이 숨은 문 앞에서 멈춰 섰다.

「숨을 멈춰!」

소년도 빌었다. 제발 숨소리도 내지 말아 달라고. 떨지 말아 달라고. 자신의 의지를 벗어나 딱딱 이를 부딪쳐 대는 몸이 무서웠다. 조금이라도 기척이 나면 문 앞의 괴물이 그를 발견할까 봐 너무 무서웠다.

툭.

투두둑.

좁은 공간 꼭대기까지 차 있던 것들이 그의 어깨 위로, 머리 위로 떨어져 내렸다. 차가워. 딱딱해. 소년은 진저리를 치지 않으려 애쓰며 눈을 굴렸다.

가득한 잘린 손들.

하얗게 핏기를 잃은 잘린 손들. 소년은 깨달았다. 머릿속 목소리가 보라고 한 것이 이것들이란 것을. 문밖의 괴물이 허상의 괴물이 아니라 살아 숨 쉬는 악몽이란 것을. 하얗게 핏기를 잃은, 절단면에서 말라 가며 주름진 이 차가운 손들이 진짜 사람들에게서 잘라 낸 거라는 것을.

그 안에 자신이 파묻혀 있다는 것을!

이게 뭐야?

소년의 얼굴이 대번에 손들처럼 하얗게 질렸다.

이만큼이야?

딸꾹질이 나고 침이 흐르고 어깨가 들썩인다.

이렇게 죽었어?

소년의 움직임에 손 하나가 투둑 그의 뺨을 쓸며 미끄러졌다.

이렇게 죽었어?

소년은 하악 하고 입을 벌렸다. 그만 보고 싶은데 눈이 감기지 않았다. 숨이 막혔다. 울음을 터뜨리며 가슴을 쥐어뜯고 싶었다. 비명을 지르고 싶었다.

「안 돼!」

목소리가 필사적으로 소리쳤다.

「들키면 죽어!」

저벅.

괴물이 돌아섰다. 느릿하게, 약간 저는 한쪽 다리를 끌면서. 소년은 믿을 수 없어 문에 귀를 바짝 대고 숨을 삼켰다. 점점 멀어지는 발소리. 끼익. 문을 여는 소리. 발소리. 다시 닫히는 돌쩌귀 소리. 소년은 덧문을 열고 뛰어내렸다. 숫자를 스물까지는 세고 나가야 한다고 본능이 말했지만 더 견딜 수가 없었다. 온몸을 쥐어짜던 공포와 불길한 예감이 뒤섞여 그의 조그만 머리는 갈팡질팡 혼란스러웠다.

괴물은 알고 있었다. 그가 문 안에 있다는 걸 알고 있었다. 눈치채고 있었다. 알면서, 알면서 왜 아까 문을 열지 않았을까?

「정말 들키지 않은 거라고 생각해?」

"모르겠어."

소년은 진저리를 치며 떠올렸다. 어깨에 쏟아지던 잘린 손들. 창고 천장에 닿도록 쌓인 그 많은 손들.

그렇게 많은 손들이 잘리고 사람들이 사라질 동안 아무것도 눈치채지 못했다!

"어떻게 된 거야? 넌 알고 있지? 무슨 일이 일어난 건지 알고 있지?"

목소리가, 낮고 엄숙하기까지 한 소리로 경고했다.

「넌 돌아가야 해.」

"어디로?"

「그 여자가 널 가뒀지.」

목소리가 말했다.

「넌 돌아가야 해.」

소년은 덜덜 떨리는 다리로 집으로 향했다. 안개 속 마른 나무들의 그림자에 떨면서 달렸다. 공포와, 믿기 힘든 비밀과, 불길한 예감. 그 모든 감정들이 폭풍 직전의 흐린 하늘처럼 꿀렁대며 휘몰아쳤다. 마을 곳곳에 누운 손 없는 시체들을 보며 달렸다. 일어나리라 예상했던 파국이 너무 쉽고 빠르게 닥쳐와 무슨 생각을 해야 하는지도 알 수 없었다. 눈물이 흘렀고, 세상에서 뜨거운 것은 소년과 그의 호흡과 눈물과 몰아치는 불행뿐이라는 자각이 와, 무채색 마을과 낮고 낮은 회색 하늘과 죽은 나무들을 똑바로 볼 엄두가 나지 않았다. 아무도 그를 도와주지 않을 것이다.

"왜?"

소년은 계속 달리며 물었다.

"왜 이렇게 된 거지?"

「그 여자는 너를 가뒀어. 네게 쏟아지는 관심을 자기가 가지고 싶어서, 이 가짜 세계에 너처럼 자기에게 먹힌 사람들을 가두고…….」

목소리가, 머리 위 하늘이, 가는 길에 늘어진 시체들이, 마을 전체가, 세계가 그에게 대답했다.

「……생기를 잃은 사람들에게 그 괴물을 풀었어. 하지만 널 죽이고 싶진 않았던 거야. 그래서 네 아버지를 만들었지.」

"그 여자가 대체 누군데!"

소년은 집으로 뛰어들었다. 2층으로 가는 돌계단을 오르자 복도에서 아버지가 그를 다짜고짜 끌어당겼다.

"아버……!"

다 부르기도 전에 시커먼 인영이 아버지 앞으로 날았다.

괴물이었다.

늘 차갑게 돌아서던 등이, 지키기 위해 소년을 가로막았다. 괴물과 아버지. 둘은 매우 닮아 있었다. 왜 이제껏 눈치채지 못했을까? 살아 있는 세 사람. 소년과 아버지와 괴물. 괴물이 손을 휘둘렀다. 아버지의 양손이 복도에 떨어지고 고개가 뒤로 돌았다. 소년이 처음 보는 분노 없는 아버지의 눈. 텅 빈 동공.

"아, 아버지!"

「넌 알고 있어.」

소년은 울며 어머니의 방으로 도망쳤다. 레이스 커튼이 휘날린다. 마호가니 침대 위에 부드러운 시트가 티 한 점 없이 펼쳐져 있었다. 살육이 끝나 가는 마을에서 이 방만이 완벽했다. 부자연스럽다고, 소년은 처음으로 깨달았다.

아버지를 만든 게 누군지 알 것 같았다. 자신을 몰아세우면서도 차마 죽이지는 못했던 폭군. 여왕.

소년은 울며 방 안을 둘러봤다. 이 마을에서 혼자 튀는 화려한 가구들이 누가 여왕인지 알려 주고 있었다.

저벅.

여왕의 방으로, 여왕의 분신이자 시종인 괴물이 피를 흘리며 들어섰다.

「돌아와. 네 엄마가 너를 팔아 빛나고 있어!」

은색 시뮬레이터 속에서 소녀는 눈을 떴다.

* * *

저녁의 콴 우주공항에는 각자의 모국어로 떠드는 사람들의 말소리와 전광판이 바뀔 때마다 울리는 안내 방송이 북적거렸고, 그 소리들은 높고 넓은 천장에 닿기도 전에 웅얼거리는 소리들로 바뀌었다.

거대한 우주공항 라운지는 전망이 얼마나 건물에 중요한 것인지 보여 주는 모델 같았다. 삭막할 정도로 기능적인 구조는 통짜 천창 너머 그대로 노출된 우주 앞에서 아무런 흠도 되지 않았다.

라운지 꼭대기층. 손에 잡힐 듯 우주선들을 볼 수 있는 곳에 자리 잡은 바에서 야신과 타소와 재스퍼는 술을 마시고 있었다. 카이야가 사는 술이었다.

힙노스를 장기 대여할 때의 카이야 표정은 괴상할 정도로 들떠 있었다. 진전이 보인다는 둥, 곧 예전 상태를 되찾겠다는 둥 기뻐하며 일당을 콴 우주공항 라운지로 초대하더니, 고맙다고 술까지 돌리고는 먼저 일어섰다. 정신과 의사와 예약이 되어 있다고 말하는 카이야의 얼굴은 해맑기까지 했다. 그는 어쩐지 할 말을 잃은 사람들 앞에서 힙노스가 든 은색 통을 소중히 껴안고 사라졌다.

"이럴 줄 알았으면 오닐이 먼저 가겠다고 할 때 잡을걸."

재스퍼가 중얼거렸다. 타소가 고개를 끄덕였다.

"도깨비한테 홀린 기분이네."

타소는 한숨을 쉬며 고개를 젖혔다. 때마침 출발하는 우주선 불빛으로 라운지가 환해졌다. 그녀는 얼굴로 쏟아지는 빛에 한참 동안 눈을 깜박였다.

"우주선 탔겠지?"

야신이 대답했다.

"도착했겠지."

"완전히 속았어."

타소가 투덜거렸다.

"시뮬레이터 에러에 잘못 걸린 불쌍한 여자애를 깨우는 건 줄 알았는데. 이래서야 깨워 주고 나서도 영 기분 나쁘다고."

생각해 보면 자신들의 잘못은 아니었다. 고객들 개인의 문제요 가정사였다.

하지만 알고 있는데도 아주 잠깐씩 스치는 생각들. 그 조치 때문에 소녀의 망상이 더욱 뿌리내리고 더더욱 부추겨진다면.

타소는 머리를 흔들었다. 그런 생각보다 실질적인 것을 따지는 게 그녀의 구미에 훨씬 맞았다.

"어쨌든 깨웠으니까."

야신이 담배를 피우며 말했다.

"돈 받았잖아."

"그러게. 많이 받았지."

타소는 천창을 올려다보며 쭉 몸을 폈다. 머리 위에서 휘황한 빛을 뿜어내며 쾬 우주공항은 산란기의 연어처럼 우주선들을 쏟아 내고 있었다. 우주선들은 지구로 달로 화성으로 돌아갈 것이다. 환상에서 깨어난 사람들을 가득 싣고.

그중에는 일상으로 영영 돌아가지 못하는 사람들도 있었다.

"왜 이렇게 분위기가 처져? 일석이조로 도랑 치고 가재 잡고, 애도 깨우고 꿈도 찾아 줬으니 완벽한 성공인데. 안 그래? 건배하자고, 건배!"

재스퍼가 술잔을 들어 올렸다.

"끝내주게 처리한 우리들을 위해!"

쨍. 부딪는 술잔 끝에서 둔탁한 소리가 났다. 그들은 술잔을 들고, 깨어난 공주님이 꿈과 마야 모두를 기억에 묻고 일상으로 무사히 돌아가기를 기원했다.

* * *

넓은 창 너머 지구에서만 볼 수 있는 하얀 달이 실비의 자는 얼굴을 비췄다. 모든 것이 제자리로 돌아온 것 같아 여자는 벅차오르는 가슴을 꾹 눌렀다. 아, 내 딸을 되찾았어. 구해 냈어. 여자는 레이스 커튼을 치고 딸의 침대 머리맡에 앉아 아이의 뺨을 쓸었다.

"잠든 얼굴은 정말 천사야."

남편은 침묵했다. 그는 각오가 되어 있었다. 유괴, 가출, 납치로 점철될지 모르는 실비의 인생과, 그때마다 눈 가리고 모성과 드라마틱한 여배우 혼 사이에서 갈팡질팡할 여자의 모습이 손에 잡힐 듯 보였다. 그동안 옆에서 계속 침묵을 지키고, 계속 모른 척하고 있을 각오가 서 있었다.

"그치, 여보?"

남자가 다정하고 힘없이 웃었다.

"당신 말이 맞아."

여자가 환하게 웃었다. 그녀의 깎은 것 같은 팔이 남편의 어깨를 감싸며 끌어안았다. 여자가 이 행복을 주체할 수 없다는 듯이 달콤한 한숨을 뱉었다.

"이제 안심하고 잘 수 있을 것 같아."

꿈은 늘, 그녀의 딸이 떨어지는 장면으로 시작됐다.

여린 곡선은 한 번의 덜컹거림도 없이 사부작사부작 잘도 내려간다. 그녀는 필사적으로 손을 뻗고 외쳤다.

기다려, 기다려. 구해 줄게.

소녀는 미동도 하지 않았다. 손을 뻗지도, 도와 달라거나 살려 달라고도 하지 않았다. 그녀는 피가 마르는 기분이었다. 중력은 저 어린 몸을 이끌어 뭉개 놓을 것이다. 하지만 떨어지는 소녀는 체념한 얼굴로, 이럴 줄 알았다는 듯이 눈을 감았다.

"제발!"

아무리 애원하고 눈을 감아도 그 광경은 선명하기만 했다.

소녀가 그녀를 향해 고개를 들고 눈빛으로 말해 왔다.

엄마는 나를 구해 줄 수 없을 거야.

4. 우리가 세상을 속일지라도

― 저희 휴스턴-마야 EA-2019호는 5분 후에 웨이 콴 우주공항에 착륙할 예정입니다. 도킹 시 선내에 가벼운 흔들림이 있을 수 있으니 승객 여러분께선 안전 모드를 확인해 주시기 바랍니다.

선내 방송에 유진은 고개를 창 쪽으로 돌렸다. 뭔가 눈에 띌 것이라는 기대와 달리, 창밖에는 어둠과 별빛뿐이었다. 옆에 앉은 동양인 청년이 말을 걸었다.

"곧 마야가 보이겠네."

"그러네요."

"기대되지 않냐? 마야의 첫인상. 꿈의 행성이라는 곳이 얼마나 멋질지 말이야."

유진은 성의 없이 고갤 끄덕였다.

"난 말이지, 마야가 실제로 보면 작은 지구 같을 거 같아. 마야의 표면을 돔들이 다 싸고 있단 얘길 들었거든. 분명히 돔 안의 대기 때문에 달이나 화성보단 지구에 가까울 거야."

"……."

아무 말 안 했지만 유진은 마야의 첫인상이 달과 비슷하기를 바랐다. 10년 전 처음으로 우주에서 달을 봤을 때, 그가 탄 우주선은 밤 부분, 즉 태양이 비치지 않는 부분에서 달로 접근해 가고 있었다. 반쯤은 졸면서, 반쯤은 기대를 버리지 못하고 창밖을 보던 유진은 그 새카만 어둠 속에서 불쑥 나타난 거대한 물체에 소스라치게 놀랐었다. 암흑 속의 그림자. 그건 달이었다.

어린 유진은 너무 무서웠지만……, 무서운 만큼 매료됐다. 그리고 그 거대한 어둠이, 달이 밤 부분에서 낮 부분으로 돌아드는 순간 달은 휘황한 빛으로 그를 사로잡았다. 달은 깨끗하게 우주의 어둠을 물리치며 빛나고 있었다. 옆에 앉은 엄마가 말했다.

'달에는 대기가 없기 때문에 지구처럼 낮과 밤 사이에 박명 薄明 부분이 없어.'

박명. 지구에는 존재하는 밤과 낮 사이의 새벽과 황혼. 비로소 지구와 전혀 다른 곳에 왔다는 실감이 나기 시작하면서 그는 숨 쉬기도 어려웠었다. 유진은 생각했다.

'마야는 어떨까. 그 유명한 곳에도 박명이 있을까? 지구처럼 밤과 낮 사이에 새벽과 황혼이 있을까?'

그럴 리 없어. 마야가 돔으로 뒤덮여 있고 그 돔들이 거대한 인조 대기층을 가지고 있다 해도, 지구의 대기층만큼 두껍진 않을 테니까. 밤과 낮 사이의 간격을 만들 만큼 두껍게 만들지 않았을 테니까. 하지만 이 광활한 태양계에서 인간이 만든 곳이 작은 지구처럼 새벽과 황혼을 가지고 있을지도 모른다는 생각은, 그 자체만으로도 가슴을 뛰게 만들었다.

'안 돼. 사실이 아닌 것에 미혹되면 안 돼. 그들을 속일지라도 나는 진실을 알고 있어야 해. 진실을 똑바로 봐야 해.'

유진은 고개를 들었다. 그 순간 창밖에 마야가 나타났다.

"아……."

점점 가까이 다가오는 마야는 작고 반짝거리는 돔들로 뒤덮인 채 빠르게 자전하고 있었다. 마야가 조금씩 돌 때마다 표면을 감싼 투명한 돔들이 다른 각도에서 태양빛을 받아 빛났다. 멀리서 오는 별빛들뿐인 어두운 우주에서, 마야는 꼭 크리스털 샹들리에처럼 보였다.

"아름다워."

유진은 홀린 듯 자신에게 다가오는 행성을 바라보았다. 그의 세심하게 면도 된 턱의 윤곽선은 아직 가늘었고, 얇은 입매는 한쪽으로 치우쳐 웃는 것에 익숙해 보였다. 유진은 얇은 입술을 움직여 발음해 보았다.

"마야."

마야. 꿈의 행성. 태양을 중심으로 도는 수많은 크고 작은 행성 중에서도 마야는 특별했다. 크고 작은 돔으로 빈틈없이 덮인 행성 표면과 거대한 우주공항, 그리고 둘 사이를 이어 주고 있는 수십 개의 궤도 엘리베이터는 여기가 태양계에서 가장 붐비는 곳임을 알려 주기에 충분했다. 유진은 자신도 모르게 압도당하며 인정했다. 이 작은 행성이 전 태양계를 통틀어 가장 거대한 유흥 도시 마야라는 걸.

 ― 콜로니를 이용하실 손님들은 먼저 대기해 주십시오. 다시 한 번 알려 드립니다. 콜로니를 이용하실 손님들은 먼저 대기해 주십시오. 현재 저희 우주선의 마야 도착 예정 시각은 지구시 기준으로 30분 후입니다.

 유진은 감상을 방해받은 데 짜증을 내며 우주선 내부를 흘 깃 돌아보았다. 그의 시선은 마침 선내를 돌아보던 승무원과 딱 마주쳤다. 승무원은 몸에 밴 친절한 미소를 지어 보이며 유진에게 다가왔다.

 '젠장, 귀찮게 좀 하지 마.'

 유진이 입속으로 웅얼거렸다.

 "유진, 이렇게 긴 우주비행은 처음이지? 어때, 괜찮았니?"

 "나쁘진 않았어요."

 예의 바르지만 시큰둥한 유진의 반응에 승무원은 계면쩍은 웃음을 흘렸다.

 "미안. 귀찮을지도 모르겠지만, 보호자를 동반하지 않은 미성년자에 대한 선내 보호는 내 일이거든. 콜로니를 이용할 거니?"

 "아뇨."

"저기, 마야의 숙박비는 무척 비싸거든. 특급 호텔에 갈 생각이 아니면 콜로니를 이용하도록 해. 다행히 지구형 콜로니는 화성형이나 달형보다 몇 배는 크니까 싼 가격에 방을 구할 수 있을 거야."

"충고 고마워요. 하지만 내리면 일단 마야부터 구경하고 싶어서요."

승무원은 어깨를 으쓱했다.

"하긴 체력이 재산일 때니까. 재미있는 시간 보내."

유진은 승무원이 자릴 뜨자마자 다시 시선을 창밖으로 돌렸다. 마야는 여전히 아름다웠고 특별했다. 소년은 관광 안내 홀로그램에서 충분히 들을 수 있는 얘길 떠들어 대는 승무원과 지루했던 우주여행을 잊었다. 마야에는 그가 바라는 모든 것이 있었다. 유진은 마야를 향해 빙긋이 웃었다.

'제레미는 지금쯤 도착했을까?'

* * *

창밖으로 마야가 점점 가까이 다가오고 있었다. 마야에 빼곡히 들어찬 돔들은 모두 불야성을 이루며 우주를 밝혔고, 웨이 콴 우주공항과 마야 사이의 수십 개의 궤도 엘리베이터들은 광섬유 다발처럼 매끄럽게 빛났다. 마야 주변을 둘러싼 숙박용 콜로니들, 마야와 콜로니를 오가며 사람들을 나르는 스페이스 셔틀들…… 이 모든 것이 질서정연하게 돌아가는 모습은 화려하고 힘이 넘쳤다.

"어머, 예뻐라. 저기 좀 봐, 정말 멋있네. 역시 괜히 마야 마야 하는 게 아니라니까. 당신도 좀 봐. 진짜 멋있어."

창밖의 풍경에 넋을 잃은 부인의 말에 남편은 여행안내 화면에서 시뮬레이션 센터를 검색하며 대꾸했다.

"돈이 왕관이지, 뭐."

"이이는 정말, 기분 잡치게 하는 데 뭐가 있다니까. 보라니까. 이런 걸 또 언제 구경한다고 그래."

"저번에도 봤잖아."

"저번엔 화성에 간 거였잖아."

"뭐, 다른 게 있어야 말이지. 시커먼 우주를 며칠이나 걸려 왔는데 보이는 건 다 그게 그거인 돔뿐이라니. 이 돈으로 태평양 해저 관광을 가는 게 나을 뻔했어."

"어이구, 퍽도 그러시겠어. 섹스 시뮬레이션이라면 껌벅 죽는 사람이 누군데? 저번에 화성 갔을 때도 당신만 쏙 빠져서 시뮬레이션 센터에 박혀 있는 바람에 내 꼴이 얼마나 우스웠는지 알아? 다 우리 또래들인데 얼마나 민망하던지……."

제레미는 작은 소리로 중얼거렸다. 볼륨 업. 곧 소년의 귓가에 커다란 종소리와 불경 소리가 울렸다. 얼마 전 생일 선물로 받은 새 에일은 확실히 반응속도가 빨랐다. 옆에서 소곤거리는 중년 부부의 말소리는 더 이상 들리지 않았지만 그는 한숨을 쉬었다.

'이럴 줄 알았으면 루타의 싱글이나 오디오북이라도 저장해

놓는 건데. 젠장, 우주선 안에서 음성 다운 서비스가 안 되는 줄 누가 알았겠어.'

"다른 건 없어?"

— 네.

에일은 간단하게 대답했다. 제레미는 얼굴을 찌푸렸다.

'취향을 나타내는 건 모조리 없애 버려. 제대로 속일 자신이 없으면 차라리 그게 나아.'

유진의 말이 맞았다. 하지만 그도 우주선에서 제레미가 들을 음성 파일이 오래전 자신이 얘기한 독경 소리뿐인 상황은 예상하지 못했으리라. 유진은 말했었다. 독경 소리를 듣고 있으면 우주적인 범자아에 속하는 느낌이라고. 세계의 무상함을 슬쩍 깨닫는 기분이라고. 그리고 씩 웃으며 덧붙였다.

'다 거짓말이야. 종교를 이용한 자기최면이지. 결국 세계는 네 뇌 속에 있거든.'

유진은 어디쯤 왔을까? 제레미는 아직도 자신이 유진과 친구라는 사실을 믿기 어려웠다. 곧 유진을 실제로 만날 수 있다는 건 더 믿기지 않았다.

— 저희 우주선을 이용해 주신 승객 여러분께 감사드립니다. 저희 뭄바이-루니크-마야 SLL-507호는 10분 후에 콴 우주공항에 착륙할 예정입니다. 현재 콴 우주공항에 착륙 대기하고 있는 우주선이 많은 관계로, 도킹 지연으로 인해 예정 시각을 초과할 수 있사오니 승객 여러분께선 이 점 유의하시고 침착하게 대기해 주시기 바랍니다. 감사합니다.

안내 방송이 끝나자 휴게실 곳곳에서 불평이 터져 나왔다.

"이런. 저렇게 방송 나오고 나면 적어도 20분은 기다려야 되는데."

"여기는 올 때마다 이 난리야. 우주공항을 하나 더 지어야 한다니까. 명색이 태양계 최고의 유흥 도시라면서 이렇게 기반 시설이 취약해서야. 안 그래?"

"그게 말이야, 예산안이 통과가 안 된다더라고. 마야 행정부도 그 문제 때문에 아주 골머리를 앓나 봐. 공항 건설 얘기만 나오면 기업 대변인들이 입에 거품을 물고 반대한다는 거야."

"지들 장사할 기반 더 잘 만든다는데 왜 반대한대?"

"그야 뻔하지. 마야에서 나는 이윤이 장난 아니거든. 한 평이 아쉬운 판국에 누가 공공사업에 땅을 대겠다고 하겠어? 그렇다고 주거지역을 줄인다는 건 더 말이 안 되고. 지금 이 손바닥만 한 땅에 모여 사는 사람들로 마야가 제대로 돌아가는 것도 기적이거든. 결국 이러지도 저러지도 못하는 거지."

"하여간 마야 자치 정부 놈들도 기업들한테만 물러 터져서……."

— 콜로니를 이용하실 승객은 먼저 대기해 주시기 바랍니다. 저희 우주선은 1차 도킹 때 콜로니 이용 승객들을 먼저 내리게 하고 있사오니, 마야에 내리실 승객께서는 착오 없으시기 바랍니다. 저희 우주선은 10분 후에 웨이 콴 우주공항에 1차 도킹을 시도할 예정입니다. 마야에 내리실 승객 여러분께서는 2차 도킹 때 내려 주시기 바랍니다.

정말 마야에 온 거구나. 제레미는 창문이 보일 정도로 가까워진 콴 우주공항을 보면서 실감했다. 그는 콴 우주공항을 바라보면서 주머니에서 엽서를 꺼냈다. 홀로그램 하나 없는 앞면에는 파란색이 아름다운 수련 그림이 그려져 있었다. 유진이 보낸 엽서. 제레미는 물끄러미 그림 속의 수련을 쳐다보다가 엽서를 뒤집었다. 뒷면엔 또박또박한 글씨로 '3410721021'이라고 쓰여 있었다.

'그래, 유진. 이제 시작하는 거야.'

옆자리에 앉아 있던 회색 스웨터를 입은 중년 여자가 엽서를 보며 반색했다.

"어머, 웬 엽서니? 요즘 애들도 이런 걸 쓰네? 아날로그 유행은 다 지나간 줄 알았더니."

제레미는 황급히 엽서를 뒤집어 뒷면을 감췄다.

"여, 여자 친구한테 엽서 쓰기로 했거든요."

중년 여자는 제레미를 향해 미소 지었다.

"귀엽구나."

* * *

이른 아침이었지만 콴 우주공항으로 올라가는 궤도 엘리베이터는 붐볐다.

— 루니크-마야 SLL-507호, 2차 도킹 성공.

— 콜로니를 이용하실 승객 여러분께서는 콜로니 전용 스

페이스 셔틀을 이용해 주십시오. 이용하실 출구는 11번, 25번, 38번입니다.

— 루니크-마야 SLL-507호, 2차 도킹 성공.

문자와 안내 방송이 어지러이 얽히는 콴 우주공항은 태양계 최대 이용객을 자랑하듯 복잡하고 부산스러웠다. 쏟아지는 관광객들 대부분이 얼이 빠진 듯 우왕좌왕 술렁거렸다. 대개의 사람들이 소란스러움에 본목적을 잃고 표류하는 콴 우주공항 로비였지만, 그렇지 않은 사람들도 더러 있었다. 분명한 걸음으로 로비를 가로지르는 야신도 그중 하나였다.

"이게 누구야. 야신 아냐?"

재스퍼였다.

"아."

"여기서 보니까 쪼끔 반갑네. 너도 관광객 물러 나왔냐?"

"별로."

야신은 간단하게 대꾸했지만 재스퍼는 개의치 않고 주머니를 뒤졌다.

"한 대 줘?"

"흠."

야신은 순순히 담배를 받아 들었다. 재스퍼는 불을 붙여 주며 사근사근하게 말했다.

"오늘은 달에서 관광객이 쏟아진다고 해서 기대했는데, 이거 영 허탕이야. 가을 휴가철이라 그런가? 뭐, 다른 녀석들도 오늘은 신통찮은 것 같지만……"

"오닐은?"

재스퍼가 혀를 찼다.

"그 녀석은 카이야 꿈 때문에 대기 타고 있어. 꼬박 샜을걸. 로르카 시뮬레이션 센터 방화벽이 워낙 더럽잖아. 그거 뚫어야지, 뇌파 전송 프로그램 깔아야지, 은폐해야지. 아주 죽는다 죽어."

"그러다 쓰러져서 신호 와도 못 나오면 낭팬데."

"설마 그 정도로 미련 떨겠냐?"

"글쎄."

재스퍼는 할 말 다 했다는 듯 돌아서는 야신의 오른팔을 끌어당겼다.

"그냥 가게?"

야신은 멀뚱하게 고갤 돌렸다.

"왜 이러시나. 오늘 쉰다면서?"

재스퍼는 재빨리 담배 한 대를 더 꺼내 건네며 은근하게 말했다.

"하나 골라 주고 가라고. 어차피 오늘 패랑 내일 패랑 다른데 아낄 필요 있어?"

야신은 담배를 입에서 떼면서 무성의한 동작으로 한 소년을 가리켰다.

"저거."

* * *

제레미는 안내 전광판에 따라 두리번거리며 로비를 서성였다. 유진은 판타소스 돔의 래빗홀 임대 공간 하나를 만날 장소로 지정했지만, 그 전에 먼발치에서라도 유진을 한번 보고 싶었다. 그는 안내 전광판에서 이리저리 동선을 확인해 보던 끝에 8번 궤도 엘리베이터 근처가 좋겠다고 판단했다. 지구발 우주인들이 검역을 마치고 마야로 내려가려면 그게 제일 빠를 터였다.

'12시 40분.'

제레미는 시간을 한 번 더 확인했다. 벌써 8번 궤도 엘리베이터 근처로 내려와서 빙빙 도는 자신이 너무 한심했다.

'다 헛짓거리일지도 몰라.'

유진이 언제 오는지, 지금 제레미가 기다리는 우주선을 타고 있기는 한지 아무것도 아는 게 없었다. 둘의 약속 시간은 오후 5시. 제일 가까운 시간에 콴 우주공항에 도착하는 지구발 우주선은 오후 2시 도착이었고, 마침 휴스턴에서 출발하는 우주선이었다. 유진의 목적 지향적인 성격과 미국 국적을 생각한 제레미는 유진이 그 우주선을 타고 올 거라고 예상했다. 어차피 만날 거잖아. 유진이 알았다면 그렇게 말했을 것이다.

'유진이 알면 싫어하겠지.'

아바타-룸 안에서만 만났던 유진이었다. 몇 달간 유진이 세우는 계획을 들으면서도 화상 채팅 한번 한 적이 없었다는 걸 떠올리자 제레미는 우울해졌다. 유진은 계획이 이지러지지 않으려면 웹에서든 실제에서든 연결점이 없는 게 중요하다고 늘

강조했지만……, 제레미는 그 말이 정말일지 확신이 없었다. 언제나 유진은 계획을 세우고 자신은 그에 따랐다.

다른 음성 채팅이나 화상 채팅과 달리, 정교한 가상현실을 지원하는 아바타-룸은 회원들의 기록을 오래 보관할 여력이 없을 거라는 게 유진의 추측이었다. 바이러스의 존재를 알려 준 것도, 그것을 어떻게 구할지 아바타-룸에서 손바닥 글씨로 알려 준 것도 유진이었다. 바이러스의 코드 번호를 안전하게 알려 주겠다며 제레미에게 지구의 여러 동호회들과 기부 단체에 가입하라고 지시한 것도 유진이었다. 그러면서 한 동호회 홍보 책자 속에 코드 번호가 적힌 엽서를 끼워 넣은 것도.

유진의 계획이 정말로 치밀한 건지, 아니면 허점이 있는 건지 제레미는 잘 알 수 없었다. 어른들이나 헤치고 나갈 것 같던 현실 사회의 틈이 유진에 의해 조금씩 벌어질 때마다, 제레미는 감탄스러울 따름이었다. 곧 유진을 만난다. 지난 세 달간 함께 공모하고 비밀을 공유했던 유진을. 한 번쯤은 자신의 눈으로 직접 찾고 싶었다.

'이런 데서 계속 서성이다간 의심받을지도 몰라.'

제레미는 근처를 둘러보았다. 간단한 스낵 코너와 관광 안내 센터, 시뮬레이션 센터가 보였다. 그는 충동적으로 시뮬레이션 센터로 들어섰다.

"어……."

콴 우주공항 내의 시뮬레이션 센터는 들어서는 순간 그를 압도했다. U자를 뒤집은 모양의 바닥, 입구에서 보면 3층은 족히 넘을 듯 높다가 앞으로 갈수록 낮아지는 아치형 천장, 유선형 곡선을 그리며 올라가는 벽. 이 모두가 투명하게 밖의 우주를 끌어들이고 있어서, 제레미는 유리로 된 물고기 안에서 우주를 보는 기분이었다.

— 콴 시뮬레이션 센터에 오신 걸 환영합니다.

그를 감지한 출입구 센서의 말에 제레미는 퍼뜩 정신을 차렸다.

"응……. 여기, 진짜 멋지네."

— 감사합니다. 시뮬레이션을 하시겠습니까?

"응."

— 저희는 일반적인 시뮬레이션만을 지원합니다. 마야의 시뮬레이션 센터에서 하시는 드림 시뮬레이션 힙노스 같은 것은 하실 수 없습니다.

그래서 이렇게 사람이 없는 거였군. 제레미는 우주공항 안에 있는 멋진 시뮬레이션 센터가 왜 이렇게 한가한지 알 수 있었다. 마야에 오는 관광객들은 마야에서만 즐길 수 있는 힙노스를 하고 싶어 할 테니까, 여기까지 와서 다른 데서도 실컷 할 수 있는 일반 시뮬레이션을 하려고 하진 않겠지.

"상관없어. 어차피 시간 때우기거든."

— 그러십니까. 그렇다면 우주유영 시뮬레이션을 권해 드리고 싶군요. 보시다시피 저희 시뮬레이션 센터의 인테리어와 기막힌 시너지 효과를 일으키거든요.

제레미는 웃으며 고개를 끄덕였다.

"좋아."

제레미는 시뮬레이터 안에 들어가 비스듬히 누웠다. 곧 주변 광경이 사라지고, 우주가 그를 감쌌다.

깊고 깊은 암흑. 우주의 밤 부분이었다. 아무것도 없는, 빛도 없는 세계. 자신 외에 아무것도 실제로 존재하지 않는 것 같은 세계. 비정상적인 공허감에 제레미는 속이 울렁거렸다. 달에서 봤을 때 우주는 그냥 달 밖에 있는 세계였고, 돔 위쪽의 인조 대기권이나 우주나 그에겐 별다를 것이 없었다. 하지만 여기서는 달랐다. 안전하고 거대한 달의 돔 속에서 우주를 보는 것과 우주 공간에서 우주를 보는 것은 완전히 달랐다.

'이게 현실이구나. 이게 진짜 우주야.'

제레미는 자신이 우습다고 생각했다. 우주유영 시뮬레이션을 하면서 이게 진짜 우주라고 생각하다니. 눈앞에 펼쳐지는 시뮬레이션 속의 우주는 밤 부분을 벗어나 빛을 받은 별들을 보여 주기 시작했다. 조각난 별의 잔해 같은 들쭉날쭉한 소행성들이 지나가고, 붉고 거대한 화성과 그 위성들인 포보스와 데이모스가 보이기 시작했다. 더 나아가면 푸른 지구와 고향인 달이 보일 테지. 하지만 제레미는 불안했다. 시뮬레이션 속의 별들은 달에서 했던 시뮬레이션의 별들보다 황량해 보였다. 제레미는 가볍게 몸을 떨며 멀어져 가는 별들과 가까워져 오는 별들을 눈으로 좇았다.

— 시야를 가려 드릴까요?

시뮬레이터의 음성에 제레미는 흠칫 놀라며 반문했다.

"뭐라고?"

— 이 시뮬레이션은 기본적으로 1인 우주유영으로 설정되어 있습니다. 원하신다면 우주선 모드로 돌려 드리겠습니다.

제레미는 그제야 깨달았다. 우주선 창문으로 둘러싸이지 않은 채 뻥 뚫린 시야가 그에게 두려움을 줬던 것이다. 그는 어색하게 웃었다.

"달에서 볼 때랑은 또 다른데."

안내 음성이 친절하게 대답해 주었다.

— 우주선이나 우주공항 같은 곳에서 유영 시뮬레이션을 하시면 평소보다 더한 긴장감과 고립감을 느끼실 수 있습니다.

제레미는 이해할 수 있었다. 그럴 만도 했다. 텅 빈 진공의 공간을 항해하는 우주선. 우주선을 저렴하게 띄우기 위해, 우주공항은 중력권을 벗어난 우주와 대기권의 경계에 떠 있는 경우가 대부분이었다. 지상과는 궤도 엘리베이터로 연결됐을 뿐인 우주공항은 멀리 우주에서 보면 고층 빌딩 끝에 매달린 애드벌룬처럼 아슬아슬한 공간. 그 밖은 바로 우주였고, 인간에게 우주에의 노출은 죽음밖에 가져오지 않았다. 제레미가 말했다.

"그런 것 같아. 생명체의 세계에서 고립된 느낌이야."

— 인간세계에서 고립된 느낌이죠.

제레미는 입술을 문질렀다. 몸이 다시 떨렸다.

"맞아."

우주는 무한 확장하고 있었고 자신은 너무 작았다. 이 진공의 공간은 굉장히 거대하기 때문에 존재하면서도 텅 비어 보였다. 그래서 실재하는 세계가 아닌 듯 보였다. 그 자신 또한 그 안에 있는 게 아닌 것 같았다. 제레미는 유진의 말을 떠올렸다.

　'제레미, 너도 우주에 나와 보면 알게 될 거야. 세계란 결국 네 뇌세포 속에 있다는 걸. 무슨 소리냐고? 들어 봐. 넌 지구에서 가장 큰 공간을 느끼는 거야. 태평양 해저여도 좋고, 흔해 빠진 에베레스트라도 좋아. 대기권도 괜찮겠지. 아, 참! 넌 모르겠구나. 그럼 그냥 달의 돔을 연상해 보라고. 아니면 그냥 소심하게 학교 도서관이라든가, 뭐 그런 것도 상관없어. 그런 걸 생각하면 네가 무척 작다고 생각되지 않아? 그래도 말이야, 그런 거대한 공간이랑 널 연관시켜도, 넌 작게 생각되긴 하지만 없어지진 않아.'

　제레미는 유진의 말을 이해할 수 없었다.

　'무슨 당연한 소리냐고? 제기랄, 좀 들어 봐. 그런 것과 널 연관시켜도 넌 실재감을 잃지 않는단 말이야. 네가 에베레스트 위에 있어도, 그 위에서 네가 개미보다도 작게 느껴지건 말건, 넌 거기 네가 실제로 있다는 걸 믿는다고. 전혀 의심하지 않는단 말이야. 네가 해저에서 수천만 톤의 물을 보면서 압사당할 것 같은 느낌을 받더라도, 넌 바다 안에 있어. 바다도 있고 너도 있어.'

　제레미는 대답했었다.

　'그래, 알겠어. 돔이 아무리 거대해도 내가 그 안에서 하늘을 채운 보름지구의 장관을 보면서 나와 돔의 존재를 같이 느끼는

것처럼 말이지.'

　'하지만 우주는 달라. 보면 알 거야. 우주유영 시뮬레이션? 제기랄, 튼튼한 지구 바닥에 앉아 그런 시뮬레이션을 보는 거랑은 다르다니까. 모르겠어? 우주는 말이야, 나가서 봐도 안에서 상상하는 거랑 다를 게 없어. 실제 우주엔 아무것도 없고, 결국 우리가 할 수 있는 건 그 우주라는 허상을 보면서 이 안에 우리가 있다는 건 얼마나 기적인가 감탄할 일밖에 없단 말이야. 거긴 실제 세계가 아니야, 제레미. 정확히 말하자면 이런 거야. 지구라는, 아니면 달이나 화성의 돔이라는 우물 안 개구리인 우리로선 절대로 우주를 실재감 있는 현실로 느낄 수가 없어. 너무 거대하고 막막해서 '여기에 비하면 난 얼마나 작은 존재인가.' 하는 수준이 아니라 '이 공간이 진짜인 건가? 이 안에서 사는 나는 진짜인 건가?' 하고 생각하게 된다고. 거기서 결국 중요해지는 건 나야. 나 자신이라고. 내가 존재한다고 믿어 주는 것도, 내가 실제라고 믿는 세계를 계속 믿어 주는 것도 나야. 내 세계란 결국 내가 실제라고 인식한 세계일뿐이야. 내 뇌세포 안에 있는.'

　유진은 제레미를 향해 고개를 돌렸다. 아바타−룸에서 보는 가상 인격의 얼굴이었지만, 유진의 눈은 가상 인격의 껍질을 뚫을 듯 이글거렸다. 자신의 세계가 있고, 모든 것을 그 세계에 거는 사람만이 가질 수 있는 눈빛. 유진은 그 눈으로 제레미를 보며 물었다.

　'뭐 느껴지는 거 없어?'

제레미는 기다렸다. 유진은 양손으로 제레미의 어깨를 짚고 그의 눈을 똑바로 응시하며 말했다.

'그러니까 얼마든지 속이고 뒤집을 수 있단 말이야. 간단하다고, 세계를 바꾸는 건. 우주에서 제일 가치 있는 건 결국 자기만족이야. 다른 건 아무것도 없어.'

― 8시 방향으로 진로를 바꾸시면 마야의 모습을 보실 수 있습니다.

안내 음성이 그를 현실로 돌려놓았다. 제레미는 멍하게 시뮬레이션 속의 우주를 바라보았다. 안내 음성조차도 자신이 아닌 다른 누군가에게 말하는 것처럼 느껴졌다. 자신보단 좀 더 큰 것, 우주에서 조금은 더 존재감 있는 그런 존재에게. 자신의 뇌 속에 세계가 있고, 여차하면 그 세계를 바꿀 수 있다고 믿는 유진 같은 그런 존재에게. 제레미는 생각했다.

'나는 이미 희미해져 가고 있으니까. 이미 아무 의미도 존재감도 없으니까.'

안내 음성이 다시 들려왔다.

― 기본적인 항로 설정이 되어 있는 상태입니다. 8시 15분 방향으로 진로를 바꾸시면 마야의 모습을 보실 수 있습니다.

제레미는 퍼뜩 깨어난 듯 고개를 흔들었다.

"아니, 됐어."

― 보지 않으시겠습니까?

"응."

시뮬레이션은 시작할 때처럼 순식간에 사라졌다. 제레미는 시뮬레이터에서 나오면서 중얼거렸다.

"뭐 좀 틀어 봐."

시뮬레이션 센터의 안내 방송 목소리가 말했다.

— 휴게실에서 홀로그램을 보시겠습니까?

"에일한테 한 소리야. 신경 쓰지 마."

곧 귓가에서 웅얼대는 듯한 사람 목소리가 들려왔다. 독경 소리였다. 제레미는 안도감을 느꼈다. 저장된 음성 파일이긴 하지만 이건 사람 소리였다. 제레미는 자신의 볼을 잡아 보았다. 피부는 꺼슬꺼슬하고 그 피부 밑엔 살이 느껴졌다.

'나는 여기 있어.'

제레미는 천천히 다리를 끌며 시뮬레이션 센터 입구 쪽으로 걸었다. 그는 투명한 바닥과 벽을 통해 보이는 우주를 애써 외면하면서 되씹었다.

'나는 아직 여기 있어. 나는, 이제, 여기서, 유진을 만날 거야. 곧 모든 걸 바꿀 거야. 아무도 몰라. 모두 속을 거라고.'

그는 빠른 속도로 전송되던 유진의 말을 생각했다. 우린 그들을 속여 넘길 거야. 그들을 기만할 거라고. 진실 한 자락도 발견할 수 없을걸. 우리가 이길 거야. 아바타—룸에서 듣던, 유진의 가상 인격 목소리가 머릿속을 울렸다.

'그렇게 세상을 뒤집는 거야.'

제레미는 시뮬레이션 센터 입구에 멈춰 섰다. 그런 자신을 한참 전부터 주시하는 사람이 있다는 걸 알지 못한 채, 제레미는 입을 열어 중얼거렸다.

"그래, 유진. 네 말이 맞아."

* * *

재스퍼는 야신이 찍어 주고 간 소년을 흘끔흘끔 쳐다보며 피우던 담배를 껐다. 우주공항 내 시뮬레이션 센터에 들어가는 바람에 컬렉트는 할 수 없었지만, 소년이 시뮬레이션 센터에 들어갔다 나왔다는 건 좋은 징조였다. 여기서부터 시뮬레이션 센터에 들락거리는 녀석이라면 마야에 가서 힙노스를 할 확률도 높을 테니까.

'오닐 이 자식은 진짜 쓰러졌나? 왜 에일도 꺼 놓은 거야?'

재스퍼는 그사이에 소년이 사라질까 봐 초조해하면서 다시 에일로 오닐을 불렀다. 하지만 오닐의 에일은 여전히 응답 불능 상태였다. 젠장. 재스퍼는 침이 말랐다. 소년을 구스르는 데 성공한다면 상관없지만, 거절할 때 오닐이 없다면 낭패였다. 컬렉트할 사냥감이 싫다고 거절하면 그냥 드림 컬렉터인 재스퍼로선 '오늘은 여기까지.' 하고 장사 접는 수밖에는 도리가 없었다. 프로그램을 만지는 오닐이 와 줘야 쫓아가서 몰래 이것저것 건드려 볼 것 아닌가.

'모처럼의 대어라고. 무려 귀신눈깔이 골라 준 녀석이란 말이야!'

재스퍼는 생각했다. 오닐의 장비를 교체하며 생긴 빚, 연체

된 전기세와 수도 요금, 3개월 넘게 밀린 벌금, 타소에게 갚아야 할 의뢰 중단 합의금……. 그러고 보니 전에 타소에게 야신의 수입에 대해서 물어본 적이 있었다. 타소가 어깨를 으쓱하며 얘기한 액수는 상상 초월이었다.

'꼭 잡아야 돼.'

재스퍼는 눈을 부릅떴다. 타소의 말대로라면, 저 소년의 꿈만 건지면 모든 문제를 단박에 해결시키고 나서 다리 쭉 뻗고 좋은 브랜디 한 병을 마신 다음 아난다에서 섹스 시뮬레이션 한 판은 즐길 수 있는 것이다. 운이 좋으면 판타소스 외곽에 있는 래빗홀에서 상상 도우미 아가씨랑 놀 수도 있겠지. 재스퍼는 다시 한 번 에일로 오닐을 불렀다.

"오닐, 이 자식아! 좀 연결돼 봐!"

오닐의 에일은 계속 응답 불능 상태였고 재스퍼는 더 이상 망설이지 않았다. 소년은 아직 콴 시뮬레이션 센터 앞에 서 있었다. 재스퍼는 심호흡을 한번 하고, 성큼성큼 소년에게 다가갔다.

"어, 안녕?"

소년은 약간 당황한 듯했지만 어색하게 고개를 끄덕였다.

재스퍼는 화제를 어디로 돌려야 할까 생각하며 시선을 들어 콴 공항의 로비를 쳐다봤다. 전광판에 뜬 많은 우주선들은 지구에서, 달에서, 화성에서 이곳까지 왔으며 곧 다시 돌아갈 거라고 깜박이고 있었다. 재스퍼는 다시 소년에게 시선을 돌렸다. 이 녀석도 그 셋 중에 한 행성에 소속되어 있을 터였다.

'지구 녀석은 아니야. 지구 아이치고는 너무 호리호리해. 다리도 팔도 길고.'

재스퍼가 말했다.

"음……, 달에서 왔나 보지?"

소년의 눈에 경계심이 떠올랐다.

"……달에서 온 줄 어떻게 알았어요?"

"그냥 그래 보여서. 억양도 다르고."

"…….'

"정말이야. 음, 지구 녀석들은 다르거든. 난 화성 출신인데, 지구 녀석들은 확실히 다르더라고."

"어떻게 다른데요?"

순간 말문이 막힐 뻔했던 재스퍼는 방금 전 헤어진 지구 녀석을 떠올렸다.

"음……, 뭐랄까, 좀 싸가지가 없어."

그는 슬쩍 소년의 눈치를 살폈다. 확실히 알 수는 없지만 소년의 경계심은 조금 누그러진 것처럼 보였다. 하긴 달 애들은 지구 욕하면 다들 좋아하지. 먹혔다고 생각한 재스퍼는 뒷말을 주절주절 갖다 붙이기 시작했다.

"우린 늘 돔 안에서 나눠 쓰는 거에 익숙하잖아, 응? 우리 환경을 우리가 만들어야 한다는, 뭐 그런 책임감이랄까, 그런 것도 강한 편이고. 그런데 지구 녀석들은 달라. 정말로. 얼마나 자기중심적인지 어떨 땐 깜짝깜짝 놀란다니까."

"네."

소년이 고개를 끄덕였다. 재스퍼의 목소리에 힘이 들어갔다.

"돔 환경 걱정은 하나도 안 하고 죽어라 줄담배를 피우기도 하지. 그만큼 비싼 세금 물었으니까 됐다는 식이라니까. 지구 환경이 좋아서 그런 건지, 별로 그 환경에 대해서 대가를 안 치러도 돼서 그런 건지……."

재스퍼는 언성을 높였다. 재스퍼를 쳐다보고 있던 소년이 갑자기 몸을 앞으로 내밀면서 눈을 크게 떴다.

"하긴 그런 놈들이 아니면 마야를 개발할 생각이나 했겠어. 아 정말, 화성에서 여기로 처음 와서 드림 시뮬레이션할 때는 쇼크였다니까. 들어 봤어, 힙노스? 진짜 끝내주더라. 너무 엄청나서."

소년은 반응이 없었다. 떠들어 대던 재스퍼는 머쓱한 표정으로 머리를 긁었다. 소년은 재스퍼의 등 뒤에 시선을 고정한 채 꼼짝도 않고 있었다.

'뭘 보는 거지?'

재스퍼는 뒤에 뭐가 있는지 확인하고 싶었다. 하지만 그랬다간 이 소년의 시선을 아예 놓치게 되리라. 그는 고개를 양쪽으로 흔들며 과장되게 어깨를 으쓱했다.

"그래. 뭐, 이제 실컷 놀 텐데, 미리 너무 많이 아는 것도 김 빠지니까."

재스퍼는 슬쩍 소년에게 오른손을 내밀었다. 심플한 하얀색 명함이 손끝에서 팔랑댔다.

"난 재스퍼. 달에서 온 소년은 이름이 뭐지?"

소년은 재스퍼가 내민 명함을 받아 주머니에 넣으며 건성으로 대답했다.

"제레미."

"음. 그래, 제레미. 어때? 아난다 구역에 정말 괜찮은 시뮬레이션 센터들을 알고 있는데, 안 가 볼래?"

"지금은 누굴 만나기로 해서요."

"그럼 친구 오면 같이 가지, 뭐. 둘이 같이 벌면 꽤 짭짤할 거야."

제레미가 성가시다는 듯 미간을 찌푸렸다.

"짭짤해요?"

"시뮬레이션 센터에서 힙노스용 꿈을 팔면 돈이 꽤 나오거든. 음, 나도 가끔 이용하고 있고. 푼돈 챙겨서 잠깐 즐기기엔 그만이야. 정말로."

"아."

"꿈 한 번 저장하면 용돈 정도는 나온다고. 음, 너희 나이면, 정말이지 하루 실컷 놀 액수지. 어때? 꿈 한번 팔아 보지 않을래?"

제레미는 급하게 고개를 저었다. 초조함을 누르는 표정이었다.

"저기요, 아저씨. 일행이랑 좀 많이 떨어져 있어서요."

"별거 아냐. 사생활 보장도 다 되고. 진짜, 이런 걸 언제 또 해 보겠냐? 나름대로 재미있는 경험이잖아. 안 그래?"

제레미가 대답 없이 빠져나가려고 하자 재스퍼가 그 앞을 막아섰다.

"이봐, 별거 아니야. 그냥 한잠 자고 일어나면 돈이 생긴다니까. 이렇게 쉬운 게 어디 있겠어? 안 그래? 그 돈 가지고 실컷 즐기다 가는 거야. 여자애들도 많고, 약도 있고, 좋은 시뮬레이션도 있어. 이런 기회를 놓치면 그야말로 얼간이지."

제레미는 새빨개져서 재스퍼를 밀쳐 냈다. 재스퍼는 갑작스런 저항에 '어, 어.' 하다 엉덩방아를 찧었다. 콰당. 미안함과 당황이 뒤섞인 얼굴로 제레미가 그를 잠깐 쳐다봤다. 아주 잠깐이었다.

"어⋯⋯."

우물쭈물, 입안에 두었던 말이 나올 새도 없이 소년은 재스퍼에게서 그의 뒤로 눈을 돌렸다. 홀린 것 같은 표정을 짓고 있던 제레미는 재스퍼의 시선을 느꼈는지 멈칫하더니, 그대로 달아나 버렸다.

"아 씨, 뭐냐고."

재스퍼는 쓰린 속을 부여잡고 몸을 일으키며 돌아보았다. 어차피 더 잡아 두긴 글러 먹은 사냥감이었다. 대체 뭘 보고 있던 건지나 알아보자고 생각했지만, 돌아본 그의 눈에 보이는 건 여느 때와 다름없는 콴 우주공항 로비와 특이할 것 없는 사람들뿐이었다.

실랑이를 벌이던 소년이 남자를 밀쳐 내고 자신 쪽을 바라보는 것을, 유진은 흘깃 쳐다보며 로비를 가로질렀다. 절실하고 열렬한 눈빛이 어딘가 익숙했다. 얼마 전 아바타-룸에서 만났던 제레미의 보라색 머리 아바타가 떠올랐다.

'너 어떻게 생겼어? 실제로도 파란 머리로 다니고 그래?'

'별게 다 궁금하네.'

유진의 반응에 제레미의 아바타는 목소리를 높였다.

'궁금한 게 당연하지. 맨날 아바타-룸에서 가상 인격으로만 만났잖아. 우린 화상 채팅도 한번 한 적 없는 거 아냐.'

'그냥 그렇게 생겼어. 길 가다 발에 채이게.'

'에이, 아닐 거 같은데.'

소심하게 중얼거리는 제레미 아바타의 보라색 머리카락을 쳐다보며 유진은 아무 생각도 하지 않았다. 제레미가 어떻게 생겼을까 궁금해한 적이 있던가? 아바타-룸에서 제레미의 가상 인격은 자주 바뀌었다. 외양도, 콘셉트도. 하지만 어떤 모습도 관심받고 싶어 초조해하는 소년을 감추지 못했다.

반가워.

유진을 쳐다보는 소년의 시선은 그 말을 전하기 위해 애쓰고 있었다. 설마, 그게 제레미였을까? 자신을 못 알아볼까 두려워하며 크게 뜬 눈, 흥분을 감추면서 웃어 보이기 위해 어색하게 올라간 입술.

그게 제레미가 맞는다면 자신은 엄청난 멍청이를 이 일에 끌어들인 게 틀림없었다. 그렇게나 뒤 밟힐 짓을 하면 안 된다고 강조했는데, 왜 그런 짓을 한단 말인가. 어차피 일이 진행되면 싫어도 만나게 돼 있었다. 유진은 제레미가 어떤 모습일지

궁금한 적이 없었다. 그에게 제레미는 그저 제레미였고, 친구였고, 동지였다. 그거면 충분했다.

제레미가 어떻게 생각했을지는 한 번도 생각해 본 적이 없었다. 그렇지만 반갑다고, 나를 알아보겠느냐고 묻는 제레미의 표정을 마주하자 뱃속이 서늘해졌다. 제레미는 어땠을까? 제레미는 나를 어떻게 생각했을까?

뚜벅.

유진은 궤도 엘리베이터 앞에 멈춰 섰다.

— 콴 우주공항 1층입니다. 이 엘리베이터는 내려가는 중입니다. 마야 지상으로 가실 분들만 이용해 주십시오. 콴 우주공항 1층입니다.

유진은 자신 안의 감정을 눌렀다.

'방금 그게 제레미였다는 보장은 없어. 그 자식도 바보는 아니겠지.'

동질감, 연대감, 우정. 다 좋았다. 하지만 지금 중요한 건 그게 아니었다. 그들에겐 지금까지 계획한 일이 있었다. 유진은 천천히 궤도 엘리베이터 줄에 합류하면서 스스로를 향해 물었다.

'우리가 왜 여기까지 왔지?'

아바타-룸에서였다면 제레미는 어깨를 으쓱하며 유진의 말에 답했을 것이다.

'그들을 속이려고.'

유진은 비죽 웃었다.

"그래, 그거야."

* * *

　제레미는 마지막으로 엽서에 쓰인 코드 번호를 읽고 입속으로 몇 번 외운 다음 엽서를 쓰레기통에 버렸다. 이제 남은 과정은 두 가지였다. 아니, 세 가지인가? 마지막 과정을 생각하자 속이 답답해져, 그는 멍하니 마야의 돔을 올려다봤다.

　마야의 돔은 달의 돔보다 훨씬 정교하고 높아 보였다. 인조 대기층은 끝이 짐작되지 않을 만큼 높았고, 돔의 표면을 이룬 광결정들은 햇빛과 기상국의 조절에 따라 다채로운 빛깔을 냈다. 짙어지는 푸른 어둠 끝의 분홍색과 보라색과 주황색. 돔은 거의 지구의 황혼을 복사해 놓은 것처럼 마야의 저녁 하늘을 만들어 내고 있었다. 제레미는 넋을 잃었다. 달에서 늘 낮의 푸른 하늘 아니면 밤의 어두운 하늘만 보는 것에 익숙했던 제레미에겐 황홀한 광경이었다.

　'멋지다. 아름다워.'

　그리고 마침 그때 돔을 가르며 모노레일이 지나갔다. 지상 100미터 위에서 모노레일은 하늘에서 쏟아진 황혼의 색채들로 물든 채 돔을 가로질렀다. 제레미는 완전히 마음을 빼앗긴 채, 모노레일이 시야에서 사라지고 돔이 완전히 어두워질 때까지 바라보았다. 하늘을 나는 용이 있다면 저런 모습이었을까. 지구에 있다는 비행기가 저런 모습일까.

그렇지만 세상이 아무리 아름다워도 자신과는 상관없는 일이었다.

'아니야.'

제레미는 생각했다.

'나는 아직 여기 있어. 곧 모든 걸 끝장낸다 해도, 아직은 여기 있어.'

하지만 그게 무슨 소용일까. 여기 있어서 뭐가 어쨌다는 거지? 어차피 여기까지 왔던 것도, 자신이 여기, 이렇게, 너무 보잘것없이 있다는 걸 견딜 수 없어서였는데. 아무것도 아닌 존재로 세상에 끼여 있기 싫어서. 세상이 멋지든 추하든 간에 거기 아무 덧칠도 못 하는 자신이 싫어서. 그래서 유진과 함께하기로 한 거다. 그 녀석과 세상을 뒤집으려고 여기까지 왔다.

'하지만 나는 내가 아직 여기 이렇게 있다는 걸 좋아하고 있어. 저 돔의 저녁 하늘과 그 하늘을 가로지르는 모노레일…….'

제레미는 얼굴을 감쌌다. 위안받고 있었다. 버리고 싶고 뒤집고 싶은 이 세상을 좋아하고 있었다.

'그렇다면 세상을 뒤집는 게 무슨 소용이지?'

몰라. 제레미는 중얼거렸다. 알 수 없었다. 모든 걸 끝장내고 싶지만, 또한 끝나지 않았으면 싶은 마음. 자신의 마음은 쉼없이 갈팡질팡 흔들리고 있는데 상황은 빠르게 흘러가고 있었다. 넋을 잃은 채 강물에 휩쓸려 떠내려가는 것 같았다. 자신이 진짜 뭘 원하는지도 모르면서 내리막길을 향해 가속페달을 밟은 것 같았다.

'내가 바라는 건 뭐지? 이게 진짜 내가 원하는 걸까?'

모르겠어. 그는 이 계획에 모든 것을 걸었다. 하지만 그게 다였다. 확신도 신념도 없이, 그저 포기하고 모든 것을 내던지듯이.

'난 다만⋯⋯, 유진의 말대로, 나 자신이 세상 속에서 아무것도 아니라는 게, 그게 싫었어. 하지만 아무것도 바뀌지 않을 거고, 나는 계속 아무 존재도 아니겠지. 달의 돔에서도 아무것도 아니고, 태양계에서도, 은하계에서도, 우주에서도. 이 막막하게 커다란 세계에서 난 아무것도 아니야. 그리고 앞으로도 그럴 거야.'

그게 사는 데 무슨 상관이냐고 말하던 사람들이 있었다. 그런 생각을 해도 먹고사는 데는 아무 상관없다고, 어떤 일도 안 일어난다고 말하던 사람들도 있었다. 하지만 자신이 무가치한 존재라는 걸 자각하고 있다면, 인생이란 것에 자신의 무가치함을 견디는 것 외에 무슨 의미가 있을까.

본능이기 때문이라고들 했다. 사랑하는 사람 때문이라고들 했다. 존재하게 된 것도 확률상 기적이니까 이왕 생긴 기적을 잘 써먹기 위해서라고들 했다. 그 어떤 말에도 공감할 수 없었다. 그런데 유진을 만난 것이다.

'제레미, 너도 우주에 나와 보면 알게 될 거야. 세계란 결국 네 뇌세포 속에 있다는 걸.'

빨려 들어갈 것 같은 말이었다.

'거기서 결국 중요해지는 건 나야. 나 자신이라고. 내가 존재한다고 믿어 주는 것도, 내가 실제라고 믿는 세계를 계속 믿어 주는 것도 나야. 내 세계란 결국 내가 실제라고 인식한 세계일 뿐이야. 내 뇌세포 안에 있는.'

자신이 자기 세상의 중심이라고 믿고 있는 그 확신에 찬 말들.

'우주에서 제일 가치 있는 건 결국 자기만족이야. 다른 건 아무것도 없어.'

유진의 말이 맞았다. 우주에서 제일 가치 있는 건 자기만족이다. 그리고 자신은 그 말에 유진을 따랐으면서도……, 그렇게 유진을 따르고 있는 지금, 전혀 만족하지 못하고 있었다.

제레미는 고개를 떨어뜨렸다.

'알고 있었어.'

함께하기로 한 순간부터, 자신은 유진의 대등한 맞수나 동료가 아니라는 걸 알고 있었는지도 모른다. 유진의 계획 안에서 움직이는 부품이 된다는 걸 알고 있었을지도. 그 녀석은 스스로의 신이 자기 자신이라고 생각하니까. 자신을 위해서 기적을 만들고 싶어 하니까. 자신을 치장하기 위해서 남들을 속이고 싶어 하니까.

'나는 그 녀석의 세계에 편입되고 싶은 걸까?'

아니면 그저 유진의 에너지에 취해, 멋들어진 놈이 된 줄 착각하고 싶었던 걸까? 그것도 아니면 그저 지쳐서 같이 떨어질 동료가 필요했던 걸까? 알 수 없었다. 알고 싶지 않았다.

'어차피……'

제레미는 쓰게 웃었다. 아무것도 아닌 존재가 되기 싫다면서, 자신의 생각이 아닌 남의 생각을 좇아온 놈. 그래 놓고 정작 만족하지도 못하는 놈. 제레미는 마야의 돔을 올려다봤다. 사방은 벌써 어두워진 지 오래고, 거리 곳곳엔 홀로그램과 네온사인이 불야성을 이루고 있었다. 복작거리는 사람들, 밤거리를 빽빽하게 수놓은 홀로그램, 은하계의 별들보다 많아 보이는 네온사인. 이 모든 풍경이 지치고 낯설고……, 아름다웠다.

'이제 상관없잖아.'

제레미의 입가에 다시 자조의 미소가 걸렸다. 제레미는 고개를 흔들며 이미 어두워진 눈앞의 거리를 바라보았다. 아난다 구역의 수많은 시뮬레이션 센터에서 제각각 쏘아 올린 홀로그램들이 꿈처럼 밤거리를 메우고 있었다. 큐피드, 에이리얼, 가네샤……. 그중에는 중국 당황조풍의 멋진 용 자수 홀로그램도 있었다. 제레미는 아까의 모노레일을 떠올렸다. 하늘을 나는 용처럼 돔을 가로지르던 모습. 그는 용 자수 홀로그램이 빛나는 건물을 쳐다봤다. 그의 시선 끝에 '로르카 시뮬레이션 센터'라는 간판이 들어왔다.

— 신개념 드림 시뮬레이션 힙노스. 기계에 의해 프로그램된 시뮬레이션이 아닌 인간 무의식의 시뮬레이션. 당신이 경험하는 꿈, 당신이 겪는 현실, 당신이 느끼는 판타지. 모든 것이 힙노스 안에선 가능합니다. 마음속 깊이 숨은 동굴을 탐험해 보십시오.

음성 광고가 끝나자 사람들 떠드는 소리가 로르카 고객 휴게실을 채웠다. 소란스러움을 뚫고 안내 방송이 흘러나왔다.

— 아민 하라위 손님, 오래 기다리게 해서 죄송합니다. 이제 시뮬레이터를 이용하실 수 있습니다. 즐거운 시간 되십시오.

타소는 호화로운 로르카 고객 휴게실에서 처음 만난 소년과 마주 앉아 있었다.

"이제 다 울었어?"

제레미는 벌게진 눈으로 끄덕 눈인사를 했다. 타소는 속으로 한숨을 쉬었다. 점집 고객 꿈을 보러 왔다가 새치기했다고 혼나는 소년을 좀 편들어 줬을 뿐인데 이 녀석이 그 자리에서 울어 버렸던 것이다.

"세 살 먹은 애도 아니고, 다 큰 녀석이 그만한 일로 우는 건 뭐야?"

타소의 눈치를 살피던 제레미가 움찔거렸다.

"죄송해요."

"얼굴 좀 나아지면 가야겠다. 그 얼굴로 가면 부모님이 놀라시겠어."

"괜찮아요. 혼자 왔으니까."

타소는 새삼스레 눈앞의 심약해 보이는 소년을 쳐다보았다.

"그럼 더 조심해야지. 마야엔 은근히 또라이가 많아."

"아니에요. 새치기한 제 잘못도 있으니까……."

타소가 콧방귀를 뀌었다.

"새치기 좀 당했다고 죽니?"

제레미가 전기 오른 것처럼 어깨를 확 좁히며 떨었다. 타소는 깜짝 놀라 제레미를 쳐다봤다.

"애, 너 왜 그래?"

"아무것도……."

"약 했어?"

제레미가 파랗게 질린 입술로 웃었다.

"약이요? 차라리 그런 거면……."

타소는 당황해서 제레미를 쳐다봤다. 애가 일방적으로 몰려서 쩔쩔매고 있기에 도와줬더니, 정작 녀석은 타소 앞에서 펑펑 울기나 하고, 좀 진정되는가 싶더니 겁에 질린 토끼처럼 몸을 떨고 있었다. 타소는 제레미의 양 뺨을 잡고 시선을 자신에게 고정시켰다. 일단은 애를 진정시켜야 했다.

"이러지 말고 시뮬레이션이라도 할래?"

제레미가 조금 멈칫했다. 타소는 얼른 말을 덧붙였다.

"미성년자 불가여서 하고 싶은데 못 하는 시뮬레이션 있으면 말해. 내가 임시 보호자로 등록해 줄게."

난처한 듯 눈을 굴리던 제레미는 타소가 뺨에서 손을 떼자 그제야 숨을 몰아쉬면서 더듬더듬 대답해 왔다.

"아, 저기……, 근데 왠지 힙노스는 별로 안 내켜요."

"그래?"

타소는 약간 신기하다는 표정으로 제레미를 쳐다봤다. 마야까지 와서 힙노스하기가 망설여진다는 사람은 또 처음이었다.

"제레미는 원래 시뮬레이션을 안 좋아하나 봐?"

"그건 아니고……. 맨날 하는 시뮬레이션이 있긴 한데요, 아까 우주공항 시뮬레이션 센터에서 하니까 좀 무섭더라고요."

우주의 먼지가 되어 버리는 듯한 그 막막한 느낌. 제레미는 자신도 모르게 몸을 부르르 떨었다.

"뭘 했는데?"

"우주유영 시뮬레이션."

타소는 고개를 끄덕였다.

"무슨 말인지 알겠어."

"그래요?"

"그래. 1인 유영 모드로 한 거지? 그렇게 하면 꽤 무섭지. 특히 우주공항 같은 데서는 더."

"누나 같은 사람도 그런 무서움을 느껴요?"

타소는 피식 웃으며 눈살을 살짝 찌푸렸다.

"무슨 뜻이야?"

"하하."

제레미는 웃으며 타소의 눈을 쳐다봤다. 굳은 의지가 반짝이는 눈. 마야의 저녁 하늘 같고, 달의 돔에서 바라보는 지구 같은 파란색. 이 사람과 함께 우주를 유영한다면 어떤 기분일까?

"저, 우주유영 시뮬레이션 같이 하지 않을래요?"

타소는 딱 부러지게 대답했다.

"그런 건 안 해."

제레미는 무슨 말을 해야 할지 몰랐다. 그는 타소의 약간 볼록한 이마와 머리카락과 이마 경계의 자디잔 솜털들을 쳐다보며 멍하니 있었다. 타소가 고개를 들어 그와 눈을 맞췄다.

"내가 멀쩡히 내 돈 내고, 우주에서 나란 건 별거 아니라는 생각을 해야겠어?"

제레미는 한 대 얻어맞은 표정으로 타소를 바라봤다.

"……그게 사실인데도요? 그건 외면하는 거잖아요. 도망치는 거잖아요."

타소는 픽 웃었다.

"좀 외면하면 어때. 어차피 내가 즐기자고 하는 시뮬레이션인걸."

제레미는 새삼스럽게 타소의 푸른 눈을 들여다봤다.

"누나, 예쁘네요."

타소는 웃었다.

"예쁜 여자 좋아해?"

"응."

"거짓말 같은걸. 예쁜 여자를 좋아하면 내가 처음 말 걸었을 때부터 반응이 있었을 텐데."

제레미는 웃었다.

"그땐 정신이 하나도 없었거든요."

제레미는 타소를 빤히 쳐다보다 약간 망설이며 고개를 숙였다.

"사실 일행이 있긴 한데, 언제 만나게 될지 모르거든요."

"일행이라며?"

제레미의 목소리가 조금 낮아졌다.

"게임을 하고 있어요. 만나기 전까지 모른 척하는 거죠."

"흠……. 그런 게임이라면, 내가 보기엔 넌 그 게임에 적극적으로 참여할 의사가 없는 것 같은데."

제레미는 움찔했다.

"맞아요."

제레미가 고개를 들었다.

"사실 그 게임을 하고 싶은 건지 아닌지도 잘 모르겠거든요. 그래서 친구가 발견할 때까지 기다리고 있을 생각이에요. 그런데……."

제레미의 얼굴에서 서서히 미소가 가셨다.

"……좀 불안해요. 그 친구랑 어떻게 만나게 될지 몰라서요."

"왜? 혹시 돈 걸린 내기야?"

"그건 아니지만……, 불안하고 부담스러워요. 만나기 싫기도 하고, 무섭기도 하고. 그렇지만 이미 늦은 것 같기도 하고."

타소는 제레미의 얼굴을 빤히 쳐다봤다. 체념 밑의 불안, 불안 밑의 격정, 격정 밑의 체념. 소년의 얼굴에서 읽히는 이 끊어지지 않는 고리를 타소는 알고 있었다.

"싫으면 만나지 마."

말하면서도 타소는 제레미가 자신의 말을 듣지 않을 거라는 걸 알고 있었다. 소년은 어느 순간 너무 바보 같고, 어느 순간 힘들도록 안쓰러워지는, 지나간 그 시절을 반사해 주는 거울이었다. 제레미의, 소년의 눈동자가 흔들렸다.

"누나는 약속해 놓고 도망친 적 있어요?"

타소의 얼굴이 미미하게 일그러졌다.

"그런 적 없는 사람도 있어?"

"괴로웠어요? 후회했어요?"

"그랬어. 하지만 아마 다시 그때로 돌아간대도 똑같이 할 거야."

"왜요?"

타소의 푸른 눈이 제레미를 찔렀다.

"감당할 수 없는 약속이었으니까."

"……."

제레미는 아무 말도 하지 못했다. 입술이 힘겹게 달싹거렸다.

"……누나, 나는 말이죠……."

— 타소 헐레인 손님, 오래 기다리게 해서 죄송합니다. 이제 시뮬레이터를 이용하실 수 있습니다. 즐거운 시간 되십시오.

타소와 제레미는 동시에 고갤 들었다. 타소가 제레미에게로 몸을 돌렸다. 풀죽고 불안한 얼굴. 그녀는 그런 제레미를 쳐다보다가 불쑥 물었다.

"네가 할래?"

"아니……, 네."

"그 대답은 뭐야?"

제레미는 계면쩍게 웃었다.

"빈 시뮬레이터는 19번이네."

제레미가 일어서다 말고 타소를 쳐다봤다.

"타소 누나."

"응?"

"이거 하고 나면, 나 밥 좀 사 줄 수 있어요?"

타소는 웃었다.

"좋아. 아직 식사하긴 좀 이르니까……, 한 시간이나 두 시간쯤 이따 보자. 닉스 돔 알지? 식당가는 그쪽에 있거든."

"닉스 돔은 여기서 어떻게 가요?"

"에일로 검색하면 되지. 아니다. 나도 딱 시간 맞춰 안 끝날지도 모르니까, 끝나고 같이 가는 게 낫겠네. 너 끝난 뒤에 나한테 연락하는 걸로 하자."

제레미는 고개를 끄덕였다. 타소는 찜찜한 기분으로 제레미에게 에일번호를 알려 주었다. 과한 친절이라는 자각은 있었다. 하지만 속을 간질이는 미묘한 죄의식이 제레미에게 손을 내밀게 했다.

그녀는 아까 방송이 제레미의 말을 끊었을 때 안심되었던 것이다. 제레미의 말이 끊겼을 때, 타소에게는 그 뒤의 말이 무엇일지 보였다. 제레미의 눈이 말하고 있었다.

도와줘요.

'그 게임이란 것 때문일까? 친구를 만나기가 싫을 정도라니, 도대체 무슨 게임이기에 저러는 거지?'

하지만 타소는 제레미에게 내색하지 않고 웃어 보였다.

"이따 보자."

타소가 몸을 돌렸다.

"······."

제레미는 불안한 눈으로 그 뒷모습을 좇다가 19번 시뮬레이터로 들어갔다. 시뮬레이터 뚜껑이 닫히고, 곧 매칭 프로그램으로 선택된 꿈이 전극을 타고 제레미의 뇌로 흘러 들어왔다.

밤. 사방 무엇도 없는 암흑의 밤. 허공은 아무것도 품지 않고 어둠 그 자체가 되어 나를 안고 있었다. 발아래 까마득한 곳에 일렁이는 검은 파도. 빛이 돌아오면 녹색 파도가 되어 본연의 모습을 드러낼 거대한 숲.

'배신자를. 배신자를.'

어둠 저편에서 목소리가 들려왔다. 나의 동족들. 오만하고 겁 많은 자들이 내게 징벌을 요구했다.

'당신이 해야 합니다. 가장 뛰어난 당신이. 배신자를.'

뛰어나다니 누가 말인가. 난 실소했다. 그들은 곧잘 날 치켜세웠다. 우리 종족이 세 번째 눈을 얻고 그 힘인 순간 이동 능력을 손에 넣은 뒤로 나처럼 어둠을 가르고 밤에도 순간 이동해 내는 자는 없었다고. 그러니 내가 가장 뛰어나다고.

하지만 내가 뛰어난 게 아니었다. 그들이 그저 무서워했을 뿐이다. 이 검은 창공. 한 치 앞이 보이지 않는 곳에 떠 있는 감각. 좌표로도 사물로도 주위를 지각할 수 없는 허공에서 장님들처럼 순간 이동하다 서로 부딪치는 것. 낮에 나는 새들이 밤에 둥지에서 날갯죽지 속에 부리를 파묻듯이 내 동족들 또한 그러했다.

그 동족들이 말했다. 나를 찾아와 말했다. 단체 최면에 걸린 새 떼처럼 서로 손을 잡고 허공에 뜬 내 동족들이 말했다. 배신자를. 배신자를.

세 번째 눈을 버리고 미천하고 평범한 인간으로 돌아간 배신자를 죽여 주십시오.

우리는 알고 있었다. 종족 모두가 알고 있었다. 모두 숲이 말하는 소릴 들었다. 모두 땅이 말하는 소릴 들었다. 웃는 나무들이 잎사귀를 팔락이며 속삭였다.

'너희의 세 번째 눈을 우리에게 바치면 두 배의 생을 주겠다.'

동족들은 무시했다. 해가 떠 있는 낮에는 그 속삭임에 의연할 수 있었다. 세상 모든 것을 발아래 둘 수도, 세상 모든 것보다 낮아질 수도 있는 시간에는. 순간 이동으로 전능자가 된 것 같은 때에는 모두 그러했다.

그러나 지금은 밤이었다. 배신자는 그 속삭임에 넘어갔다. 동족들은 떨리는 손으로 날 가리켰다.

'당신이 해야 합니다. 가장 뛰어난 당신이. 배신자를.'

나는 고개를 흔들고 세 번째 눈을 개안했다.

가벼운 현기증이 지나갔다. 눈을 뜨자 내 발은 흙을 밟고 서 있었다. 바스락. 그런 내 앞으로 배신자가 걸어 다가왔다. 나뭇가지들에 매달린 잎사귀들이 팔락였다.

'비참한 인간.'

'이제 죽을 때까지 우리 그림자만 밟을 인간.'

배신자가 세 번째 눈을 포기한 순간, 나무들의 속삭임은 비웃음이 되었다. 수장이 죽을 때처럼. 가장 높은 가지에 앉아 있던 수장이 시체가 되어 떨어질 때 죽은 얼굴을 향해 진물을 떨어뜨리던 나무들.

'기다렸다.'

배신자의 말에 뜨거운 것이 뱃속에서 목까지 치달았다. 선뜩한 밤. 피부에 와 닿는 공기와 속의 불길이 달라 고통스러웠다.

'배신자, 너는 우리 종족의 긍지를 더럽혔다.'

배신자는 내 말에 대답 없이 세 번째 눈을 떴다. 놈의 이마에 뻥 뚫린 구멍에서 핏물 섞인 눈물이 흘러내렸다.

'그래서 날 죽일 건가?'

나는 고개를 끄덕였다. 두 배의 수명을 살려다 죽게 된 배신자가 나를 쳐다봤다. 두 개. 오직 두 개의 눈동자. 순간 이동 때처럼 현기증이 났다.

'난 알아.'

두 개의 눈동자가 불타올랐다. 불구의 눈동자들.

완전하지 못한 것. 완전을 스스로 포기한 것. 스스로 비천해지길 택한 것. 그 모든 비난이 두 개의 불길에 먹혔다.

놈이 말했다.

'너희들도 원하잖아.'

제레미는 눈을 떴다. 시뮬레이터 안, 앞으로 뻗은 양손이 보였다. 그는 그 손이 자신의 것임을 알아채지 못하고 멍하니 쳐다봤다.

눈앞의 상대를 목 조르려 한 건지 끌어안으려 한 건지 알 수 없었다.

— 선택하신 힙노스 시뮬레이션이 종료되었습니다.

제레미는 비틀대며 시뮬레이터 밖으로 나왔다. 시뮬레이션 센터에서 나가는 그의 걸음은 거의 도망치는 듯했다. 제레미가 중얼거렸다.

"비웃지 마. 아니⋯⋯."

아니. 아니. 아니.

하고 싶은 말이 그게 아니란 건 자신도 알고 있었다.

이율배반적인 마음이 제레미를 흔들었다. 비웃음에 만신창이가 되어도 도망가고 싶은 마음과 누군가 자신의 말을 진심으로 공감하며 들어 주길 바라는 마음. 그는 고갤 흔들었다. 도망칠 수 없었다. 유진은 포기하지 않을 테니까. 용서해 주지 않을 테니까.

자신이 이렇게 원한다고 해도 그에겐 상관없을 테니까.

고개를 흔드는 제레미를 아난다의 밤거리가 받아 안았다. 번쩍이는 거리, 그를 스치며 지나가는 관광객들 틈에서 제레미는 허리를 꺾으며 중얼거렸다. 뒷말은 거의 속삭임에 가까웠다.

"⋯⋯이해해 줘."

* * *

야신은 로르카 시뮬레이션 센터 휴게실에 앉아 전광판과 오닐을 번갈아 쳐다보고 있었다. 오닐이 코피를 막아 가며 뇌파 추적을 해서 찾아낸 카이야의 꿈이었다. 잡는 것도 뒤처리도 깔끔해야 했다.

띠링.

19번 시뮬레이터가 비었다고 전광판에 뜨자마자 야신은 총 알같이 일어나 카운터로 향했다. 장기 대여를 신청하고 받아 든 힙노스의 은색 원통은 방금 전까지의 재생으로 아직 뜨거웠다.

이번엔 누가 이걸 꿨을까? 금발망령을 만들어 냈던 루카스 야코비와, 꿈에서 깨어나지 않던 실비 클라우가 잠시 떠올랐다 사라졌다. 손에 전해지는 열기가 서서히 온기로 바뀌는 것을 느끼며 야신은 타소에게 꿈을 찾았다고 연락을 넣었다.

「라다에 맡기려고?」

"영업은 라다 소관 아닌가?"

야신이 뾰족하게 되물었다. 카이야에게 직접 꿈을 건네고 돈을 받는 자신을 생각하자 상상만으로도 짜증이 솟았다.

「그럼 일단 가지고 있다가 내일 줘. 지금 밖이니까.」

"귀찮게 됐군. 24시간 응대 시스템이라도 들여놓지그래?"

「싫어. 내 가게라서 좋은 게 뭔데? 영업시간 끝나면 완전히 신경 끄고 싶다고. 아무튼 나 바빠. 내일 봐.」

그사이 뒤처리를 마친 오닐이 야신 쪽으로 걸어왔다. 야신은 천천히 센터 밖으로 나서며 담배를 꺼내 물었다.

"이번엔 그래도 간단했네."

야신은 불을 붙이면서 잇단 과로로 꺼멓게 죽은 오닐의 얼굴을 쳐다봤다. 그가 할 말은 아니었지만, 어쨌건 말이야 맞는 말이었다.

"가끔 이런 날도 있어야지."

담배를 빨면서 야신이 느긋하게 내뱉었다.

* * *

제레미는 오른손을 내려다봤다. 쫙 펼친 손바닥에 놓인 하얀색 명함을 보자 금세 얼굴이 어두워졌다. 그는 주머니에 손을 넣고 아난다의 거리로 섞여 들었다. 밤이 되자 네온사인은 더 불타올랐고, 홀로그램은 악몽과 현실의 구분을 없애 주는 요마처럼 매혹적이었다.

"너 여기서 시뮬레이션해 봤어? 여기가 아난다에서 제일 잘 나가는 시뮬레이션 센터래."

"시뮬레이션이야 여기서 하나 저기서 하나 마찬가지 아냐? 난 오히려 너무 잘나가는 데는 사람 많고 복작해서 싫더라. 고객 휴게실 때문에 방음도 한계가 있을 텐데, 그런 데서 어떻게 힙노스를 해?"

"그래도 힙노스하는 데는 아무 지장 없으니까 잘되는 거겠지."

"바보야, 그런 데는 수면 유도 가스를 쓰는 거야."

관광객들은 바다에 거의 다다른 강물처럼 서서히 움직이며 아난다를 흐르고 있었다. 제레미는 문득 한 번도 보지 못한 강물이 어떻게 흐르는지 알 것 같은 기분이 들었다. 그리고 이 강물 속에서 혼자 표류하는 것 같은 외로움을 느꼈다.

'무서워.'

무서울 정도로 외로우면서도 옆의 사람들이 내뱉는 숨소리에 온몸이 바르르 떨렸다. 모든 감각과 뇌가 깨어 반응하고 있었다. 제레미는 숨을 몰아쉬었다.

'그 꿈 때문이야.'

바로 앞에서 속삭여 올 것 같은 마지막 말.

'너희들도 원하잖아.'

그래, 원해. 나도 원한다고. 감정이 격하게 올라와 울컥했다. 제레미는 쏟아지는 눈물을 닦으며 에일로 타소를 불렀다.

"타소 누나."

타소의 목소리가 금세 응답해 왔다.

「아, 좀 늦었네.」

"네. 지금 어디예요?"

「난 닉스인데……, 넌 아직 아난다에 있니?」

"네."

타소가 약간 고민하는 듯하더니 물어 왔다.

「어떻게, 위치 전송할래?」

"1인 위치 개방. 개방 대상 타소 누나. 누나, 됐어요?"

「음, 가깝네. 계속 개방해 놓고 그 길로 쭉 와.」

"알았어요……."

누군가가 제레미의 앞을 확 가로막았다.

"어?"

제레미는 눈앞에 나타난 사람을 금세 알아봤다. 알아볼 수밖에 없었다.

"에일 꺼."

유진이었다. 제레미는 입안 가득 고이는 침을 삼켰다.

「제레미?」

귓속에서 타소의 목소리가 들렸다.

「제레미, 안 들려?」

제레미는 대답할 수가 없었다. 눈앞에 있는 유진은 단호한 표정으로 재촉하고 있었다.

"에일 끄라고."

제레미는 급히 에일을 껐다. 유진은 턱짓으로 한 골목을 가리키더니 그 골목으로 발을 옮겼다. 제레미는 유진을 따라가야 할지 말아야 할지 주저했다. 이대로 도망가 버릴까? 약속이고 동지고 다 내팽개쳐 버리고.

"뭐해?"

유진이 돌아보며 물었다. 제레미는 다시 침을 삼키며 발을 뗐다. 주머니 속에서 명함이 부스럭댔다. 그래. 제레미는 결심했다. 더 이상 유진의 추종자가 아니라도, 동지가 되기 싫어도, 이대로 내빼 버리는 건 너무 비겁한 짓이었다. 게다가 자신은 그에게 주어야 할 것이 있었다.

인적 없는 골목 깊숙한 곳으로 들어가자마자 유진은 날 선 어조로 추궁했다.

"왜 안 왔어?"

"미안해. 일부러 안 간 건 아니야."

"그랬으면 위치 추적 안 되게 에일도 꺼 놨겠지."

차갑게 대꾸한 유진이 제레미를 노려봤다.

"장난해?"

"……."

"너 아까 우주공항에서 나 기다리고 있던 거 맞지? 진짜 돌 겠네. 얼굴도 모르고 일절 연결점 없어야 된다고 말 안 했냐? 그런데 멋대로 단독 행동하고, 약속한 시간에 약속한 장소에 안 오고……. 무슨 생각이야? 예정대로 진행해도 아슬아슬하 다고 몇 번을 말했어?"

"미안해."

유진은 짧게 한숨을 쉬었다.

"하, 말을 말자. 내가 전에 너한테 알려 줬던 폭탄 바이러스 말이야. 설치했어?"

"어."

제레미는 윗옷 주머니에서 짧은 남성용 팔찌를 꺼냈다. 손 도 목소리도 떨리고 있었다.

"……이 중앙에 있는 인조 보석을 왼쪽으로 돌리면 돼."

유진이 입꼬리를 올렸다.

"그러면 폭파하는 거라 이거지? 아까 돌렸겠지?"

"아직……."

"미치겠네. 얼른 돌려."

유진은 제레미의 손에 들린 팔찌를 턱짓으로 가리키며 뒤로 물러섰다. 싸구려도 아니고 명품도 아닌, 흔한 금속 팔찌였다. 하지만 이 안에 있는 건……. 제레미는 침을 삼켰다. 팔찌를 쥐고 있는 손바닥에 쇳내가 밸 것 같았다. 구역질이 났다.

툭.

제레미는 팔찌를 떨어뜨린 채 멍하니 서 있었다.

"뭐해?"

유진이 속삭였다.

"서둘러."

제레미는 아무 말 없이 친구를 쳐다봤다. 제레미의 손은 비어 있었고, 유진을 쳐다보는 눈동자는 신념과 동경과 질투 대신 죄책감으로 차 있었다. 유진은 제레미의 그 눈빛이 마음에 들지 않았다. 유진은 제레미의 눈에서 모든 상황을 이해했지만, 자신이 이해한 것을 믿고 싶지 않았다.

"너……, 설마 포기하려는 거야?"

"미안해."

유진은 제레미에게 달려들었다.

"이 자식, 누구 맘대로!"

바닥에 내동댕이쳐진 제레미의 등에서 둔탁한 소리가 났다. 유진은 바닥에 떨어진 팔찌를 주워 들고 쓰러져 신음하는 제레미에게 다가갔다. 저벅저벅. 제레미의 귀에 땅을 통해 울리는 유진의 발소리가 크게 들렸다.

"받아."

제레미는 유진을 올려다봤지만 네온사인을 등진 유진의 표정을 읽을 수가 없었다.

"받아!"

제레미는 마른 목소리로 말했다.

"미안해. 나는 못 하겠어."

유진의 턱이 움찔거렸다. 그는 손에 든 팔찌를 떨어뜨리며 제레미를 내려다봤다. 질투 없는 체념. 동경 없는 죄책감. 그런 눈으로 자신에게 미안하다고 말하는 제레미. 그는 이런 상황을 상상한 적이 없었다. 유진이 상상했던 어떤 최악의 상황도 지금 같지는 않았다.

'난 받아들일 수 없어.'

유진의 입술이 뜨거웠다. 귀 뒤가, 눈꺼풀이, 손끝이 뜨거웠다.

'이런 일그러지고 초라한 패배 따위, 난 받아들일 수 없어.'

제레미가 다시 말했다.

"나는 못 하겠어, 유진."

"해."

유진은 천천히 뒷걸음질 쳤다. 한 발짝, 두 발짝. 제레미는 여전히 쓰러진 자세 그대로 말했다.

"못 해. 젠장, 네 탓이 아니야. 넌 멋진 녀석이야. 난 너처럼 되고 싶었어. 아니, 네 세계에 끼어들고 싶었어. 너도 알고 있었지? 내가 그래서 너를 따라온 걸 알고 있었지? 그래도 너한텐 상관없었잖아."

유진은 그 자리에 멈춰 섰다. 제레미는 몸을 일으켜 앉으며 그러는 유진을 바라봤다.

"하지만 난 이제 알았어. 내가 진짜로 원했던 건 이런 게 아니었어. 난 너처럼 자기만족이 전부라고 생각 못 하겠어. 세계를 전부 내 식대로 해석하지 못하겠다고. 난 그냥 너처럼……, 네 세계처럼 빛나고 싶었던 건데, 나는 그렇게 될 수 없다는 걸 알았다고. 내가 원하는 건 너처럼 세계를 뒤집는 게 아니라는 걸 알아 버렸다고."

유진은 씹어뱉듯이 말했다.

"그런 말은 좀 더 일찍 해야 했어."

"……미안해."

"닥쳐! 뭐가 미안한 건지 알아? 네가 나한테 무슨 짓을 한 건지 아냐고!"

"약속을 어겼어."

"그래, 넌 약속을 어겼어. 지난 몇 달 동안 그렇게 다짐한 약속을 말이야. 한나절도 안 되는 시간 동안 뒤집었어."

"널 배신했어."

"그래, 이 빌어먹을 새끼야. 왜 이제 와서 배신한 거야? 왜 여태까지 가만있다가 지금 뒤통수를 때리는 거야?"

"네 계획을 엉망으로 만들어서 미안해. 하지만……."

"닥쳐!"

유진은 거세게 머리를 흔들었다.

"너는, 너는 도대체……."

유진은 말을 더 잇지 못했다. 그는 갑자기 주머니에 손을 넣었다. 주머니에서 빠져나온 유진의 손엔 권총이 들려 있었다.

"팔찌를 들어."

"유진."

"팔찌를 들고 그걸 돌려!"

"난 못 해!"

"제기랄. 넌 해야 돼! 해야 한다고!"

탕!

제레미는 비명을 지르며 쓰러졌다. 짧지도 길지도 않은, 그저 고통스러워하는 비명이었다. 유진은 멍하니 그러는 제레미를 쳐다봤다. 제레미의 몸이 움찔거렸다. 유진은 그 모습 또한 멍하니 바라봤다. 머리가 날아갈 것 같았다.

"그걸 돌리란 말이야!"

"제레미!"

유진은 흠칫 놀라며 뒤를 돌아봤다. 검은 머리의 젊은 여자가 제레미에게 달려오고 있었다. 유진은 권총을 주머니에 집어넣고 주춤주춤 뒷걸음질 쳤다.

"제레미, 나 알아보겠어? 제레미!"

타소는 쓰러진 제레미 옆에 앉아 이름을 불렀다. 제레미는 힘없는 소리로 대답해 왔다.

"타소 누나……."

제레미의 배를 적시고 등을 맞댄 땅에서 번져 나가는 피. 타소는 현기증이 일 것 같았다. 뭔가 불안하다고 생각은 했었다.

그래도 이런 식은 아니었다.

타다닥.

앞쪽에서 급히 달리는 소리가 들렸다. 타소는 제레미를 쏜 범인에게로 고개를 돌렸다.

"거기 서!"

도망치던 유진이 몸을 돌렸다. 타소는 소년에게 소리치려 했지만, 소년의 얼굴을 보는 순간 입이 떨어지지 않았다. 쓰러진 제레미를 바라보는 소년의 표정은……, 사선에 전우를 남겨두고 도망치는 군인의 표정이었다.

"누나……."

제레미가 말했다.

"누나……, 그 녀석, 그냥 놔둬요."

"왜 그냥 놔둬! 쟤가 네가 말했던 그 친구지? 그렇지? 병원 연결해! 응급 환자라고!"

— 연결했습니다. 위치 전송 시작합니다.

"그래. 경찰, 경찰도. 어디든 제일 빠른 연결망으로."

제레미가 급히 타소를 막았다.

"안 돼! 놔둬요! 그 녀석이 잡히면 안 돼요! 난 어차피 죽을 거고, 그 녀석은……."

타소는 에일에게 명령하는 것을 멈췄다.

"왜 그렇게 저 녀석을 감싸는 거야?"

제레미는 타소의 눈을 피하며 딴소리를 했다.

"세상을 속이고 싶은 줄 알았어요."

"뭐?"

"그런데 아니었어요. 난 그걸 몰랐고, 녀석도 몰랐어요. 내가 이제야 알아서 그래요. 내가 진작 말해 줬으면 이러지 않았을 거예요."

알 수 없는 말들이었다. 뭘 몰랐는지, 무엇을 진작 말해 줬으면 이런 일이 벌어지지 않았을 거라는 건지 알 수 없었다.

"이해 못 하겠어."

제레미가 힘없이 웃었다.

"누나는 이해 못 할지도 몰라요. 누난 강한 사람이니까."

이건 강하고 약하고의 문제가 아니야. 타소는 애써 나오려는 말을 삼켰다.

"고마워요, 누나."

타소는 아무 말 없이 손수건을 꺼내 제레미의 상처를 꾹 눌렀다. 지혈이 되기는커녕 피가 번져 나와 금세 손수건을 빨갛게 물들였다. 타소는 낭패감을 드러내지 않으려 얼굴을 굳혔다. 제레미는 타소를 물끄러미 올려다보다 아까 했던 소리를 반복했다.

"세상을 속이고 싶은 줄 알았어요."

"입 다물어. 말하지 마."

제레미는 고개를 저었다.

"누나도 알잖아요. 난 가망 없어요. 난 곧 죽어요. 나는요, 내가 세상을 속이고 싶은 줄 알았어요. 그런데 그게 아니었어요. 난 그저, 그 녀석의 세계에 편입되고 싶었던 거예요. 나와는 다른……, 자신의 세계가 있는 그 녀석의, 그 세계에 나도 끼어들고 싶었던 거예요."

제레미는 말을 멈추고 조금 헐떡거리더니 곧 쓸쓸한 어조로 덧붙였다.

"그러면 내가 아무것도 아닌 놈이 아닐 것 같았어요."

"……"

타소는 아무 말도 하지 못했다.

"내가 별 볼 일 없는 놈이, 아무것도 아닌 놈이 아닐 것 같았어요……."

"별 볼 일 없는 사람은 없어."

타소가 말했다.

"그렇지만 우리 모두 우주에선 별게 아니잖아요. 그 녀석은 그래서……, 자신이 세계의 신이라고 했죠. 자신이 믿어 주지 않으면 나란 존재는 아무것도 아니니까. 그 말이 꽤 멋지게 들렸어요."

타소는 파란 눈으로 제레미를 응시했다.

"그래도 네가 진짜 듣고 싶었던 말은 그게 아니잖아."

"그래요. 이제 알았어요. 하지만 누나, 그래도 그 녀석은 벌 받으면 안 돼요. 그 녀석이 잘못한 게 아니에요. 그 녀석 머릿 속엔 자기 세계밖에 없어요. 그 녀석은 날 믿었어요."

제레미의 흐릿해지던 눈동자에 잠깐 빛이 스쳤다.

"누나……, 신고하지 마요."

"……"

"내가 진짜 듣고 싶었던 말을 해 주진 않았지만 말이에요, 내가 아무것도 아니란 걸 참을 수 없었을 때 말이죠……, 그렇게 소리치고 다녔지만…….."

제레미의 눈꺼풀이 떨리며 눈을 덮어 갔다. 타소는 파랗게 질린 입술을 일자로 다문 채 제레미를 내려다봤다. 제레미의 입술이 마지막 경련처럼 말을 뱉었다.

"……서른 번, 3백 번을 소리쳤지만 반응한 건 그 녀석 하나였어요."

* * *

타소는 라다에 내려앉아 있는 침침한 어둠 속에서 침을 삼켰다. 꼴깍. 가사로봇과 방범 시스템에서 나는 낮고 간헐적인 기계음은 어둠과 같은 색이 되어 라다를 채운 침침한 공기 속으로 미끄러져 갔고, 그녀의 숨소리는 그녀 스스로를 불편하게 했다. 정적에 가까운 이 조용함 속에서 침을 삼키는 소리는 유난스럽게 크게 들렸다. 꼴깍꼴깍. 타소는 침을 삼키고 또 삼켰다. 목이 깔깔하게 말라 왔다. 그렇지만 그녀는 짜낸 침이 목구멍을 긁는 것 같은 아픔을 느끼면서도 침을 다시 삼켰다.

꼴깍.

그 소리가 머릿속에 울리는 다른 목소리들을 다 쫓아 버릴 수 있는 것처럼.

경찰들은 그녀에게 묻고 또 물었다. 이 애를 아십니까? 어쩌다 발견하게 됐습니까? 혹시 누가 이랬는지 보셨습니까? 왜 이렇게 됐는지 아시나요? 왜, 왜, 왜?

왜?

그건 타소가 가장 묻고 싶은 말이었다. 겨우 한두 시간 같이 있었을 뿐이지만 타소는 제레미가 자기 자신을 잘 아는 꼬마라고 느꼈었다. 비관적이고 세상에 대해 자신 없어 했지만, 그건 누구라도 그럴 수 있었다. 어느 누구라도, 어떤 순간에는 세상 앞에서 자신을 작게 느낄 수 있었다. 하지만 그게 죽을 이유는 아니었다.

'난 가망 없어요. 난 곧 죽어요. 나는요, 내가 세상을 속이고 싶은 줄 알았어요. 그런데 그게 아니었어요.'

왜 제레미는 자신이 죽는 게 당연하다는 듯이 그렇게 납득하고 죽어 간 걸까? 그 애는 전혀 억울해하지 않았다. 죽어야 할 놈이 죽는 것처럼, 세상에 아무 도움이 안 되는 존재 하나 사라지는 것인 양, 그렇게 금방 자신의 죽음을 받아들였다. 그렇지만 제레미는 그저, 세상을 막막해하고 자신의 초라함을 아직 받아들이지 못했던 소년이었을 뿐이다.

'내가 별 볼 일 없는 놈이, 아무것도 아닌 놈이 아닐 것 같았어요……'

제레미는 꼭 자신이 별 볼 일 없는 녀석이기 때문에 죽는 것처럼 말했었다. 별 볼 일 없는 녀석이기 때문에 총 맞아 죽는다고? 타소는 받아들일 수가 없었다.

'왜 그렇게 죽어 버린 거야? 왜 너를 죽인 녀석을 감싸는 거

야? 왜 네가 죽는 게 네 탓인 것처럼 말한 거야? 왜?'

이제 제레미는 대답하지 못할 것이다. 냉동 캡슐 속에서 파란 입술을 꾹 다문 채 죽어 있는 제레미는. 타소는 고개를 저으며 일어났다.

"별일 아니야."

타소는 되뇌었다.

"그냥 운이 없어 생긴 일이야."

제레미는 타소와 친한 사람도 아니고 알고 지내던 사람도 아니었다. 우연히 만났던 소년일 뿐이었다. 그리고 그 애가 우연히 그녀 앞에서 죽었을 뿐이다. 더 이상 무슨 상관이란 말인가.

'누나는 이해 못 할지도 몰라요. 누난 강한 사람이니까.'

죽어 가던 제레미의 그 말이 갑자기 타소의 귀를 때렸다. 타소는 다시 의자 위로 주저앉았다.

'멍청아.'

그녀가 제레미를 신경 쓰고 더 오랜 시간을 같이 있어 줄 이유는 없다. 그들은 정말 어쩌다 만난 사이였다. 그리고 타소가 제레미를 좀 더 신경 썼다고 해서, 더 오랜 시간을 같이 보내고 곁에 있었다고 해서 상황이 바뀌지는 않았을 것이다. 그랬다고 제레미가 살아 있을 리는 없다. 그렇지만, 그렇지만 제레미가, 다른 사람이 아닌 바로 그녀 앞에서 죽어 버린 것이다.

오래전에 겪었어야 할 일이 지금 돌아온 것만 같았다.

그녀 앞에서 죽어 버렸기 때문에, 그 일은 타소에게 아무 상관없는 일이 될 수 없게 되었다. 제레미는 타소와 우연히 만났던 꼬마로 끝나지 않게 되었다. 그래서 타소는 제레미의 부탁대로 범인을 신고하지 않았고……, 제레미의 죽음을 받아들이기 위해 애써야만 했다.

'이건 밑지는 장사야.'

제레미는 죽어 버렸지만, 타소는 그 애가 그녀에게 남긴 의문과 감정 사이에서 씨름해야 했다. 타소는 다시 한 번 입 밖으로 소리 내어 말했다.

"이건 밑지는 장사라고."

낮고 간헐적인 기계음들, 그녀의 숨소리. 텅 빈 라다에서 그녀의 목소리만이 그녀의 편을 들어주었다. 타소는 스스로를 향해 힘없이 웃으며 제레미의 주머니에서 꺼내 온 하얀색 명함을 들어 올렸다. 재스퍼의 업무용 명함이었다. 덕분에 타소는 제레미가 자신의 꿈을 힙노스로 만들어 달라고 의뢰했다는 걸 알 수 있었고, 죽은 제레미 대신 그녀가 그 힙노스를 사겠다고 말했다.

"그러니까 나한테는 이만한 권리가 있어, 제레미."

타소는 라다를 닫고 아난다로 향했다.

보름지구는, 언제나처럼 밤하늘에 고정되어 파랗게 빛났다. 지구의 두꺼운 대기층과 부딪친 산란광이 커다란 보름지구를 부옇게 감싼 모습. 밤하늘은 신비로운 푸른빛을 내뿜는 지구에 장악된 채 아름다웠다. 할아버지는 지구를 감싸 안은 저 부연 빛이 지구에서 가끔씩 봤던 달무리와 비슷하다고 하셨지. 제레미는 투명한 돔에 맺힌 밤하늘을 올려다보며 외투를 여몄다.

"춥냐?"

형의 목소리가 한참 위에서 들려왔다.

"쪼금."

"그래도 오랜만에 진짜 밤이야. 돔이 만드는 밤은 영 꿉꿉하거든. 저기 봐. 아프리카다."

어린 제레미는 지구의 푸른빛을 가리며 흐르는 흰 구름과, 그 밑에 드러나는 푸르고 붉은 대륙들을 바라봤다. 이렇게 가까이에서 볼 수 있는데 평생 가 볼 수 없다니, 이상한 일이었다.

"형, 지구에 가면 정말 죽는 거야?"

"그래."

형은 제레미의 질문에 성의 없고 불분명한 어조로 대답하며 몸을 숙였다.

"또 이런 게……. 유전자 보호반은 이런 게 돌아다닐 때까지 뭐하는 거야. 개새끼들, 월급은 똥구멍으로 처먹나."

길옆의 덤불을 헤집고 나온 형의 억센 손에는 토끼 새끼가 쥐여져 있었다. 꼬리가 있을 자리에 긴 다리가 붙은 기형 토끼였다.

"으에……."

눈을 동그랗게 뜨는 제레미에게 형이 단호하게 말했다.

"이런 건 없애 버려야 돼."

"왜?"

'불쌍하잖아.'라는 말이 제레미의 목구멍을 막고 입안을 뜨겁게 만들었다.

"비정상이니까."

"비정상이 뭐야?"

형은 파란 눈동자로 제레미를 내려다봤다. 가볍고 차가운 멸시. 형은 그 눈으로 제레미를 쳐다보며 징 박은 구두로 가차 없이 새끼 토끼의 작은 머리를 짓뭉갰다.

"딴 녀석들만큼 제대로 돌아가지 않는다는 뜻이지. 이런 것들이 설칠수록 달 자치 연방이 미개지네, 유전자 위험지역이네 떠들어 댄다고. 주둥아리만 살아 있는 것들."

제레미는 찍소리도 내지 못하고 죽어 버린 새끼 토끼를 내려다봤다. 불쌍해서가 아니었다. 형의 차가운 파란 눈을 계속 마주 볼 수가 없어서였다.

'난 겨우 아홉 살이란 말이야. 형은 어른이잖아. 어른은 나 같은 어린애 앞에서 이런 짓을 하고 그런 눈을 하면 안 되는 거잖아.'

다리가 떨리고 입안이 뜨거웠다.

'왜 내 앞에서 이러는 거야? 형이 나한테 이래도 되는 거야? 정말 이래도 되는 거야?'

하지만 제레미의 입에서 튀어나온 건 전혀 다른 말이었다.

"그런 건 누가 정하는 건데?"

형은 귀찮아하며 앞으로 걸어갔다.

"사람들이."

"사람들이? 형도? 누나랑 엄마, 아빠도?"

"그래."

형이 뒤돌아 걸어가며 대답했다.

"그래, 제레미."

갑자기 형 옆에서 나타난 누나가 대답했다.

"그럼."

늙고 단단한 엄마가 맞장구쳤다.

"그렇단다."

그 옆에선 아빠가 거들었다.

"그렇고말고."

열세 살 때 제레미를 학교 천문부에서 쫓아내며 크게 웃었던 선생까지 등장했다.

"당연한 거 아냐?"

친구라고 믿었지만 아바타-룸에 찾아간 자신을 마뜩잖아하던 녀석이 대답했다.

제레미는 숨이 막힐 것 같았다. 그들 모두의 빈정거리는 차갑고 가벼운 시선. 그렇지만 이 꿈속에서 그는 아홉 살 소년이었고, 아무것도 할 수가 없었다. 그는 작은 손을 들어 흐르는 눈물을 닦아내며 물었다.

"그럼 내가 비정상이면 형이랑 사람들이 날 없애 버릴 수도 있는 거야?"

형은 씨익 웃었다.

"그걸 이제 알았냐, 꼬맹아?"

모두가 파랗게 웃으면서 합창했다.

"그걸 이제 알았냐, 꼬맹아?"

뜨거운 세상이 멈췄다.

목도, 입안도, 꼭 쥔 두 손도, 흐르는 눈물도 뜨겁지 않았다. 싸늘한 무감각. 선뜩한 체념.

'이런 거야.'

제레미는 생각했다.

'내가 이상한 게 아니야. 세상은 원래 이런 곳인 거야. 예전에도 이랬고, 앞으로도 이럴 거야, 언제나 밀려나는 놈들이 있는 거야.'

특별한 일도 아니잖아. 제레미는 입을 닫고, 사람들이 해일처럼 몰려왔다 사라지는 차가운 세상에 혼자 앉아 생각했다.

— 아바타-룸은 새로운 세상입니다.

밤하늘 가득 전구를 켠 것처럼 아바타-룸의 광고가 떠올랐지만 제레미는 믿지 않았다. 그를 둘러싼 돔은 싸늘했고 돔 밖의 세상 또한 차가웠다. 다르지 않다고. 어디든 똑같아.

'달라.'

파란 보름지구에 파란 머리의 소년이 둥실 떠올랐다.

'아바타-룸은 달라.'

못 믿겠어. 제레미가 고개를 흔들었다.

'다르다고. 아바타-룸 안의 세계만이 아니야. 모든 것이 달라질 수 있어.'

파란 머리 소년은 매혹적으로 웃었다.

'왜냐하면 모든 것은 네 뇌세포 안에 있으니까. 누구든 자신의 세계를 가지고, 그 세계를 바꿀 수 있어.'

제레미는 주저하며 일어섰다. 하지만 내 세계가 바뀌어도 세상은 바뀌지 않을 거야. 그리고……, 세상을 바꾸려 한다면 사람들이 놔두지 않을 거야.

'모르겠어? 세계는 허상이야. 네 뇌를 거쳐 네 창문 안으로 들어온 세계만이 네게 진실이야. 넌 세계를 바꿀 수 있어. 넌 네 세계의 주인이야.'

제레미는 홀린 것처럼 파란 머리 소년을 바라봤다. 가슴이 두방 망이질 치기 시작했다. 세계는 아직 차가웠지만 어디에선가 미지 근한 바람이 불어왔다. 하지만 불안했다. 정말 그렇게 될까? 정말 저 말대로 되는 걸까? 저 말대로만 하면 내 차갑게 얼어붙은 세계 가 다시 녹아내릴까?

하지만 파란 머리 소년이 이렇게 말하며 손을 내밀었기 때문에, 제레미는 그 손을 잡을 수밖에 없었다.

'한 세계의 주인을 없애겠다는 모자란 녀석들은 무시해 버려.'

꿈이 끝났다. 타소는 눈을 깜박이며 떴다. 눈가에 맺힌 눈물 때문에 시야는 아직 흐릿했다.

깜박.

눈을 한 번 더 깜박이자 구릿빛과 은색이 눈에 들어왔다. 몇 초가 지나자 이목구비가 뚜렷한 구릿빛 얼굴과 짧은 은발, 냉 랭한 회색 눈이 보였다.

"야신?"

야신이 시뮬레이터를 짚고 그녀를 내려다보고 있었다. 큰 키 때문에 그 동작은 더욱 구부정하고 어색해 보였다.

"여기서 뭐하는 거야?"

"내가 물을 소리군."

야신이 말했다.

"라다도 비워 두고 시뮬레이션을 하고 있다니, 놀랄 노 자로 군. 타소 헐레인이 언제부터 이렇게 팔자가 좋아졌지?"

"아……, 꿈 좀 확인하느라고."

"급한 고객인가 보지?"

타소는 잠시 대답 없이 눈을 비볐다.

"가게에 없어서 여기까지 위치 추적한 거야?"

"설마. 컬렉트 한 건 했지. 나갈까 하는데 미결재 고객으로 네 이름이 뜨더군."

"아."

타소가 멍하니 끄덕였다. 평소와 다른 그녀의 반응에 야신 이 한쪽 눈썹을 올렸다.

"아까도 비어 있던데."

타소는 검은 머리카락을 손으로 쓸어 넘기며 일어났다.

"그땐 나가 있었어. 일이 생겨서."

야신이 미간을 좁혔다.

"일?"

타소는 짧게 대꾸했다.

"경찰서에 있다 왔어."

"네가? 왜?"

"내가 살인 사건의 최초 발견자였거든."

맥 풀리고 경직된 목소리였다. 야신은 그제야 시뮬레이터를 짚고 있던 팔을 거두며 몸을 일으켰다.

"살인 사건?"

"그래. 10대 소년, 아난다 돔과 닉스 돔 사이에서 사체로 발견되다. 총상으로 인한 복부 파열 및 내장과 대정맥 손상에 의해 과다 출혈로 쇼크사. 최초 발견자 타소 헐레인."

그녀답지 않은 과하게 시니컬한 어조였다. 야신은 타소를 쳐다봤다.

"어째서 네가 발견했지?"

"내가 곁에 있었으니까."

툭 던지는 듯한 말이었다.

"죽는 걸 봤어?"

"그래."

야신은 아는 애였냐고 묻지 않았다. 타소가 건조하게 말했다.

"누가 죽였는지도 봤어."

"경찰은, 알아?"

"몰라."

야신은 침묵했다. 타소 또한 입을 다물었다. 그녀의 숨소리는 높지 않았다. 표정에도 별 감정이 드러나 있지 않았다. 그러나 야신은 그녀 마음속의 소용돌이를 얼핏 읽을 수 있었다. 언제나 유연하고 나긋하게 움직이던 타소의 어깨가 딱딱하게 굳어 있었다.

"일단 라다로 가지."

야신의 말에 타소가 성의 없이 고개를 끄덕였다.

라다에 들어서자마자 야신은 타소의 가사로봇을 불렀다.

"커피 두 잔 가져와."

야신의 말에 가사로봇이 대답했다.

─ 네.

타각.

여전히 침묵으로 채워진 둘 사이에 커피가 놓였다. 야신은 타소 앞에 잔을 놓고, 정작 자신은 담배를 새로 꺼내 들었다.

"어떻게 할 생각이야?"

타소가 천천히 눈을 떴다.

"그 녀석을 잡아 줘."

"경찰에 신고하지그래? 넌 얼굴까지 봤잖아."

타소는 조용히 잔 속의 커피를 내려다봤다. 흔들리는, 선명한 푸른 눈동자. 다른 사람이 봤으면 그녀가 우는 줄 알았을 것이다. 하지만 야신은 타소를 알고 있었다. 그녀는 다른 사람 앞에서 울기에는 지나치게 강한 여자였다.

"경찰에 신고하지 말고 그냥 잡아. 그래서 자기가 무슨 짓을 했는지 알게 해 줘."

"왜?"

한참 만에 타소가 고개를 숙인 채 말했다.

"내가 가끔 얘기했지? 내가 뺏기고는 못 사는 세 가지."

"자주 말했지."

"내 잘못으로 그중 둘을 잃을 뻔했었어."

야신은 아무 말 없이 들었다. 타소가 말했다.

"걔가 내 앞에서 그렇게 죽으니까……."

"네 사람을 잃은 것 같았어?"

"그건 잘 모르겠어."

타소가 어깨와 등을 말면서 오른손 손바닥으로 이마를 쓸었다.

"그냥 그때 겪었어야 할 일이 지금 돌아온 것 같아."

야신은 무슨 일이었냐고 묻는 대신 다른 질문을 했다.

"네가 말한 대로 하면 내가 뭘 얻는데?"

"그 애가 자기 꿈으로 힙노스를 만들어 두고 갔어."

야신은 타소를 물끄러미 쳐다봤다. 타소는 조용히 그 시선을 받으며 덧붙였다.

"꽤 비싸게 팔릴 거야. 그걸 너한테 넘겨주겠어."

"그건 내가 받을 게 아닌 거 같은데."

"그럼 의뢰비를 낼게."

야신이 마뜩잖게 타소를 쳐다봤다. 생기 없는 하얀 얼굴의 파란 눈이 도드라지게 창백해 보였다.

"됐어."

야신은 담배를 물며 일어섰다.

* * *

"어이, 야신. 마침 잘 만났어. 이리 와 봐."

야신은 자신을 부르는 사람을 돌아보았다. 멋지게 펄 염색

된 머리카락과 짧은 수염, 최신 유행의 옷차림. 담배 가게 주인 스테판이었다. 야신은 그쪽으로 걸음을 옮겼다.

"장사가 잘 안되나 보지? 지나가는 사람까지 불러 세우고."

"말하는 거 하고는……. 인공 재배 물건이 괜찮은 게 나왔어. 아직 태양계 마약청 심사를 통과 못 해서 출시는 안 됐는데, 샘플로 나온 게 제법이야. 몇 갑 가져가라고."

"흐음."

야신은 회색 눈을 한번 깜박이며 담배 가게로 따라 들어섰다.

"코카인 같은 게 들어간 건 아니겠지?"

주인이 코끝을 찡그리며 웃었다.

"네가 담배 말고 마약에 취미 없는 건 알지. 천국도 위안도 필요 없다며. 한번 피워 봐. 다른 물건에 비해 비싸긴 한데, 맛이 아주 일급이거든."

야신은 주인이 권해 준 담배를 입에 물고 깊이 빨았다.

"지구산 아니야?"

"100퍼센트 콜로니 실험실 인공이야."

야신은 다시 한 번 빨면서 짧게 감탄했다.

"굉장한데."

"지구산이랑 거의 차이가 없어. 게다가 가격도 지구산 반값이고."

"개발한 놈 돈 좀 벌겠군."

"모르지. 지구 담배 업체들에서 태양계 마약청에 심사 통과시키지 말라고 압력 넣는 중이라니까, 기다려 봐야지. 빨리 답이 나와야 되는데. 콜로니산이면 지구산에 비해 운송비도 훨씬 적게 들고, 요새 관광객들이 하도 좋은 물건 찾아 대서 이렇게 가격 대비 고급품도 물량 달리거든. 하긴 태양계 마약청이 담배 업체들한테 밀린 적은 없지만 말이야."

야신은 별 대꾸 없이 담배를 피웠다. 알싸하면서도 부드럽게 넘어가는 연기가 기분 좋았다. 야신은 주인이 꺼내 주는 담배 몇 갑을 챙기며 말했다.

"잘 피우지."

"앞으로도 잘해 달라고. 참, 저번에 내가 알려 준 사람은 어떻게 됐어?"

야신은 아무렇지 않게 대꾸했다.

"대어이긴 하던데."

"그렇지? 나도 마야에서 담배 장사 몇 년 하다 보니 감이 생겼나 봐. 이거 때려치우고 드림 컬렉터로 나서 볼까?"

야신은 코끝으로 웃으며 말을 돌렸다.

"소문이나 얘기해 봐. 요즘은 어때?"

"아, 소브컴 쪽에서 거하게 단속 돌 모양이야."

야신의 눈썹이 치켜 올라갔다.

"아데마 팀장이 또 뭐가 수틀렸나 보지?"

주인은 어깨를 으쓱했다.

"뻔하지, 뭐. 인권 협회에서 태클 들어오나 봐."

"하긴 아무리 아데마라도 태양계 인권 협회를 대놓고 무시하기는 힘들겠지. 그리고?"

"음……, 그리고 또……, 경찰 쪽도 시끄럽더라고. 불법 총기 있으면 잘 갈무리해 놔. 경찰에서 총기 단속도 있을 건가 봐."

"갑자기 웬 총기 단속이야?"

"어제 이 근처에서 애 하나가 총에 맞아 죽었다더라고."

야신의 머릿속에 타소의 말이 떠올랐다.

'10대 소년, 아난다 구역과 닉스 구역 사이에서 사체로 발견되다. 총상으로 인한 복부 파열 및 내장과 대정맥 손상에 의해 과다 출혈로 쇼크사. 최초 발견자 타소 헐레인.'

"요새 관광청에서 10대들 사고 때문에 관광객 떨어진다고 난리였잖아. 그런데 아주 딱 맞춰서 터져 준 거지, 뭐."

"죽은 애는 어떤 애래?"

"월인月人이래. 약도 한 방 안 맞은 아주 얌전한 애라던데? 경찰 쪽에서도 몸이 달았어. 이럴 때 범인을 잡아야 위신이 서잖아."

야신의 회색 눈동자가 싸늘하게 가라앉았다.

'경찰에 신고하지 말고 그냥 잡아. 그래서 자기가 무슨 짓을 했는지 알게 해 줘.'

타소는 범인의 얼굴을 봤다. 그리고 경찰 대신 야신에게 범인을 잡아 달라고 했다. 잡아서, 자기가 무슨 짓을 한 건지 알려 주라고. 그런데 경찰은 범인을 잡기 위해 눈이 벌게져 있고, 범인은 불법 총기를 몸에 가지고 다닐 만큼 간이 큰 녀석이다…….

야신은 왼손을 올려 머리를 쓸었다. 짧은 은발이 손가락을 스치는 느낌이 차가웠다.

'이거 생각보다…….'

담배를 물어야 할까 망설이는데 귓속에서 타소의 목소리가 들렸다.

「야신, 라다로 와.」

"지금?"

야신이 심드렁하게 되물었지만 타소의 대답은 단호했다.

「그래.」

야신은 속으로 혀를 찼다.

"왜?"

타소가 흥분을 누르는 목소리로 낮게 말했다.

「범인이 누군지 알아냈어.」

* * *

타소는 검색 화면을 띄우고 앉아 있었다. 야신이 다가갔다.

"빠른데. 그사이 오닐이 작업했나 보군."

"나한테 진 빚이 있잖아. 그보다 이것 좀 봐."

타소가 턱짓으로 화면 안의 얼굴을 가리켰다. 가는 턱 선과 얇은 입매, 신경질적인 표정의 10대 소년이었다.

"한성깔 하게 생겼는데."

"유진 이스트만. 지구 녀석이야."

야신은 '흐음.' 하고 의미 없는 신음을 흘렸다. 이 녀석이란 말이지.

"잘도 찾아냈군."

"지난 2주간 콴 우주공항에 들어온 우주선들에서 10대 애들을 체크했지."

"……미쳤군."

"물론 제정신이라 그런 원시적인 짓은 안 했어. 마야나가 장착된 시뮬레이터에서 뇌에 남은 이미지 좀 긁었지. 내 기억 속 얼굴하고 실제 얼굴하고 좀 다르긴 하지만, 뭐 그래도 오차 범위 3퍼센트 안이니까. 그걸로 검색하니까 금방이던데."

야신의 회색 눈이 냉랭해졌다.

"깨어 있는 상태에서 뇌활동을 저장했다고?"

타소가 받아쳤다.

"어차피 입국 기록 해킹도 불법이야."

야신의 눈썹이 슬쩍 꿈틀했다.

"형량이 달라."

"그래. 깨어 있는 상태에서 뇌활동을 저장하면 최소 징역 30년이지. 나도 알아."

야신은 별말 없이 담배를 꺼내려다가 다시 집어넣었다. 어떻게 보면 상관없는 일이었다. 어차피 타소가 자기 자신을 인권침해로 고소할 일은 없을 테니까.

"그리고……."

타소가 다른 화면을 띄웠다.

"……얘가 제레미야."

"죽은 애 말이군."

"그래. 제레미는 어제 친구와 만나기로 돼 있다고 했어. 그런데 언제 만나게 될지 몰라 불안하다고 했지."

"……."

야신은 침을 삼켰다. 불안해했단 말이지.

"친구와 만나는 일이 불안한 일이냐고 물었던 것 같아. 그랬더니……, 게임을 하고 있다고 했어. 먼저 만나면 지는 게임을 하고 있다고. 그런데 자기는 별로 하고 싶지 않다고 했어."

"계속해 봐."

"제레미가 시뮬레이션을 하고 나면 저녁을 사 주기로 했었는데, 끝났다고 이쪽으로 온다던 제레미의 에일이 끊겼어. 위치 전송을 받았었기 때문에 제레미가 있던 곳까지 가 봤지. 그런데 골목 안쪽에서 총소리가 들렸고……, 뛰어 들어가 보니 제레미는 쓰러진 후였어."

타소의 목소리는 놀랍도록 차분하고 동요가 없었다. 그녀의 흰 얼굴과 푸른 눈이 짓는 표정이 딱딱할 뿐이었다.

"제레미를 쏜 녀석의 표정이 기억나."

야신은 타소를 쳐다봤다.

"묘하게 죄책감 느끼는 표정이었어."

"죄책감? 이상하군."

"그래, 나도 이상하다고 생각했어. 뭐랄까, 사선에 동지를 버리고 가는 비밀 결사 요원 같은 표정이랄까. 게다가 제레미가 말이지, 그 녀석은 자길 믿었다면서 신고하지 말라고 했어."

야신의 미간이 찌푸려졌다.

"아는 사이군."

"나도 그렇게 생각해. 그런데 이것 좀 봐."

타소는 벽면에 제레미와 유진의 신상 정보를 띄웠다.

"둘 사이에 공통점이나 접점이 하나도 없어."

야신은 오닐이 찾은 자료를 보며 생각에 잠겼다.

제레미 위젤과 유진 이스트만.

제레미 위젤. 달 연방 소속의 월인. 달의 호스킨 돔 출신. 유태계. 달 호스킨 돔의 5인문학교 재학 중. 윌리엄 위젤과 사라 위젤 사이의 2남 1녀 중 차남.

유진 이스트만. 지구인. 미국 국적. 그리스 아테네에서 외국인학교 재학 중. 알렉 이스트만과 페드라 이스트만 사이의 1남.

둘 사이엔 아무 연관성도 없었다. 제레미는 달에서 태어나 자란 토종 월인이었고, 유진은 지구 출신이었다. 가정환경도 전혀 달랐다. 제레미는 공무원 아버지와 우주 공사 굴착 기사인 어머니 사이의 2남 1녀 중 막내로, 나이 차가 많이 나는 형과 누나가 있었다. 하지만 유진은 외교관인 아버지와 미인 대회 출신 사업가 어머니 사이의 외동아들이었다. 야신은 담배를 피우기 시작했다.

"전혀 겹치는 데가 없군."

"그래."

그렇지만 타소가 들려준 얘기에 따르면 둘은 서로 알고 있는 사이였다.

"모르는 사이라고 해도 전혀 이상하지 않겠어. 네 이야기를 들으면 아는 사이 같지만."

타소가 입술을 만지작거리며 대꾸했다.

"나도 이 둘이 정말 아는 사이는 맞는 걸까 헷갈리는 중이야."

"이봐. 타소, 야신. 거기서 둘이 머리 맞대고 또 무슨 작당들이야?"

불쑥 재스퍼의 얼굴이 둘 사이로 끼어들었다.

"작당이라니?"

"어? 제레미 아니야?"

타소의 눈이 커졌다. 담배 연기를 크게 들이마셔서 목에 걸릴 뻔한 야신이 인상을 찌푸리며 재스퍼의 얼굴을 쳐다봤다. 타소가 딱 하고 손뼉을 쳤다.

"맞아, 네가 얘를 컬렉트했지?"

"왜 이래? 나한테 꿈까지 사 가 놓고 새삼스럽게."

야신이 끼어들었다.

"컬렉트했다고?"

"야신 너 생각 안 나? 왜, 네가 콴 우주공항에서 골라 줬던 대어잖아, 얘가."

야신의 미간이 좁혀졌다. 하지만 타소가 빨랐다.

"어땠어?"

재스퍼가 헛웃음을 지으며 어깨를 으쓱했다.

"어땠긴…… 아 진짜, 내가 죽었대서 이런 말은 좀 안 하려고 했는데, 얘가 이상했다니까? 말하다 갑자기 내 뒤를 보더니

멍하니 넋을 빼 가지고서는, 날 밀치고 가 버리는 거야! 그러고
는 한참 뒤에 연락하더라고. 자기 꿈 저장을 의뢰하겠다나?"

"흐음……."

타소는 생각에 잠겼다. 둘이 만났을 만한 곳이 있었다. 타소
는 입술을 만지작거리며 기억을 떠올리려 애썼다.

'어디선가 들은 적이 있어……. 아마도 꿈속에서. 꿈? 그래,
제레미의 꿈속에서. 그 파란 머리 소년은 유진 이스트만이었을
지도 몰라. 꿈속에서 파란 머리 소년이 뭐라고 말했었지?'

옆에서 재스퍼가 투덜거리는 소리가 들렸다.

"젠장, 또 무슨 꿍짝이야? 이 녀석은 또 왜 찾는 거고…….
어라, 이거 있는 집 외아들이구먼? 표정 봐라, 어린 게 벌써
싸가지 없게 생겼네. 내 그럴 줄 알았어. 역시 지구 녀석이었
구먼. 지구 녀석들이 하여튼 싸가지 없는 거엔 뭔가 있다니
까……. 어이, 야신. 내 말 듣고 있냐?"

"일반적으로 화성에 바보가 많이 산다는 얘기는 들어 본 적
있지."

"……내가 말을 말아야지. 이건 내 얘기만이 아니라고. 아직
열 살도 안 된 내 조카도 아바타−룸에서 만난 애들 중에 지구
녀석들이 제일 얄밉다고 그런다니까."

타소가 휙 고개를 돌렸다.

"뭐라고?"

"아니, 저기, 타소도 듣고 있었어? 그러니까 내 말은 말이
지……, 보통의 지구 여자들이 성격 나쁘다는 얘기가 절대 아

니라⋯⋯."

"그 얘기 말고 그 전에 한 얘기. 조카가 어디서 지구 애들을 만났다고?"

"조카? 아바타−룸 말이야?"

타소의 머릿속에 제레미의 꿈이 떠올랐다.

'달라.'

파란 보름지구에 떠올랐던 파란 머리의 소년.

'아바타−룸은 달라.'

못 믿겠다고 고개를 흔드는 제레미에게 파란 머리 소년이 말했었다.

'다르다고. 아바타−룸 안의 세계만이 아니야. 모든 것이 달라질 수 있어.'

분명히 그렇게 말했었다. 제레미의 꿈에 나왔던 파란 머리 소년이 그렇게 말했었다. 타소가 짐작하는 대로 파란 머리 소년이 유진 이스트만이라면, 아마 제레미와 유진은 아바타−룸에서 만났을 것이다. 어쩌면 제레미의 꿈속에서 파란 머리 소년이 아바타−룸의 대표급처럼 둥실 떠올랐던 것처럼, 현실의 유진은 아바타−룸의 스타일지도 몰랐다.

"야신."

타소가 부르자 야신이 그녀 쪽으로 고개를 돌렸다. 상황을 이미 파악하고 있는 차가운 회색 눈동자.

"아바타−룸에서 만났을 거라고 생각하는군."

어쩐지 이런 때에는 야신 특유의 감 빠르고 이기적인 태도가 믿음직스러웠다.

"그런 것 같아. 거기서 만났을 거야."

"아아……."

야신이 시큰둥한 얼굴로 담배를 빨며 투덜거렸다.

"……이젠 10대 애들 커뮤니티까지 뒤지고 다니게 생겼군."

* * *

"유진 이스트만이요? 알죠. 진짜 끝내주는 녀석이에요."

종아리를 감싼 비단 스타킹 위로 허벅지에 딱 달라붙은 능직 바지를 입고, 은단추와 자수 장식이 잔뜩 달린 푸른색 공단 겉옷을 입은 청년이 멋진 금색 콧수염을 꼬며 말했다. 눈앞에서 절대왕정 시대의 무도회에 참가하는 것 같은 청년을 보고 있다는 것도 놀라웠지만, 야신에게는 이 생생한 모습이 코스프레하고 화상 채팅하는 실제 모습이 아니라 아바타라는 게 더 놀라웠다.

"아저씨 아바타—룸 처음이죠?"

야신은 고개를 끄덕였다. 높은 깃의 셔츠 장식 때문에 사소한 동작에도 목이 갑갑해져 왔다. 무심코 셔츠 깃 안의 목을 쓸던 야신은 새삼 아바타—룸의 아바타가 얼마나 본인의 신체와 잘 호환되게 만들어져 있는지 깨닫고 감탄했다.

"상상 이상인데. 아바타도 그렇고, 이렇게 진짜 무도회장처럼 만들어 놓은 아바타—룸도 그렇고."

"여기는 그렇게 잘 만들어 놓은 것도 아니에요. 점수를 준다면 B급이죠. 보세요. 저기 저 샹들리에가 18세기 풍인 거. 저 연주자가 연주하는 악기도 절대왕정 시대보다 두 세기는 지나야 저런 형태라고요. 디테일적인 고증에 신경을 덜 썼다는 증거죠."

"역사에 관심이 많은가 보군."

청년은 어깨를 으쓱했다. 완벽한 귀족 복장의 아바타에 안 어울리는 동작이었지만 묘하게 친근함이 느껴졌다.

"아바타-룸에서 살다 보니까 알게 된 거죠, 뭐. 요새는 아바타-룸에 옛날 공간 재현하는 게 유행이라 조금만 알아 두면 써먹을 데가 많거든요."

"내가 아바타-룸에 처음인 건 어떻게 알았지?"

귀족 청년 아바타는 콧수염에 가려진 입술로 씩 웃었다.

"그야 척 보면 알죠. 아바타-룸에 처음인 어른들은 대개 아저씨처럼 자기 실제 모습으로 아바타를 만들어 들어오거든요. 아저씨, 이 무도회장에서 아저씨만 엄청 튀는 거 알아요?"

야신은 새삼스레 호화찬란한 무도회장을 훑어보았다. 청년의 말대로, 다들 건드리면 넘어갈 것처럼 하얗게 분칠한 얼굴에 높은 가발을 쓰고 비단옷에 휘감긴 아바타들뿐이라 야신은 눈에 띄는 존재였다.

"복장은 그럭저럭 잘 갖춘 것 같지만, 아저씨 혼자서 까무잡잡한 얼굴에 짧은 머리잖아요. 그래도 아저씨 외모가 받쳐 주니까 오늘 이 아바타-룸 연 녀석들도 안 쫓아내고 있는 거라고요."

"칭찬으로 듣지. 진짜 아바타-룸에 빠삭한데?"

"뭐, 이 정도야 기본이죠."

야신은 손에 든 술잔을 내려다보며 이 술을 마셔도 되는 건지 잠깐 고민했다. 그는 술잔을 오른손에서 왼손으로 옮겨 들며 물었다.

"유진 이스트만도 이런 아바타-룸에 자주 오나 보지?"

"그 녀석은 이런 데는 잘 안 와요. 거추장스럽다고."

야신은 슬쩍 운을 뗐다.

"흐음, 유진 이스트만이 생각보다 유명인은 아닌가 보군. 요즘엔 이런 옛날 공간 재현하는 게 유행이라며?"

"그야 그 녀석 정도면 유행 신경 안 써도 상관없으니까요. 원래 그 녀석 생겨 먹은 거 자체가 유행 같은 거랑은 백만 광년 떨어져 있기도 하고. 그 녀석은 존재 자체가 스타예요. 걔가 만들기만 하면 아바타-룸이 순식간에 만원이 된다니까요."

"재주도 좋군. 어떻게 그런 게 가능하지? 유행도 신경 안 쓰는 아바타-룸이 그렇게 인기 있으면 너나없이 유행 좇아 이런 아바타-룸을 만들 이유가 없을 텐데."

"그러니까 그 녀석이 대단한 거죠. 진짜 장난 아니라니까요."

귀족 청년 아바타는 열을 올리며 떠들기 시작했다.

"그 녀석은 진짜 머리가 좋아요. 어떻게 하면 유명한 아바타-룸을 만들 수 있는지 잘 알고 있죠. 왜, 어른들 그런 거 있잖아요. 아바타-룸에서 가상 인격 채팅하는 애들을 진짜 할

일 없는 애들 취급하는 거. 그래 놓고 한번 들어오면 입을 쩍 벌려요. 우리 아바타-룸은 자기들이 생각했던 수준이 아니거든요. 그냥 옛날 화상 채팅이나 홀로그램 채팅 정도로 생각하고 있었는데, 우리가 멋지게 재현된 공간에 아바타로 삼삼오오 둘러앉아 떠들고 있는 거 보면 기가 질리는 거죠. 저번에는요, 무슨 역사학자인지가 청소년들의 역사 인식을 조사하겠다고 들어왔다가 기절하려고 하더라고요. 우리가 그날 한 얘기가 중세 유럽에 대한 얘기여서 그날 아바타-룸은 먼지까지 재현된 정교한 중세 던전이었거든요. 억울하게 일찍 태어난 사람들은 미치는 거죠."

"하지만 너처럼 아바타-룸에서 사는 애들도 많을 텐데, 매번 꾸미고 재현하려면 돈 많이 들지 않나?"

귀족 청년 아바타는 푸른 공단 겉옷에 달린 은단추들을 만지작거리며 수긍했다.

"하긴 그런 식으로 중세 던전으로 아바타-룸을 꾸미려면 돈이 꽤 들어요. 넷에서 인기 얻으려고 일주일 치 알바비를 한 번 아바타-룸 꾸미는 데 쏟아 붓는 녀석들도 널렸죠. 근데 유진 그 녀석은 말이죠, 한 번도 아바타-룸에 돈 들이지 않고 늘 인기 짱이었어요. 진짜 죽이는 거죠. 천재예요, 천재."

"호오."

"예전에 한번은 그 녀석이 자살에 대한 아바타-룸을 연 적이 있었거든요. 왜, 보통 그런 건 못 열게 하잖아요. 애들끼리 모여서 문제 일으킨다고. 뭐, 가끔 진짜 문제 일으키는 바보 녀석들이 있으니까 어른들도 이해는 가지만, 진짜 바보 같은 짓이에요. 그렇게 막는다고 관심 가는 게 막아지나. 하여간 그 녀석은 무슨 수를 썼는지 자살에 대한 아바타−룸을 열었어요. 그래 놓고 첫판부터 딱 까놓고 얘기한 거예요. 여기서 얘기하고 진짜로 죽는 녀석들은 지는 거라고. 게임이라는 거죠."

청년이 다시 생각해도 기가 막힌다는 듯 헛웃음을 쳤다.

"환장하는 거죠. 언쟁은 높아 가고, 자살에 대해 심각하게 얘기하는 녀석들은 늘어 가는데, 그 녀석은 그걸 무슨 위험한 게임으로 만들어 버리는 거예요. 심적으로 몰려도 죽지 않아야 이기는 게임…… . 뭐, 그런 거죠. 싸움이요? 그런 건 없었죠. 누가 먼저 뛰쳐나가나, 누가 먼저 폭발하나, 누가 먼저 문제를 일으키나, 서로 딴 놈들이 그러길 바라면서 눈치 보면서 낙오자가 생기도록 계속 언쟁만 심하게 해 대는 거예요. 주먹 휘두르기 시작하면 끝장인 거죠. 그야말로 빼도 박도 못할 패자니까. 다들 그런 게임엔 목숨 걸잖아요."

야신은 한편으로는 어이없고 한편으론 소름 돋는 느낌에 목을 쓸었다. 어떤 광경이었을지, 참가하는 아이들이 어떤 정신 상태였을지 상상이 됐지만 더 상상하고 싶지 않았다. 서로를 향해 독설의 칼을 휘두르면서, 먼저 마음의 피를 흘리며 쓰러지는 쪽을 패배자로 간주하는 잔인한 놀이. 야신은 알고 있었다. 이런 놀이는 치명적일 수밖에 없었다. 그 순간은 공포와 승부욕에 버티다가도, 게임에서 돌아서는 순간…… , 어떤 한마디가 자살의 키워드가 될지도 모르는 것이다. 하지만 그렇기에

홍분과 유혹도 비례해서 강해진다.

"지금도 그때 생각하면 땀이 쫙 솟는다니까요. 그렇게 소름 끼치게 재밌고 긴장됐던 아바타–룸도 없었어요."

야신이 말했다.

"정말 요령 좋은 녀석이군……. 한번 만나 보고 싶은데."

눈앞의 귀족 청년 아바타는 싱긋 웃었다.

"아저씨는 뭔가 아네요. 그 녀석은 사나흘에 한 번씩 들르니까……. 아니다, 요즘엔 매일 들어오더라고요."

야신의 눈이 순간 날카로워졌다.

"요즘?"

"며칠 전부터 아바타–룸 죽돌이가 됐다던데요. 카리스마도 더 세지고. 뭐더라? 후광처럼 이미지 뿜어내는 거 있잖아요. 그게 장난 아니래요."

야신은 지나가듯 물었다.

"며칠 사이에 무슨 일이 있었나?"

"저야 모르죠, 뭐. 아무튼 그 자식은 이렇게 얘기만 들어선 모른다니까요. 직접 보는 게 최고예요."

야신은 손에 든 술잔을 테이블에 내려놓으며 일어섰다.

"그게 좋겠군. 오늘 덕분에 많이 알았어."

"뭘요. 아저씨처럼 꼰대 냄새 안 나는 어른은 재밌어요. 신선하잖아요. 다음에도 궁금한 거 있으면 또 물어보세요."

신선하다고? 뭔가 이색적인 외계인 내지는 동물원 원숭이가 된 듯한 찝찝한 기분이 슬쩍 스쳤다. 이 요란한 아바타–룸에서 그 혼자 적응하지 못한 사람이란 게 실감났다. 그는 불쾌감을 떨치려고 생각에 골몰했다.

'개개인이 각자 하는 시뮬레이션도 아니고, 이 아바타들마다 다들 인체와 호환되게 하려면 서버 용량이 장난 아니겠군. 아바타-룸이 하나 열릴 때마다 서버가 하나씩 개설된다고 해도……'

야신은 생각했다.

'내 아바타를 따라 타소가 추적할 거니까, 서버 용량이 너무 크면 들어오는 녀석들 일일이 체킹해서 추적하기 힘들겠어. 이렇게 되면 잠깐 접촉하는 걸로는 무리겠는데. 어느 정도 접촉해야 한 번에 유진 이스트만의 위치를 긁어낼 수 있을까?'

야신은 습관적으로 담배를 찾았다. 하지만 그를 감싼 귀족 복장 어디에도 담배는 없었고, 그 갑작스런 이질감은 그를 짜증나게 했다. 이곳은 그를 위한 곳이 아니었다. 그저 시간을 죽이면서 살인자 꼬마가 등장하길 기다리는 꼴이라니.

야신은 생각을 털고 귀족 청년 아바타에게 손짓으로 인사했다. 어쨌건 소득이 없었다고 말할 순 없었다. 휘황찬란한 금박 장식과 벽화로 장식된 무도회장 입구를 걸어 나오자 메시지가 들려왔다.

— 이 아바타-룸을 나가시겠습니까?

"응."

— 다른 아바타-룸으로 이동하시겠습니까, 아바타를 종료하시겠습니까?

"아바타 종료."

— 야신 카갈리스키 씨의 아바타를 종료합니다.

순식간에 야신은 자신의 작업실 의자로 돌아왔다. 아바타-룸을 빠져나오자 갑갑한 셔츠 깃이나 민망하도록 부드럽게 달라붙던 비단 스타킹의 느낌도 한순간에 사라졌다. 야신은 안도의 한숨을 쉬며 에일로 타소와 오닐을 불렀다.

"오닐, 아바타-룸에서 접촉한 아바타 해킹 가능해?"

「아바타 해킹? 그러니까……, 네 아바타가 만나는 다른 아바타를 해킹할 수 있냐는 거야?」

"그래, 그거 말이야. 가능해?"

「네 아바타를 추적해서 만나는 아바타-룸 쪽 서버를 해킹하면 되지. 품이 좀 들긴 하지만 불가능한 건 아냐.」

"좋았어. 그럼 내가 아바타-룸에서 유진 이스트만과 접촉할 테니까……."

야신은 숨을 크게 쉰 다음 말을 이었다.

"……네가 그 녀석 위치를 긁어내."

타소의 감탄 섞인 목소리가 들렸다.

「야신 넌 이럴 때만 멋진 녀석이야.」

야신이 대꾸했다.

"나중에 거하게 받을 테니까 기대하라고."

* * *

유진의 아바타-룸은 놀랄 정도로 멀쩡해 보였다.

지금까지 유진을 찾기 위해 뒤졌던 아바타-룸들은 래빗홀에 약 먹고 들어간 어린애들처럼 위태위태하거나 신경질적으로 느껴질 만큼 고증에 집착하고 있었다. 두 가지가 섞인 경우도 왕왕 있었다. 최악은 로마 연회를 재현한 아바타-룸에서 씹은 것을 바로 바닥에 게워야 한다고 우기던 토가 차림의 떼쟁이들이었다고, 야신은 얼굴을 구기며 생각했다.

　유진의 아바타-룸은 그에 비하면 심심할 정도로 단정했다. 강화플라스틱 의자들이 대충 열 맞춰져 놓인 회색 홀에 태양계 아웃사이더 전시장에서 막 빠져나온 것 같은 아바타들이 앉아서, 유진의 말에 넋을 빼고 있다는 걸 제외하면.

　"넌 지금 뭘 위해 살고 있어?"

　파란 머리의 유진 이스트만이 요정 같은 소녀에게 말하고 있었다.

　"이 아바타는 왜 만들었지?"

　"예, 예쁘니까."

　유진이 웃었다.

　"정말 그 이유뿐이야?"

　"취향이야."

　"취향은 기본이 된 다음에 얘기하는 거지."

　유진이 다른 아바타들을 향해 몸을 기울이며 웃었다.

　"뭐야. 기본이 뭐냐고? 몰라? 여기 앉아 있으면서?"

　유진은 손가락으로 똑똑 머리를 두드렸다.

　"여기 있는 게 최우선이라고. 꼰대들은 툭하면 너흰 진짜 세계를 모른다고들 하지. 세상에 부딪쳐야 쓴맛을 안다고들 해. 웃기지 않냐?"

유진이 목소리를 낮췄다.

"그 진짜 세상이 돌아가는 걸 믿어? 태양 플레어 한번 터지고, 운석이 스쳐 가면 멸망한다는 장난 같은 세상인데, 어떻게 자기 뇌에 있는 세계보다 진짜 세상이 중요할 수 있다는 거야?"

아바타들은 눈을 빛내며 유진에게 주목했다. '맞아.', '제기 랄.', '진짜야.' 등의 동조하는 감탄사 외에는 아무것도 허용되지 않을 것 같은, 폭력적인 집중이었다.

"안 그래? 자기만족. 진짜로, 진짜 내 세상에서 살려면 그거뿐이야. 내가 화가 나는 건 니들의 이 쓸데없는 치장이 그걸 깎 아내리고 있다는 거야. 요정? 좋지. 판타지? 좋아. 하지만 그게 <u>스스로를</u> 약하게 만들고 자기 자신의 세계에 허점을 만든다곤 생각 안 해 봤어? 제일 중요한 거, 그 기본을 방해하는 거라고."

유진은 소녀에게 다시 돌아섰다.

"벗어던져."

소녀가 아랫입술을 물면서 유진을 쳐다봤다. 유진은 양손을 들어 올렸다.

"더 나아지고 싶잖아. 네 특별함을 알아주지 않는 저놈의 진 짜 세상에 보란 듯이 네 세계를 살아 내고 싶잖아. 넌 네 세계 의 주인이라고. 그런 네가 스스로를 감추고 자기한테 만족 못 한다니……."

유진이 말을 끊고 잠시 소녀를 마주 보았다.

"……창피하지도 않냐?"

"하지만 이게 나야!"

소녀가 소리쳤다.

"네 말대로 나한테 만족하기 위해 내 뇌에서 만들어 낸 나라고! 그러는 너는? 그러는 너도 아바타-룸에선 파란 머리잖아."

"그래. 내가 왜 그랬을까? 파란색이 좋아서? 평범한 게 싫어서? 태양계 어디든 갈 수 있는 지구 출신이라고 뽐내고 싶어서?"

유진이 미소 지었다.

"감추니까 약점이 되는 거라고. 이게 나야!"

그는 소녀를 흉내 내며 아바타들에게 돌아섰다. 머리카락에서 뚝뚝 파란 물을 흘리며, 순식간에 갈색 머리로 변한 그가 속삭이듯이 빠르게 말했다.

"애써 꾸며도 어두침침해 보인다고 하고, 신경 안 쓰면 인생 포기한 취급을 하지. 네가 얼마나 특별한지 모르고 놈들은 수치로만 널 판단하잖아. 네가 인생에 대해 어떻게 생각하고 있는지 신경도 안 쓰면서 잘난 척들을 하지. 병신들!"

야신은 점점 격해지는 반응들을 보았다. 주먹을 쥐는 아바타들이 점점 요란한 화장을, 머리색을, 옷차림을, 문신을 버렸다. 그림에서 물감이 빠지는 것처럼 기괴한 아바타들이 헤비메탈 공연장에서 그로기 상태에 빠진 10대들로 변했다.

"진짜 너한테 반해 버리라고!"

그들 한가운데로 뛰어들며 유진은 눈에서 빛이라도 뿜어낼 것처럼 외쳐 대고 있었다.

"자기한테 만족하지도 못하면서 자기 뇌 속의 세계는 어떻게 믿겠어? 그딴 인생에 무슨 가치가 있지? 넋 놓은 보통 바보들처럼 그렇게 살고 싶어서 여기 있는 건 아니잖아. 다 드러내라고. 다 벗어던져. 다 인정해. 그러면 너희는 신이 될 수 있어!"

* * *

타소는 탁자에 죽 놓여져 있는 제레미의 유품들을 쳐다봤다. 제레미의 주머니에 들어 있던 꿈이 저장된 메모리칩. 제레미 옆에 떨어져 있던 남성용 금속 팔찌. 타소는 평범하기 그지없는 팔찌에 시선을 박은 채 생각에 잠겼다. 평범한 팔찌였지만 제레미에게 어울리는 물건은 아니었다. 제레미는 척 보기에도 마음 약해 보이는 모범생 타입이었으니까. 타소는 입술을 만지작거리며 생각했다.

'팔찌는 흔한 장신구이면서 다른 용도로 쓰기에 좋은 물건이지……'

야신의 반지나 자신의 목걸이처럼 팔찌에 카메라를 내장시키는 경우도 흔했다. 제레미에게 어울리지 않는데도 제레미 곁에 떨어져 있던 팔찌. 어쩌면 도망친 유진 이스트만이 제레미에게 넘겼거나 버리고 간 물건인지도 모른다. 타소는 팔찌에 시선을 박고 장갑을 끼면서 에일로 회색곰을 불렀다.

"회색곰? 타소예요."

「웬일이야?」

"수상한 물건을 하나 주웠는데, 좀 봐 줄 수 있어요?"

「뭐, 총이나 폭탄이라도 돼? 나한테 봐 달라고 하고.」

"글쎄요, 그건 아직 모르고요. 보기에는 그냥 흔한 팔찌처럼 생겼는데."

「나라고 뭐 무기 전문가인 줄 알아? 일단 스캔해서 보내 봐. 아는 거면 알려 주고…….」

타소가 잽싸게 말을 가로챘다.

"모르는 거면 전문가 좀 소개시켜 줘요. 꼭 알아내야 되는 거니까."

「보내기나 해 봐.」

타소는 팔찌를 3차원 스캐너에 넣고 돌렸다. 홀로그램으로 확인된 모습은 실제 팔찌의 외양과 똑같았다. 타소는 에일로 스캔 결과를 전송한 다음 팔찌를 확대해서 여러 번 스캔했다. 그녀는 지문 검색을 하면서 회색곰의 연락을 기다렸다.

「이건 또 뭐야?」

놀라면서 마뜩잖아하는 회색곰의 목소리가 들렸다.

「이런 건 대체 어디서 주웠어?」

"왜요?"

「이것만 봐서는 정확히 알 순 없는데, 이 중앙의 인조 보석 말이야. 이 부분이 걸려. 겉만 봐서는 보통 팔찌인지도 모르겠지만……, 이런 식으로 만들어진 것들은 대개 인조 보석이 버튼 역할을 하거든.」

타소는 팔찌를 집어 들고 찬찬히 중앙의 인조 보석을 들여다봤다. 한눈에 모조임이 드러나는 인조 보석은 지나치게 화려하면서도 묘하게 둔탁해 보이는 구석이 있었다.

"그러니까 이 인조 보석이 버튼이라고요?"

「확실히는 알 수 없다니까. 그냥 옛날 경찰 시절 감이야. 수상한 목적으로 쓰인 것 같은 장신구가 들어오면 첫눈에 판별하는 법이 있거든. 팔찌 같은 경우에는, 일단 진짜 값비싼 보석이 박혀 있거나 아무것도 안 박힌 놈들을 열외로 쳐. 이놈처럼 인조 보석이 하나 달랑 박혀 있는 게 제일 의심스런 종류지.」

타소는 감탄했다.

"으음……, 역시 경험에서 오는 감이라는 게 있군요. 그럼 정확히 어떤 용도로 쓰이는지는 알 수 없는 건가요?"

「그렇지. 뜯어서 분해해 보거나, 내장 프로그램을 뚫고 들어가는 수밖에.」

타소는 귀가 번쩍 뜨이는 느낌이었다.

"내장 프로그램을 뚫는다고요? 좀 더 자세히 얘기해 봐요."

「자세히 얘기하고 말고 할 것도 없어. 폭탄 버튼 같은 거라면 폭탄 본체와 연결되어 있을 테고, 바이러스 종류라면 실행키 정도는 기본으로 깔려 있겠지.」

"아하……."

타소는 팔찌를 만지작거리며 미소 지었다. 이 물건을 어떻게 활용해야 할지 알 것 같았다. 그녀는 고맙다는 인사와 함께 에일을 끊고 바로 오닐을 불렀다.

"오닐, 네가 좀 거들어야 될 일이 생겼어."

「또?」

타소는 오닐의 한숨을 무시하며 계속 말했다.

"수상한 팔찌를 주웠거든. 이런 데 내장된 프로그램 만질 줄 알아?"

「내 솜씨가 일류는 아니지만, 솔직히 삼류도 아니라고. 그 정도도 못 만지면 프로그래머 때려치워야 된다고 봐야지.」

"좋아. 대가는 의뢰 중단 합의금 한 건 감면. 제일 큰 건으로. 어때?"

「지난번 무료봉사까지 쳐 줘야지. 세 건.」

"그렇게 치면 나도 할 말 많거든? 한 건."

「두 건.」

"한 건."

타소는 목소리를 낮게 깔아 반복했다. 오닐이 쓰게 대답해 왔다.

「……알았어. 한 건.」

진작 이렇게 나오셨어야지. 타소는 승리감을 감추며 짐짓 단호하게 말했다.

"내장된 프로그램이 뭔지, 어디와 연결되어 있는지 알아내 줘."

「언제?」

"지금."

「지금 당장?」

"응, 지금 당장. 가능해?"

에일로 오닐의 한숨 소리가 들려왔다.

「하아……. 가능하죠, 여왕님. 20분만 기다려.」

"이건 폭파 버튼이야."

타소는 귀를 의심했다.

"무슨 버튼?"

"폭파 버튼."

오닐이 인상을 쓰며 컴퓨터에 접속된 칩을 노려봤다. 인조 보석 밑에는 예상대로 정체불명의 작은 칩이 달려 있었고, 그 칩을 컴퓨터에 접속시켜 프로그램을 뚫는 것도 순조로웠다. 하지만 지금 나오고 있는 데이터대로라면 이 물건은……. 오닐은 혀를 찼다.

"쯧쯧……, 도대체 이걸 어디서 주운 거야?"

팔짱을 끼고 옆에 서 있던 타소가 어깨를 으쓱했다.

"회색곰과 똑같은 얘길 하네. 그렇게 곤란한 물건이야?"

"당연히 곤란하지!"

오닐은 '이 여자가 내 얘기를 어디로 들었지?' 하는 얼굴로 잘라 말했다. 타소는 속으로 한숨을 쉬었다. 농담이었으면 좋았을 텐데.

"자세히 얘기해 봐. 폭파 버튼이라니 무슨 소리야?"

"말 그대로야. 여기 인조 보석이 폭파 버튼이고, 이 칩에 내장된 건 폭파 프로그램이라고. 이 칩이랑 일대일로 연결된 폭탄이나 로봇 같은 게 있을 거고, 이 인조 보석을 왼쪽으로 돌리면 그게 폭파되는 프로그램인데……, 이거 자체는 구조가 꽤 단순하거든? 프로그램 쪽에 전혀 문외한인 사람도 이 정도는 눈치껏 조절할 수 있을 거야. 뭐랄까, 폭파 프로그램치고는 너무 초보자 스타일이야."

오닐은 컴퓨터를 톡톡 두드렸다.

"그런데 바이러스가 걸려 있거든."

타소가 이해 안 간다는 듯 인상을 찡그렸다.

"폭파 프로그램에 바이러스가?"

"이해가 안 되지? 나도 난생처음 보는 바이러스라고. 기본 코드는 폭파 규모를 크게 만드는 건데……, 이제껏 본 적 없는 바이러스인 걸 보면, 이건 이 폭파 프로그램 전용으로 만들어진 바이러스일 확률이 높아. 그런데 도통 뭐에 쓰려고 폭파 프로그램에 바이러스까지 만들어 깔았는지 짐작이 안 간단 말이야. 차라리 폭파 프로그램을 좀 더 정교하게 만드는 편이 낫잖아? 간단하고, 싸게 먹히고."

타소는 아랫입술을 두드리며 되물었다.

"바이러스 이름은?"

"'toG-jun288…….' 이거야 무슨 비밀번호나 암호 같구먼."

타소는 오닐 옆에 붙어 앉았다.

"그 바이러스 정체를 알아봐야 할 거 같은데."

"그 얘기 언제 나오나 조마조마했다. toG-jun288……, 특수 바이러스……."

쏟아져 나오는 정보를 요령 좋게 헤집고 다니던 오닐의 눈이 모니터 한구석에 멈췄다.

"타소."

"왜? 뭐 좀 찾아냈어?"

"의학용 나노로봇의 바이러스라는데."

타소가 고개를 들고 오닐의 얼굴을 쳐다봤다.

"의학용 나노로봇? 혈관 속의 콜레스테롤 같은 거 없애고 다니는 그 나노로봇 말이야?"

"맞아. 그거."

오닐이 이마를 긁었다.

"잠깐. 그럼 얘기가 어떻게 되는 거야? 그러니까 저 칩에 나노로봇 폭파 프로그램이 있고, 그 toG-jun288인지 뭔지 하는 바이러스가 그 폭파를 더 크게 만든다는 건가? 그런 걸 도대체 어디다 쓰려고……."

말하던 오닐의 얼굴이 굳었다.

"타소, 그거 혹시……."

"아마."

화면에서 눈을 떼지 못하던 타소가 덧붙였다.

"암살용으로 많이 쓰이는 바이러스래."

* * *

타소는 느긋하게 커피잔을 들어 올렸다. 타소의 점집 라다는 조용했고, 가사로봇이 끓여 온 터키식 커피는 그녀의 혀에 딱 맞는 텁텁한 쓴맛을 안겨 주었다.

"……."

야신은 그녀 맞은편에 앉아 담배를 꺼내 물고 불을 붙였다. 머릿속에선 복잡하고 빠르게 여러 추측과 생각들이 떠다녔지만, 타소는 천천히 커피를 마시며 눈을 가늘게 뜨고 야신을 쳐다봤다. 야신이 담배를 빨며 입을 열었다.

"유진 이스트만은 아바타-룸의 스타더군."

"흐음."

달각. 타소는 커피잔을 내려놓았다. 야신이 말했다.

"내 생각에 제레미는 유진의 추종자였던 거 같아. 아니면 유진 주변에서 겉도는 녀석이었거나."

"친구일 수도 있잖아?"

"둘이 공개된 친우였다면 다른 아바타들이 유진에게 제레미의 안부를 물었을 텐데, 녀석들은 눈앞의 유진에게밖에 관심이 없더군."

타소는 저도 모르게 손가락으로 아랫입술을 쓸면서 물었다.

"유진 이스트만이 그렇게 대단한 녀석이야?"

"나야 모르지. 하지만 얼핏 봐도 그 녀석 추종자들에게는 대단한 것 같더군."

툭 내뱉은 야신이 미간을 찌푸렸다.

"잔머리가 팽팽 돌아가는 놈이야. 아바타-룸은 처음 서비스를 시작할 때부터 '더 현실에 가까운 가상현실' 운운하면서 한

달 넘어가는 기록은 삭제된다고 공시해 놨어. 그 기간도 접속자가 많이 늘어나면서 일주일로 짧아졌더군."

"그럼 만약 경찰이 냄새를 맡는다고 해도, 몇 달 전의 대화 기록을 찾아보는 것은 물론 접촉한 아바타들을 찾아보는 것도 불가능하다는 얘기네?"

타소의 말에 야신이 고개를 끄덕였다. 타소가 한숨을 쉬었다.

"하아, 머리 좀 있는 도련님들이 일을 벌이면 문제가 커진다니까."

야신이 심드렁하게 말했다.

"그 도련님 잡느라 며칠을 아바타-룸에서 죽쳤다고. 유진 이스트만 위치는 긁었어?"

"응."

"흠."

"어딘지 안 물어봐?"

"어차피 가야 할 테니까."

타소가 코웃음 치며 귀찮다는 듯 손을 흔들었다.

"흥, 잘나셨습니다."

비웃음이 담긴 동작인데도 하얀 손놀림은 우아하고 아름다웠다. 야신은 타소의 손에서 옆얼굴로 시선을 옮겼다. 아바타-룸에서 유진을 대면한 사람은 자신이 아니라 그녀여야 했다. 유진이 어떤 녀석일지 실제로 확인하는 사람은 타소여야 했다. 두 소년 사이의 일에 말려들어 눈앞에서 제레미가 죽는 걸 지켜봐야 했던 그녀에게는 그럴 자격도 이유도 있었다.

하지만 그녀는 자신이 직접 나서기보다 야신을 내세우는 걸 택했다. 야신은 담배를 깊숙이 빨아들였다. 타소가 말했다.

"그럼 정리해 보자……. 제레미는 유진의 손에 죽으면서 유진을 신고하는 걸 말렸어. 죽기 전에 제레미는 친구와 만나기로 했다고, 게임을 하고 있다고, 하지만 자기는 별로 하고 싶지 않다고 했었지."

제레미 위젤과 유진 이스트만. 전혀 어울려 보이지 않는 두 소년 사이의 우정이 어떤 것이었는지는 알 수 없지만, 어쨌거나 그 우정은 두 소년을 지구와 달에서 마야까지 데려다 놓았다. 서로를 만나기 위해서든 둘 사이의 모종의 약속이나 게임을 위해서든. 야신이 말했다.

"그리고 우린 제레미의 꿈을 보고, 그 둘이 아바타−룸에서 만났을지도 모른다고 추측했지. 유진은 아바타−룸의 스타였어. 그 녀석을 추종하거나 호의를 가진 녀석들이 맹목적인 눈빛을 드글드글하게 뿜어 대더군. 어쩌면 제레미도 그 추종자 중의 하나였을지 몰라."

타소는 도톰한 입술을 손가락으로 쓸었다.

"아니, 유진 이스트만이 네가 말한 대로의 타입이라면……, 어쩌면 제레미는 추종자가 아니었어도 유진 주위를 맴돌았을 거야. 잠깐 본 거였지만 제레미는 내성적이고 깊게 생각하는 타입 같았어. 예민하고. 아마 유진에게 질투 섞인 호의나 비웃음 섞인 경외감을 느끼기 쉬웠을 거야."

"그랬다면 제레미에게 유진은 특별한 존재였겠군."

타소가 쓰게 웃었다.

"그래. 죽게 만들어도 감쌀 수 있을 정도로."

유진은 어땠을까. 야신은 조심스럽게 아바타–룸에서의 기억을 더듬었다. 유진은 추종자들에게 팬서비스 같은 멘트를 날려 댔지만, 정작 야신이 이질적인 존재라는 사실을 알아차린 건 꽤 시간이 흐른 후였다.

"유진은 내가 자기 아바타–룸에 들어갔을 때 특별 취급하거나 부외자처럼 대하진 않더군. 유진 이스트만이 자기 추종자들을 일일이 다 기억하고 있는 녀석은 아니란 얘기지."

타소의 표정이 묘해졌다.

"그럼 제레미와 마야까지 와서 만났다는 건, 유진에게도 제레미는 그냥 추종자는 아니었단 거네?"

"아마도. 그리고 그 녀석은 동요하고 있었어."

아바타–룸의 다른 아바타들이 눈치채지 못한 제레미와 유진의 우정. 지구와 달에서 마야까지 온 둘의 만남. 게임. 살인. 동요.

"둘의 우정은 비밀이었어. 유진은 제레미를 창피해할 녀석은 아니고, 제레미는 유진을 창피해할 이유가 없었지. 그러니까 둘의 우정이 비밀이었던 건……."

"비밀로 할 만한 걸 공유하기 때문이었겠네."

"그 비밀이 제레미가 말한 유진과의 게임이겠지. 아마 그것 때문에 둘 다 마야까지 온 거일 테고."

타소가 고개를 끄덕였다.

"그래. 그리고 그 게임인지 약속인지를 제레미는 뒤집어엎었고……, 배신감을 느낀 유진은 제레미를 죽여 버린 거야."

야신은 짧은 은발을 거칠게 쓰다듬었다.

"미치겠군. 애들끼리 한 약속 때문에 둘씩이나 밥줄도 팽개치고 달려들고 있다니. 도대체 무슨 약속을 했기에 배신했다고 총질까지 해 댄 거야?"

"글쎄, 나도 그게 알고 싶어. 하지만 지금 내가 알고 있는 건……."

타소가 손에 들린 잔을 탁 소리 나게 탁자에 놓았다.

"……그 총질까지 해 댄 바로 그 녀석이 아직 마야에 있다는 거야."

야신은 손을 멈추고 타소와 눈을 맞췄다. 검은 머리에 싸인 희고 반듯한 얼굴은 아름다웠지만 차가웠다. 야신이 그녀의 말을 되풀이했다.

"유진 이스트만이 아직 마야에 있다고?"

"그래. 아직 안 돌아갔어."

야신은 픽 웃었다.

"그럼 그 녀석이 지구로 돌아갔으면 나를 거기까지 출장 보내려고 했어?"

"그럴 리가. 너 말고 다른 사람을 썼겠지."

"아직 이성이 남아 있는 것 같으니 다행이군. 그래, 이제 유진 이스트만을 찾았고, 그 녀석은 마야에 있지."

야신은 담배를 물며 타소에게 지나가듯 물었다.

"뭘 원해?"

새삼스러운 물음인 반면 뒤늦은 질문이기도 했다.

"매듭."

타소의 새파란 눈동자가 야신을 응시했다.

"이걸 그 녀석한테 전해 줘."

야신은 군말 없이 손바닥만 한 은색 원통을 받아 들었다. 타소는 팔찌를 야신에게 던졌다.

"이것도."

야신이 가볍게 팔찌를 받아 쥐며 물었다.

"이게 뭐야?"

"폭파 버튼이야. 나노로봇의."

야신은 고개를 갸우뚱했다.

"나노로봇도 폭파가 되나? 대개 혈관 청소나 뭐, 그런 용도로 쓰이는 초소형 로봇이잖아."

"원래는 의학용이지. 하지만 수명이 다 된 나노로봇 처리하는 방법 중에 폭파시키는 게 있거든."

야신의 눈썹 끝이 올라갔다. 타소가 그런 야신을 보며 덧붙였다.

"그 폭파 기능을 강화시킨 불법 바이러스도 있고."

"아하."

원래는 혈관의 노폐물이나 콜레스테롤을 걷어 내는 용도로 쓰이는 초소형 나노로봇. 혈관을 헤집고 다닐 만큼 작은 이 나노로봇은 주사기 바늘로 몸속에 투입된다. 그러나 수명이 다

된 나노로봇을 바늘로 빼낸다는 건 불가능하다. 살아 있는 사람의 피는 혈관을 타고 계속 이동하고, 나노로봇 또한 그 피를 타고 계속 온몸의 핏줄을 떠다니니 말이다.

그래서 의학용 나노로봇의 개발자들은 두 가지 방법을 고안해 냈다. 수명이 다 된 나노로봇을 체내에서 폭파시키기와, 기능 면에서 약간의 손해를 감수하고라도 처음부터 부식이 잘되는 소재로 나노로봇을 만들기. 그러나 동일하게 만들어진 나노로봇이라도 투입자의 신체에 따라 부식되는 속도는 천차만별이었고, 결국 소비자들의 항의와 신용도 추락과 끝없는 재판들에 질린 의학용 나노로봇 시장은 폭파 중심으로 개편되었다.

그다음은 충분히 예상할 수 있는 일이었다. 언제나처럼 첩보 기관과 군부와 범죄 집단은 이 물건의 또 다른 가능성을 일찍 깨달았던 것이다. 그들은 나노로봇의 폭파 기능을 강화시켜 수많은 사람들을 혈관 손상과 뇌경색으로 골로 보냈다. 이때 실제 의학용 나노로봇에 적용해서 의심을 덜기 위해 수많은 프로그램 바이러스들이 개발되었으며, 때문에 고혈압과 혈관 질환자들의 구원이었던 혈관 청소용 나노로봇은 아이러니하게도 '가장 소리 없는 암살자'라는 화려한 별명으로 불렸다. 불과 얼마 전까지는. 야신은 팔찌를 눈앞으로 들어 올려 이리저리 돌리며 말했다.

"어떻게 이런 걸 꼬맹이들이 가지고 있었지?"

"암살용으로 잠깐 인기였는데 요새는 물 건너갔거든. 폭파시키려면 나노로봇 고유 코드 번호가 필요하게 바뀌었대."

"안전장치를 했군. 그럼 코드 번호는 누가 관리하지?"

"업체에까지 보안 사항이지만, 본인이 원하는 경우엔 주치의는 알고 있을 수 있대."

"원칙적으론 본인만 알게 되어 있다 이거군. 그럼 나노로봇이 몸에서 폭파될 당사자, 혹은 당사자가 알려 준 사람의 승인이 있어야 폭파가 가능하다는 얘기 아냐. 실제로 폭파된 뒤에 수사 초점도 거기 맞출 테고."

야신이 타소를 쳐다보며 고개를 흔들었다.

"나라면 누굴 죽일 때 이런 거 안 써."

"그렇겠지. 하지만 애들이니까."

"이 팔찌, 제레미 위젤한테서 가져온 거 아닌가? 제레미 위젤이 누굴 암살할 도구를 가지고 있었다고?"

"내가 보기에, 그건 유진이 얽힌 거야. 도저히 제레미 스타일의 물건이 아니거든. 게다가 거기 남은 지문은 두 사람 거였어. 약하게 남은 게 제레미 거였고……."

"선명하게 남은 쪽이 유진 이스트만이었다는 얘기군."

"거의 그렇다고 봐야지."

타소의 똑바로 바라보는 푸른 눈동자를 보며, 야신은 유진을 생각했다. 신처럼 굴고 싶어 하던 소년의 파란 머리 아바타를.

"……유진이 제레미에게 그 나노로봇을 혈관 속에 넣고 다니는 사람을 죽이라고 시킨 거군."

야신이 한숨을 억지로 삼키듯 내뱉었다. 타소가 팔짱을 끼고 고개를 끄덕였다.

"맞아. 그 팔찌에 담긴 폭파 바이러스, 그게 폭파시킬 나노 로봇의 위치도 알아냈는데…….."

야신이 미간을 좁혔다.

"알아냈는데?"

타소가 양손을 벌렸다 딱 맞잡으며 말했다.

"아바타—룸에서 긁어낸 유진 이스트만의 위치와 정확히 일치해."

"그렇다면…….."

야신은 담배 연기를 들이마시는 것도 잊고 타소를 쳐다봤다. 타소가 조용히 말했다.

"그래, 제레미는 유진을 죽이기로 약속했던 거야."

* * *

유진은 시뮬레이터 안에서 눈을 떴다. 그답지 않게 눈꼬리에 눈물 자국이 남아 있었다. 유진은 눈을 문질렀다. 힙노스는 과연 소문대로 강력한 대리 체험이었다. 아바타—룸의 가상 체험과는 완전히 달랐다. 시뮬레이터 뚜껑이 완전히 열릴 때까지 그는 꿈의 잔상이 자신을 빠져나가길 기다렸다.

"야, 이 드림 컬렉터 새끼야. 너 이 새끼, 화성에 가서 썩어 볼래? 왜 첫말이랑 뒷말이 달라, 이 새끼야. 씨발, 내가 이대로 확 소브컴에 불어 버릴까?"

휴게실 쪽에서 들려오는 소음이 그가 지금 하고 나온 힙노스가 어떻게 만들어지는지 새삼 일깨워 주었다. 예전의 자신이라면 신랄하게 비웃었을 것이다. 자기 뇌에 있는 세계에 만족하지 못한 놈들이, 다른 자들의 꿈을 카피하면서 대리만족하는 거라고. 웃기는 짓거리라고. 그러나 지금은…….

'나는 왜 여길 못 떠나고 있는 걸까?'

유진은 양손으로 이마를 쓸었다. 뭐가 남아서? 뭐가 아쉬워서? 그는 대답할 수 없었다. 소년은 터덜터덜하는 걸음으로 시뮬레이션 센터 입구를 향해 가다 딱 멈춰 섰다.

큰 키, 기분 나쁜 회색 눈, 짧은 은발과 구릿빛 피부, 무표정한 얼굴이지만 은근히 비아냥거리는 시선. 자신의 아바타-룸에 왔던 아바타와 똑같이 생긴 남자가 몇 미터 앞에서 자신을 바라보고 있었다.

"어이."

둘 사이의 긴장을 먼저 깬 사람은 야신 쪽이었다.

"커피 좋아해?"

"……."

야신은 유진의 탐색하는 침묵을 무시하고 입구 쪽으로 턱짓했다.

"한 잔 하지? 내가 쏠 테니까."

"싫은데요."

야신이 웃었다.

"커피라도 마시면서 부는 게 나을걸."

유진의 얼굴이 굳었다. 그리고 다음 순간, 그는 이 상황이 자신이 기다리던 상황임을 깨달았다. 소년은 속삭이듯 물었다.

"경찰이에요?"

"아니. 난 심부름꾼이야."

야신이 유진과 함께 향한 곳은 판타소스 구역의 래빗홀이었다. 안전 보장 프로그램 소버린이 닉스뿐 아니라 이곳에서도 가끔 빛을 발했기에 선택된 장소였다. 야신은 몇 평 남짓한 공간을 임대하며 방음은 최고로 높이고 상상력을 증폭시키는 란츠만 기능은 최대한 누를 것을 주문했다. 야신은 테이블을 사이에 두고 유진과 마주 앉았다.

"난 너한테 들을 말을 듣고 전할 것만 전하면 돼."

"누가 보냈는지 몰라도 꽤나 관대하군요."

"그야 피해자가 관대했으니까. 널 신고하지 말라고 했다더군."

유진은 피식 웃었다.

"마야는 희한한 곳이라더니 진짜네요. 관대한 처벌자에, 관대한 피해자에, 관대한 배신자까지."

"그래. 내 생각엔 이렇게 관대하지 않아도 될 것 같은데 말이야."

야신은 주머니에서 남성용 금속 팔찌를 내밀었다. 유진의 표정이 변했다.

"……그건 내 거 아녜요."

야신은 아무 말 없이 팔찌를 유진 쪽으로 밀었다. 팔찌 가운데 박힌 인조 보석이 조명을 반사하며 반짝였다. 제레미가 손을 내밀지 않자 야신은 손바닥만 한 은색 원통을 꺼냈다.

"이거 받아."

"뭐예요?"

"제레미가 너한테 주는 거야."

"……."

야신은 심드렁하게 말했다.

"아난다 구역에 있는 아무 시뮬레이터나 들어가서 재생하라고."

유진이 낮은 목소리로 중얼거렸다.

"제레미의 꿈을 훔쳤군요."

"그 녀석이 남긴 거야. 아마 너한테 전하고 싶었겠지."

"멋대로 갖다 붙이지 마요. 우린 아무것도 안 남기기로 했어. 그 녀석이 자의로 꿈을 저장했을 리 없어요."

야신은 담배를 입에 물면서 천천히 되물었다.

"우리?"

빌어먹을. 유진은 속으로 중얼거렸다. 가뜩이나 만만찮아 보이는 이 인간에게 이렇게 꼬투리를 잡히다니. 유진은 밀리지 않기 위해 고개를 빳빳이 들었다.

"우리가 친구였다는 건 알고 왔을 거 아니에요."

야신은 표정이 읽히지 않는 얼굴로 담배를 빨았다.

"아니. 제레미한테 널 죽이라고 시켰던 것까지 알고 왔어."

"시켰던 게 아니에요."

"그래, 약속했던 거겠지. 그놈의 아바타―룸에서 말이야. '우린 아무것도 안 남기기'로 한 거지."

냉랭한 회색 눈이 소년을 마주 봤다.

"제레미와 같이 죽으려고 했던 거지?"

"……."

"넌 제레미를 총으로 쏘고, 제레미는 폭파 버튼으로 널 죽이기로 했어. 그런데 막판에 제레미가 마음을 바꿨지. 네가 그렇게 공을 들였는데 말이야. 당연히 용서가 안 됐겠지."

담담하지만 신랄한 어조였다. 유진은 뚫어져라 야신을 노려봤다.

"그러게 왜 그런 복잡한 방법을 택했어? 그냥 각자 목이라도 맸으면 간단했을 텐데."

"애들 일이라고 함부로 말하지 마요."

야신이 여전히 무감동한 얼굴로 내뱉었다.

"내가 애들 일이라고 이러는 거 같아? 난 남의 일이라서 함부로 말하는 거야."

유진이 으르렁거렸다.

"당신 재수 없어."

"난 네가 재수 없어. 그러니까 빨리 끝내자고."

"당신 같은 사람이 뭘 알아? 들으면 이해하기나 할 것 같아?"

야신이 에누리 없이 대꾸했다.

"아니."

"빌어먹을."

야신의 대답에 유진은 욕을 뱉었다. 야신이 두 번째 담배에 불을 붙이며 물었다.

"왜 제레미와 동반 자살을 하려고 했지?"

"그걸 왜 알고 싶어요?"

"그걸 알아야 제레미가 죽은 진짜 이유를 알 수 있으니까. 그냥 '배신감'이라는 건 널 만나지 않고도 알 수 있어. 날 보낸 사람은 진짜 이유를 원해."

유진이 야신을 노려봤다.

"그냥 배신감이라고? 웃기지 마요. 제기랄, 제레미와 난, 우린 둘 다 끝장내고 싶었어요. 죽이 맞았던 거죠. 그 녀석은 용기가 없었고, 나는 내 죽음을 모두가 속는 비밀로 만들고 싶었어요."

유진의 목소리가 높아지며 말이 빨라졌다.

"어차피 어디가 실제인지 모르는 세상이에요. 우주유영 시뮬레이션과 실제 우주가 구별되지 않고, 아바타—룸과 현실 세계가 달라 보이지 않죠. 힙노스를 자꾸 하다 보면, 그게 남의 꿈인지 자기 꿈인지 알 게 뭐겠어요? 아마 몇십 년 후엔 자기가 옛날에 꿨던 꿈이라고 떠들어 대겠죠. 자기도 그게 사실이라고 굳게 믿을 거고. 그럴걸요. 그럴 거예요."

"……."

"그러니까 결국 인생에서 가장 중요한 건 내 뇌세포, 내 자기만족인 거예요. 내 머리 안에 있는 세계가 제일 중요해요. 그리고 난 이 세계를 끝내고 싶었어요. 그래요. 솔직히 말하면 좀 멋진 방식으로 말이죠."

유진이 어깨를 으쓱하며 시니컬한 어조로 말했다.

"쇼한다고 말할 놈도 있겠지만, 내가 내 인생을 좀 더 멋지게 꾸며 보겠다는데, 그게 쇼든 진짜든 착각이든 무슨 상관이래요?"

누군가를 끌어들이지 않았다면 말이지. 야신은 생각했다.

"그래서 무슨 쇼를 해서 네 인생을 화려하게 끝낼 생각이었지?"

유진은 혀로 입술을 핥았다.

"모두를 속이는 거죠. 자살이 아닌 것처럼. 사고로 죽은 것처럼. 나는 내 세계가, 내 목숨이 어떻게 끝났는지 진실을 알고 있지만, 다른 사람들은 모르는 거예요. 생각해 봐요. 한 세계가 끝나는데, 그 세계와 함께 죽은 그 세계의 신 외에는 아무도 그 진짜 이유를 알지 못하는 걸. 이왕 끝내는 인생, 그렇게 비밀과 속임수에 싸여서 끝내고 싶었죠."

그 진짜 이유를 알지 못하는 게 아니라, 그 진짜 이유를 알 필요를 못 느끼는 거겠지. 야신은 담배 연기를 뱉으며 생각했다.

"그래서 제레미를 끌어들인 건가? 네 죽음을 사고사로 위장하려고 걔한테 폭파 버튼을 준 거냐?"

유진은 답답하다는 듯 반박했다.

"내가 끌어들인 게 아니라, 처음부터 우린 한팀이었어요. 그 녀석이 날 배신하기 전까진 그랬다고요. 아까 들었잖아요. 걘 용기가 없었고, 난 속임수를 꾸미고 싶었다고. 우리 둘 다 자살을 원했고……, 서로에게 필요한 걸 줄 수 있었다고요. 난 제레미 대신 그 녀석을 죽여 주고, 제레미는 그냥, 시간차 나게 조절해 놓은 그 폭파 버튼을 누르기만 하면 됐다고요. 그럼 난 그 녀석 앞이 아니라, 몇 시간 후에 갑자기 죽는 거였다고요!"

"정말 그렇다고 믿는 거냐? 제레미가 진심으로 죽고 싶어 하지 않는다는 건 그 앨 몇 시간 봤던 사람도 눈치챘어. 그런데 몇 달간 둘이서 비밀스레 계획을 짜면서, 넌 한 번도 제레미의 진심을 의심하지 않았다고? 제레미의 애매모호한 자살 욕구를 이용해서, 걜 네 쇼 도우미로 이용하고 있다는 그런 의심도 안 했다고?"

유진이 테이블을 치며 일어났다.

"안 했어요! 젠장, 안 했다고!"

"그걸 나한테 믿으란 거냐?"

"내가 그런 생각을 했으면서도, 배신감에 제레미를 죽였을 거라곤 믿고? 대체 당신이 믿는 얘기가 뭔데? 듣고 싶은 얘기가 뭐야? 난 그 녀석을 믿었어. 왜냐하면 그 녀석과 나는……."

야신은 조용히 유진을 쳐다보며 기다렸다. 담배가 재를 떨구며 타들어 갔다.

"이런 제기랄. 그건 내 인생 첫 연대감이었어요."

유진은 상기된 얼굴로 야신을 노려봤다.

"이해 못 하겠어요? 나란 놈, 나 같은 놈한테 그런 게 생길 거라곤 생각도 못 했다고요. 우정이었어요. 진짜 우정!"

"진짜 우정?"

"그래요, 진짜 우정. 난 생각했어요. 이 녀석은 날 이해해 주는구나. 아니, 이 녀석은 나랑 생각이 통하는구나."

유진은 경멸 어린 표정으로 빠르게 말했다.

"그래요. 난 진작 기대를 버렸어요. 어떻게 제정신으로 그런 걸 가지고 있겠어요? 사람과 사람 사이에 진정한 이해 같은 건 없어요. 서로 이해하라느니, 상대 처지를 먼저 생각하라느니, 다 개소리죠! 누가 다른 사람을 이해해요? 어차피 각자 인생이잖아요. 어차피 자기가 먼저잖아요. 그 녀석도 나도 서로 이해할 순 없어요. 하지만 우린 그걸 알고 있었고, 그래서 연대감이 생겼죠. 생각이 통했다고요. 상상도 못 했던 진짜 우정이었죠."

"하지만 너희들은 결국 같이하지 못했잖아."

유진은 순식간에 풀이 죽었다. 야신은 그 모습이 헬륨 가스가 빠져나가는 풍선 같다고 생각했다. 소년은 손으로 얼굴을 문질렀다. 길고 마디가 두드러진 손가락 사이로 자신 없는 목소리가 흘러나왔다.

"그게 그렇게 중요해요?"

야신은 소년을 봐줄 생각이 없었다.

"그럼 넌 그게 안 중요하냐? 진짜 우정을 나눈 친구가 이제 없다는 게, 너한텐 안 중요해?"

"우린 약속했어요."

"너희가 군인이냐?"

"그 녀석이 못 쫓아온 거예요."

"너희가 명령이면 뭐든 들어야 되는 군인이냐? 여기가 전쟁

터야? 명령이면 살인도 죄가 아니고, 약속했으면 살인이든 자살 방조든 먹히는 데야?"

"우린……, 그런 법이니 규범이니 하는 게 쫓아올 수 없는 한계까지 함께 넘으려고 했어요."

"너 말이야……."

야신의 입술과 코에서 얘기와 담배 연기가 섞여 나왔다.

"……아바타−룸에서 저장 메모리 파는 건 알고 있었냐?"

"……."

"아바타−룸을 범행 모의 장소로 고른 건 거기가 네 텃밭이고 기록을 빨리 지우기 때문이었겠지. 너와 동지라는 게 기뻤지만, 언제 내쳐질까 불안했던 제레미가 너와 만날 때마다 저장해 뒀으면 어쩌려고 했어?"

"제레미가 그랬을 리 없어요."

야신은 들은 척도 않고 말을 이었다.

"네가 나노로봇 폭파로 죽으면 경찰이 어디부터 뒤질지 알고 있냐? 네 나노로봇 코드 번호를 알 법한 사람부터야. 하나하나 파도 용의자가 안 나오면 화살은 다시 너한테 돌아가지."

"내가 자살한 거라고요? 확실한 증거는 없었을걸요. 제레미는 폭파 장치 팔찌를 돌린 뒤에 아무도 모르는 곳에 버릴 거였어요."

"네가 바라는 쇼가, 경찰이 네 자살을 가설로 내고, 네가 직접 폭파 장치를 돌리고 버렸을지도 모른다고 네 부모한테 알리는 거 정도냐? 그걸 위해서 제레미까지 끌어들였어?"

유진이 분노로 몸을 떨었다.

"그럴 리 없어요."

"그럴 리 없다?"

유진은 웅얼거렸다.

"그럴 리 없다고요."

"그럴 리 없었으면 너 말고 제레미 혼자 죽지도 말았어야지."

"그 녀석이 약했던 거라고요! 날……, 죽일 수 없었던 것 같아요. 제기랄, 그게 그 녀석 한계였어요. 그럴 줄 알았으면……."

야신이 딱 잘라 되물었다.

"그래서 죽였어?"

유진의 입이 벌어졌다.

"난 그 녀석을……, 제레미 그 녀석을 죽어도 싼 놈이라곤 생각 안 했어요!"

"죽을 만한 놈이라곤 생각했겠지."

유진은 모욕당한 사람처럼 주먹을 움켜쥐었다.

"화낼 거라고 생각했어. 화나서 버튼을 돌릴 거라고 생각했다고!"

"……"

"우리는……, 서로 죽여 주려고 한 것뿐이야. 난 날 죽이고 싶었어. 그 녀석도 그랬다고. 그 녀석을 죽일 생각 같은 건 없었어. 이렇게 될 줄 알았으면 하지도 않았어. 제기랄."

유진의 말이 무겁고도 우스꽝스럽게 내려앉았다.

"진짜 친구였단 말이야."

야신은 피식 웃었다.

"넌 어디에 살고 있어? '미안해요.' 한마디면 뭐든 용서되는 그런 곳? '이렇게 될 줄 몰랐어요.' 하면 뭐든 이해되는 그런 곳?"

유진의 등이 굳었다. 야신은 싸늘하게 유진을 쳐다보며 물었다.

"거기가 어른들이 이해 못 하는 너희 세계냐?"

* * *

아바타-룸은 어두웠고 흥분을 삭이는 아바타들로 넘쳐 났다. 유일한 조명인, 표면이 다이아몬드처럼 빛나는 행성 홀로그램이 한가운데에서 천천히 돌면서 미약한 빛을 뿌렸다. 사방에서 들리는 목소리들은 생각보다 훨씬 앳되고 들뜬 것처럼 들렸다.

"진짜 한대?"

"나 사람 죽는 거 처음 보는데. 좆나 기대된다."

타소는 그 목소리들에 반응하지 않으려 노력하면서 주변을 살펴보았다. 소문이 어디까지 돌았는지, 유진 이스트만의 아바타-룸에는 끊임없이 아바타들이 들어오고 있었다.

"어떻게 이런 생각을 다 했지? 아바타-룸에서 자기 죽는 거 생중계라니, 진짜 끝내준다."

"내가 그 새끼 천재인 거 알았다니까. 내가 천재라 그랬잖아."

"우주선에서 아바타-룸 접속하는 거라며? 그게 돼?"

"야, 돈 많으면 안 되는 게 어딨냐? 하여간 그 새끼, 스케일이 달라. 어떻게 죽을지 너도 들었냐? 폭사래, 폭사. 씨발, 죽인다. 막 여기저기 살점 튀고 그러는 거 아냐? 씨발, 우주선 좆나 막 간지나게 터지고!"

유진은 라다로 제레미의 꿈과 메시지를 보내왔다. 이걸 볼 때쯤 자신은 우주선을 타고 마야를 떠나고 있을 거라며, 자신이 탄 우주선이 우주 한복판에서 터지는 꼴 보기 싫으면 아바타-룸으로 오라고 협박했다.

처음에 타소는 실소했다. 우주선을 폭파시키겠다고? 유진이 러시아 대통령 아들쯤 되면 우주선에 폭탄을 싣는 게 가능할지도 모른다. 유진이 믿고 있는 건 혈관 청소용 나노로봇과 폭파 바이러스와 실행키가 전부일 터였다. 혈관 청소용 나노로봇의 폭발을 최대출력으로 해 봤자 사지가 날아가고 흔적도 안 남는 폭사 같은 건 일어나지 않는다. 몸 어느 곳에선가 혈관이 터져 조용히 쓰러질 뿐. 운 나쁘게 대동맥에서 터지더라도 피를 토하는 내상으로 끝날 것이다.

하지만 과연 유진이 그걸 몰랐을까?

처음부터 이 혈관 청소용 나노로봇과 폭파 강화 바이러스에 대해 알아본 것도 유진이었을 터. 우주선이 터질 일 따윈 없을 거라는 건 알고 있었을 거다. 타소는 일이 짜증나게 돌아간다는 걸 깨달았다. 녀석은, 자기 목숨을 가지고 협박하고 있었다.

무엇을 위해?

"정말 나서지 않으려고 했는데."

타소가 중얼거렸다. 죽은 소년에게, 기억 속의 그 애에게 빚진 기분을 떨치려고 여기까지 왔다. 야신 뒤에 숨어서, 유진을 대면하지 않고 지금까지 모든 과정을 관여하고 지켜봤다. 야신이 때때로 보내는 눈빛을 감지하지 못한 건 아니었다.

'이걸 봐야 할 사람은 너잖아.'

그녀는 모른 척했다. 제레미가 바라지도 않던 복수를 하게될까 봐 두려웠다. 그게 다라고 생각했다. 그런데 유진이 아직끝나지 않았다고 메시지를 보낸 것이다. 타소는 이제 인정할수밖에 없었다. 맞닥뜨리더라도 끝내야 할 일이 있다는 것을.

타소는 유진의 메시지를 보면서 지금이 바로 그때라는 것을알았다. 조금씩 어두워지는 아바타-룸에서 유진을 기다리면서 그 생각은 점점 확신으로 변해 갔다.

"유진 이스트만이다."

누군가 갈라진 목소리로 말했다. 타소도 다른 아바타들처럼고개를 들었다. 한가운데에서 돌아가던 마야가 흐려지고 그 공간에 유진 이스트만의 아바타가 나타났다. 소리 죽여 환호하는아바타들에 둘러싸여, 타소는 유진을 쳐다보았다. 그리고 천천히 유진에게 다가갔다.

실제 모습과 똑같이 만든 아바타였다. 유진은 자신에게 다가오는 타소를 보고 눈을 크게 떴다. 석상처럼 굳어 꼼짝도 못

하는 유진을 보고 타소는 시간을 돌린 것 같은 기분이었다. 자신이 도망치던 유진에게 소리치고 유진이 돌아보던 그 순간으로. 그녀를 쳐다보고 있는 건 아바타−룸의 스타가 아니라, 죽어 가는 전우를 버리고 가는 것 같은 표정으로 돌아봤던 그 소년이었다.

"유진."

타소가 유진의 코앞에 멈춰 서서 속삭였다. 유진은 새하얗게 질려서 그녀에게서 눈을 떼지 못했다.

"제레미는 널 용서해 주라고 했어."

유진이 충격받은 얼굴로 타소를 마주 봤다. 다리가 풀린 그가 휘청대다 풀썩 무릎을 꿇었다. 타소도 그 앞에 함께 무릎을 꿇었다. 한참 만에 유진이 입술을 달싹였다.

"난 그 녀석을……."

"……."

"……아니, 이젠 다 늦었어요."

"그래, 이제 다 늦었어."

타소는 고통스럽게 침을 삼켰다.

"그리고 넌 안 죽을 거야. 네가 돌리고 버린 건 평범한 팔찌였어. 바이러스를 제거하고 실행 버튼까지 빼냈으니까."

유진이 이를 악문 채 타소를 쳐다봤다. 부릅뜬 눈에서 눈물이 흘러 턱 끝에 매달렸다.

"왜요?"

"왜냐고?"

타소가 되물었다.

"나도 그걸 묻고 싶었어."

타소는 유진을 두고 일어섰다. 그들을 둘러싼 아바타들이 벽을 이루고 있었다. 세상을 속이고 싶고, 세상에서 주목받고 싶고, 세상이 자기 뜻대로 되어야 한다고 믿는……, 수많은 소년 소녀들의 아바타들이 그녀를 마주 봤다.

그녀는 눈을 감았다.

그리고 그대로 아바타-룸에서 로그아웃했다.

5. 그들 모두의 꿈

야신은 카이야가 새벽에 습격당했다는 소식을 그날 오후에 들었다. 의뢰를 맡기러 찾아온 피의자 측 변호사로부터였다.

판타소스 돔의 래빗홀에서 고객이 상상 도우미에게 칼을 휘둘렀다.

피의자 고객의 이름은 아단 델가도.

피해자 상상 도우미의 이름은 카이야 레만.

말쑥한 정장 차림의 변호사가 설명한 사건의 개요는 참으로 단순하고 일어날 법한 일이라, 야신은 그 일에 카이야가 얽혀 있다는 것이 오히려 현실감 없이 느껴졌다.

"이게 웃기는 게, 부상 자체는 경미한 수준입니다. 피하려고 구르다 생긴 타박상이 칼에 스친 자상보다 심한 정도니까요. 일반 상식에선 그 정도면 낮은 형량이 선고되겠구나 할 텐데,

그게 법대로 하면 또 그렇지만도 않다는 거죠. 왜냐, 흉기로 공격했기 때문에 특수 상해죄가 적용된단 말입니다. 특수 상해 같은 경우는 우주법에도 분명히 명시되어 있어서……. 아, 마야가 우주법 적용한다는 건 아시죠?"

변호사의 말에 타소가 갸웃했다.

"형량이 낮게 구형되는 편이라 자체 법률 시스템이 따로 있는 줄 알았는데요."

"네, 제가 이번에 의뢰하고 싶은 게 바로 그쪽과 관련된 겁니다. 말씀하신 대로 따로 적용되는 법이 있긴 하거든요. 환상 관련 법 쪽이죠. 상해니 특수 상해니 하지만, 사실 래빗홀에서 벌어지는 사건들은 기본적으로 환상사건 아닙니까."

"그쪽이 형량이 낮게 나오기도 하고요."

"맞습니다. 저희 조사로는……, 판타소스 돔에서 상상 도우미가 고객에게 공격당하는 것은 간혹 일어나는 일이더군요. 또 피해자 카이야 레만 씨는 사건이 일어난 래빗홀의 에이스로, 상상력이 굉장하기로 소문이 자자했다니 더 말할 것도 없죠. 이건 충분히 일반 형사사건이 아니라 환상사건으로 보낼 수 있는 건이에요."

"하지만 그런 건 경찰에서 판단하는 일 아닌가요?"

"물론 그렇습니다. 경찰에서 판단하겠죠. 그런데 좀 늦어질 수가 있어요. 아단 델가도 씨는 사건 직후부터 패닉에 빠져 같은 말만 되풀이하는 상황이고, 카이야 레만 씨는 사건 당시와 그때의 환상을 제대로 기억도 못 합니다. 자신은 그냥 평소처럼 환상을 겪게 해 줬을 뿐이란 거죠. 곤란한 일입니다. 환상사건으로 넘기면 보석으로 빠져나올 수도 있을 텐데 본인이 협조를 못 하니."

"래빗홀의 룸에서는 무슨 일이든 일어날 수 있으니까요."

"마야 어딘들 안 그렇겠습니까. 빤히 환상사건인 게 눈에 보이는데 경찰이 그걸 모른 척해 버릴 수도 있는 겁니다. 최악이죠."

"일어날 확률이 낮은 일이니 최악 아닌가요? 마야 경찰이 그 정도로 막 나갈 것 같지는 않아요. 설사 경찰이 환상사건 말고 일반 형사사건으로 넘긴다고 해도 이의 제기를 하면 될 거고요. 저희가 도와 드릴 부분은 없을 것 같은데요."

타소의 말에 변호사는 오히려 반색했다.

"법 쪽을 아주 모르시는 건 아니군요? 이거 잘됐습니다. 제가 제대로 찾아왔군요. 저희 로펌에 유능한 조사관들이 많이 있습니다만, 환상사건 담당 조사관은 수요도 애매하고 구인도 까다로워서 말이죠. 이번 사건에 외부 조사관을 구하는 일이 아주 힘들 거라 예상했는데. 하하. 그런데 얘기하신 부분은 뭐랄까, 예, 뭐 개인 소송일 때에야 그렇게 움직이는 게 맞겠죠. 그렇지만 저희 회사가 그렇게 움직일 수는 없지 않겠습니까. 일종의 정보전이랄까? 예방도 하고 조사도 해 두려는 거지요. 물론 마야 경찰이 그렇게까진 하지 않을 테고, 결국엔 환상사건으로 넘어갈 거라 생각합니다만……, 지금 어물어물 미루고 있는 것도 사실이니까요. 이의 제기를 할 준비를 하든 환상사건에 대비해 조사를 하든 경찰보다 빨리 움직여서 나쁠 건 없지요."

변호사와 타소가 대화를 나누는 동안 야신은 카이야의 상처에 대해 생각했다. 정확히 말하면 판타소스 돔에서 카이야를 다치게 하는 게 가능한 일인가에 대해.

카이야 레만이 칼에 스쳤다. 판타소스 돔에서. 놈의 비정상적으로 강한 상상력을 생각하면 납득이 가지 않는 일이었다. 야신은 카이야의 검은 상상이 뻗어 나가던 모습을 아직도 생생히 기억하고 있었다. 작업실이 고래로 변해 자신을 삼키려 했던 것도. 놈의 상상은 자연재해급이었다. 판타소스 돔에서라면 카이야는 신 흉내를 낼 수도 있으리라. 아마추어의 흔들리는 칼 따위는 우스울 텐데.

"피의자가 패닉 상태에서 같은 말만 반복한다고 하셨죠? 무슨 말이었습니까?"

야신이 불쑥 끼어들자 변호사가 당황해하며 기억을 더듬었다.

"어……, 뭐라고 했더라? 짧은 말이었어요. 아, 그러더군요. '알고 있었어. 어떻게 알았지?' 이 말을 계속 반복했습니다."

들을수록 오리무중이로군. 야신은 담배 생각이 간절해졌다. 그는 변호사가 연락을 기다리겠다며 돌아가자마자 담배를 물었다. 그리고 타소에게 카이야가 얼마나 강한 상상력을 가지고 있는지 이야기했다.

"이상한 일이네. 그 사람, 다리도 살짝 절잖아. 네 말대로 그렇게 전지전능하다면 왜 계속 다리를 절고 있어? 왜 아직 직업을 가지고 있고?"

"흠, 전지전능하다고까지 할 순 없어. 닉스 돔에서 금발망령이 날뛸 때 카이야 레만은 카이트 보딩을 하던 금발망령에게 치여 나가떨어졌었거든. 판타소스 돔을 벗어나면 능력을 발휘하지 못한다고 봐야지."

"네 작업실도 닉스 돔에 있잖아?"

야신이 천천히 재떨이에 담배를 털었다.

"그건 특수 상황이었고. 어쩌면 닉스 돔이었고, 루게릭병 환자보다 놈의 상상이 약했기 때문일 수도 있지."

"네 말대로라면 아닐 것 같은데."

"어쨌거나 판타소스 돔에서 놈이 아마추어의 칼에 맞았다는 게 영 이상해."

타소가 가사로봇에게 식은 커피잔을 치우라고 시키면서 말했다.

"글쎄, 그건 간단히 볼 수도 있을 것 같은데. 반사 신경이 느려서가 아닐까?"

"반사 신경이라."

"딱 봐도 운동 능력이나 그쪽은 둔해 보이지 않아? 샌님 스타일이잖아. 그런 타입이니까 인지하지 못한 공격에는 무방비할 수도 있어."

"하긴 상상을 잘한다고 주변 상황에 기민하게 반응하는 것은 아니니까."

하지만 그렇다 해도 무방비하게 구는 건 처음 공격했을 때까지고, 칼을 피해 구르기까지 했다면 그사이에 온갖 공격을 퍼부을 수 있었을 것이다. 야신은 카이야가 그러지 않은 이유를 추측해 봤지만 어떤 것도 설득력이 없었다. 당황해서? 남의 작업실에 들어와 집주인을 살인자 취급하던 사람이, 자신이 공격받을 때 당하고만 있을까 싶었다. 상상 도우미로서의 평판 때문일까? 돈줄이라 참았다고 보기에는 그간 카이야가 지불한 의뢰비가 만만찮았다. 본인 입으로도 앰뷸런스 에어카와 사고가 나서 보상금을 두둑이 받았다고 하지 않았던가.

"이 건에 관심 없어?"

"글쎄."

"전부터 카이야 레만 한번 조사하려고 했잖아?"

"아까는 마뜩잖은 눈치더니 갑자기 적극적이군."

타소가 어깨를 으쓱했다가 양손을 탁 소리 나게 맞잡았다.

"글쎄, 이 일을 괜히 키우고 싶지 않나 봐. 로펌이랑 일하면 지금까지처럼 하나둘 들어오는 의뢰가 아니라 대규모 하청을 받는 것 같은 기분이 들 것 같아서 부담스러웠거든. 그런데 카이야 레만이 꿈 찾는 의뢰 말고 하나 더 의뢰한 게 생각나더라고. 조사 카테고리가 딱 겹쳐."

이왕이면 힘 덜 들이고 양쪽에서 의뢰비를 받아먹겠다는 계산이로군. 야신이 물었다.

"언제?"

"오늘 낮에. 경상이라더니 진짜인가 봐. 쌩쌩하던데."

"흠, 의뢰는?"

"자기랑 예전에 같이 일했던 드림 컬렉터를 찾아 달라고."

"연락 안 되나?"

"자기를 피한대."

"피해도 맘만 먹으면 찾기 쉬울 텐데. 같이 일했던 당시의 시뮬레이션 센터들 거래 내역만 뒤져 봐도 바로 나오잖아. 마야를 떠난 건가?"

"나도 그 얘기는 했어. 레만 말로는 자기가 새로 하려는 일이 있는데, 투자자가 마구 들이닥친다는 거야. 그 와중에 사고가 났고. 그러니까 투자자한테 자기 능력을 설명해 줄 사람이 급하게 필요하다는 거지."

야신이 담배를 길게 빨았다.

"카이야 레만한테는 뭐라고 하려고?"

"알릴 필요 없잖아?"

야신은 타소를 흘깃 보고는 재떨이에 꽁초를 눌렀다. 불은 단숨에 꺼졌지만 그는 한참 담배 끝을 비비다 입을 열었다.

"아까 변호사가 말한 사건, 조건 하나 걸어. 그 조건 수용하면 빨리 해 줄 수도 있고 가격도 싸게 해 줄 수 있다고."

"무슨 조건?"

"우리가 보낸 환상 자료를 피의자 자료와 맞춰 보는 건 그쪽 일 거 아냐. 그 결과물을 나한테도 알려 달라고 해."

타소가 얼굴을 찡그렸다.

"왜?"

"네가 아까 말했잖아. 내가 전부터 카이야 레만 조사하려고 했다고."

"로펌에서 그런 조건은 받아들이지 않을 거야. 새어 나가는 게 무엇인지, 기록이 남는 게 어떤 건지 누구보다 잘 아는 놈들이라고."

"뭐든 걸어 봐. 나한테 기록 안 넘기고 해결할 수도 있는 문제잖아."

"하지만 로펌은 절대 만만한 상대가……."

"수수료 40퍼센트."

한순간에 타소의 얼굴이 꽃처럼 화사하게 피어났다. 야신이 일어서며 물었다.

"카이야 레만이 일하는 래빗홀이 어디라고 했지?"

* * *

판타소스 돔의 건물들은 들쭉날쭉한 높이와 외양을 하고 줄지어 서 있었다. 내걸고 있는 네온사인이며 홀로그램들은 건물들보다도 통일성이 없었지만 건물들의 외벽은 다들 벙커인 양 두꺼웠다. 구획은 거미줄같이 복잡하면서, 도로는 건물 사이사이로 넓게 뚫려 있는 것과 같은 이유 때문이었다. 사건 사고가 잘 날 없는 판타소스 돔의 특성상 어쩔 수 없는 안전장치였던 것이다.

카이야가 일한다는 비잔티움 래빗홀은 생각보다 찾아가기

힘든 위치에 있었다. 트램 정류장에서 먼데다 일방통행으로만 들어갈 수 있는 도로변에 있어 무인택시가 아니면 한참 걸어야 했다. 별수 없이 무인택시를 타고 가면서 야신은 카이야에 대해 생각했다. 놈의 이상할 정도로 강력한 상상력과 늘 사고를 몰고 다니던 놈의 꿈들을. 생각해 보면 처음 작업실에 쳐들어와 그를 결박했을 때 바로 뒷조사를 해야 했었다.

'아직 늦지는 않았어.'

과연 그럴까? 야신은 확신할 수 없었다. 어쩌면 그때 너무 쉽게 제압했던 것인지도 모른다. 그래서 녀석이 위협적인 놈이 아니라고 내심 만만하게 보고 있었던 건지도. 해거름의 판타소스 돔에서는 두꺼운 건물들이 길게 그림자를 늘이며 무인택시의 창을 가렸다. 위태로운 기분이었다. 이유를 딱 꼬집어 말할 수 없는데 초조한 느낌. 야신은 머리를 누르며 생각의 물꼬를 다른 방향으로 틀기 위해 노력했다.

달리 보면 이건 기회였다. 야신은 생각했다. 사실 카이야의 일을 자신이 쫓아다니며 알아야 할 이유는 없지 않은가. 그는 소브컴이 아니었다. 놈이 위협적인 상상력을 가지고 있었고, 놈의 꿈에 줄줄이 쫓아다니며 이상한 일들이 일어났고, 놈의 행동과 꿈에서 보이는 성격이나 윤리가 보통 사람의 범위를 뛰어넘긴 했지만 그게 뭐가 어떻단 말인가? 설령 카이야 레만이 자기 능력으로 누구 좀 등쳐서 잘 먹고 잘살려는 소악당이라 해도 그가 개입할 이유는 없었다.

그런데 변호사의 의뢰를 받았으니 조사해 볼 명분이 생긴 것이다. 이참에 카이야가 흘리고 다니는 의혹들을 제대로 분석하고, 머릿속에서 깨끗이 치울 수 있을지도 모른다.

찾아간 비잔티움 래빗홀의 직원은 야신의 말에 눈을 가늘게 뜨고 그를 쳐다봤다.

"매니저 불러오지 말고 얘기 좀 하자고요?"

"바쁩니까?"

직원이 팔짱을 끼며 혀를 찼다.

"당신 카이야 레만 때문에 왔죠? 그치도 정말 징글징글해."

감탄 반 넌더리 반이 뒤섞인 태연한 태도였다. 야신은 래빗홀 매니저를 불러오겠다는 직원을 잡았다.

"왜 내가 레만이라는 사람을 찾아왔을 거라고 생각합니까?"

"오늘 사고 친 거 때문에 온 거 아니에요?"

"자주 오나 보죠? 나 같은 사람이."

직원이 짜증난다는 얼굴로 팔짱을 깊게 끼며 야신을 노려봤다. 야신이 돈을 내밀자 그는 별수 없다는 듯이 돈을 받고 입을 열었다.

"여기서 본 중에 제일 세니까요."

"세다고요?"

"상상력이요. 받는 액수도 그렇고."

"사고도 잘 치고요?"

"그럼요. 징글징글하죠."

"오늘 새벽 사고는 어땠습니까? 늘 그만한 사고를 치면 목 남아 있기 힘들 텐데."

"여기 목이든 그치 목이든 날아갔겠죠. 사실 여기 목이 좀 날아갔으면 좋겠네요. 이제 그치 사고 친 거 수습하기도 지겨워요. 월급을 올려 주든가."

그가 프런트를 향해 다가오는 젊은 여자를 가리켰다.

"쟤한테 물어보면 되겠네요. 쟤가 새벽에 프런트 맡거든요."

여직원은 카이야 레만과 새벽 사건에 대해 얘기해 달라는 야신의 제안에 선뜻 응했다. 그녀는 새벽에 룸 문을 열어 보고 신고했다는 다른 직원까지 불러왔다. 구부정해 보일 정도로 키가 큰 직원이었다.

"내가 이럴 줄 알았어."

머리를 꼬며 여직원이 어깨를 으쓱였다.

"경찰이 뭘 알아야죠. 아까도 그래. 상황에 적응하지 못한 게 누군데 사람을 세워 놓고 진정하라는 둥, 놀랐냐는 둥 애쓰는 거예요. 제일 얼빠진 얼굴로 서 있었던 게 자기면서, 센 척하기는."

"경찰보다 소브컴이 오는 게 좋았을 거란 얘기군요."

"걔네 오면 질색해요."

"누가요?"

"매니저요. 걸릴 게 한두 가지여야지. 그래서 얘가 경찰에 신고한 거잖아요."

"흠, 결국 환상사건으로 넘어가면 소브컴이 맡을 텐데요."

"그때까지 시간 벌겠다 이거죠. 피하면 더 좋고. 하여간 자기 편한 대로라니까. 그러다 사달 날 거 모르고. 짜증나, 정말.

담배 있어요?"

야신은 여직원에게 담배를 건넸다. 그녀는 야신의 허리춤에 매달린 체인과 그것에 연결된 합금 담뱃갑을 쳐다보더니 '흐응' 하고 웃었다.

"오빠 괴짜구나? 돈 많나 봐요?"

"애연가죠."

여직원이 담배에 불을 붙이며 피식거렸다.

"말은 잘해. 오빠 자기 잘난 멋에 사는 타입이죠? 이런 데 잘 안 오게 생겼어. 나는요, 여기 프런트 보면서 진짜 별거 다 봤거든요? 저기 저 옆 건물은 왜 페인트를 새로 칠한 건지 알아요? 그거, 래빗홀 상상 새어 나온 거 보고 어떤 약쟁이 새끼가 괴물이네 하고 화염방사기 들이대서 벽 한 면이 홀랑 탈 뻔했잖아요."

"큰일 날 뻔했군요."

"그런 걸 빤히 옆에서 보면서 무서운 줄을 모른다니까. 아, 진즉에 다른 데 취직할걸. 내가 이럴 줄 알았어. 진즉 알았다니까요."

"뭘 말입니까?"

"그놈의 에이스 데려왔을 때부터 알아봤다고요. 걔, 우리 래빗홀에 손님으로 오던 애잖아. 몇 번 안 왔어요. 근데 기억을 한다니까. 주변이 걔 상상 새어 나간 걸로 뒤덮여서 모래 폭풍에 휩쓸려 갈 뻔했잖아요. 내가 우주까지 나와서 모래 먹고 죽을 뻔할 줄 누가 알았겠어. 막 한꺼번에 경찰이며 소브컴이며 몇 대씩 에어카 날아오고, 한밤 내내 경광등 시뻘겋게 번쩍번쩍하고 난리도 아니었어요."

"카이야 레만이 모래 폭풍을 일으켰다고요?"

"도대체 이게 어떻게 된 일이냐고 난리 난리 쳐 대더니, 사장님이 걔를 상상 도우미로 고용했다니까요? 미친 거 아니에요? 손님이 죽기라도 하면 어떻게 하냐고 전 매니저가 말렸는데, 자기한테 엄청 좋은 생각이 있다는 거예요. 주문한 상상을 만들어 주는 게 아니라 몽마가 상상을 멋대로 만들면 고객들이 그걸 상상 체험한다는 거죠."

여직원이 담배 연기를 코로 뿜으며 코웃음 쳤다.

"사장 맞아? 그런 건 벌써 오래전부터 다른 래빗홀들도 해 온 장사잖아요. 그야 몽마가 하면 끝내주게 몰입되는 상상이 나오긴 하겠죠. 그러다 사고 한번 크게 나면 장사 다 접으면 되는 거고. 누가 말려. 난요, 우리 사장이 한 5년쯤 뒤에 닉스 돔에서 구걸하고 있어도 하나도 안 놀랄 거예요, 진짜."

고객의 상상을 보여 주는 룸이 아니라 자신의 상상을 보여 주면 고객들은 그냥 그 상상을 체험하는 룸이었다는 얘기군. 야신은 이상하다고 생각했다. 보통 상상 도우미를 공격하는 고객들은 본인의 상상을 더럽히거나 제대로 구현해 내지 못했다는 이유로 원한을 가지고 공격하기 마련이었다.

"그럼 새벽 사건은 더 이상하군요. 제공해 주는 상상 체험을 하면서 도우미를 공격하는 경우는 드물 것 같은데요."

여직원이 어깨를 과장되게 으쓱해 보였다.

"그러니까요. 말이 돼요?"

키 큰 직원이 끼어들었다.

"매니저는 아무 일도 없었던 거래요."

의외로 변성기가 막 지난 것 같은 어린 목소리였다.

"근데 얼마나 다쳤어요? 죽었어요?"

흥미를 보이면서도 시무룩한 어조였다. 야신이 대답하기도 전에 키 큰 직원이 말했다.

"안 죽었죠? 그럴 줄 알았어."

"왜 안 죽었을 거라고 생각했지?"

"아저씨, 그 인간 별명이 뭔지 알아요? 몽마예요."

"몽마치곤 미남은 아닌데."

옆에 있던 여직원이 깔깔 웃었다.

"아, 오빠 은근히 웃기네. 사실 우리끼리도 그 얘기 했거든요. 근데 또 그냥 괴물은 아니니까."

"매니저는 상상력 세다고 놓치기 싫어하는데 우린 좀 그렇거든요. 손님 중에도 무서워하는 사람 엄청 많아요."

"그 손님만 엿 됐죠, 뭐."

야신은 두 직원을 향해 고개를 끄덕이며 담배를 물었다.

"신고는 어떻게 한 겁니까? 카이야 레만이 도와 달라고 했나요? 아니면 룸 안에 CCTV가 설치돼 있다든가……."

"래빗홀 룸 안에 CCTV를? 상상 말고 현실만 잡잖아요. 그걸 어디 써?"

"그럼 역시 카이야 레만이 도와 달라고 했군요?"

키 큰 직원이 말했다.

"옆방에서 몽마 방 란츠만 지수 좀 내려 달라고 했어요."

"옆방에서요?"

"자기 상상하는 데 방해된다고. 그 형은 그런 게 한두 번이 아니거든요. 다른 이미지 들어온다고, 몽마 게 새어 들어오는 것 같다고."

"란츠만 지수는 프런트에서 조절하는 게 아닌가 보죠?"

"그건 그런데, 조절하기 전에 한번 들여다보거든요."

"어땠습니까?"

키 큰 직원이 갑자기 입을 꾹 다물었다. 야신이 재차 물었다.

"뭔가 이상했나요?"

"기분 나빴어요."

야신은 뭐라 말해야 할지 몰라 키 큰 직원을 쳐다봤다.

"손님이 린치당하는 환상이었는데⋯⋯, 엄청 기분 나빴어요. 이상하게 끈적거리고 생생한 게, 현실감은 있는데, 그렇게 현실감 있는 게 더 싫더라고요."

"어떤 환상이었습니까?"

키 큰 직원은 야신의 질문에 아랑곳하지 않고 고개를 저으며 말했다.

"우리 동네에도 그런 양아치 새끼들이 있었는데, 그래서 더 기분 나빴나 봐요. 꼭 진짜 있었던 일 훔쳐보는 것 같아서."

"어떤 상상이 펼쳐졌는지도 봤겠네요?"

야신은 다시 한 번 찔렀지만 키 큰 직원은 반응이 없었다. 그는 일단 물러섰다.

"그럼 그때 손님이 카이야 레만을 공격한 거군요?"

"네."

"이상한 게, 카이야 레만이 지금까지 말해 주신 대로 상상력이 강하면 손님이 공격했을 때 바로 반격했을 것 같은데요. 하다못해 린치가 더 강해진다든가……."

"몽마는 손님 상상에 쫓겨 다녔어요."

야신은 자신의 귀를 의심했다.

"네?"

"칼 맞고부터 몽마가 손님 상상에 쫓겨 다녔다고요. 상상이, 몽마가 아니라 손님 위주로 돌아가더라고요."

"……상상 도우미의 상상을 그대로 체험하는 룸 아니었습니까?"

키 큰 직원이 고개를 끄덕였다.

야신은 당황을 누르며 지금까지의 이야기를 정리했다. 카이야는 엄청난 상상력과 그에 따른 잦은 사고로 유명했고, 이곳에서 자기 상상을 고객에게 체험시키는 룸을 맡고 있었다. 새벽의 고객은 카이야의 기분 나쁜 상상을 체험하다 그를 공격했는데, 그때의 상상은 카이야가 아니라 고객에 의해 좌지우지되었다.

그렇다면 카이야가 다친 건 그의 상상보다 고객의 상상이 더 강했기 때문이라는 이야기가 된다. 물론 상상 도우미보다

고객의 상상이 더 강한 경우는 종종 있었다. 자신의 환상이나 기억을 떠올릴 때라면 훈련된 상상 도우미도 고객의 상상을 따라잡지 못할 때가 있으니까. 반복되거나 강렬하게 남은 환상은 더 심했다.

하지만 본인의 상상을 재현하는 것이 아니라 카이야가 제공하는 환상을 체험할 뿐이었는데. 게다가 카이야는 보통의 상상 도우미가 아니었다. 래빗홀 사람들이 부르는 대로 그는 몽마 같고, 어떤 의미에선 괴물이었다.

'카이야가 제공한 환상이 고객의 트라우마와 비슷했다면 모를까.'

새벽에 룸에서 일어난 환상이 무엇인지 알아야 했다. 야신은 흘깃 키 큰 직원을 보았다. 언짢은 표정과 훌쩍 큰 키는 어른 같았지만 고집스레 다문 입매는 어린애의 그것이었다. 막 성인이 되자마자 마야로 나온 게 틀림없었다.

'린치라.'

10대 후반의 애어른에게는 여전히 가깝게 느껴지는 악몽이리라. 야신은 키 큰 직원의 입을 열게 하기는 힘들겠다고 판단했다. 공격당할 때쯤 보고 신고했다고 하니 그 전의 환상은 못 봤을 수도 있고. 그는 생각나는 것이나 더 말하고 싶은 게 있으면 연락 달라고 에일번호를 알려 준 뒤 다시 프런트로 향했다. 프런트를 맡은 직원이 삐딱하게 야신을 바라보았다.

"또 뭘 도와드릴까요?"

야신은 새벽 사건 당시 카이야 레만 옆방에 있었던 상상 도우미를 불러 달라고 청했다.

"댁이 날 찾았다고?"

어슬렁거리며 다가온 상상 도우미는 수염이 덥수룩한 장년의 남자였다. 그는 새끼손가락으로 귀를 후비며 야신을 아래위로 훑었다.

"환상 보러 온 건 아닌 것 같고……."

야신도 그가 훑는 동안 남자를 관찰했다. 내키는 대로 지르는 행동에 아무렇게나 집어 입은 듯한 옷차림. 덥수룩한 수염. 하지만 옷은 무난한 배색에 얼룩 하나 없이 깔끔했으며, 신발과 손톱 또한 잘 관리되어 있었다.

"아닙니다. 고객이 되려면 어떻게 해야 하죠?"

남자가 다 알면서 묻는다는 얼굴로 어깨를 으쓱했다.

"돈을 내고 룸에 들어가면 되지."

야신은 그렇게 했다. 남자가 룸에 들어와 자리를 잡고 야신을 지그시 쳐다봤다.

"용건이 뭐야?"

"오늘 새벽에 옆방에서 칼부림이 있었다면서요."

남자의 얼굴이 팍 찡그러졌다.

"아, 몽마 그 새끼."

"옆방의 환상이 이 방으로 새어 들었다고 하던데."

"새어 들어온 정도가 아니었다고. 그 시간에 내 룸에 있던 손님은 내 상상을 체험한 게 아니야. 몽마 그 새끼 걸 체험한 거지."

남자가 이를 갈았다.

"어쩔 수 없어서 내 상상인 척했다고……. 나 진짜. 씨발, 컨트롤도 잘 못 하는 게 세다고 막 지르는데. 무식한 새끼, 그건 제대로 된 상상 도우미도 아니야."

"카이야 레만이 이 래빗홀 에이스라던데요."

남자가 표정을 딱 굳혔다.

"뭘 모르는 놈들이나 하는 소리라고."

갑자기 차분하게 가라앉은 목소리로 남자가 계속 말했다.

"상상 도우미라고 해서 다 같은 급이 아니야. 도와주는 애들은 그냥 도우미 맞지. 나같이 환상을 체험시켜 주는 사람은 엄연히 창조자라고. 마술사처럼 말이야. 앞에선 쇼처럼 보이지만 이게 엄연히 정신노동을 요하는 예술이라고. 예술도 그냥 예술인가? 종합예술이야. 시각, 청각, 후각, 촉각, 이 모든 걸 공감각적으로 아울러서 심상이랄까 이미지, 뭐 그런 거 있잖아. 사람의 마음에 떡하니 남는 그 순간, 그 기억. 그런 걸 만들어 내는 거라고, 우리가. 같은 주문도 얼마든지 달라질 수 있어. 『폭풍의 언덕』여주인공 캐시가 되고 싶다고 해 봐. 언덕에 바람이 불 때 풀이 한 방향으로 눕냐 중구난방으로 눕냐 그런 사소한 것에서도 환상을 만든 사람의 개성이 묻어난다고."

남자가 말을 멈추고 부리부리한 눈으로 야신을 쳐다봤다.

"무슨 말인지 알겠어? 마야의 판타소스 돔에서, 래빗홀 안에서 우리는 가장 직접적인 형태의 예술을 하고 있는 거라고.

기적의 행성에서 최고의 쇼를 하고 있는 게 바로 우리 같은 상상 도우미란 말이야. 시뮬레이션을 만드는 놈들도 우리같이 사람하고 바로 소통하진 않지. 이건 예술가들의 꿈이라고, 꿈."

"그런데 카이야 레만은 안 그렇단 말이죠?"

남자가 잘라 말했다.

"그 새낀 아니야. 그냥 세기만 할 뿐이거든. 아, 물론 몰입감이 끝내주긴 하지. 하지만 그건 그거고, 상상이 얼마나 중구난방인데. 지 개성이 없다고."

"흐음."

야신이 생각하는 척 턱을 쓸었다.

"저야 새벽에 카이야 레만이 만든 환상이 필요할 뿐이라."

"별 쓸 데도 없는 게 필요하군."

"그렇죠. 그럼 새벽에 맡았던 고객이 체험한 환상이 제가 찾는 것이겠군요."

야신이 일어섰다. 뒤늦게 사태가 어떻게 되어 가는지 파악한 남자가 쫓아 일어섰다.

"잠깐잠깐. 그래서 내 고객을 그쪽이 만나겠다고?"

"그렇죠."

"내 환상이 아니라고 이실직고하겠다? 그럴 셈이야?"

"환상을 알아내야 하는데, 달리 방법이 없잖습니까."

"아, 씨발. 욕 나오네."

남자가 시뻘게진 얼굴로 수염을 쥐어뜯었다.

"……알았어. 그러니까 그 환상만 알면 되는 거지?"

"기억하십니까?"

"내가 싫어서 그렇지 그거 하나 정도는 재생해 줄 수 있다고! 씨발, 처음부터 이러려고 한 거지? 돈 두 배로 내!"

폐수 처리장과 타이어 공장을 낀 내리막길을 걸어가다 시선을 눈치채면서 아단은 익숙한 순간으로 던져졌다. 뇌가 깨어나고 자각이 시작된다. 빌어먹을 기억이 또 시작되었다.

누군가 지켜보고 있어.

왜?

그 질문에 답을 하기 전에 아단은 자신이 주먹을 꽉 쥐고 있다는 것을 깨닫는다. 자신이 긴장하고 있다는 것을 알고, 그것을 들키지 말아야 한다는 것을 알고, 그 모든 감정을 감추려 등을 똑바로 곧추세우고 오른손으로 주머니 속의 목걸이를 힘주어 잡는다.

아단은 주변을 둘러보고 싶었지만 참았다. 눈을 감고 귀를 기울이면 들리는 것은 바람 소리뿐. 그리고 소리보다 강력한 냄새들. 바람의 방향에 따라 악취의 방향도 바뀌었다. 오래된 고무와 먼지가 뒤엉켜 삭아 가는 폐공장의 악취. 폐수 처리장에서 올라오는 악취에선 코를 찌르는 화한 냄새가 났다. 아단은 코를 벌름거리다 인상을 썼다. 불쾌하고 끈끈했다.

난 어디로 가는 거지?

머릿속에 기다렸다는 듯이 답이 떠오른다.

놈들한테.

폐공장에 다녀온다고 하자 걱정스러운 표정으로 쳐다봤던 친구들의 모습이 떠오른다. 내리막길을 그대로 내닫는 것도 무섭지만, 지금처럼 천천히 걸어가는 건 더 두렵다. 아단은 애써 아무렇지 않은 척했지만 알고 있었다. 머릿속, 지금의 그보다 더 알고 있는 자신이 일렀다. 그는 끌려가고 있다고. 예정된 굴욕을 향해 천천히.

도착하면 그는 린치를 당할 것이라고.

자신은 이런 일을 당할 이유가 없었다. 아단은 입술을 깨물었다. 소리를 지르며 뒤돌아 뛰고 싶었다. 한 시간 전으로 돌아가 앙헬을 목 조르고 싶었다. 그는 절망적인 기분으로 울음을 참았다. 어린 소년처럼 우두커니 서 있는 아단의 무릎 뒤를 누군가 걷어찼다. 넘어진 그를 향해 주먹과 발길질이 날아왔다.

폭력은 흥에 겹다기보다 집요하게 이루어졌다. 새된 목소리들이 말했다. 너무 빠르게 조직의 사다리를 올랐다고. 약빠른 짓으로 주머니를 불렸다고. 오래전부터 뜨거운 맛을 보여 주기 위해 벼르고 있었다고. 그걸 아단이 어떻게 알았겠는가. 아단은 다시 한 번 생각했다. 자신이 이런 일을 겪어야 할 이유가 없다고. 그렇지만 이미 늦었다. 너무 늦은 것이다. 지금처럼. 잊을 수 없는 목소리에 고개를 드는 지금처럼.

재수 없어.

똑바로 눈이 마주쳐 버린 롤라의 화사한 얼굴. 놀리듯 경멸하듯 아단을 보며 찡그리던 표정. 롤라는 남자들 사이에 섞여 함께 침을 뱉었다. 오늘 이 새끼 죽이는 거야? 롤라의 목소리는 높고 천진했다. 뭐야? 시시하게. 다리라도 부러뜨려 버려. 환호 소리와 웅얼거리는 소리가 뒤섞이더니 곧이어 롤라의 소프라노가 섞인 낄낄거림이 들렸다. 진짜? 그래 볼까? 까르르 웃으며 롤라가 아단 앞으로 다시 돌아왔다. 그러고는 아단과 눈을 맞추며 물건을 턱석 쥐었다.

아단은 콧구멍이 팽창하는 것을 느꼈다. 어린 여자답게 말랑거리는 손, 그 손으로 쥔 애 같은 악력. 눈을 마주친 롤라의 얼굴은 악의에 취해 새빨갰다. 놈들이 보는 앞에서 아단의 바지 앞섶은 순식간에 부풀었다. 놈들의 야유 소리. 넋이 나갈 것 같았다. 태어나 한 번도 겪은 적 없는 치욕 앞에서 아픔도 자존심도 사라졌다. 롤라는 더러운 것을 만졌다는 듯이 손을 털며 큰 소리로 떠들었다.

이것까지 나대네. 등신.

롤라가 신발 뒤축을 아단의 뺨에 길게 문대면서 돌아섰다. 놈들이 크게 웃었다. 웃으며 저희 좋을 대로 지껄여 댔다. 주머니에서 목걸이가 빠져나오자 누군가 그걸 집어 롤라에게 건네주었다. 냉큼 걸면서 웃는 얼굴이 예쁘다는 것이, 빌어먹게 잘 어울린다는 것이, 원래 주려던 사람에게 갔다는 것이 아단을 더 화나게 했다.

왜?

왜 자신이 이런 일을 당해야 하는가?

놈들이 가 버린 후에도 아단은 일어날 수가 없었다. 부들부들 떨면서, 이런 일들을 다 예견했으면서 자신을 이리 보낸 앙헬을 생각했다. 놈이 쌓은 업이었고 놈이 당했어야 될 일이었다. 아무것도 모르는 자신이 아닌 앙헬이! 아단은 몸을 웅크리고 끝없이 되풀이했다.

죽여 버리겠다고. 죽이겠다고. 앙헬을, 롤라를, 놈들을 죽여 버리겠다고……

* * *

의뢰인인 변호사와 야신은 정보를 공유하고 의견을 조율하기 위해 라다의 내실에서 다시 만났다. 타소는 로펌 측과 협상해, 로펌 측에서 조사 결론을 기록 없이 면대면으로 알려 주는 대신 이쪽에서도 환상 조사 결과가 피의자를 변호하기에 부적합할 경우 추가 금액 없이 재조사해 주기로 했던 것이다. 지금 만남의 결과에 따라 의뢰는 성공적으로 마무리될 수도 재조사에 들어갈 수도 있었다. 그녀는 가사로봇이 가져온 커피잔을 들고 가운데 자리에 앉아 양쪽의 두 남자를 지켜보았다. 변호사는 자리에 앉자마자 본론으로 들어갔다.

"결론부터 말씀드리면 조사는 성공적입니다."

그와 동료들은 아단의 삶에서 카이야 레만이 만들어 냈던 환상과 일치하는 부분을 찾아냈다. 집단 린치. 앙헬과 롤라라는 인물은 아단의 과거에 실제로 존재했던 것이다.

"린치 중에 들리는 말이 스페인어였다고 했죠? 아단 델가도 씨는 지구 아르헨티나 출신입니다. 대학에 입학하기 전까지 화학공업 단지 근처에 살았고요. 아시겠지만 우주 시대 이후에 지구에서의 화학공업은 소규모 업체들만 살아남았죠. 빤한 일이에요. 폐공장들은 근처의 불량배들에게 좋은 아지트가 되어 주었을 겁니다."

"델가도 씨도 그중 하나였고요?"

"아니죠. 델가도 씨는 전액 장학금으로 대학에 입학할 정도로 우등생이었어요. 물론 보고하신 린치는 학생들이 하는 수준이 아니었지만요. 그건 불량배들이 벌인 짓이었습니다. 10대가 주축이면서 그 동네 마약 거래에도 끼는 겁 없는 놈들이었죠. 델가도 씨 본인은 그 패거리와 연관이 없었지만 문제는 롤라와 앙헬이었다 이겁니다."

야신은 기억을 더듬었다. 롤라라면 아단에게 모욕을 안겨 준 패거리의 예쁜 여자애. 아마도 그 일이 있기 전까진 아단의 짝사랑 상대였을 터였다.

"앙헬이 누굽니까?"

"아단 델가도 씨의 쌍둥이 동생이에요. 아단 씨하고는 얼굴만 똑같지 평판이 정반대였다더군요. 우스운 일이죠. 쌍둥이 형은 학교에서 톱을 내놓지 않는 모범생인데, 동생은 불량배 패거리에서도 더러운 놈이라고 소문이 자자했다니. 왜 그런 놈들 있지 않습니까. 뼛속까지 악당인 놈들. 머리 좋고 야심만만하고, 비겁한 게 뭔지 모르는 놈들이요. 앙헬 델가도가 딱 그랬던 모양입니다. 자연히 노리는 놈들도 많았고요."

"아단 델가도 씨가 대신 당한 거군요?"

"수법이 저질이었지요. 당시 아단 델가도 씨는 불량배 패거리의 롤라라는 여자애를 짝사랑하고 있었는데, 앙헬이 소개시켜 주겠다며 폐공장으로 가도록 부추겼던 모양입니다. 그곳에는 앙헬을 린치하려고 모여 있던 패거리가 있었고요. 그중엔 롤라도 있었지만⋯⋯. 흠, 그녀가 한 짓을 보면 없었던 게 나았 겠죠. 앙헬은 상황이 어떤지 잘 알면서 일부러 쌍둥이 형을 대 신 보냈던 것 같아요. 이게 약삭빠른 10대가 하는 짓입니다. 기 가 막힌 일 아닙니까? 아단 델가도 씨 입장에서는 난데없이 벼 락을 맞은 셈이었죠."

야신은 턱을 쓰다듬었다.

"확실히 그 환상은 델가도 씨의 기억 같군요."

"재고의 여지없이 아단 델가도 씨의 기억이지요."

"그렇다면 래빗홀의 카이야 룸에 대한 증언들과 안 맞는군 요. 카이야는 자신의 상상을 체험시키는 룸을 담당했다고 하던 데요."

"주문한 것이었겠죠. 상상 체험 전문이라고 해도 결국 상상 도우미 아닙니까. 고객이 주문하면 주문대로 해 주든 나가라 고 하든 해야지요. 환불해 주기 싫으면 그냥 해 주는 거고 말 입니다. 카이야 레만이 자기한테 유리하도록 거짓말을 하는 것이겠죠."

"그렇다면 아단 델가도 씨의 패닉 상태는 설명이 안 되잖습 니까. 주문해서 최악의 기억을 떠올렸다면 그 정도로 충격받고 카이야 레만을 찌르려고 했을까요? 그런 말씀도 하셨지요? 아 단 델가도 씨가 '알고 있었어. 어떻게 알았지?'란 말을 되풀이 한다고."

"뭘 말씀하시려는 건지는 알겠는데, 그런 의혹으로는 아무

416

가설도 세울 수가 없어요. 물론 주문해서 본 것보다는 우연히 겪게 된 환상이 인생 최악의 악몽과 똑같이 공격했다는 게 변호하는 입장에선 좋습니다. 하지만 반대쪽에선 환상과 아단 델가도 씨의 개인사가 너무 겹친다고 의심하겠죠. 반론할 증거가 없는 한 의심받을 여지를 줄이는 쪽이 승산을 높인다는 말입니다."

"……."

"이와 달리 반대의 경우는 깨끗하게 설명이 된다 이거지요. 아무리 만들어 달라고 한 기억이라도 강력한 상상 체험으로 경험하면 혼란스럽지 않겠습니까. 압도된 것인데 독심술이라도 당하는 줄 착각했을 수 있어요. 안타까운 일이죠. 아단 델가도 씨가 패닉에 빠진 것도 무리는 아니라고 봅니다."

야신은 성의 없이 고개를 끄덕였다. 하기야 변호사의 말이 맞았다. 이 조사의 의의는 아단 델가도를 환상사건으로 빼내고 형량을 줄이는 데 있었다. 다만 의뢰인과 야신의 관심사가 달랐을 뿐. 변호사는 이만 가 보겠다는 말과 함께 일어섰다.

"수고하셨습니다. 이 사건의 환상 조사는 이 정도로 마무리 지으면 될 것 같네요."

그가 손을 내밀며 가볍게 물었다.

"저희와 일할 생각 없으십니까?"

야신이 어깨를 으쓱하며 내민 손을 잡고 악수했다.

"조직 생활이 안 맞아서요."

"아쉽군요."

변호사는 더 권하지 않고 타소를 돌아보았다. 야신은 다음에도 잘 부탁드린다는 의례적인 인사를 나누는 둘에게서 등을 돌려 재킷을 찾아 입었다.

진짜 마무리를 지으러 갈 시간이었다.

* * *

카이야가 함께 일했다던 드림 컬렉터가 누구이고 어디 있는지는 변호사의 의뢰를 조사하기 전부터 알고 있었다.

카이야가 판 꿈이 워낙에 많은데다 여러 시뮬레이션 센터와 거래했기에, 오히려 추적과 확인이 쉬웠다. 게다가 야신은 지금껏 카이야의 꿈을 추적해 왔으니 거래 기록은 썩을 만큼 많지 않은가. 그중 거래 내역을 쫓아가기 용이한 시뮬레이션 센터 두세 곳을 뒤지자 금세 찾던 사람이 나왔다.

마리아 프리스. 28세. 3년 전 닉스 돔의 고급 빌라였던 거주지는 힙노스중독자들이나 빌리는 쪽방으로 바뀌어 있었다. 제대로 추락했군. 야신은 생각했다. 카이야가 무슨 일을 벌이는지는 몰라도 약간의 돈이면 쉽게 회유할 수 있을 것 같다고 판단한 야신은 보고를 미루고 변호사 건부터 쫓아 나갔다. 급할 건 없었다. 카이야가 일으킨 사건을 조사하고, 카이야에 대한 의혹을 더 헤집은 뒤에 만나도 늦지 않았다.

"딱 좋은 타이밍이야."

닉스 돔의 후미진 술집에서 만난 코가 빨간 보라색 머리 여자는 그를 보고 히죽 웃었다.

"나랑 술 마시러 왔어? 딱 좋다고. 여기 아직 안 열었거든? 나랑 마시면 괜찮아."

"마리아 프리스?"

여자가 턱을 죽 밀며 눈을 가늘게 뜨고 야신을 쳐다봤다.

"뭐야. 나 아는 사람이야?"

"아니. 물어볼 게 있어서 왔는데 다시 와야겠군."

마리아 프리스가 혀를 내밀며 고개를 저었다.

"다시 와? 언제? 취한 사람이랑은 말 안 한다는 게 제일 싫어. 그래 놓고 꼭두새벽부터 문밖에 와서 지랄, 지랄, 또 지랄."

야신은 한숨을 쉬면서 바 너머에서 이쪽을 보고만 있는 바텐더에게 시선을 돌렸다. 그와 시선이 마주친 바텐더가 징글징글하다는 표정으로 다가왔다.

"스미노프 두 잔. 원래 이럽니까?"

"원래 이러냐고요? 원래 안 이러죠."

마리아가 히죽 웃었다.

"나 오늘 진짜 괜찮아 보이지 않아?"

바텐더가 콧방귀를 뀌었다.

"그래. 일어나면 걷기도 하겠네."

"들었지? 당신 진짜 운 좋은 거야."

의기양양한 술주정뱅이의 자랑에 야신은 머리가 아파 왔다. 술이 앞에 놓이자 생기발랄해진 마리아가 술잔을 꼭 잡고 야신을 쳐다보았다.

"그래, 뭘 물어볼 건데?"

"카이야 레만."

마리아가 술을 죽 들이켰다.

"한 잔 더. 살 거지?"

"사지."

"쌈박하네. 맘에 들었어."

말과는 달리 마리아는 새 술을 받을 때까지 뺨을 양손으로 감싸고 바만 노려보고 있었다. 새 술잔을 받은 그녀가 물었다.

"뭐가 궁금해?"

"카이야 레만과 동업했다고 들었는데."

"맞아."

"그때 얘기를 듣고 싶군."

그녀는 눈을 깜박였다.

"그게 다야?"

무슨 뜻이지? 야신은 술을 머금는 척하며 뒷말을 기다렸다. 마리아가 재차 물었다.

"큰 사고 친 게 아니었어?"

"글쎄, 그건 아직 모르겠고."

"몰라?"

마리아가 어깨를 크게 으쓱했다.

"하긴 모르겠지. 나도 처음엔 아……, 그게 뭐더라? 봉, 봉 잡았다고 생각했거든."

그녀가 입을 다셨다.

"지금도 가끔 자려고 누웠을 때 생각나긴 해. 아, 아깝다. 그놈이 참 봉이었는데. 복을 걷어찼어."

"그 정도로 꿈을 팔아 치웠으면 재미 많이 봤겠어."

"재미? 재미야 많이 봤지. 흥, 그래 봤자야. 돈 많으면 뭐해? 다 미련이야. 내가 그거 하난 참 잘했어. 그놈이랑 빠이빠이 한 거. 덕분에 지금 이렇게 멀쩡하잖아?"

"지금도 그리 멀쩡해 보이진 않는데."

야신의 말에 마리아는 비시시 웃었다. 그녀가 계속 웃으며 손에 쥔 술잔을 흔들었다.

"도련님이네, 도련님. 얼굴은 배우처럼 생겨 놓고. 카이야와 계속 일했으면 난 지금 뒤도 못 닦았을걸."

"……흠."

"난 술도 안 마시고 약도 안 했다고. 전에는 그랬어. 판타소스도 거의 안 가고. 그야말로 일중독에 모범생이었지. 모, 범, 생! 알겠어? 그랬단 말이야. 그랬는데 반년 정도였나? 카이야 꿈을 가공하면서 술을 마셔야 겨우 잘 수 있더라고."

"1년 넘게 잘도 했군."

"킥킥. 마야니까 내 머리가 미쳤나 보다 했지, 뭐! 카이야 레만 같은 돈줄이 흔한 줄 알아? 이 정도야 대마초 몇 번 피웠다 치자, 뭐 그랬어. 근데 나만 그런 게 아니더라."

"아니면?"

"고객들."

술을 들이켠 마리아가 눈가를 비볐다.

"카이야 꿈을 꾼 사람들이 클레임을 걸었어. 점점 더 많이. 딱 한 번 꿨는데도, 마야를 떠나서도, 꾼 지 몇 달이 지나도 계속 그 꿈을 꾼다고. 더럭 겁이 났어. 그런데 믿고 싶지 않았거든. 내가 어딜 가서 카이야 같은 돈줄을 만나겠어? 싫었는데, 카이야는……, 그 새끼는 꿈을 꿔 대더라고. 미친놈. 난 놈이 꾼 꿈을 봤어. 여자애가 남자 친구와 데이트를 하지. 길가에 놓인 바이크를 끌고 가자고 한 것도, 강둑으로 드라이브 가자고 한 것도 여자애였어. 헬멧도 없이 바이크를 탄 것도. 그렇지만 사고가 났을 때 죽은 건 남자애였지. 오토바이에 딱 붙은 여자애 등을 타고 미끄러져 날아가서 죽은 건 남자애였어. 여자앤 살아남았어."

"……."

"그 새끼는 미친놈이야. 아니고선 그럴 수가 없어."

"무슨 뜻이지?"

"술김에 예전에 남자 친구가 바이크 사고로 죽었다고 말한 건 기억나. 하지만 그때, 걔가 미끄러지던 것, 그 감촉, 그 광경, 그런 걸 그렇게 생생하게 꿈으로 만들어 낼 줄은 몰랐어."

야신은 아단 델가도를 떠올렸다. 그가 반복하던 말도.

'알고 있었어. 어떻게 알았지?'

마리아가 붉어진 눈으로 숨을 들이켰다.

"그대로 도망쳤어. 미치는 것보다 뭔들 안 낫겠어?"

야신도 술잔을 한 번에 비웠다.

"카이야 레만이 왜 그런 문제를 일으킨 건지 알아?"

"카이야가 그런 말을 한 적이 있어. 쉽다고."

"쉬워?"

마리아가 말했다.

"그러니까 어떻게 그렇게 때마다 생생하게 다른 꿈을 꾸냐고⋯⋯. 그러니까 쉽다고. 노는 거라고 생각하면 된다고. 마야는 그렇대. 상상을 하고, 추측을 하고, 가장 재미있겠다 싶게 주물럭거리면, 그럼 그게 자기 꿈이 된다고."

* * *

모노레일에서 내리자 감청색 양복을 입은 갈색 머리 남자의 뒷모습이 보였다. 언제 봐도 단정하고 빈틈없는 실루엣의 고위 공무원. 야신은 익숙한 실루엣의 남자 쪽으로 걸어가 옆에 서서 담배를 물었다. 야신이 담배에 불을 붙이고 한 모금 빠는 동안 조용히 창밖만 쳐다보던 데르크 아데마가 말했다.

"너한테 알려 줘야 할 것 같아서."

"그거 우연이군. 나도 알려 주고 싶은 게 있는데."

야신과 아데마는 나란히 창밖을 내다보았다. 멀리 모노레일이 지나는 돔 표면에선 광결정들이 금방이라도 깨질 것처럼 반짝이며 분홍색과 주황색이 섞인 노을을 만들어 냈고, 그들이 선 창 가까이로 소브컴의 에어카가 지나갔다. 야신은 볼이 움푹해지도록 연기를 깊게 빨았다.

"왜 놈을 마야에 놔두는 거지?"

옆에 선 아데마는 그 말엔 대답하지 않고 뜬금없이 물었다.

"최면 암시 안 되지?"

"누구? 나?"

아데마가 고개를 끄덕였다.

"기억을 봉인하는 최면 암시 말이야."

"시시때때로 들여다보는 걸로는 모자라나?"

아데마가 인상을 찌푸리며 야신을 쳐다봤다. 야신이 양손을 들어 보였다.

"내가 하고 싶어도 안 돼. 램스필드사가 해 놓은 짓도 있고."

"캠벨 박사와 첸 박사는 그런 말 없던데."

"둘은 나하고는 입장이 다르잖아."

아데마의 눈이 가늘어졌다.

"그때 최면에 못 걸리게 해 놨군. 그럴 것 같았어."

"무덤까지 가지고 가라 이거지. 연금보험치곤 나쁘지 않아."

그가 덧붙였다.

"할 거면 카이야 레만부터 해야 할 것 같은데. 그 인간 꿈이 연관돼 일어난 일이……."

야신은 잠시 말을 끊었다. 그런 일들이라면 누구보다 아데마가 더 잘 알고 있을 터였다.

"놈에겐 특이 능력이 있어."

아데마는 야신의 주장을 일축했다.

"레만 주변에서 상상 사고가 잦고, 그가 판 꿈을 꾼 사람들에게 사건 사고가 많은 게 그의 능력 때문이라고? 카이야 레만이 초능력자라고 말하고 싶은 건가? 이론적으로 말이 안 돼."

"이론적으로 말이……."

야신은 잠시 망설였다.

"……될 순 있지."

아데마가 야신을 뭐 씹은 얼굴로 쳐다보았다.

"그건 또 무슨 말이야? 말이 되는 것도 아니고, 말이 될 순 있다고?"

"마야의 작동 원리에 대해 얼마나 알고 있어?"

"작동 원리라니?"

"란츠만이라는 마법의 물질이 마야에서 상상하는 걸 실제로 겪게 해 준다더라. 활용에 따라 판타소스 돔, 아난다 돔, 모피어스 돔으로 나뉘고 생활하는 닉스 돔은 란츠만을 싹 치워서 안전하게 만들어 놨다더라. 대개의 사람들은 그 정도밖에 모르지. 더 알 필요도 없고. 하지만 넌 다르잖아."

"사람들이 더 알 필요가 있나? 중요한 건 란츠만이 통제 가능한 물질이라는 거야."

"통제 가능한 물질? 태양계 어디를 가도 마야처럼 무인 시스템이 발전한 데가 없어."

아데마는 침묵했다. 야신이 계속 말했다.

"과학자들도 란츠만이 어떤 것인지 정확히 몰라. 란츠만이 인간의 뇌와 상호작용을 일으키고 있다는 것까지만 알고 있다고. 사람들은 자신이 상상하는 대로 건물이 공룡이 되고 쓰레기통이 로봇이 된다고 생각하지만, 그들이 상상하는 대로 바꾸는 건 란츠만의 힘이지. 마야가 나타나기 전까지는 이런 게 정상인 세계는 아니었잖아? 그런데 우리는 여기서 살아가고 있어."

야신의 목소리가 점점 낮아졌다.

"초능력자가 생겨난다 해도 전혀 이상할 게 없단 말이야."

"그게 카이야 레만이고?"

아데마가 반문하며 찔러 왔다. 야신은 어깨를 으쓱했다.

"아니라면 좋겠지만."

침묵이 흘렀다. 아데마에게 소브컴이 카이야 레만을 그냥 놔두면 안 되는 것 아니냐고 하긴 했지만, 야신도 알고 있었다. 놈은 아무것도 하지 않았다. 위험한 꿈을 꾼다고 사람들을 잡아넣기 시작한다면 과연 마야에 남아날 사람이 있을까? 야신이 재를 털면서 물었다.

"그냥 둘 셈이야?"

"걸리게 만들어야지. 화성 감옥에서 30년쯤 썩을 죄목으로."

야신은 천천히 작업실로 돌아왔다. 그리고 지금까지 카이야의 꿈들이 얽혔던 사건들을 떠올렸다. 루게릭병 환자의 망상을 부추긴 꿈, 맹랑한 소녀를 사로잡고 가뒀던 꿈, 제레미가 꾸고 마음을 바꿨던 꿈.

독한 꿈을 꾸는 놈이라고 생각했었다. 어마어마하지만 음험한 상상력의 소유자라고. 찜찜한 놈이라고. 의도를 읽을 수 없는 놈이라고. 하지만 그렇게 생각하면서도 내심 놈을 만만하게 봤던 것이다. 놈의 꿈을 뒤돌아보지 않았던 것이다. 언제나 발화점을 만들고, 문제를 키우고, 욕망과 감정을 부추겼던 놈의 꿈을.

삐익.

언제나처럼 같은 소리를 내며 열리는 문의 감촉이 오늘따라 유난히 서늘했다. 안으로 들어서자, 소파 위에 검은 곱슬머리의 윤곽이 보였다.

이렇게 계속해서 뒤를 잡아당기는 불쾌하고 불쾌한 예감.

야신은 오른손을 내려 합금 담뱃갑을 열었다. 제일 오른쪽 구석의 담배를 집고, 그는 언제라도 그걸 빼낼 태세를 갖췄다. 카이야의 상상력에 밀릴지도 모른다는 건 알고 있었다. 하지만 이번에야말로 밑바닥을 확인해야 했다. 놈이 생각하는 것이 무엇인지.

"또 불법 침입인가? 다쳤다는 건 거짓말이었나 보군."

카이야는 야신의 말에 대답하지 않고 똑같은 자세로 소파에 앉아 있었다.

"야신 카갈리스키."

한참 만에 돌아온 건 야신의 도발에 대한 답이 아니었다.

"왜 여기서 드림 컬렉터 노릇을 하고 있는 거야?"

"내가 그걸 대답해야 하나?"

"아니, 내가 진짜로 궁금해져서."

카이야가 가벼운 어조로 말을 이었다.

"만들어 낸 프로그램이 어떻게 돌아가나, 활용은 잘되고 있나, 인체 실험이라도 하는 건가 싶어서. 나 말고 다른 사람들도 그렇게 생각하지 않겠느냐, 이 말이지."

야신이 무표정하게 카이야의 뒷모습을 쳐다보았다.

"야신 카갈리스키, 당신 말이야……."

카이야가 여전히 등을 돌린 채 말했다.

"……램스필드사 힙노스 개발 수석 연구원이었잖아."

— 『**드림 컬렉터**』 2권에서 계속